柯兆银　著

我去养老院了

上海文化出版社

春去秋来，光阴似箭，一晃，人就老了。

人人都会老去，我们将如何安排人生的黄昏？

养老院或者说敬老院，是绕不开的话题。

有的老人喜欢养老院，更多的老人害怕并拒绝养老院。当不能够居家养老的时候，养老院往往就是老人的最后归宿。

小说记录了一个老人入住养老院的前前后后，描写了人到老年的生存状态，演绎着悲欢离合的人生故事：既凸显人生暮年的无奈和悲哀，也展示了人性的善良和美丽。

小说描写了子女的种种表现，有的让人赞赏，有的让人遗憾，还有的让人悲哀。

由此，小说触及了另外一个绕不开的话题：子女如何对待老去的父母？

人到老年，确实面临了许多新问题，这些问题是父母问题，是子女问题，是家庭问题，更是社会问题。

老年人渴望解决面临的新问题，不仅仅是关注自身面临的问题，也是关注社会发展所需要解决的问题。希望更多的中青年人关注老年人面临的问题及其解决方案，那是关注他们自身目前和将来面临的问题及其解决方案，也是关注社会和国家所面临的问题及其解决方案。老年问题不再成为问题的时候，我们这个社会、这个国家的发展，就达到了较高的社会文明高度。

一晃，人就老了，祝愿天下的老人开心平安健康！

—— 作者题记

目录

第一章

妻子逼宫

2017年2月，元宵节的晚上，张孝明和平时一样来到母亲陶依嘉的卧室。她正在看电视新闻，新闻记者正在豫园现场报道灯会的实况。

张孝明在母亲床边的单人沙发上坐下，看着电视屏幕：雄鸡、熊猫和长城造型的彩灯，拥挤的人流，一碗圆圆的汤圆，还有欧阳修的词……

张孝明陪母亲看了一会儿电视，起身回到自己的书房。他扭亮台灯，就见妻子发来微信，"你过来，我有重要事情和你说！"

张孝明看了看手表，时针指向7点半钟。按照平时习惯，他要在书房里待上三四个小时。他没有关掉台灯，快步来到卧室。房间里空调开着，很温暖，季芳芳穿着香艳的粉红色睡袍，一对乳房一大半露在外面。

"什么重要的事啊？"张孝明笑问。

季芳芳郑重其事地关上门，指了指沙发，严肃地说："你坐下。"

"到底什么事啊？"张孝明疑惑地坐下，心里"格登"一下，出了什么大事了？

"我很认真地和你谈一件事，关系到我们家庭幸福，关系到我们婚姻的持久。"季芳芳严肃地说。

"有这么严重吗？到底什么事啊？"他的笑容消失了。

"你老妈住在我家3年了，我没有说过什么闲话吧？"季芳芳面对着张孝明在床沿上坐下。

"大家都夸你这个媳妇孝顺呢。"张孝明笑道。

"我也有不好的时候，上次对老妈发脾气就不好。"季芳芳带着后悔的语气说，"不过，我当时控制不住，也不知道自己说了什么，做了什么。"

张孝明想起了上个月发生的事。那天下午，季芳芳烫好头发回家，进门就闻到一股异味。她用鼻子四处嗅着，最后发觉异味来自姆妈的卧室。她一边叫"姆妈"，一边推门进去。她大吃一惊，看见姆妈躺在地板上，一个高脚痰盂横在她身旁，地上有一堆粪便。"臭死人了！臭死人了！"季芳芳冲着姆妈怒不可遏地吼道，赶忙伸手捂着鼻子。

姆妈见她发怒的样子愣住了，满脸涨得通红。季芳芳朝着姆妈破口大骂，骂得姆妈哭了。就在那时，张孝明回来了，他晚上要出差，所以提前回家。他赶忙把浴缸放满水让母亲洗澡，然后擦洗母亲卧室的地板。季芳芳板着脸把客厅、厨房间和卧室的窗户全部打开，一阵阵北风浩浩荡荡地奔涌进来。突然，传来一阵清脆的"哗啦啦"声音，客厅里放着的玻璃花瓶被风刮得掉到地上，跌成满地碎片。张孝明赶忙趴在地上，把碎玻璃一一捡起来。他当晚出差飞往北京，一路上担心她们婆媳之间会否爆发激烈的战争。事情的发展令他十分意外，季芳芳第二天早上出外为姆妈买来包有油条、肉松的糍饭团，买来生煎馒头，在网上订购了一箱原装空运进口的新西兰低脂低糖原味酸奶，她还为自己的失态向姆妈道歉。

"夫人有何见教，请吩咐。"张孝明笑着说。

季芳芳没有回答，看了他一眼，低下头若有所思。她想，我原来上班，尤其经常加班，和婆婆住在一起没有什么大问题，特别是她还能烧饭做家务，也减轻了我的负担。可是，退休以来，深深地感到婆婆在家的种种不便。我不喜欢家里住着一个老人，低头不见抬头见，看见她就不舒服。每天清早正是我睡得最舒服的时候，她就要出外晨练，尽管她轻轻地出去，但对我总有妨碍；过去她没有来的时候，我在家穿内裤、戴胸罩，走来走去随心所欲，她来了我就不得不约束自己了。她刚来时做家务动作利落，现在慢多了，有时候还忘记了什么，毕竟75岁了，以后只会越来越老，不是她照顾我们，而是我们要照顾她。我不喜欢婆婆，她也不喜欢我，她喜欢张孝明的前妻或者说前女友叶璐，只不过大家不点破而已。儿子张波今年夏天要回国结婚，我的身体也不是很好，婆婆住在这里就不方便了。现在是把婆婆赶出去的最好时刻。嗯，我最近一直在考虑如何把婆婆赶出去,总要有个理由,名正言顺,并且一举成功,现在有了充足的理由。阿明不同意就逼他,看他怎么办?

"有什么事快说呀。"张孝明催促道。他看到床头柜上有一大包中药,不由得问道:"你身体不舒服吗?"

"谢谢你注意到了中药。"季芳芳阴阳怪气地说,"我生了大病。"

"啊?"张孝明神情紧张地看着她。

"那天老妈倒翻了痰盂,我发脾气了,弄得老妈不开心,尽管我补救了,可心里还是一直不安。我发觉自己最近常常情绪失控,今天去看医生,才明白自己得了大病:更年期综合征。"她伸手把床头柜上的医保卡递给他,"你看看,医生说蛮严重的。"

"我最不要看医生的字,像鬼画的符号一样,看不懂,你就直接告诉我吧。"他说。

"你看我脸上的皱纹增加了吗?"她伸过脸来让他看。

张孝明仔细看了看,说:"唔,眼角周围,嘴巴旁边,皱纹明显多了。哎,脸上的毛孔也变大了。"

"这就是更年期的典型症状。"季芳芳难过地说,"容易激动,容易发脾气。"

他心里轻松了。噢,每个人都有更年期,有啥值得大惊小怪的。

她盯着他看，"医生特别关照，要想治好病，病人要心情愉快，要家属体谅和配合。"

　　"哦，年龄大了，更年期反应是正常的。"他安慰地说，"我要做的，就是你发火时保持微笑。"

　　"你以为更年期综合征也不是什么大病，是吗？我的病，医生说特别重，要充分重视，认真治疗，不可大意。否则好不了，还会加重。"季芳芳强调道，"我生病了，对你老妈失态发脾气怎么办？"

　　"你什么意思呢？"张孝明听出她话中有话。

　　"我生病，容易失态，就会得罪你老妈，是不是有什么治本的办法呢？"她启发地问。

　　"你有话直说吧。"他说。他这个老婆说话有时候直奔目标，有时候喜欢拐弯，然后再图穷匕首见，她今天要做什么呢？

　　"解决问题有治标和治本两种方法，治标就是头痛医头，脚痛医脚；治本就是把问题的根子挖掉。打个比方，水在锅里沸腾，浇进一碗水是治表，把火熄灭是治本。"她说。

　　"你到底想说什么呢？"他有些不耐烦了。

　　"好，我直说吧。张波今年夏天留学回来，考虑要结婚。在上海买套房子加上装修，没有一千万元玩不起来，"

季芳芳问，"你有实力为张波买婚房吗？"

"开玩笑，我哪有那么多钱。"张孝明摇头。

"这样的话，他只好在家结婚了。"季芳芳说。

"张波在家结婚？"张孝明笑了，"现在小青年谁愿意和老的住在一起？宁可出钱在外面租房。"

"我和张波探讨过这个问题，他开始的想法就像你所说的，租房。现在他想明白了，他表示愿意在家里结婚。他问我：在家结婚，奶奶也在，是不是太挤了？"

"哦？你们都谈得这么深了？"他惊讶地问。

季芳芳看他还没有明白，直率地说："主要是我身体有病，需要静养；同时张波要结婚，所以需要你老妈住出去，你老妈在外住一年可以回来。"

"姆妈住到哪里去？"他一愣，"住到阿霖或阿珍家去？"

"你不是自讨没趣吗？你阿哥、阿姐都不是省油的灯，在他们看来，老妈就该在这儿养老。"她愤怒地说。

"总不至于送老妈进养老院吧？"他说。

"你看着办吧。"她盯着他看。

"啊？"张孝明终于明白季芳芳找他的用心了，低下头想着什么。

季芳芳没有再说什么，看了看他，就拨弄起手机，让他考虑，等他回复。

"不行，不行，坚决不行！"张孝明抬起头认真地说。他记得有一次和姆妈聊天，谈到将来养老的问题，姆妈担心地说："我将来老得不能动了怎么办？""姆妈，有我呢，我为你养老。"张孝明坚决地说。"啊，阿明，谢谢你。"姆妈感激地说。"谢什么，我是你儿子嘛。"姆妈把这事告诉了阿哥阿霖、阿姐阿珍，告诉了她小姐妹周琴心老师，告诉了一切可以告诉的人。她的神态是骄傲的，语调是自豪的。如今，要把姆妈送到养老院，怎么见人呢？他想到这里就说："我们结婚的房子是姆妈给的，买新房她又出钱，我们怎么可以把她赶出去呢？何况，我向她保证过，为她养老。"

"我生病需要静养怎么办？"她一脸不悦地问。

"姆妈在家几乎没有声音，不会影响你静养啊，何况她住了3年了，太平无事嘛。"张孝明说，"至于张波结婚，三房一厅给他一间房就可以了。我看还是维持原状吧，有什么困难大家一起克服。"

"老实告诉你，看见你老妈，我就心烦，这怎么能够养好病呢？"季芳芳说。

"你轻点，姆妈要听见的。"他赶忙阻止道。

"听见就听见。"她生气地背过身去。

"姆妈的愿望，就是和我住在一起，我们怎么可以把她赶出去呢？"张孝明激动地说，"你想想，母亲生我养我，现在要嫌弃她，叫我何以为人？何以见人啊？"

"你话说得好听一点，谁嫌弃你老妈了？谁把她赶出去了？"她瞪大眼睛反问。

"让她住养老院，我真开不出口啊。"他无奈地带着恳求的语调说。

"不是想不想做的问题，而是应该不应该做的问题。"季芳芳说。

"你们3年来不是相处得很好吗？"张孝明不解地问，"怎么现在就不行了？"

"我过去是忍着不说，再说天天上班，眼不见心不烦。现在我退休了，情况就不一样了。别的不说，每天出外早锻练，她是轻手轻脚地出去，可还是吵醒我。"她咄咄逼人地说，"现在我要老妈住出去，你看怎么办？"

"不行。芳芳，请你理解我。"张孝明说，"哲人说，一个人嫌弃父母，人品就有问题。凡交朋友，对父母不孝的人，要离得远远的。中国老话也说，百善孝为先。"

"不要和我说大道理。你要讲所谓的孝心，我不勉强你。"季芳芳粗鲁地说，"我现在就回娘家！我住出去总可以了吧？"

"啊？"张孝明惊愕地说。

季芳芳站起来，走到衣橱前拉开橱门，拿出一件大衣扔在床上。

"啊，你真准备走？"张孝明起身拦住她，"有话好好商量嘛。"

"我的病你不在乎，就算了，张波结婚你也不考虑，我还指望什么呢？"季芳芳哀怨地说。

"可是……"他为难地说。

"你也不要为难了，我走，现在就走。你和你母亲在一起，永远住在一起。"她说。

"阿爸死得早，姆妈为抚养我们付出了全部心血，老了，我们把她踢出去，良心上过不去呀。"张孝明说。

"情况在发生变化，我过去有更年期病吗？张波过去要结婚吗？再说老妈也不是只有你一个儿子，"她说，"我不为难你，我走我走。"

"我们再商量商量。"他拉住她的手说。

"你在家尽孝吧。有人还是老处女呢，你可以和初恋结婚，多浪漫啊。"季芳芳嘲讽地甩开他的手。

张孝明生气地瞪了季芳芳一眼。她说的老处女是指张孝明的前妻叶璐，她是母亲最好的小姐妹周琴心的女儿。当时张孝明和叶璐办了结婚证，正要举办婚礼的时候，张孝明突然宣布爱上了季芳芳，和叶璐办了离婚手续。张孝明惹怒了周琴心一家，也让母亲陶依嘉非常生气。当亲友看见季芳芳的时候，都非常不解，张孝明180厘米的高个子，仪表堂堂，一表人才，怎么会抛弃苗条斯文的叶璐，而娶一个既矮又丑的季芳芳呢？

季芳芳穿上大衣，拿起自己的拎包就往外走。

"我们再商量吧。"他赶紧拦住她，口气软化了："你保证一年内让姆妈回来吗？"

"是的。"季芳芳肯定地说，"我要静心养病，快快恢复健康，好办张波的婚事，也好接老妈回来。"

张孝明心想，芳芳不会是以养病为由把姆妈赶走吧？这样既维护了她的光辉形象，又让人不好说什么。噢，应该不会的，她讲话还是守信用的。

"你要我留下来，答应我一个条件。"季芳芳说。

"什么条件？"他赶忙问。

"一个礼拜给我答复，老妈走还是留。"季芳芳说，"不是我逼你，做事总要有个结果。"

"一个礼拜太急促了吧？"他说。

"不行，最多就是一个礼拜。"她毫不通融地说。

"好吧。"他勉强地说。

季芳芳脱下大衣放进衣橱，拿了一条被子在沙发上躺下。

"你不睡到床上啊？"张孝明问。

"等你母亲走了，我再睡到床上。"季芳芳回答。

张孝明长叹一声，抬头看窗外，一轮月亮高高地挂在天上，那么明亮，那么圆满，那么柔情。小时候母亲让他背诵唐诗宋词，还为他讲解有关月亮的诗句，刚才电视屏幕上呈现的欧阳修"去年元夜时，花市灯如昼"那首词，姆妈就和他讲解过。母亲牺牲了一切把他们抚养成人，现在他居然要让她离开家？姆妈一心一意在这里养老，还把老房子过户给了他，最后却被扫地出门。她能够接受这个事实吗？芳芳真会多事，只怪自己色迷心窍，一时糊涂娶了她。不过，老婆待自己是真好，为了这个家也是贡献了一切，可是她为什么就容不下姆妈呢？唉，为了这个家安定团结，看来只能让母亲委屈了，好在一年就可以回来了。

这天晚上，他一夜没有睡好，脑子里反复在想，唉，如何向姆妈开口呢？难难难！

第二章

母亲求收留

陶依嘉烧好晚饭，就见张孝明开门回来，他手拿一大包草莓放到餐桌上，兴冲冲地说："嘿，这草莓真大啊，便宜，买的人蛮多的。"

季芳芳正坐在客厅的沙发上看手机，走过来拿起一只草莓看了看，突然板起脸吼道："你这个人怎么一点生活常识都没有？你看，买来的是啥东西啊？"

"啥东西啊？"张孝明惘然地问。

"你是装戆还是无知啊？这是打过激素的草莓啊。"季芳芳拿来一把小刀切开草莓，"正常草莓的果肉是粉红色的，没有熟是白颜色，但颜色是均匀的。你看这草莓，红白颜色分得清清爽爽；再看看这果肉，都是空的：这种草莓打过膨大剂激素的，所以长得特别大，但是，吃了要生癌的。"

"阿明，芳芳讲得对，以后买东西要当心。"陶依嘉对张孝明说。她感到奇怪和不满，这点小事芳芳就要大发雷霆？她过去可不是这样的，最近脾气为什么暴躁易怒呢？

"哦哟，我受骗上当了。"张孝明赶忙认错，"好好，反正便宜的，以后注意就是了。"

"你不生眼睛啊？你不看看清爽啊？你是不是存心要我生癌啊？"季芳芳不依不饶地继续指责。

"你态度好一点，我怎么晓得草莓打过激素呢。"张孝明微笑地解释道。

"你做错了事情还要凶啊？我倒没有碰到过你这种人，蛮不讲理呀……"季芳芳声音更高了。

"芳芳，算了算了，不要计较。"陶依嘉劝解道。

"你不要不讲原则，是非不分和稀泥。"季芳芳不客气地朝陶依嘉说。

陶依嘉一愣，上次痰盂翻倒对我破口大骂，今天又是无事生非，啊，芳芳怎么啦？

"你对我姆妈的态度好一点。"张孝明客气地对季芳芳说。

"我态度有啥不好啊？你要我跪下来和她说话啊？"季芳芳更加怒气冲冲。

陶依嘉想上前劝解，话到嘴边还是吞了回去。

"草莓已经买来了，你说怎么办呢？"张孝明生气地反问。

"退掉！"季芳芳命令道。

"我在单位附近买的，开车过去退钱有必要吗？再说，摊主肯定也走了。"张孝明拒绝道。

"就是要你开车过去，就要你感到麻烦，这样你才会吸取教训。"季芳芳挥了挥手，"去吧，等你回来吃晚饭。"

"我不去。你不要勉强我。"张孝明板起脸说。

"先吃饭吧。"陶依嘉对季芳芳说。这么一件小事值得发脾气吗？为什么偏要阿明去退货呢？这不是故意捉弄人吗？

季芳芳气鼓鼓地走进自己的卧室，"呼"的一声，用力关上门。

"神经病。"张孝明轻声说。

"你去劝劝她。"陶依嘉说。她把草莓收起来，放进垃圾袋里，拎到厨房间扔进垃圾箱。

张孝明想了想，跑进自己的卧室。过了一会儿，两人出来吃晚饭，季芳芳脸色和缓了许多，但还是没有笑容。陶依嘉端菜上桌，张孝明过来帮忙拿筷子……

晚饭后，张孝明悄悄地对母亲说，"姆妈，医生说，她现在是严重的更年期综合征，控制不住自己，你不要放在心上噢。"

"哦，原来这样，那要好好调养。"陶依嘉用理解的口吻说。

几天后的晚上，张孝明拿着两只香蕉，和往常一样来到母亲的卧室。他下决心和母亲谈谈进养老院的事。他已

016

经纠结了好几天，几次面对母亲想开口，可是话到嘴边又吞了下去。

"来来，坐坐。"陶依嘉坐在书桌前。她放下手上的《新民晚报》，摘下老花眼镜，笑问，"你看看房间里有什么变化吗？"

"哦哟，这个书架哪里来的？"张孝明把香蕉放到书桌上，指着靠窗的多层楠木落地简易书架问道。

"我在网上订的。"陶依嘉得意地指了指书架，"我把过去没有时间看的书找出来了，还有一部分书在老房子里，以后也去拿来。"

张孝明走过去看了看书架上的书，大多数是文学经典图书，还有一些工具书和书法碑帖。书架顶层放着一个黄花梨木笔架，上面挂了3支毛笔；还放着一盆君子兰和养着绿萝的一个玻璃花瓶。

"书架是你自己安装的？"张孝明问。

"是的。这个楠木书架便宜，只有130元，"她从书架上取下一张图纸，"依样画葫芦，我把书架装好了，蛮简单的。"

张孝明心想，母亲动手能力强，记得小时候家里修修弄弄，都是姆妈拿着榔头、老虎钳什么做的。

他在床边沙发上坐了下来，"我没有听你说要买书架啊。"

"我想买就买了。"陶依嘉笑道,"我还在京东订购了一些图书。"

"你准备看书和写书法?"张孝明问。

"活到老要学到老,也是预防老年痴呆症。"陶依嘉微笑着说。

"怪不得芳芳说,你最近快递蛮多的。"张孝明说。

"我想明白了,不要老是想着自己老了,就当自己是青年人,这样生活才有质量。哎,我能够居家养老是幸福的,要好好地安排生活,也要谢谢你这个孝顺儿子。"陶依嘉满面笑容地说。

张孝明皱了皱眉头,难了,如何开口呢?他说:"芳芳现在生毛病了,更年期综合征。"

"你说过了。她最近天天煎药,整个房间都是中药味。"陶依嘉问,"严重吗?"

"蛮严重的。"张孝明不自然地把手摆在自己大腿上。

陶依嘉看了看张孝明,发觉他神情有些异样。平时他总是轻松地笑着,双手放松地搁在沙发扶手上。她关心地问:"单位里碰到什么事吗?"

"没有没有。"他连忙否认,掩饰地说,"姆妈,你吃香蕉。"

"我看你这几天有心事，几次要和我说什么，最后都没有说，"陶依嘉微笑着鼓励道，"说吧，我帮不上你忙，出点主意是可以的。"

"哦，哦，"张孝明看了她一眼，有些尴尬地说，"怎么说呢？我也很难开口。"

"说吧。"陶依嘉鼓励地说。

"芳芳生病了，张波夏天要回国结婚，婚房就设在家里。"张孝明说。

"张波要回来了？还要结婚？大喜事！"她兴奋了，"好，我可以天天看见他了。"

"姆妈，随着社会的发展，人的观念是需要改变的。比方说，用凉水洗衣服，这是人们几千年的习惯，但现在科学研究证明，凉水洗衣服不能有效清除有害健康的细菌、真菌和尘螨，新的观念就是衣服要用热水洗。美国专家建议，袜子、内衣、床单等贴身衣物，最好用45度至66度的热水洗。"张孝明说。

"你想说什么？直接说，不要拐弯。"陶依嘉疑惑地看着他，直率地问。

张孝明尴尬了，看了看她低下头，没有回答。

"你怎么一点都不像我，有话就说吧。"陶依嘉笑道，心里有一种不祥的预感。

"养老的观念也一样，许多人以为养老要在家里，其实养老院也是不错的选择，就像我们小时候离开家进幼儿园一样。"张孝明说，"芳芳上次和你发脾气，因为她控制不了自己情绪。为什么控制不了？因为她患有严重的更年期综合征，医生要她静养——这就需要有安静的环境，张波回来结婚也需要用房。我想，姆妈，你是否到养老院住一段时间，等芳芳恢复了健康再回来？"张孝明把憋了几天的话说出来，顿时感到坦然了，抬头正眼看着陶依嘉。

陶依嘉心里一震，惊愕地看着他。他心虚地赶忙避开姆妈的目光，看着地板。

"你要把我送进养老院吗？"她疑惑地问道。

张孝明不响，默认了。

陶依嘉一脸惊愕和震惊的表情，阿明居然要她进养老院！真没有想到，真没有想到！她的眼神顿时暗淡了，嘴角痛苦地抽动了一下，双手无力地垂下来。

"你考虑一下。"张孝明嗫嚅地说。

"养老院，我是不去的！"她说，"到这种地方去，少活好几年。再说，我要天天看见你。"

"所以，我说要改变观念啊。养老院人多，热闹，护理也专业，对老人有好处。"张孝明不太自然地解释说。

"这是芳芳的主意吧？"她问。

"这是我们共同的想法。"张孝明回答。他暗暗地对自己说，今天一定要狠心，否则这事办不了。

"你不是说要为我养老吗？"陶依嘉反问道。

"情况在不断地发生变化，有特殊情况嘛，再说暂时进养老院，也不代表我不为你养老。"张孝明讪讪地说。

"你说到养老院住一段时间，这一段时间是多长时间？"她问。

"最多一年，芳芳的病就会好，我就接你回来。"张孝明安慰地拉住母亲的手说，"姆妈，我们可以挑一个条件好一点的养老院。"

陶依嘉看了儿子一眼，抽回手，默默地低下头。那天痰盂事件，季芳芳的脾气好大啊；前几天阿明买来草莓，她又无端发火——她确实有病了。我和芳芳的关系几十年来说不上融洽，但我以为彼此可以相处的，大家还是客客气气的，但从她半年前退休开始，她就越来越不像话了。有人在的时候她客气礼貌，和我单独在一起的时候，那冷漠的神情、冰冷的眼神和嫌弃我的肢体语言，都让人受不了。我没有告诉阿明，怕影响他们的关系，更怕儿子受委曲，儿子弄不过她。从两个月前开始，我刷牙洗脸都在自己房间里，还买了一个高脚痰盂放在房间里，大小便在自己房间里解决，趁她不在客厅的时候到卫生间里倒掉。除了白天做饭做家务出来，其他时间她都躲在自己房间里。我尽量避免和芳芳正面接触，只想平平安安地在阿明家居家养老，安度晚年。可是，现在他们要我出去住养老院，这肯定是芳芳的鬼点子。唉唉唉！

"等她病好了，我就来接你。"张孝明用肯定的语气安慰道。

"不去不去！"陶依嘉态度坚决。

"姆妈，你再考虑一下。嗯，早点睡吧，时间不早了，明天再说吧。"张孝明尴尬地站起来往外走。

陶依嘉几乎一夜没睡，好不容易睡着了，却梦见自己进了养老院。一天深夜，她突然从床上跳起来，背上双肩包就往外跑。一个护理员拦住他，凶狠地命令道："到床上去。""不要你管！"陶依嘉朝外面走。护理员凶狠地扑上来，双手抓住陶依嘉，把她推到床边，伸手给了她一个巴掌，瞪着眼睛吼叫，"你给我躺下，不许动！你来了必须要守规矩！"

陶依嘉也不知道哪里来的力气，猛地跳起来冲出门外，护理员追了出来，用双手扼住她的脖子，把她倒拖进房间，推到床上，迅速拿来一团绳子，一道来一道去地把她绑在床上。

"救命啊！"陶依嘉大声喊道，"阿明，快来啊！"

护理员用一双臭袜子塞进她的嘴里，一边吼："我看你还叫！"

陶依嘉放声大哭……

陶依嘉醒来，梦中的情景历历在目。她擦着眼泪，发觉嘴里咸咸的，是泪水流进了嘴里。她拿来餐巾纸抹去眼泪。唉，亲戚邻居朋友都羡慕她有个好儿子，能够让她居家养老，现在居然也要她进养老院。说是一年，会不会是缓兵之计呢？在养老院待一年，也是难熬的。哎，阿霖和阿珍都说过，要接她上他们家住的。养老防老，在他们两家各住半年，一年就过去了，这样就不用进养老院了。

她想到这，心情好多了，渐渐地在蒙蒙眬眬中睡着了。她做了一个梦，笑醒了——阿霖和阿珍抢着要接她去他们家住。

清晨，陶依嘉出外步行锻炼，带了早点心回来。张孝明吃早饭的时候说，今天礼拜六他要加班，芳芳和中学同学聚会，他们都不回来吃中饭和晚饭。陶依嘉一听正中下怀，正好白天去找大儿子阿霖和女儿阿珍。

张孝明来陶依嘉房间为她打胰岛素针，陶依嘉乐呵呵地对阿明说："我想到阿霖、阿珍家轮流住半年，问题就解决了。"

"他们会愿意吗？"张孝明一愣，怀疑地问。

"应该没有问题的。"她自信地说

"哦，你去问问吧。"张孝明勉强地说。

上午8点半，陶依嘉穿戴整齐，背上一只红色双肩包，走出自己房间，看见季芳芳满脸笑容地坐在客厅沙发上，正拿着手机视频；芳芳看见陶依嘉出来，侧过脸去看也不看她。

"芳芳，我出去一次。"陶依嘉还是礼貌地对她说。

季芳芳的手机视频里传来孙子张波的声音："是奶奶吗？"陶依嘉激动地走过去要和孙子说话，可是季芳芳站起来，不屑地瞪了她一眼，扭着肥胖的屁股，大步走进自己的卧室，"呼"地关上了门。

陶依嘉如同被当头一棒，愣住了。她呆了一会儿才回过神来，默默地走出房门，下楼朝小区外走去。她顺着陕西南路来到淮海中路地铁站，乘坐10号地铁线到老西门站转乘8号线，到了曲阳路站出来。她在玉田路上的水果摊买了一袋苹果，来到张孝霖的小区。她上楼摁响阿霖家的门铃，大媳妇梅凤妹来开门，看见她一愣，"咦，你怎么来了？噢，姆妈，进来。"

陶依嘉朝梅凤妹笑了笑，这个大媳妇说话直率，心地善良，心里怎么想嘴上就怎么说。她走进门，把水果放在地板上，放下双肩包，换上拖鞋，就见张孝霖趴在地板上，背上驮着外孙女月月，一步一步地朝前爬着，月月开心地大笑着。

"阿霖，你妈来了。"梅凤妹对张孝霖喊道，她热情地倒来一杯热茶。

月月扭过头来看，开心地叫了声"太奶奶"，一不小心从张孝霖背上掉下来，顿时哭了。梅凤妹跑上去搂抱住她，着急地问，"伤了没有？"

张孝霖中等个子，秃顶，两鬓头发茂密。他站了起来，看了母亲一眼，责怪地说："姆妈，你也不说一声就来了。"

"你怎么来了？"月月天真地问陶依嘉。

"你怎么可以这样和太奶奶说话？"梅凤妹喝斥月月。

陶依嘉听了很不舒服，但只当没有听见，笑着把月月抱起来在沙发上坐下。张孝霖也坐了下来，梅凤妹端来一杯茶，拿来几个橘子，热情地塞在陶依嘉的手里。

张孝霖睁大一双仿佛总是在思考的眼睛看着母亲，"姆妈，今天是礼拜六啊，你不烧中饭啊？"

"他们白天都不在家。"陶依嘉说。

梅凤妹猜想陶依嘉有事，就从陶依嘉手上抱过月月，"我们玩拼图好吗？"

"好！"月月高兴地要下来。

梅凤妹把月月放在地板上，拿来拼图，月月开心地玩了起来。

"月月4岁了，还没有送幼儿园？"陶依嘉问。

"阿霖不舍得啊，怕她到幼儿园吃苦头。"梅凤妹说，"在家自己带。"

"带外孙女像玩玩具，开心啊。"张孝霖说话时，怜爱的目光一刻没有离开月月，"平时忙，周末就和外孙女泡在一起。"

"我整天忙月月，还要忙晚饭，女儿和女婿都要回来吃晚饭的。"梅凤妹抱怨道。

"那是忙的！"陶依嘉说，"周末应该空一点，张婕小夫妻俩可以带月月了。"

"周末更忙，小夫妻睡到10点多钟才起来，早饭中饭连在一起吃，周末要忙两天。"梅凤妹开心地笑着。

"享受天伦之乐，我看你忙得不亦乐乎啊。"张孝霖笑道。

"我要张婕双休天早点起来，阿霖也不让我说。"梅凤妹说，"他太宠女儿了。"

"现在孩子也不容易，职场竞争厉害，周末就让他们多休息休息。"张孝霖解释说。

"哦，你们辛苦了。"陶依嘉说，"我年龄大了点，精神还可以，我来搭把手带月月好吗？"

"张婕从小就是你带大的，阿珍家的佳佳、阿明家的张波，也都是你带大的，"张孝霖谢绝地说，"月月要你带，我们就太不应该了。"

"姆妈劳苦功高。"梅凤妹说，"姆妈，你喝茶啊。"

陶依嘉端起茶杯呷了一口，考虑着如何开口。

张孝霖弯下腰把外孙女抱起来，欢喜地抱得很紧，月月哭了。

"是不是外公把你弄疼了？"梅凤妹问月月。

"是的。"月月挣脱了张孝霖的手，坐回地板上继续玩拼图。

"你这种爱，小孩也吃不消。"梅凤妹对张孝霖说。

"姆妈，你在阿明家享福，房子大，地段好，住着舒服，阿明和芳芳也孝顺，你是老有所养了。"张孝霖说。

"我来，想和你们商量一件事。"陶依嘉放下茶杯，认真地说。

"哦？什么事啊？"张孝霖问。

梅凤妹也专注地看着陶依嘉。

"芳芳身体不好，更年期综合征，需要静养；张波夏天要回来结婚。所以，我想到你和阿珍家轮流住一段时间，阿明说最多一年就接我回去。我到你们家住半年，也好带月月。"陶依嘉说完拿眼光看着月月，下意识地不敢正面看阿霖的表情。

张孝霖和梅凤妹都一愣，梅凤妹神情紧张地看着张孝霖。

"当然好，不要说轮流，你天天住在我们家才好呢。和母亲住在一起，机会难得。"张孝霖笑道。

陶依嘉惊喜地"啊"了一声，梅凤妹的脸色难看了，赶忙对他使眼色。

"可惜，张婕怀孕了，预产期4月份。"张孝霖说，"姆妈，你现在来的不是时候，以后有机会我们请你。"

梅凤妹放心地笑了，张孝霖瞟了妻子一眼，那眼光有几分得意。

"张婕生孩子，家里更忙了，我正好来帮个忙。"陶依嘉硬着头皮说。

"张婕要进月子中心，住1个月回来。"梅凤妹说，"我们也帮不上忙。"

"哦？那价钱很贵吧？"陶依嘉问。

"1个月6万元。"张孝霖说。

"这么贵啊！"陶依嘉惊讶地伸了伸舌头。

"有婴儿护理，哺乳、喂养、穿衣和换尿布啦；24小时1对1照护；还有产后心理指导、产后形体修复、产妇美容，花样经蛮透的。"张孝霖说。

"这样养小囡怎么养得起呢？"陶依嘉摇了摇头。

"去年张婕怀孕，想打胎，不想要孩子，说一个孩子已经忙不过来了，开销也大，阿霖拼命做思想工作，要张婕把孩子生下来。他说，不管男的女的，生活费全部由他来，他还会抽时间带孩子。"梅凤妹坦率地说。

"姆妈，阿明孝顺，你房子给他也好，在他家义务做家务也好，我们都没有意见，可是我总是怀疑，阿明是不是能够为你养老。瞧瞧，现在出花头了。"张孝霖转移话题。

"最多一年，姆妈就可以回去的。" 梅凤妹说。

"哼哼！"张孝霖冷笑了。

"我没有想到被拒绝。"陶依嘉悲哀地说，"我辛辛苦苦把你们抚养成人，到头来要到儿子家住几天都被拒绝。"

梅凤妹一愣，尴尬地看了看陶依嘉。

"姆妈，我们虽然有困难，但不是不能够克服，我主要是对阿明他们有想法。他们拿了你几乎所有的财产，现在却要把你赶出门，太可恶了。什么更年期毛病，哪个人没有更年期？分明就是借口，芳芳什么货色我们又不是不知道。"张孝霖愤愤不平地说。

"芳芳蛮好的，不要背后乱说人家。"梅凤妹对张孝霖说。

"好好，我就不来了，"陶依嘉伤心地摇了摇头，低头看着月月，呷了一口茶，默默无语。

梅凤妹看见婆婆无奈无助的可怜样子，不由得心软了，对张孝霖说："要么，让姆妈来住半年？张婕月子中心5月份回，姆妈已经住了两个月了，我们就克服一下困难吧。"

张孝霖看了看梅凤妹，心想这个老婆真没有主意，随风倒；姆妈也是可怜的，她心气高，肯定无路可走才上门求人的。不过，不能答应她，否则太便宜阿明和芳芳了。他对陶依嘉说："姆妈，我们确实有困难。我们商量一下，再给你回复。"

"不用商量，我不给你们添麻烦了。"陶依嘉扭头朝梅凤妹说，"谢谢你，你真的很善良。"

梅凤妹突然叫起来，原来月月撒尿了。她抱起月月朝卫生间走去，张孝霖马上拿来一块抹布，双膝跪下擦洗地板。

陶依嘉心里一阵悲哀，阿霖对外孙女全心全意，老妈来住几天就不同意，唉唉唉！

"姆妈，你今天在这儿吃中饭吧。"梅凤妹抱着月月回来。

"不不，我要走了，你们忙。"陶依嘉说。

张孝霖连挽留话都不说，站起来送客。

"马上要吃中饭了，怎么能让姆妈空肚皮走？"梅凤妹责怪地对张孝霖说，"你来管月月，我来烧中饭。"

"不不，我还有事。"陶依嘉背起双肩包直往大门口走去。

"姆妈，要么，你吃好中饭再走吧。"张孝霖客套地说。

"离吃中饭还早着呢。"陶依嘉走到门口，不由得扭头看月月，"月月，再见。"

"我要太奶奶！我要太奶奶！"月月奔了过来，拉住陶依嘉的裤脚管哭了。

"姆妈，你就吃好中饭再走吧。"梅凤妹拉住陶依嘉的手，真心地挽留。

陶依嘉把月月抱起来，伸手擦了擦她的眼泪，"月月，太奶奶有事情啊，下次来带好吃的东西给你，好吗？月月乖！"

张孝霖抱过月月，对外孙女说："和太奶奶再见，下次来买好东西给月月。"

月月重复了一遍，奶声奶气的声音很好听。

陶依嘉捏了捏月月的小手，笑着和她招了招手就走出门。张孝霖和梅凤妹送到门口，一齐说"再见"，月月也跟着叫"再见"。

陶依嘉走到电梯口，电梯还没有来，就听见"砰"的关门声，声音很响亮，她不由得失望地"唉"了一声。她突然想起应该给月月一点钱，让她买点零食高兴高兴。她伸手摸口袋，还有一张 50 元钞票，就拿出来返回去。她刚要摁门铃，就听见张孝霖的声音，"请神容易送神难，我怎么会让她进来呢？"

陶依嘉感到当头一棒，眼前一黑，身体就往一边倒下，她本能地伸手撑住墙面，总算没有跌倒。她迅速往外走，坐电梯下楼，走出小区，直奔 8 号线地铁站。女儿阿珍是最后的希望了。我发过微信给阿珍，告诉她大约下午 2 点钟到，原来准备在阿霖家吃中饭的，现在提前了。阿珍会不会也拒绝我呢？阿珍也抱怨我对阿明偏心，可是，她平时还是经常买东西送给我，水果啦，保健品啦，衣服啦。阿珍的女儿申佳小时候，也是我带大的。阿珍有一次对我说，姆妈什么时候到我家来住住啊。嗯，住到阿珍家一年应该没有问题的，女婿申江涛也不会反对，他整天忙着写书做学问，什么闲事都不管。当然，我不会白白地住在那儿，烧饭洗衣的家务我就包揽了，还会每月给生活费。

陶依嘉发微信告诉阿珍"我现在就过来"，她加快脚步朝地铁 8 号线曲阳路站走去。

陶依嘉坐地铁乘到西藏南路站换乘4号线，到南浦大桥站出来，走了10分钟，来到一栋高层建筑前，女儿阿珍的家到了。

她乘电梯来到18楼，摁门铃，音乐声响了，没有人开门。她突然想起来，她有女儿家的钥匙，过去带外孙女申佳的时候留下的。她拿出钥匙开门，开不开。哦，换过锁了，她只好回到电梯口等候。

电梯上来，门开，走出来一位面熟的老人，他看了看她，就说："你是阿珍的母亲吧。"她也认出是隔壁邻居张先生，于是笑着和他打招呼。这时，张孝珍从另外一部电梯里走出来。

"姆妈来了。"她热情地说。

"再见。"陶依嘉和张先生说。

陶依嘉跟着张孝珍走进她家，放下背着的红色双肩包，在客厅里坐下，环视熟悉的四周，笑嘻嘻地看着女儿。她打扮男腔，一头短头发，穿着黑色连帽羽绒服，里面是一件暗红色高领针织毛衣，下身穿一件灰色西装长裤，一双黑色皮鞋，显得生气勃勃，充满活力。她毕竟50多岁了，看上去比实际年龄更老相一点，眼睑都松弛荡下来了。

"来到这里就像回到了家，毕竟过去住过几年啊。"陶依嘉笑道。

"幸亏你带佳佳，那时我们实在没有空，江涛前几天还说起呢。"张孝珍说，"你中饭吃过吗？"

"下碗面条就可以了。"陶依嘉说。

"走，楼下小餐馆，我也要吃饭的。"张孝珍说。

"江涛呢？"陶依嘉问。

"去北京参加论坛了。"张孝珍说着看了看母亲，她高高的个子，外套黑色大衣，内穿蓝色毛衣，胸前戴着一条红色围巾，下半年穿着牛仔裤，穿着一双黑色平底皮鞋。张孝珍赞赏道，"哎，姆妈打扮得真神气。"

"哪里啊，出来总要穿得整齐一点。"陶依嘉笑道，拿起双肩包背在肩上。

"阿明也有一只双肩包，和你一样的。"张孝珍说。

"他在美国买了两只双肩包，一只黑色，一只红色，红的给了我。"陶依嘉说。

张孝珍带着陶依嘉来到多稼路上一家小餐馆，她和母亲找了个座位坐下来，拿出手机对着餐桌上的二维码扫了扫，然后在手机上点菜，一会儿说："好了。"

"现在手机点菜真方便。"陶依嘉说，"你教教我。"

"很简单，一学就会。"张孝珍说，"我取消，你来。"张孝珍拿着自己的手机，边教边示范。

"如何付款呢？"陶依嘉问。

"唉，这里，摁一下就行了。"张孝珍说。

陶依嘉拿过手机操作了一遍，然后点菜。

"姆妈，真聪明，一学就会。"张孝珍佩服地说。

"活到老，学到老。"陶依嘉笑道。

门外进来几个年轻人，坐在她们旁边。他们点火抽烟，浓浓的香烟味飘过来，陶依嘉厌恶地别过头去，小声地说："烟味我受不了。"

"楼上有座位，安静。"张孝珍站了起来，不客气地对抽烟男性说，"法律规定，饭店不能抽烟，你们违反法律要罚款的。"

陶依嘉赶忙拉了拉她手臂，叫她不要惹事，"我们上楼吧。"

那几个年轻人盯着张孝珍看，她毫不畏惧地瞪了他们一眼，就和陶依嘉顺着楼梯走到二楼，在靠窗的卡座面对面地坐下。陶依嘉看见墙壁上贴着几个外国歌星的照片，他们是泰勒·斯威夫特、艾薇尔·拉维尼、贾斯汀·比伯和布兰妮·斯皮尔斯等，金头发、红嘴唇、墨镜和半裸的乳房特别醒目。陶依嘉要求和女儿换了个位置，她不要看到这些性感的照片。

"我喜欢这些照片。"张孝珍笑道。

"毕竟两代人，喜欢的东西不一样。"陶依嘉指了指墙上的照片说，"不过，他们身上焕发出来的青春活力，我喜欢。"

"想想他们才叫活着，想做什么就能做什么，这叫做人啊。"张孝珍笑道。

"每代人每个人，都有不同的活法。"陶依嘉说，"开心最重要。"

一会儿，服务员上了茶，端上菜，张孝珍揽菜给她吃。

"你忙吗？"陶依嘉问。

"有时候忙，有时候没有生意，反正不亏本就行。江涛一直反对我再做，不做回家做什么呢？也不能天天玩啊。来，扬州狮子头，你喜欢吃的。"张孝珍揽起一个狮子头肉圆，放到母亲面前的碗里。

"哦，谢谢。"陶依嘉说。

她们边聊边笑，边笑边聊，陶依嘉告诉她，张孝明要她暂时去养老院。

"这是芳芳赶你出来。什么更年期综合征，就是借口。"张孝珍揽起一只虾仁，"这个女人我早看穿了，又矮又胖，男人脱光了也不会要碰她的，除了阿明。"

"你说话文明点，"陶依嘉笑了，"你还是说话直来直去，不看场合。"

"我想不通，叶璐又漂亮，又斯文，又温柔，又有学问，阿明和她结婚证书都开好了，突然不要人家了，非要和季芳芳结婚不可。奇怪！其中必有文章。"张孝珍不屑地鼻子里"哼"了一声，"芳芳，装腔作势，听说鼻子整容过的，双眼皮也是开过刀的，你矮子总不能整容成为高个子啊？你再整容和叶璐也没法比。"

"哎，我对不起周老师，更对不起叶璐。"陶依嘉沉痛地说。

"芳芳，这个女人，既要做婊子，又要立牌坊。"张孝珍忿忿地说。

"不要这样说，都是自己人，要客气，和为贵。阿明想让我到养老院住上一段时间，等芳芳病好了再回来。"陶依嘉眼睛盯着她问道，"阿珍，他们要我进养老院，你看怎么办呢？"

"姆妈，他们结婚的房子是你给的，长阳路老房子的房租，肯定也是他们在收，你每天又为他们烧饭做家务——他们赡养你是天经地义的。"张孝珍说，"你不要睬他们，就住着不走。"

"阿明说最多一年就接我回去。"陶依嘉说。

"芳芳为什么不回娘家住一年呢？"张孝珍问。

"夫妻要住在一起的，我妨碍他们住在一起，宁可搬出去。"陶依嘉说，"听阿明说，张波今年夏天要回国结婚。"

"啊？张波毕业了？噢，时间真快。"张孝珍说，"不管张波回来不回来，姆妈，阿明家有三房一厅，你不要搬出来。我来找阿明谈，我要维护你的权力和权益。哎，你上午去阿霖家，他怎么讲？"

"他开始时说有困难，后来梅凤妹要我住过去，他说考虑考虑再回复我。"陶依嘉说，"我就直接谢绝了。"

"为什么呢？"张孝珍不解地问。

"我不吃嗟来之食。"陶依嘉坚决地说。她抬眼看着张孝珍，犹豫了一下，硬着头皮说道，"阿珍，我住到你家，最多住一年，你愿意接受吗？"

"啊？不愿意。"张孝珍揀了红烧肉菜里的一只鸽蛋给她，"你不要生气，我不愿意便宜了那个婊子。噢，钞票晓得要的，赡养不肯，世界上哪有这样好的事？再说，我们有我们的生活，我不希望我们的生活被打乱。"

陶依嘉失望地低下了头，慢慢地扒拉着米饭。记得大媳妇梅凤妹生下张婕，我住到阿霖家日夜带养张婕；后来阿珍生下佳佳，也要她去带养，她就轮流到他们两家带养孩子；阿明有了儿子张波，她放下张婕和佳佳，上阿明家带养张波。在他家住了半年，阿霖和阿珍一起来到阿明家，那情景她还记得清清楚楚。

"姆妈，你不要重男轻女啊，张婕是你的孙女，你也要帮忙带啊。"张孝霖笑道，"你已经带了张波半年了。"

"宝贝女儿佳佳没有人带，姆妈，你一碗水摆平，不能就带张波。"张孝珍不满地说。

"我只有一双手，不能分身啊。"陶侬嘉无奈地说，"张波才半岁，不能进托儿所啊。"

"姆妈已经很累了，再帮你们带孩子吃不消的。"张孝明说。

"带你儿子就吃得消？"张孝珍板下脸对张孝明说，"你也太自私了。"

"阿珍，你是不是请个保姆呢？请个钟点工也行，我可以补贴费用。"陶侬嘉说。

"佳佳就是要外婆啊。"张孝珍说。

"婕婕也要奶奶啊。"张孝霖说。

"姆妈，我每天上班有时间，下班没时间，你还是要帮忙的。女儿佳佳太小，我常常下班后才去接她，托儿所就她一个人缩在角落里，很可怜，老师看见我接得晚也很不高兴。"张孝珍说，"江涛每周要上课，还要做研究，不能接孩子。"

"我有一个方案供大家参考，姆妈每家轮流，每家4个月，你们看好吗？"张孝霖说。

最后，张孝霖的方案得到通过。陶侬嘉一年在三个儿女家中轮流住，每家待 4 个月。从 1995 年年初到 2012 年她回到自己家为止，从 50 岁到 70 岁，她一直在带养孙子和外孙女，一直在为第三代忙碌劳作。2012 年她回到长阳路老宅居住，住了两年，2014 年年初阿明买了新房子，就把她接了过去，住到现在，也在忙着阿明家的家务活。如今，没有一个儿女要她，他们都不需要她了。唉，光阴似箭，岁月如歌，是颂歌还是悲歌呢？《红楼梦》里说得好：痴心父母古来多，孝顺儿孙谁见了？唉唉！

"周末或者过节，你可以来我家住几天。"张孝珍不带感情地说，"毕竟你是我的姆妈。"

陶依嘉看了看阿珍，无话可说，低头扒了一口米饭慢慢地咀嚼着。

"姆妈，你不要抱幻想了，他们说最多一年把你接回来，那是幌子，不可能的。这个阿弟实在没用，太怕老婆了。这个弟媳妇太狡猾了，到时候说更年期毛病还没有好，甚至毛病更重了，你怎么办？"张孝珍看着母亲。

陶依嘉不以为然地看了一眼女儿。芳芳说一年把她接回去，不至于言而无信吧？阿明也说一年让她回去，阿明难道会骗她？

"噢，这是你喜欢吃的菜。"张孝珍搛了一块墨鱼大烤给母亲，看见她默默无语就问，"姆妈，你住在他们家，付饭钱吗？"

"总要意思意思。"陶依嘉说。

"你出多少饭钱呢？"张孝珍盯着问。

"两千元。"陶依嘉犹豫了一下说，"阿明不要我出钱，我是自己要出的。"

"哦哟，付的钞票不少了。他们请保姆，至少要付你三四千元。"张孝珍撇了撇嘴，"他们不出钱还拿进钱，真会算计啊。姆妈，我重复一遍，不是我不接受你，实在是不能让他们太占便宜。"

"我没有想到，你和阿霖都对我关上大门。"陶依嘉不无悲哀地说。

"话不能这样说，"张孝珍冷笑了一下，"你现在完全能够自理，有养老金，为阿明作出了那么大的贡献，他们凭什么赶你出来要我们接收呢？"

陶依嘉愣了愣，想说什么，犹豫了一下不说了。

中饭吃好了，张孝珍结账后，和陶依嘉一起走出饭店。张孝珍问她是否回家再坐一会儿，陶依嘉摇了摇手说，"你忙吧，我走了。"

"我晚上就找阿明，逼他让你住。"张孝珍说，"或者，我直接找芳芳交涉。我要给她颜色看看，让她晓得张家不是没有人了。"

"我的事不用你管了，你过你的日子吧。"陶依嘉挥了挥手和她告别，转身昂着头朝地铁站走去。

"姆妈，你自己当心啊。"张孝珍在她背后说。

陶依嘉满脸愁思，脚步沉重，越走越慢。她穿过中山南一路，看见马路边有椅子，就走过去坐下。她为自己的前景担心。原来以为在阿明家居家养老，现在看来暂时不行了；原来以为可以到儿子和女儿家轮流住上一段时间，然后回到阿明家，现在根本不可能。到养老院住一年，那日子可不好过啊。

"唉，我老了，没有人要了。"陶依嘉悲哀地感叹。

对面就是繁忙的公交车枢纽站，好几辆公交车驶进驶出，人们匆匆走过。

陶依嘉心情很乱，很想找人倾诉一下。啊，去找周琴心说说知心话，她是我的老同事，也是我最好的朋友。

陶依嘉走到马路对面南浦大桥地铁站，换乘4号线到达上海体育场站，再换乘1号线在徐家汇站出来。她走到文定路上，抬头看到周琴心家的楼房，这时却犹豫了：和她说什么呢？阿明抛弃叶璐娶了季芳芳，弄得叶璐至今还是单身，我有什么脸面说自己被阿明和季芳芳赶出来？嗯，还是回去吧。

当天晚上，张孝明走进陶依嘉的卧室，在她床边的沙发上坐下，问她："阿霖和阿珍怎么说？"

"他们各有各的难处。"陶依嘉说话时脸色难看。

"我知道他们不肯的。"张孝明说，"姆妈，还是找一个好的养老院吧，一年后我来接你。"

"我考虑考虑再作决定吧。"陶依嘉说。

"啊？"张孝明有些意外，他发觉母亲眼睛里流露出一种悲哀，还有一种倔强，她会作出什么决定呢？

第三章

家庭会议

陶依嘉告诉张孝明，她要召集全部子女开会，让他联系安排。

"什么事啊？"张孝明笑着问道。

"我养老的事。"陶依嘉神情严肃。

"你准备怎么办呢？"张孝明急迫地问。

"有些想法，要和你们商量，就这个周末吧。"陶依嘉回答。她想好怎么办了，可是不能告诉阿明，告诉他等于告诉芳芳，芳芳有心计，不知道会搞出什么名堂来，那就麻烦了。

张孝明联系了张孝霖和张孝珍，约定礼拜六下午2点在张孝明家开会。

"什么事啊？"张孝霖在手机那头问，"这么急。"

"关于姆妈养老的事。"张孝明回答。

"有什么具体的方案吗？"张孝霖问。

"我问过姆妈，她说有想法，但要和我们商量。"张孝明老实地说，"所以要开会。"

"哦，姆妈肯定有方案了，只不过是要征求我们的意见。"张孝霖判断道，"肯定要我们出力的。"

张孝珍接到张孝明电话，说了声"我正在忙，晓得了"就挂断电话。

礼拜六下午1点半，张孝霖夫妇和张孝珍夫妇来了。

张孝珍一身牛仔装，看上去像个顽皮的男孩。梅凤妹拎着四罐邵万生黄泥螺和醉蟹，和善地笑道："姆妈喜欢吃的。"

"客气了。谢谢。"陶依嘉笑着说。

"我知道姆妈喜欢喝茶，带来了毛峰绿茶。"张孝珍从拎包里取出两听茶叶。

"谢谢。来来，大家坐。"陶依嘉招呼道。

大家在客厅里的沙发上坐下，客厅里暖洋洋的，季芳芳已经打开了热空调，泡了绿茶，准备了水果和零食小吃。

大家都看着季芳芳，她头发染成紫色，嘴唇涂得鲜红，穿着锃亮的长筒黑色靴子，一副十分时尚的派头。

"啊，你好漂亮啊，越来越年轻了。"梅凤妹看着季芳芳说。

"你不用打扮，就是一种自然的美，自然美才叫真美。"季芳芳亲热地拉着梅凤妹坐下。

梅凤妹戴着一顶自己结的绒线帽，穿着牛仔裤，一身素装，没有任何化妆。她朝季芳芳笑了笑，"你说得好。"

季芳芳和梅凤妹在说话，张孝珍斜了季芳芳一眼，轻声地对张孝霖说："血盆大口，人模鬼样。"

张孝霖看了看季芳芳和张孝明，用胳膊肘悄悄地碰了碰她，示意她注意场合。

"大阿哥好帅啊！"季芳芳朝张孝霖笑着。

张孝霖一身西装，领带飘飘，看上去洋派潇洒。

"他啊，只要出来就打扮得像是参加婚礼。"梅凤妹说，"还是阿明穿着随便，这才是自然美。"

"阿明的睡袍不会便宜的。"张孝霖说，"阿明，多少钱啊？"

大家都看着张孝明，他穿着一身新的深灰色长款睡袍。

"意大利品牌，1589元。"张孝明笑道，"太奢侈了。"

"这么贵啊？芳芳对你真肯花钱。"梅凤妹对张孝明说，"你个子高，穿上这睡袍，很帅的。"

"姆妈，你今天也是神采奕奕。"张孝霖笑着说。

大家都把目光集中到陶依嘉身上，她头发梳理得整整齐齐，穿着鲜红羊毛衫，看上去就是一种干干净净的美。

"衣品透露出一个人的修养和气质，"申江涛笑道，"这句话说得有理。"

"姆妈好年轻啊！"梅凤妹说，"姆妈年轻的时候肯定是大美人。"

"姆妈现在也很美啊！"季芳芳说。

"噢，谢谢。"陶依嘉指了指茶几上的果盘，转换话题说，"来，请大家品尝，这是芳芳为大家准备的。"

大家的目光一齐看着茶几上两个分格塑料果盘，简直是上海零食展销会的缩影：黑芝麻核桃软糖、花生牛轧糖、开心果、小麻球、猪肉脯、蝴蝶酥、云片糕、话梅、山楂片和五香豆等。

梅凤妹拿出手机拍照，开心地说，"我要拍一下，发朋友圈。"

"三家人家难得碰头的，所以特地表达一下心意。"季芳芳故作低调地说。

"芳芳去南京东路食品一店、城隍庙，买来这些上海货，好像买年货过年一样。"张孝明笑道。

"牛轧糖味道不错。"张孝珍拿起一颗牛轧糖，剥开糖纸头，塞进嘴里嚼了起来。

"你不要忘记老公啊。"梅凤妹提醒张孝珍。

"我喝茶。淡中有味茶偏好，清茗一杯情更真。"申江涛说。

"到底是大学教授，有学问。"季芳芳赞赏地说。

"江涛真有学问！"梅凤妹钦佩地说。

"人家是副教授，正在努力要升教授呢。"张孝珍开心地撇了撇嘴。

季芳芳拿来一包中华牌香烟，笑着对陶依嘉说："姆妈，能大赦一下吗？大阿哥不抽香烟难过的。"

"哎，阿霖，这么多人，你不能抽烟。"梅凤妹阻止道，"你抽烟我们都要抽二手烟。"

"好吧。下不为例。"陶依嘉笑道。

"走遍天下，只有姆妈好。"张孝霖笑着从季芳芳手上接过香烟。

季芳芳走到阳台上打开一扇窗户，顿时一阵阵寒风吹进来；她马上把窗户关上，再拉开，仅仅露出巴掌宽的空间。她跑到厨房间，拿来一个旧的肥皂盒子放在茶几上，摁亮打火机，张孝霖伸过头来吸香烟，笑着朝她感谢地点了点头。

大家一阵寒暄后，张孝明认真地问陶依嘉："姆妈，开始吗？"

"今天请大家来，主要商量我的事。"陶依嘉清了清嗓子，认真地说，"大家都晓得了，芳芳最近身体不太好，张波也要回来结婚，所以，阿明和芳芳提出来让我暂时住养老院，最多一年就把我接回来。"

张孝明内疚地看了看陶依嘉。

"我补充几句。"季芳芳抱歉地对陶依嘉笑了笑，"姆妈在我家住了3年，给我们带来了快乐，这种快乐，是金钱换不来的。目前，我个人发生了一些状况，都是自己人，我就坦率地说，患上更年期综合征，蛮严重的，医生要我静养，希望各位能够理解。等到我过了这关，姆妈再回来是没有问题的。"

大家互相看看，等待陶依嘉说下去。

"芳芳已经不容易了，说的也是实际情况。"梅凤妹同情地说。

"听说，姆妈在房间里用高脚痰盂的时候跌倒了，究竟是怎么一回事啊？"张孝珍用若无其事的口吻问道。那天，她和母亲陶依嘉吃好中饭，就打电话给阿明，用责问的口气问芳芳是不是和姆妈闹矛盾了，张孝明以为母亲告诉了"痰盂事件"，就把事情前因后果说了一遍，还作了解释。张孝珍听了火冒三丈，这个弟媳妇两面派，人前一套，人后一套，要坚决戳穿他的假面具。

张孝霖和梅凤妹都惊讶地看着季芳芳。

"跌伤了吗？"梅凤妹着急地问张孝明。

张孝明神情尴尬地说："没有。"

季芳芳有些尴尬，她瞅了张孝明一眼，眉毛皱了皱，竭力平静地说，"冬天上卫生间冷，所以姆妈在卧室里放了痰盂，这样比较方便。那天坐在痰盂上，不小心跌了下来。事情过去了，没事。"

"姆妈大白天为啥在房间里用痰盂呢？"张孝珍盯着问。

"事情过去了，不要再提，言归正传吧。"陶依嘉说。

"对对，姆妈你讲下去呀。"张孝明马上响应。

"我准备住回长阳路老房子，你们看呢？"陶依嘉看了大家一眼说，"另外，我想请个住家保姆，大概要五六千元，我和保姆的日常开销也要三千元，那样的话，我的退休金就不够了，你们看看怎么办才好。"

大家一惊，面面相觑。

张孝明和季芳芳交换了一下紧张甚至是惊恐的眼色。张孝明心里直扑腾，拿起云片糕咬了一口，以此掩饰心中的不安。啊，16平方的前楼已经卖掉了，只不过留着6平方后楼，芳芳说以后拆迁可以换一笔钱。这事都瞒着大家，姆妈要住回老房子前楼，那就纸包不住火了，糟糕了！

"我还想再养一条狗，陪陪我，有个伴。"陶依嘉怀念地说，"过去养的黄狗阿宝，我每天忙家务的时候，它就趴在地板上，眼睛一直盯着我看，小脑袋随着我走来走去而偏来偏去，可爱极了。"

"长阳路房子出租情况怎么样？房租多少？租期多长？"张孝霖吐着烟雾紧盯着问。

"这个就不要说了。"陶依嘉说。她已经把老房子悄悄地过户给了阿明，她不想这事让阿霖和阿珍知道，否则会产生矛盾。

张孝明求救地瞥了一眼季芳芳。她也大吃一惊，如果张孝霖和张孝珍晓得房子过户给了阿明，如果晓得前楼卖掉了，肯定要暴跳如雷，不扑上来咬我们几口才怪呢。

"阿明，每个月租金多少啊？阿哥问你呢。"张孝珍目光直逼张孝明。

"老房子，没有煤气，能租多少钱呢？"张孝明搪塞地回答。

"房租到底多少呢？"张孝珍紧追不舍。

"2000 元。"张孝明说。

"前后楼加起来只有 2000 元？"张孝珍反问，"不可能吧？"

"前楼出租了，后楼没有出租，放着姆妈的东西。"张孝明说。

"房租是姆妈在用吗？"张孝珍瞪着眼睛问。

"当然当然。"张孝明回答。

"租给房东多长时间啊？"张孝霖平静地问。

"噢，租期 5 年。"季芳芳说。

"什么时候到期？"张孝霖吐了一口烟。

"可能是 2020 年吧，我也记不清楚了，可以查一查租房协议。"张孝明神情有些紧张。

"这个也记不住呀？"张孝珍冷笑了一声。

"你怎么说话这么好斗啊？"张孝明不满地说。

"不要吵，都是自己人，都是为了姆妈好。"张孝霖笑着打圆场。

"大家不要争，有话好好说。"陶依嘉喝了一口茶水，"世界上有多少人？七八十亿吧，在这芸芸众生中，你们能够成为兄弟姐妹一家人，那是难得的缘分。你们即使不能相亲相爱，至少也要和谐相处，这是你们死去的父亲的心愿，也是我的心愿。"

大家看着陶依嘉不作声。

"姆妈说得好，我们要努力。好，谈正题，我们讨论两个问题，第一，姆妈要不要住回老房子；第二，如果住回去经济有缺口怎么办——姆妈，你看我讲得对吗？"张孝霖笑问。

"你还有什么话好说，一直当干部的。"陶依嘉笑了笑。

"阿珍，你谈谈想法。"张孝霖点名问道，他希望阿妹首先开炮。

张孝珍快人快语地说："好，我来谈谈。姆妈要住回长阳路老房子，这是不得已的选择。我想，把老房子收回来，最多付违约金嘛。姆妈请24小时住家保姆，退休工资不够，多出来的费用应该阿明承担。我的理由，阿明拿了姆妈很多好处，应该尽义务。"她说罢拿了几颗话梅塞进嘴里，挑衅地看了看张孝明和季芳芳。

"阿珍，拿了姆妈很多好处，啥意思啊？"张孝明生气地反问。

"这还要我说啊？姆妈给你婚房，现在姆妈每天为你们烧饭烧菜，请保姆要花多少钱？至少一个月三千元吧，一年就是三万六千元，姆妈住了三年，就是十万八千元，姆妈免费为你们做了三年保姆，你们不是赚了十万八千元吗？姆妈每个月还给你们两千元生活费，一年两万四千元，三年三万六千元，你们剥削姆妈够厉害的啊。"张孝珍怒气冲冲地说。她的火气憋得很久了，现在趁机发泄。

"你怎么可以这样算账呢？"张孝明生气地说。

张孝霖抽着烟，用眼角的余光瞥了一眼阿明和芳芳，这一对狗男女太狠心了。他把烟蒂扔进肥皂盒里，拿起茶杯喝茶。老妈住回老房子，她和保姆的开销，每个月要一万元。他们儿女补贴，实行 AA 制，他肯定每个月要增加开销，何况，姆妈住在那儿也不安全。嗯，不能让姆妈住回老房子。阿珍支持姆妈住回老房子，是冲着阿明和芳芳开火，并没有算经济账。

"你看到了事物的一面，看问题还是要全面。"季芳芳心里冒火，仍旧语气平和地对张孝珍，"姆妈有一次深夜发病，我们送她上医院，一个晚上没有睡，这能用钱来计算吗？阿明天天早晨为姆妈打胰岛素针，还要定时上医院配药；吃好晚饭，阿明总要陪姆妈聊天；每天晚上，阿明要放热水让姆妈泡脚：这不是一种付出吗？当然这是我们应该做的，心甘情愿，一家人就是要讲究个'情'字。"

张孝珍把含在嘴里的话梅核吐在手心上，扔在果盆里，由于用力太猛，话梅核跳了出来，滚到地板上。她没好气地说："不要说得比唱得还要好听。你们在南昌路买了三房一厅二卫的房子，140平，小区里有游泳池、瑜伽馆和健身房。你们买的房子紧靠淮海中路，是市中心的市中心位置啊，隔着50米是地铁站，隔着100米是环贸广场和淮海路商圈，走200米就是襄阳公园——没有姆妈的钞票，你们能够买得起吗？"

申江涛悄悄地伸出脚，把话梅勾到自己脚下，弯腰把它拾起来放在茶几上。

"我们靠卖掉老房子的钞票，加上我们积蓄，还有银行按揭，才买下新房子的。"季芳芳平和地解释，其实是温和地驳斥。

陶依嘉用手拍了拍张孝珍的手臂，示意她不要说了，可张孝珍看了陶依嘉一眼，还是对张孝明和季芳芳开火："你们住的老房子哪里来的？是姆妈出版社分配的，这老房子至少卖了500万吧？这就是姆妈的钞票。你们买房子钞票不够，姆妈又捧来了20万元，这是事实吧？姆妈这样补贴你们，你们居然不让她在你们家养老，要把姆妈踢出来，哼，太过分了！"

申江涛看了看张孝珍，想劝阻她，犹豫了一下没有开口。

梅凤妹瞟了一眼张孝珍，心想，今天阿珍盯着芳芳穷追猛打，啥意思呢？父母给儿子房子结婚，这很正常的嘛，老是拿婆婆给阿明的婚房说事，有啥意思呢。

"阿珍，你这话太伤我心了。"张孝明忍住火气，"怎么叫'踢出来'呢？"

"你们自己心里有数，什么更年期综合征，女人谁没有更年期啊？"张孝珍不客气地说，"这不是找借口把姆妈踢出来又是啥呢？"

"你这样讲，我只好表示遗憾了。"季芳芳脸上红一阵，白一阵，十分尴尬。她拿起茶杯呷了一口茶，尽量语气温和，"来来，大家吃。"

"冤枉你了？"张孝珍挑衅地反问季芳芳。

"全是自己人，有话好商量。"申江涛劝阻地拉了拉张孝珍手臂。

"我想不通，"张孝珍盯着张孝明继续责问，"你们家不是有两个卫生间吗？姆妈怎么会在自己房间里用痰盂呢？这不合常理啊。"

"我已经解释过了，我再说一遍，姆妈为了方便，才在房间里放痰盂的，这也是元旦以后才开始的。"季芳芳脸上没有笑容，显然不高兴了。

"不要争了，你们再吵，今天的会就不开了。"陶依嘉提高声音生气地说。

全场顿时安静下来。

"现在，不要跑题，就刚才阿霖说的请大家表态，我住回老房子，你们觉得怎么样？如果需要补贴，你们的态度如何？"陶依嘉说。

"我以为住回老房子不可行。"张孝明急赤白脸地说。他发觉自己有些失态，掩饰地说，"地方小，没有煤气，老房子的楼梯是水泥做的，又特别陡，姆妈现在根本上不去，上去了也下不来。"

"阿明说得对，那个楼梯，上去像爬山。有一次我上楼，膝盖撞了一下楼梯，乌青块就出来了，痛得我差一点滚下楼。人家楼梯都是木头做的，这个楼梯怎么会是水泥砌的，奇怪。"梅凤妹说，"姆妈不能住。"

张孝明和季芳芳都感激地看了看梅凤妹。

"姆妈有糖尿病，只要一天不走路，血糖马上就上来。还有，天天要打胰岛素针，现在这些都是阿明做的，如果住回老房子，恐怕就会受影响，阿明就是急这个，阿明，你是这个意思吗？"季芳芳问。

"是啊是啊，这样身体很快就要垮掉的。"张孝明感激地看了看季芳芳，"姆妈如果自己上下楼，只有脚一踩空，那就要闯大祸了。"

张孝珍不作声了，刚才有些激动，看来老房子姆妈确实不能住了，她毕竟老了。

张孝霖看了季芳芳一眼，心想，你不要唱戏，你会担心姆妈身体吗？你恨不得姆妈死了才开心呢。你们夫唱妇随，彼此呼应，前楼房租肯定被你们独吞了，如果姆妈住回去，这一块收入就没有了，所以狗急跳墙。不过，嗯，只有让姆妈在阿明家养老，或者去养老院，那样对我就没有任何经济损失，那是最好的安排。

申江涛聚精会神地在手机上搜索着什么，看到什么有用的资料，就复制粘贴到微信的备忘录上。

"姆妈住回老房子也好，住到其他地方也好，每到一个陌生的地方，都要熟悉新的生活，就像一棵老树挪地方要适应新的环境一样；同时，又像一条船在水上漂，没有进港的感觉，也就没有家的感觉。老人嘛，在熟悉的环境里生活才心安。"张孝霖拿起香烟，季芳芳为他点火，张孝霖冲着她点了点头表示感谢，继续说，"我的意见，长住一家，偶尔到其他子女处住个一两天，这是最好的安排。阿明，芳芳，姆妈继续留在你们家还有可能吗？我们探讨探讨啊。"

张孝明神情尴尬，不知道怎么回答才好，求救地看着季芳芳。

"一切皆有可能。"季芳芳笑道，"我们提出姆妈暂时住出去，主要是我怕自己的毛病控制不了情绪，惹得姆妈不高兴，而这是我最不愿意看到的。其实，我还有一个方案，我怕姆妈不同意，就一直没有说。"

"什么方案啊？"张孝霖问。

张孝明、张孝珍和梅凤妹都看着季芳芳，陶依嘉睁大眼睛盯着季芳芳。

"我回娘家住，反正最多一年就回来了。这样，姆妈的生活，一切都是老样子，就像大阿哥所说的，在熟悉的环境里生活就心安。"季芳芳说。

大家都一愣。

张孝明疑惑地看了看季芳芳，这个方案没有提起过啊。不过，提出这个方案很好，不能再说是他们把姆妈赶出去了。他平时不希望和芳芳一起参加大家庭活动，因为她主意大，自以为是，喜欢显摆；今天在家里开会，没有理由不让她参加，而她的积极性又很高，说我太老实，斗不过狡猾的阿哥张孝霖和凶悍的阿姐张孝珍。现在看来，幸亏她参加了，关键时刻发挥作用啊。

"这是最好的方案。"张孝珍肯定地说，"我也这样想过。"

"芳芳做事没有私心！"梅凤妹翘起大拇指夸奖道。

"我相信这是芳芳真心话，芳芳就是善良——你们看这个方案行不行？"张孝霖问，他希望把季芳芳的方案确定下来。

"我就担心姆妈不同意。"张孝明说，"姆妈总是为人考虑，不愿意给人添麻烦。"

季芳芳心中暗喜，她知道老妈不会让她回娘家而她却住在这里的，她这一招就是要粉碎是她赶走老妈的说法。她继续诚恳地说："我开始之所以没有说，就是考虑到姆妈总是要为别人考虑，不会接受这个方案。现在看来其他方案都有问题，就告诉大家这个方案，还是我住回娘家去吧。阿明，你做做姆妈思想工作，反正我的病会好的，好了就住回来。"

"姆妈，你不能辜负芳芳的真心和善良啊。"张孝霖引导地说。

"我看可以的，"张孝珍附和地说，"姆妈，就这样吧。"

大家带着各种表情都看着陶依嘉。

"不行，芳芳如果离开这里，我也只好离开了。"陶依嘉态度鲜明地表态。

"我知道姆妈宁可委屈自己许许多多，也不愿意给人添一点点麻烦的。"张孝明说。

"我也认为不合适。"梅凤妹直率地说，"芳芳回到家，情绪失控就要对自己亲生父母发脾气，这不是对她的父母不公平吗？"

季芳芳赞许地看了看梅凤妹，张孝珍也瞅了瞅梅凤妹，心里骂这个阿嫂没有脑子，阿霖的狡猾借一点给她，她就会聪明多了。

"姆妈，你还是在这儿住吧。芳芳住回娘家，随时可以回来住，最多一年，一切就恢复正常。"张孝霖对陶依嘉劝说道。

"不行不行，还是我住出去吧。"陶依嘉有气无力地说。

"那你住哪儿去呢？"梅凤妹关切地问。

"到老房子养老不行，在阿明家居住临时有困难；到阿霖和阿珍家也有困难，那么只有一条路：进养老院。"陶依嘉的语调充满一种无奈和悲哀。

"好在住养老院也是暂时的，"张孝珍看着张孝明，加重语气问，"阿明，最多一年，姆妈就可以回到这里，没问题吧？"

张孝霖盯着张孝明和季芳芳看，心里高兴，阿珍问得好！

张孝明没有直接回答，掉头看季芳芳；她心里不高兴，老公在关键时候总是看她脸色，那会给人什么印象啊，人家还以为她多霸道呢。季芳芳微笑道："当然。一年，我应该恢复了健康。"

"好，有芳芳这句话我就放心了，姆妈住养老院最多一年。"张孝珍看着季芳芳，"你一年恢复健康，是由你说了算还是医生说了算？我的意思，就是最多一年姆妈就能住回来，以一年时间为准，大家看呢？"

张孝明听了很不舒服，季芳芳笑道："可以啊。"

"那就实惠一点，找一个条件好的养老院，也不要太远，大家探望也方便。"梅凤妹安慰地说，"姆妈，现在老年人进养老院多了去的，以后我们也都要进养老院的。"

季芳芳心中暗喜，真想拥抱梅凤妹。她头脑简单，没有心计，今天处处帮忙。不过，季芳芳没有顺着梅凤妹的话说什么，不要让人以为是她要送婆婆进养老院的。

"养老院太可怕了，有的护工打老人，还把老人捆绑起来。姆妈进养老院，人家会骂我们子女不孝。"张孝明喝了一口茶，担心地说，"姆妈最希望的是周老师的养老模式，居家养老，儿女照顾。"

季芳芳没有作声，在心里大骂张孝明：现在可以说这种话吗？老公太笨了，要将老娘送出门，只有说养老院好啊。亏得我今天在场，否则坏事了。她马上说："五个指头有长短，有的养老院是不好，但有的养老院还是不错的。阿嫂讲得好，一定要找一家好的养老院。"

梅凤妹看了看季芳芳，开心地笑了，她抓起一把五香豆放在手里，拿了几粒塞进嘴里。

"我们要改变观念，不要以为养老院就是虐待老人，老人进养老院就是孤独等死，孩子把父母送进养老院就是不孝；有的养老院，还真不错的。现在进入老年社会，我们父母这一代还有三四个五六个儿女，我们这代只有一个子女，将来一对夫妻要照顾四个老人，还要照顾孩子，怎么办？只有进养老院。所以，绝大多数老人进养老院，是社会发展的必然大趋势。"张孝霖侃侃而谈。

"阿哥到底当大干部，看问题全面、深刻、透彻，有高度，有前瞻性。"季芳芳钦佩地说。

张孝霖哈哈大笑，吸了一口烟，喷吐着烟雾，很享受的样子。

"阿霖就是喜欢听好话。"梅凤妹对季芳芳说。

大家喝茶、吃零食，开心地聊天，独有陶依嘉眉头紧蹙，想着心事。唉，讨论了半天，还是要进养老院。记得多年前和周琴心去养老院看望一位好朋友，她拉着她的手，流着泪哀求道："我不要待在养老院，你帮帮忙把我弄出去好吗？"她出了养老院对周琴心说："我将来死也不进养老院。""居家养老好。"周琴心说。后来，一年不到，那位好朋友就死了。她听到噩耗就哭了，以后想起来就十分伤感。万万没有想到，现在她也要进养老院了。要在养老院住一年，太长了，万一芳芳变卦，她就回不来了。芳芳人前笑容灿烂，在背后还是可恶的，那天，孙子张波要和我视频，她站起来就往自己房间里走，还瞪了我一眼，那憎恨我的神情是忘记不了的。哎，不要说外面人，就是儿子阿霖和女儿阿珍，家里房子这么大，也容不下我一张小小的床。唉，只能在养老院熬一年，那365天怎么过啊！

"谁来落实进养老院这件事？"张孝霖问。

"阿明最合适。"张孝珍说。

"好。我们要经常看望母亲，姆妈养老地方的暂时改变，我们的责任不能有丝毫转移。"张孝霖说。

"到底是干部，做事说话滴水不漏。"季芳芳对张孝霖说，"今天学到了不少东西。要是有机会，大阿哥当个上海市长没有问题。"

大家都笑了，张孝霖笑得最响。

"婕婕要生孩子了，阿霖，你还是提早退休回来带第三代吧。"梅凤妹说。

又是一阵笑声。

"啊，阿哥、阿嫂，恭喜，又要有孙子了。"张孝珍笑道。

"不晓得是男是女呢。"梅凤妹开心地说，"我是孙子孙女一个样，阿霖就是想要孙子。"

张孝霖呵呵呵笑了。

陶依嘉突然双手捂着脸哭了，越哭越响，最后是放声大哭。大家一时都不知所措，愣愣地看着她痛哭。

"姆妈……"张孝明叫道。

一会儿，陶依嘉不好意思地说："我想起了一件往事，想想伤心，就控制不住……"她站起来朝卫生间走去。

大家互相看看，都默不作声，客厅里一片沉寂。

陶依嘉洗好脸回来，走回自己的卧室，转身拿着一本影集出来，从影集里抽出一张全家福的黑白照片，举着给大家看。

"你们看照片，我和你们的阿爸坐在中间，我抱着阿明，阿霖和阿珍分别站在两旁，你们三个孩子都穿着漂亮的新衣服、新裤子、新鞋子和新帽子，背景是上海海关钟楼。"陶依嘉说，"1970年，你阿爸生重病到医院动手术，回来病假半年，拿的是打折的病假工资。家里生活困难，都揭不开锅了，我半夜醒来，就是想着钱。我打听到医院收血，可是要卖血的人很多。最后，我通过周老师找到一个'血头'，他手里有卖血的名额。医院收购价是200毫升10元钱，'血头'每次抽头1元。我瞒着你们阿爸，先后卖了4次血，拿了36元钱回家。最后一次卖血回到家，你们阿爸问我钱哪里来的，他以为我做了什么对不起他的事，我把实情告诉了他。他眼圈红了，说，'苦了你了，苦了你了！'我当时就哭了，突然，我感到一阵头晕，就什么都不知道了。

"等到我醒来，我发觉自己躺在前楼，阿明睡在我身旁；阿霖和阿珍站在床边，你们脸上都挂着眼泪。你们阿爸一看我醒来了，开心地端来一杯牛奶，拿来两个剥好的白煮蛋，给我吃，他疼爱地抱起阿明走到晒台上。阿霖和阿珍，眼睛盯着鸡蛋看，很眼馋的样子。阿霖，我把白煮蛋给你吃了一个，给阿珍一个。阿霖，你盯着牛奶说：'姆妈，我要喝牛奶。'我把牛奶杯子放到你嘴边，你就咕嘟咕嘟喝着；我又给阿珍喝了几口。这时候，你阿爸抱着阿明回来了，冲着我吼道：'你不要命了，这是补血的，你怎么可以给他们吃啊！'阿霖吓得马上跑了，阿珍一屁股坐到地上哭了……

"卖血换来的钱支付医药费还有剩余，我们给你们买了新衣服、新裤子、新鞋子，还有新帽子，一身新。你们阿爸说：'我们要拍张全家福，留个纪念，将来我要告诉儿子女儿，让他们永远不能忘记母亲的恩情。'我记得礼拜天上午，我们去照相馆拍了这张照片，海关钟楼是照相馆的背景。"

陶依嘉把泛黄的照片翻过来，说，"你们看，这是你们阿爸写的字。"

大家探过头来看，那是端正的钢笔字：吾妻卖血养家并为儿女置办新装，特此留念。我的儿女应该永远记住，你们的母亲是最伟大的，你们将来一定要善待你们的母亲。1971年春节前夕。

照片传阅了一圈，大家都默默无语，张孝明眼眶里闪现着晶莹的泪花，张孝霖和张孝珍低头无语，梅凤妹抹着眼泪，季芳芳和申江涛沉默着。

"好啦，一切都已经成为过去。"陶依嘉说，"吃点点心吧，有汤圆。"她说着就站起来要进厨房间。

"姆妈，你坐，我来我来。"季芳芳说着直奔厨房。

一会儿，季芳芳端来两碗宁波芝麻汤圆，一碗端给陶依嘉，一碗端给梅凤妹；她又回厨房，梅凤妹跟了过去，她们一起端来汤圆。最后，每人面前都有了一碗宁波芝麻汤圆。

"今天我们的大教授没有发表高见啊。"张孝霖笑道。

"我是来倾听的。"申江涛笑着说。

"你就晓得在手机上搜集资料，家里的事也不参与。"张孝珍欢喜地白了他一眼。

申江涛笑了笑，转移话题，"汤圆的味道真好。"

陶依嘉一边吃着汤圆，一边若有所思，眼神定定地看着一个地方，没有和大家说话。

"姆妈，你不要担心，最多一年你就可以回来了。"张孝霖安慰陶依嘉，又认真地问，"姆妈，你对养老院有什么要求？"

陶依嘉犹豫了一下，苦笑道："我还没有想过。"

"你还是要提出具体标准，比如养老院的规格标准，比如地段交通，这样我们好操作。"张孝明说。

"我想，还是住回长阳路老房子。"陶依嘉执著地说，"你们和房客谈，补偿钞票，请他们提前搬走。"

"不行不行！你有糖尿病，不能一个人独住的！"张孝明发急地说。

"我要回自己的家！"陶依嘉坚决地说，"我每天下楼一次，没问题，也正好锻炼身体。你们有空来看看我，没空就各忙各的吧，反正最多一年我就回来了。你们放心，我会照顾好自己的，我还没有老到失智失能的地步。"

大家互相看看，张孝明脸上露出焦急的神情。

"大家不要劝我了，我决定了！"陶侬嘉说，"过去我抚养你们几十年，什么样的困难没有碰到过，不是都一一克服了吗？我不要请住家保姆，请个钟点工吧，周末来做，这样我的退休金就够了。"陶侬嘉的神态语气就像领导在安排工作，"可以向政府申请长护险，这样费用就更省了。"

"既然这样，马上和房东商量退租。"张孝霖看母亲下了决心就说，"阿明，你来和房东谈还是我来谈？"

"既然这样，我们来谈吧。"季芳芳说。

大家又聊了一会儿，张孝霖夫妇和张孝珍夫妇起身告辞，季芳芳赶忙拿来食品袋，装了两袋花生牛轧糖、开心果和云片糕等，分别塞给梅凤妹和申江涛。梅凤妹开心地说："吃了还要带走，谢谢！"申江涛把满满的食品袋递给张孝珍，她把食品袋"啪"地扔到茶几上，然后就往外走，申江涛无奈地耸了耸肩。季芳芳装作没有看见，和张孝霖夫妇说"再见"。

傍晚，张孝明到陶侬嘉的房间对她说，我们一起出外上饭店吃晚饭，陶侬嘉说汤圆已经吃饱了，晚饭就不吃了，张孝明和季芳芳出去了。

陶侬嘉独自一人默默地坐着，不时地叹气。

晚上7点多钟，陶依嘉站在客厅眺望窗外。环贸广场摩天楼高耸入云，灯光一片璀璨；陕西南路上一辆辆车朝南行驶着，一个个车灯闪耀着；南昌路上，陕西南路上，甚至淮海中路上，都有行人行走着。啊，这些风景马上就看不到了。

陶依嘉回到卧室的书桌前坐下，戴上眼镜看《新民晚报》，一会儿，开门的钥匙声传来，张孝明走进她的卧室。

"回来啦，坐坐。"陶依嘉脱下老花眼镜。

张孝明把手上拎着的打包盒晃了晃，"这是芳芳特地为你点的菜，都是你喜欢吃的，明天你尝尝。"

"谢谢！"陶依嘉说，"放到冰箱里去吧。"

张孝明拿着打包盒出去，又拿着一只小碗进来了，碗里放着一只削了皮的猕猴桃。

陶依嘉拿起猕猴桃咬了一口。

"阿珍总是和我们过不去，太过分了。"张孝明在沙发上坐下来，忿忿地说。

陶依嘉看了看他，说："她就那个脾气。"

"不能逼人太甚啊。"他说。

她看了看他，说："阿明，你不要为我担心，我住回老房子没有问题的。凭心而论，我回去住还是高兴的，我熟悉那儿，我留恋那儿，毕竟我在那儿结婚的，在那儿生下了你们，那是我住了几十年的家啊。"

张孝明不作声，目光飘忽地左右看看。

"你还担心什么？"她问。

"姆妈，我有一件事要告诉你。"张孝明语调沉重地说。

"哦？什么事啊？"陶依嘉惊讶地问。

"哎，怎么说呢？"张孝明神情十分为难。

她心里"咯噔"了一下，说："有什么事直说吧。"

张孝明看了看她，欲开口说话又闭上了嘴，犯难地低下头沉默不语。

"阿明，有啥事说呀。"陶依嘉心急地催促道。

"姆妈，老房子前楼已经卖掉了，我怕阿霖、阿珍生气，就说租掉了。"他说完低下头。

"啊，卖掉了？"陶依嘉大吃一惊，不由得提高了声音。

"买这儿的新房，钱不够，我就……"他嗫嚅着说。

"我回不去了？"她绝望地问道。

"房子按揭每个月要还银行九千元，很累很累。"张孝明尴尬地说，"对不起，我卖掉前楼没有告诉你。"

陶依嘉急了，一脸要哭的样子，"你说前楼卖掉了，后楼卖掉了吗？"

"我托人分户，现在后楼还在。"张孝明说，"芳芳说留一只脚，万一拆迁可以有一笔拆迁款。"

"我回不去了。"她伤心地说。

张孝明双手抱头，沉默不语。

"阿霖、阿珍晓得房子过户给了你，特别是晓得前楼被你卖了，不闹翻天才怪呢！"陶依嘉忧心忡忡地说。

"最多一年就把你接回来。"张孝明鼓足勇气说，"你就和阿霖、阿珍说，考虑再三，最后还是决定住养老院。"

"我还是要进养老院？"她失望地反问。

"只好委屈你了。"张孝明内疚地说，"你不方便说，我来告诉阿霖、阿珍。你还是进养老院。我为你找一家条件好的养老院。"

陶依嘉看他愁苦难过的样子，心疼了，安慰道："事情已经发生，后悔也没有用了。"

张孝明抬起眼，目光闪现出惊喜。

"不过，不过，"陶依嘉看着张孝明，"我还是不要进养老院，我要回老房子，就住 6 平方小房间吧，请个钟点工。"陶依嘉说。

"姆妈，这么小的房间，不行的。"张孝明急了。

"我一个人需要多少地方呢？"陶依嘉说。

"你住那么小一个地方，不行不行。再说，叫我怎么见人啊！"张孝明声调提高了。

"你不要说了，就这样，我住回去，我还是要靠自己！"

陶依嘉坚定地说。

张孝明突然"扑通"一声跪下,带着哭腔哀求:"姆妈,我求求你了!你回到老房子后楼,前楼卖房的事就包不住了,阿霖、阿珍不会罢休,麻烦就大了。姆妈,你还是进养老院吧,就一年,我求求你!"

第四章

入驻养老院

3月初的一天清晨，陶依嘉和往常一样来到襄阳公园步行锻炼。她走过水磨石围廊旁的喷水池，走过大草坪，走过六角亭，走过罗汉松等树丛，最后在公园大道旁的椅子上坐下。她四处张望，十多个老人在做八段锦，有人在舞剑，还有人用一支毛笔蘸了清水在地上写字。唉，不知道何时再来看这风景，今天下午就要去养老院了。阿明说过他买早点，我起床时他们都睡着，还是我来买早点吧。

陶依嘉走出襄阳公园，来到襄阳路上靠近复兴中路的小桃园饮食店，买了粢饭糕和饭团。她回到东方巴黎霞飞苑，回到8楼房门口，拿出钥匙刚要开门，就听见季芳芳的大笑声，听见她的响亮声音："……出去了就不要想再回来，永远在养老院待着吧！哈哈哈！"

陶依嘉一愣，侧耳细听，季芳芳的声音更清晰了："我退休后就忍受不了她，像是每天吃了苍蝇，这次总算找了个借口送走瘟神。哎，今天下午进养老院……我没有告诉他，你这个女婿脑子简单的……"

陶依嘉大吃一惊，不敢多听，怕季芳芳发觉彼此尴尬，就下楼在小区里走一圈。阿霖和阿珍猜对了，她果然是耍诡计把我赶出门。芳芳做事不择手段，她为什么这么容不下我呢？唉，我进了养老院就回不来了！

张孝明拿着早点迎面走来，看见她拿着粢饭糕和饭团，惊讶地问："姆妈，不是说好我来买早点的吗？"

"我想让你多睡一会儿。"陶依嘉说，"两份早点也好，明天你们还可以吃。"

他们上楼回到家，张孝明为母亲打了胰岛素针。过了一会儿，陶依嘉和儿子儿媳妇在餐桌旁坐下，餐桌上放满了早点。

"姆妈，生煎馒头味道不错，"季芳芳搛了生煎馒头放在她面前的碗里，为她倒了一碟镇江香醋。

"谢谢。"陶依嘉说。

季芳芳笑了笑，把热好的牛奶端到陶依嘉面前。三人吃着早餐，张孝明主动地说话，陶依嘉很少回答，空气显得沉闷。

"阿明，上午就去养老院吧。"陶依嘉说。

"啊？"张孝明一愣，"不是说好下午去吗？"

"八九点钟就出发吧。"陶依嘉说，"这样，你下午可以上班，请半天假就可以了。"

"哦，也好。"张孝明说。

"姆妈真好，就是为儿子考虑。"季芳芳称赞道。

陶依嘉吃完早饭回到卧室，张孝霖西装毕挺地来了，张孝明也跟着走进来。他们在沙发和床沿上坐下，季芳芳端进来一杯茶放在书桌上，笑了笑就退了出去。

张孝霖看了看拉杆箱和双肩包，就问："一切都准备好了？"

"都准备好了。"张孝明说，"泡脚的水桶，我已经放在汽车后备厢了。"

"姆妈，我今天有事不能送你，现在特地赶过来，"张孝霖说，"你最多一年可以回来了，阿明，是吗？"

"是是。"张孝明回答。

陶依嘉看了看张孝明，没有说话。

张孝霖看见母亲没有兴致说话，坐了一会儿就起身告别，陶依嘉和张孝明把他送到门口。

"我会随时来看你的。"张孝霖对陶依嘉说，又对季芳芳说，"希望你尽早恢复健康，姆妈好早日归来。"

"应该会的。"季芳芳笑道。

张孝霖走了，陶依嘉回到自己房间，张孝明进来对她说："姆妈，有什么要我做的，尽管说。"

"我想看看阿宝。"陶依嘉说，"你是否可以想办法，拍几张阿宝的近照给我看看？"

5年前，陶依嘉一天晚上出外回来，走到弄堂口看见一条狗跟着她，抬头看着她，眼神可怜无助，还朝着她哀哀地叫着。她心软了，去超市买了几根火腿肠、香肠给它吃。她看着它吃完，转身回家，不料狗一直跟着她。她伸手驱赶着狗，加快脚步往家走。穿过弄堂，走到家门口，她发觉狗又跟来了，看着她叫着，仿佛在乞求她收留。她心软了，把它带回家，准备养几天就送人。可是，她居然喜欢上了这条狗，给它取名阿宝，一直养着。她后来知道，这条狗是柯基犬，据说英国女王也喜欢这种狗。她到阿明家住的时候，想把狗带过去，阿明表示为难，芳芳不喜欢狗，她只得让阿明把狗送给朋友了。来了三年，她经常想念它。

张孝明一愣，马上拨打电话，然后告诉她，朋友已经把阿宝送朋友了。

"送到哪里去了？"陶依嘉着急地问。

"我也问了，朋友说送给了陌生人。"张孝明无奈地回答。

"每天早上，它就跑过来摇着尾巴，叫我起床，每次我都开心地抚摸它，"陶依嘉怀念地说，"早晨和晚饭后遛狗，成为我一件开心的事。我从网上买了一条新的皮项圈，德国 Hunter 牌子，它换上后很神气。送走它的那天，阿宝感到要发生什么事了，死死地咬住我的裤脚管，朝它吼，让它松口，可它就是不松口。"

"我还记得。"张孝明说。

"好了，不说了，我们走吧。"陶依嘉说。

"姆妈，你再看看，要带的东西不要忘记。"张孝明提醒。

陶依嘉默默地拉开红色双肩包的拉链，检查了身份证、户口簿、医保卡、体检报告和日常生活用品。她看了看床边的单人沙发，心想，阿明几乎每天晚上会来坐一会儿，和我聊天，我喜欢阿明来聊天，那是每天最开心的事情，以后这样的幸福情景再也不会有了。

"走吧。"陶依嘉背上双肩包。

张孝明拖着拉杆箱往外走，对着卧室方向喊："芳芳，姆妈要走了。"

"你们先下楼，我马上就来。"传来季芳芳的声音。

他们乘电梯来到楼下门厅，张孝明到车库把那辆大众帕萨特轿车开来，打开后备厢，把拉杆箱放进去。陶依嘉把双肩包放在后车座上，坐到副驾驶座上，张孝明坐进驾驶室。

"阿姨，打扮得好漂亮，上哪儿去啊？"邻居林阿姨牵着一条狗走过来，惊讶地问陶依嘉。

"我到养老院去。"陶依嘉直率地回答。

"啊，这里不是你的家吗？"林阿姨惊讶地问，"怎么进养老院了？"

"人老了，总要走这条路的。"陶依嘉说。

"你家里房子这么大，姆妈又有退休工资，你怎么舍得把你姆妈送养老院？"林阿姨问张孝明。

"这个养老院还是不错的，住一年就回来。"张孝明说，一只手尴尬地拍了拍方向盘。

陶依嘉朝林阿姨点了点头，笑了笑说"再见"。

这时，季芳芳从门厅里奔出来，把一个盒子塞给陶依嘉，说："姆妈，你需要的，我特地准备的。"

陶依嘉说了声"谢谢"，伸手接了过来，向她招了招手，表示"再见"。

季芳芳亲热地招手，热情地说："姆妈，我会来看你的，再见！争取早日把你接回来。"

陶依嘉心里涌起一阵厌恶，看了她一眼，掉头望着前方。

张孝明开车上路，她留恋地看了一眼她居住过的高楼，心里涌起一种悲哀。啊，别了，我的家！

汽车驶上南昌路，拐弯开到襄阳南路，再拐弯驶上淮海中路朝东开，很快驶上南北高架道路。汽车不时被堵住，陶依嘉朝车窗外看着，高架道路两边是一幢幢高楼建筑，一幢高楼从楼顶垂挂下来"为了实现中国梦而努力奋斗"一条大标语。高架道路下面，有汽车行驶，也有行人，还有人在遛狗。

"好堵啊。"张孝明埋怨地说。

"芳芳拿来什么东西啊？"陶依嘉打开盒子，"噢，罗氏血糖测量仪。"

"这是名牌。你隔几天测试一下，有情况随时叫医生。"张孝明说，"她人还是可以的，就是现在有时候脾气怪。"

陶依嘉淡淡地说："替我谢谢她，难为她一片好心。"

"不要客气，自己人。"张孝明问，"阿珍来过电话吗？我早上告诉她，你今天进养老院。"

"没有。"她说。

"阿珍要去美国摄影旅游，只管自己快活。"张孝明埋怨地说，"你看阿霖，带第三代有的是时间，送你进养老院，半天空也抽不出来。"

"多一点理解吧。"陶依嘉说，"我不希望你们闹矛盾，血浓于水，能够做兄弟姐弟的，是一份难得的缘分啊。"

"我晓得了。"张孝明顺从地说，"我在你面前说说而已。"

陶依嘉手机响了，陶依嘉一边接手机，一边说"阿珍电话来了"。

"姆妈，你今天进养老院啊？我没有空送你，我在浦东国际机场，马上飞美国。"张孝珍遗憾地说，但语调更多的是兴奋。

"啊？你啥时候回来呢？"她问。

"4月份，"张孝珍声音很大，"噢，姆妈，我提醒你一件事，保护好老房子的租赁证。那天你说要住回去，阿明和芳芳都很紧张，特别是阿明——我猜测他们心里有鬼，你要当心点，捏牢租赁证。"

"噢，晓得了。"陶依嘉说。

"哎，要登机了，姆妈，你保重啊，我美国回来就来看你。"张孝珍不待她回答就挂上了手机。

张孝明神情紧张而尴尬地看了看母亲，忧虑地问："阿珍怎么会怀疑的？"

"若要人不知，除非己莫为。"陶依嘉感慨地说。

张孝明看了看母亲，猜不出她说这话的意思。

养老院在前面出现了。

那是一栋12层的高层建筑，很远就看见楼顶上几个大字：上海新家敬老院。高楼一旁紧连着一栋4层楼裙房。养老院位于马路旁的中间地段，它的东面是一所幼儿园，西面是一家区级青少年活动中心。

汽车在养老院门前停下，不锈钢电动伸缩门横在面前，大门一侧有一块横向的大理石招牌，写着"上海新家敬老院"几个大字；大门里面一侧有一条半圆形的汽车道通到高楼的大门前；大门里面另一侧，有一条人行小路直接通到大楼门口，小路两旁是绿色的草坪。

门卫安保问了情况后打开伸缩门，张孝明拐了半个圆的汽车弯道，驶到大楼前停下。他下车从车后厢拿下拉杆箱和水桶，陶依嘉从车上拿下双肩包背上。张孝明把车开到一边停下，回来拉着拉杆箱，胳膊上挂着水桶，和陶依嘉一起走进大堂。

坐在大堂前台的小姐站起来，礼貌地请他们坐下。张孝明请陶依嘉在沙发上坐下，他发微信给护理部主任焦丽英。陶依嘉看着四周，前台的背景墙上有一行大字：我们的服务理念：奉若父母，如同亲生。大堂两侧墙面上，一侧挂满了一面面彩色绸缎的锦旗，锦旗上写着"敬老助人扬美德，倾情奉爱胜亲人""待老如亲关怀暖，享受幸福如在家""敬老献真情，和谐大家庭"等；另外一侧画着每个楼层分布图。

电梯下来了，两个中年妇女走出来。她们一个是焦丽英，又高又瘦，神情严肃，目光炯炯；另外一位中等个子，慈眉善目，满脸笑容。她们都穿着红色上衣、黑长裤，这是养老院工作人员的统一制服。

"这是董丽院长。"焦丽英介绍。

"噢，董院长好。"张孝明说。

"欢迎，欢迎！"董丽和张孝明、陶依嘉热烈握手。

"每个进院的老人，董院长都要亲自迎接。"焦丽英笑道。

"迎接老人回家。"董丽谦逊地说。

"拜托，"张孝明客气地说，"我姆妈就交给你们了。"

"您放心吧，这里就是你母亲的新家。"董丽说。

焦丽英介绍，养老院分两个护理区，一个是基本护理区，另外一个是特别护理区，共设床位498张。1至5楼是基本护理区，住的都是身体基本健康的老人，还有是失能但不失智的老人。1至3楼是女性基本护理区，4至5楼是男性基本护理区。6层至7层、9层到12层是特别护理区，就是失能失智老人的专区，一律是六人大房间。特别护理区的硬件不错，有中央空调，有电视，有电话和氧气管道装置，还配有床边呼叫系统。8楼有老人文化娱乐室，9楼有多功能厅，是开会的地方，老人重阳节搞活动也在多功能厅。

"陶老师，你的房间在3楼，308室。"焦丽英语速很快地说。

"哦，谢谢。"陶依嘉说。

陶依嘉母子跟着董丽和焦丽英乘电梯到3楼走出来，就见电梯外有一块约20平方米的地方，摆放了几张桌子和多把椅子，老人围着方桌在打麻将，还有几个老人坐在一起在说话。

"这个地方敞开式，没有门，大家叫它休息会客厅。"焦丽英说。

"噢，老人活动的一个空间，蛮好的。"张孝明笑道。

他们走进走廊，看见半空中有一只长方形的 LED 数码电子钟，鲜红的数字标示着"9：05"的时间，上面还有公历、农历和星期几的文字。一位老人两手扶着助步器，一步一颤地朝前挪着脚步。

他们走到最后一个房间，陶依嘉发觉门口有三块小牌子，她的名字已经写在上面了。他们走进房间，两位老人和两位护理员都在。靠门一侧沿着墙壁有冰箱、电视机、电磁炉和微波炉，有一张用餐小圆桌，中间是电视机，然后是 3 个大橱，上面写着 1 至 3 阿拉伯数字。另外一面靠墙处，整齐地排列着 3 张床，靠门的那张 1 床空着，就是陶老师的床位。

"这是新来的陶老师。"焦丽英介绍道。

所有的人都看着陶依嘉，她高个子，戴着珍珠耳环，胸前戴着一条红色围巾，身穿一件黑色大衣，通体给人的感觉干净整洁，还有几分洋派和秀气。

"这是关老师，热情开朗，乐于助人。"焦丽英指了指坐在中间那张床边的老人介绍。

"您好！"陶依嘉笑道。

关美娟中等个子偏矮，圆圆的笑脸，穿着淡紫色连体裙，穿着一双暗红色平底鞋。她爽朗地笑道："从现在开始，我们就是一家人。"关美娟上前紧紧地握住陶依嘉的手，还亲热地上下左右摇晃了几下。

"这是宋老师。"焦丽英指了指靠窗的床上坐着的一位老太。

"宋老师好。"陶依嘉客气地说。

宋阿萍瘦高个，满头白发，穿着陈旧的休闲款姜黄色西服，下身也是一条陈旧的咖色休闲西裤，脚上穿着蒙了灰尘的黄色皮鞋。她看了看陶依嘉，没有笑容，神情冷漠，微微点头算是打招呼，

"这是护理员黄红梅，"焦丽英指着一个粗壮结实的女子说，"每周六天，都是她负责护理工作。她愿意加班，礼拜天也是她。"

"我礼拜一到礼拜天都在，随时叫我。"黄红梅神情有些紧张。她穿着红色上衣和黑裤子，脑后的头发扎成一个圆球，上面扎着一根红头绳。

"黄红梅人好，手脚勤快，"关美娟夸奖道，"我很喜欢她。"

宋阿萍不以为然地横了关美娟一眼。

黄红梅难为情地低下头，一只手紧张地捏牢裤子一角。

焦丽英指了指另一个年轻女子，"这是护理员李莉，黄红梅礼拜天不顶班，就是她负责护理工作。"

"陶老师，欢迎你！"李莉热情地笑道。

"谢谢。"陶依嘉礼貌地朝她笑了笑。

"非常感谢，陶老师选择了我们养老院。从今天开始，陶老师就是我们大家庭的成员了。"董丽院长说，"我们要把陶老师当作自己的亲人，自己的母亲，要服务好，照顾好，让陶老师感到回到了家。"

"谢谢。"陶依嘉对董丽院长说。

"我姆妈第一次住养老院，希望各位多多关照。"张孝明对大家笑着拱了拱手。

"第一次住养老院已经够了，谁还要第二次第三次呢？"宋阿萍小声地咕哝道。

焦丽英不悦地瞥了一眼宋阿萍。

"我母亲有糖尿病，每天早饭前打胰岛素针，要麻烦你们啦。"张孝明对两个护理员说，"今天胰岛素针打过了。"

焦丽英告诉张孝明和陶依嘉，今天带来的药可以继续用，用完后配药，配多少，如何服用，要由本院医生决定；医生会把药给到她，她再给黄红梅，这是规定；家属不能私自从外面带药进来。如果要服用安眠药，必须要由护理员在场监视。

张孝明点头表示明白。

"陶老师，你要专门供应糖尿病伙食吗？"焦丽英问。

"用不着，就和大家一样。"陶依嘉说，"我注意点就是了。"

"董院长，你去忙吧。"焦丽英对董丽说。

"好，有什么事，随时找焦主任，当然也可以找我。"董丽朝张孝明和陶依嘉笑了笑就走了。

"待会儿就要开饭了，你们到食堂吃，还是在房间里吃？关老师和宋老师都是在房间里吃的。"焦丽英问陶依嘉。

"我也在房间里吃吧！"陶依嘉说。

"如果想到食堂吃饭，提前和护理员说一声就可以。"焦丽英指了指靠门的一张床和1号大橱说，"这是陶老师的床和大橱。"

陶依嘉说"好的"，目光却朝窗口的床位瞅了瞅，靠窗的床边有一排玻璃窗，照进来金色的阳光。

"你需要申请办理长护险就是长期护理险吗？"焦丽英说，"60岁以上的老人患有疾病，就可以向政府申请补贴，得到批准的话，最高的可以每个月补贴790元，中等的可以补贴500多元，最低的有300元，这些费用可以直接进监护人的银行卡，你们要申请的话，我们可以配合。"

"暂时不用了吧。"陶侬嘉说。

"那好。张老师，现在去签协议好吗？你要付700元，是床上生活用品，包含枕芯、棉被和床垫等。另外，还要付三千元押金，主要是在万一老人出现紧急情况时使用。"焦丽英对张孝明说。

张孝明跟着焦丽英走了，李莉笑着打了声招呼也走了，陶侬嘉走到靠门的床边，打开拉杆箱和双肩包，拿出牙刷、牙膏和茶杯等，黄红梅在床头柜一边的晾衣绳上为陶侬嘉挂上毛巾，一边笑着和关美娟说话。

张孝明回来了，他拿起一个玻璃茶杯放进茶叶，黄红梅说"我来"，接过玻璃茶杯跑进卫生间，转身就端来一杯热茶，放到床头柜上。

"谢谢！"陶侬嘉赶忙感谢。

"这里靠近门，有风。"张孝明说，"不过，有门帘，问题也不大。"

对面房间有人叫"阿姨"，黄红梅立马奔了出去。

陶侬嘉瞅了瞅窗口下宋老师的床，张孝明发觉母亲几次看靠窗的床，知道母亲不喜欢靠门的位置，就笑嘻嘻地走到窗前，热情地笑道，"宋老师，您好。"

"我看你很善良的，为什么要把母亲送进养老院来呢？"宋阿萍一脸冷漠地问。

张孝明神情尴尬，脸涨得通红，一时不知道如何回答才好。

"我自己要来的，"陶依嘉赶忙解围，"儿子女儿工作忙，我也不想麻烦他们，所以来了，反正养老院是老人的最后归宿。"

"哦，我和你正好相反。"宋阿萍怨气冲天地说，"一个人生活，没有人照顾，只好进养老院。"

"宋老师，我们可以换个床位吗？我姆妈眼睛不太好，喜欢亮的地方，她喜欢看书写字。"张孝明满脸笑容地说。

"不行！"宋阿萍一口拒绝，"我为了这个床位，等了很长时候，我最不喜欢靠门的床。"

"啊呀，阿明，你也真是的。"陶依嘉责怪张孝明。

"我可以补贴您钞票，一次性的，可以谈吗？"张孝明不死心，压低声音对宋阿萍说。

"你这个人真烦，我不要臭钱。"宋阿萍仿佛受到了侮辱，提高声音生气地说。

张孝明很尴尬，关美娟朝张孝明眨了眨眼睛，做了个手势，示意他不要再说了。

"我就问问，不同意不要紧，何必这么凶呢。"张孝明自我解嘲地说道，尴尬地回到门口的床边。

"你来干扰我，还说我凶？"宋阿萍不依不饶地说。

张孝明脸色难看了，刚要解释或者说争辩，陶依嘉赶忙制止地拉住他。关美娟不满地看了看宋阿萍，瞅了瞅陶依嘉，遗憾地撇了撇嘴。

"你要么走吧，下午你还要上班。"陶依嘉不舍地对张孝明说。

"等你吃好中饭我再走。"张孝明说。

吃中饭的时候到了，有人推着餐车出现在门外，黄红梅到门外捧来三个不锈钢餐盘端到餐桌上，大声叫道："开饭啦！"她把一件暗红色方格子的围裙扔到陶依嘉的床上，说了句"吃饭时要戴的"就直奔对面房间去了。

关美娟洗了手走过来坐下，宋阿萍下了床，拄着拐杖摇摇晃晃地走进卫生间，一会儿缓缓地出来，走到餐桌前坐下，陶依嘉戴上围裙也坐到餐桌前。张孝明走过来探头看，每个盘子里有清蒸小黄鱼、洋葱肉丝、炒青菜、番茄榨菜汤和白煮蛋，还有一点点白米饭。

"伙食还可以啊，荤蔬搭配，又是分食制。"张孝明说。

"又是鱼。"宋阿萍抱怨地说，"一点热气都没有，不好吃，都是腥味。"

"人在外，将就点吧。"关美娟笑道。

"什么在外，这里就是'内'啊。"宋阿萍翻了翻白眼说。

大家笑了。

陶依嘉吃了几口就不想吃了，菜的味道淡而无味。她不想让阿明看了难过，硬着头皮把饭菜全部吃完。

"陶老师，吃得蛮香的嘛。"关美娟笑道，"老人进养老院，开头几天总是不习惯，主要是吃和睡的问题，陶老师适应能力强的。"

"陶老师良心好，不想让儿子看了难过，所以拼命吃。"宋阿萍说着站了起来，拄着拐杖回到靠窗的床边。

陶依嘉笑了，心想这个宋老师喜欢呛人不好，不过眼光还是锐利的。

"不要以为宋老师老糊涂了，其实啊，什么事都看得清清楚楚。"关美娟夸奖道。

"我哪里及你啊。"宋阿萍嘲讽地顶撞道。

关美娟不高兴地撇了撇嘴，低头吃菜。

陶依嘉刚要站起来，张孝明提醒她"还有一只蛋没有吃呢"，陶依嘉拿起白煮蛋，剥了壳塞进嘴里，咬了一大口往下吞咽。突然，她被噎住了，"啊"的一声，头偏向一侧，倒在餐桌上，失去了知觉。

"哦哟，呛住了！"关美娟焦急地叫道。

张孝明一惊，赶忙冲过来扶住母亲，只见她脸色涨得通红，嘴唇发紫。这时，黄红梅从对面房间走进来，见状大叫一声，"快喝水。"她拿来茶杯倒来开水，热气往上冒，太烫，她拿着茶杯奔进卫生间，加了自来水奔出来，抱着陶依嘉就不停地灌水。

张孝明急了，紧紧抱住她，用手摁住她的人中部位，大声叫着"姆妈"。

焦丽英正好在走廊上走过，见状就冲了进来。

"陶老师被鸡蛋噎了，我去叫林医生。"关美娟奔了出去。

"关老师，你回来。"焦丽英叫道，迅速拿出手机拨号，"林医生，308室，新来的陶老师吃鸡蛋噎了，马上来，快！"

过了一会儿，林医生来了。她把陶依嘉放倒在地，让她仰卧，把她两脚左右分开，然后跪在她旁边，林医生一手的手掌根按压在陶依嘉的肚脐与肋骨之间，另一手掌覆盖其手掌之上用力挤压着。

全场寂静，大家都紧张地看着，张孝明急得眼泪流了出来。

宋阿萍焦急地走过来看着陶依嘉，焦丽英冲着她大叫，"你不要过来添乱。"

宋阿萍拄着拐杖退后几步，退到她自己的床边，还是一脸焦急地看着陶依嘉。

　　门口站着几个老人，他们关心地朝房间里面张望，焦丽英大声训斥地说："都回到自己房间去，不要轧闹猛。"老人吓得纷纷躲开，站在走廊里议论着。

　　大约3分钟过去了，陶依嘉身体动了动，缓缓睁开眼睛，嘴唇有了血色。林医生继续用双手挤压着，又过了5分钟，陶依嘉嘴里吐出一块很小的鸡蛋清。她睁大眼睛，看着大家说："好了，刚才好难过啊！"

　　"没有危险了。"林医生累得呼哧呼哧喘气。

　　张孝明蹲下来把母亲扶起来，扶到床边，扶着她在床上躺下。

　　"吓死我了。"关美娟拍了拍胸口。

　　宋阿萍长长地吐了一口气，放心地笑了。

　　"啊，谢谢医生，谢谢大家！"张孝明对大家拱手感谢。

　　"以后吃饭要注意，要慢吞细嚼。"林医生对陶依嘉说，又对焦丽英说，"没问题了。"说完就走了。

　　"陶老师，你好好休息吧。"焦丽英朝陶依嘉说，又朝张孝明点了点头，也走了。

　　"打扰大家了。"陶依嘉不好意思地说。

　　这时，李莉奔进门来，对陶依嘉说："对不起，刚才我在忙，陶老师没事了吧？"

"好了。谢谢你。"陶依嘉说。

李莉看了看陶依嘉，"我有空再过来。"她笑了笑快步走了。

张孝明又坐了1个小时，看见母亲完全恢复正常了，这才放心地说："吉人自有天相，没事了。"

"你好走了，不要耽误上班，你中饭还没有吃呢。"陶依嘉催促道。

"好，姆妈，我先走了，礼拜天来看你。"张孝明说，"有事随时打我手机。"

"噢，好的。"陶依嘉一脚跨下床，"我送送你。"

"不要。"张孝明说，"你需要休息。"

"不，我要送的。"陶依嘉态度坚决，"我已经好了。"

张孝明朝关美娟和宋阿萍点头微笑说"再见"，就和陶依嘉朝外面走去。他们乘电梯下楼，走出大堂，陶依嘉沿着两边都是草坪的一条小路走到大门外，张孝明开着汽车出来了，他打开车窗，朝她叫道："姆妈，你保重啊。"

"你等一等，我有话和你说。"陶依嘉喊道。

"姆妈，什么事？"张孝明紧张地问。

"我有一个要求……"陶依嘉看着他。

"什么要求？"张孝明有些紧张。

"你每天晚上给我一个电话，报个平安也好，好吗？"她恳求道，"你晚饭后再也不能到我房间里来坐了，和你通电话，我就感觉你还在我身边，我还在家里。"

"没问题，每天晚上7点，有事顺延或隔天补。"张孝明感动地说。

"太好了！"陶依嘉高兴地说，"你一定要来看我，如果实在忙，至少一个月要来一次。"

"一定，我至少一个礼拜来一次。"他郑重地保证道。

"哦，还有，你和张波视频，代我问好。"陶依嘉说。

"好的。你放心，他一切都好，就是吃不到上海菜有些遗憾。"他笑道，"他是个吃货。"

"噢，是吗？那他只好回来吃了。哦，君子兰你要保证每天浇水，也要晒太阳，绿萝隔几天要换水。"她特地关照。

"一定。"他说。

"其他没有什么了，你快上班去吧。"她催促道。

"你保重，有什么事随时联系我。"张孝明说完开车走了。

陶依嘉目送着儿子的汽车远去，直至汽车在视野里消失；她还是看着汽车消失的远方，突然看见阿明掉头开着汽车回来了，一直开到她面前停下。

"怎么啦？忘记什么啦？"陶依嘉惊讶地问。

"没有什么，我看你有些舍不得，再回来和你说几句话。"张孝明说。

"啊！"陶依嘉十分感动，眼睛湿润了。

他们又说了一会儿话，张孝明才开车走了。陶依嘉没有马上进养老院，还是站着看着汽车驶去的远方，心想阿明可能还会再开车回来。她等了一会儿，阿明终于没有回来，她这才走进养老院大门。

陶依嘉回到房间，看见关美娟和宋阿萍都睡了。哦，午休时间到了。陶依嘉感到累了，在床上躺下，可是毫无睡意。她拿出全家福影集翻看着，不时闭上眼睛休息一会儿。好半天，关美娟坐了起来，陶依嘉看着她，关美娟穿上外套对她说，"打麻将有兴趣吗？"

陶依嘉笑着摇了摇手。

"8楼朝北都是办公室，朝南是老人的文化娱乐室，你可以上来玩玩，认认路也好。我去8楼棋牌室，今天开放，平时就在电梯口玩。"关美娟到卫生间洗了一把脸，笑嘻嘻地走了。

陶依嘉看见宋阿萍坐起来了，她望着窗外发愣。陶依嘉心想到楼下大楼后面看看，明天还是要步行锻炼的。她穿上外套，轻轻地走出去，顺手带上门。她走到电梯口，突然冒出念头上8楼看看。阿明带我来看养老院的时候，焦丽英放映的宣传片特地介绍了文娱活动，报刊阅览室、棋牌室和咖啡馆、茶室等，都是很吸引人的地方。

她想起焦主任介绍的多功能厅，想去看看是什么模样，就乘电梯来到9楼，走进多功能厅。看见一个大舞台，有许多椅子，是开大会的地方，不过空无一人。她出来下楼来到8楼，走进一个咖啡馆兼茶室，只有一个服务员，没有一个老人。她来到阅览室，也是一个老人都没有，只有一个工作人员坐着，报架上挂着《解放日报》《老年报》和《新民晚报》，书架上排列着的图书都是文学书、历史书，还有中共党史类的图书，都是旧书。

她来到棋牌室，看见两桌人在打麻将，有七八个老人在一旁观看；还有两三对老人在下中国象棋。她走到关美娟旁边，冲她笑了笑，招了一下手，关美娟也朝她笑了笑。

"陶老师，来玩玩怎么样？"关美娟问。

"不不，我玩不来。"陶依嘉连连摇手。

"学学就会。"关美娟说。

陶依嘉看了一会儿，看不懂，也没兴趣，就走了出去。她乘电梯来到1楼，走出大楼后门，眼前是一个假山喷泉水池，水面上有一个鱼头状的喷泉，鱼的"嘴"里喷射出清水，水池里有金鱼游弋；水池的四周种着柳树和梧桐树，间或放着两三张绿色长椅。最引人注目的是，水池边有一个仿古凉亭——茅亭，亭子顶上覆盖着一片茅草，让人联想到山野林泉。入口处左右亭柱上，分别写着一副对联：笑看今朝添百福，遐龄长寿祝期颐。对联上方有四个字横批：养怡之福。走进茅亭，四周围一圈是木头长椅，中间是木头圆桌和几个凳子。陶依嘉在木头凳子上坐了坐，不由得想起王昌龄"茅亭宿花影，西山鸾鹤群"的诗句。

"这养老院大概只有这里，最让人留连忘返。"陶依嘉心想。

她走出茅亭，抬眼望去，有一栋多层建筑，再朝北就是养老院的后门。她走到养老院西面，一群学生奔跑着在练习足球，发出一阵阵叫喊声；足球场四周，是一条条田径塑胶跑道，一旁还有一栋办公楼。她走到养老院东面，看见长长的木材围墙，透过木材之间的空档，隔壁幼儿园的情景看得清清楚楚。陶依嘉沿着养老院四周走了一圈，看看手表，总共花了 5 分钟。她估算一下，走 6 圈要半个小时，嗯，上下午各走 6 圈。在养老院不能晨练了，就改成上下午走路吧。

春寒料峭，一阵阵寒风吹来，带着几分寒意，陶依嘉回到大楼，乘电梯回到 308 房间。关美娟还没有回来，宋阿萍躺在床上发愣，黄红梅穿进穿出忙碌着。陶依嘉坐到床上，拿起一本小说书翻阅着消磨时间。

　　下午 5 点钟快到的时候，关美娟回来了，很有兴趣地问："陶老师，感觉养老院怎么样啊？"

　　"还可以吧。"陶依嘉说。

　　"陶老师，你要做好思想准备，进养老院就是坐牢啊。"宋阿萍插话说。

　　"有这么严重啊？"陶依嘉问。

　　"还不如坐牢呢，坐牢有出狱的一天，无期徒刑也会减刑，住养老院是终身监禁。"宋阿萍咕哝道，"吃了早餐等午餐，吃了午餐等晚餐，吃了晚餐等睡觉，从早到晚在等死。"

　　有人推着餐车停在门口，黄红梅把餐盘捧到餐桌上，然后奔出去捧着餐盘到对面 307 房间，那里 3 个老人也是她护理的。

　　"宋老师早饭和午饭自己吃，晚饭要黄红梅喂饭的。"关美娟说。

　　"唉，没有办法，自己吃饭，可以保持吃饭的功能，也少受气，人老了可怜啊。"宋阿萍哀叹一声。

　　陶依嘉和关美娟在吃晚饭，黄红梅走进来，拿着一个餐盘放到宋阿萍的床头柜上，拿起调羹把面筋塞肉塞进她嘴里，宋阿萍张大嘴接住，还没有吃完，黄红梅将盛了满满一口饭的调羹塞进她嘴里，宋阿萍继续拼命吞咽着，黄红梅又舀了一调羹荠菜豆腐汤放在宋阿萍嘴边等着，一边嫌弃地催促着，"快吃啊！"

"你慢点喂啊，年纪大了，吃不快的。"陶依嘉善意地提醒黄红梅。

黄红梅扭头瞪了陶依嘉一眼，想说什么忍住了；关美娟朝陶依嘉摇了摇手，示意她不要多话。

黄红梅匆匆把饭菜喂完，扔下宋阿萍，直奔对面房间。

"宋老师，她喂饭动作太粗野了。"陶依嘉不满地说。

"陶老师，你不要多事，否则黄红梅会报复你的，而且还会对宋阿萍更加不好。"关美娟善意地提醒，"陶老师，你要适应环境。"

"焦主任知道她这样喂饭吗？"陶依嘉问。

"睁一只眼，闭一只眼，这是常态，"关美娟热心地介绍，"对面 307 房间有三个老太，1 床方老太 93 岁，24 小时卧床，两个女儿特别孝顺；2 床黄老太 88 岁，还能走走；3 床是朱老太，才来了一个月。黄红梅要照顾两个房间 6 个老人，蛮辛苦的。"

这时，一个矮小但穿着干净的老太掀开门帘走进来，朝陶依嘉笑问："这位是新来的陶老师吧？"

"是。"陶依嘉指着床边的椅子，"请坐。"

"我来认识一下。"黄老太说。

"她是对面307房间，2床，我们叫她黄老太。"关美娟笑道。

"你上次和儿子来看房间的时候，我就看见你，现在我们有缘做邻居了。"黄老太和善地笑道。

陶依嘉朝她笑笑，礼貌地说："多来走走。"

宋阿萍只当什么都没有看见，只顾自己坐着，望着窗外发呆。

"你来了，要有一段时间才能适应，要耐心一点。"黄老太关照道。

"是是。"陶依嘉说。

"我明天再来，陶老师休息吧。"黄老太笑着走了。

"看电视吧。"关美娟摁了一下遥控器，电视机屏幕亮了，声音响了，她笑呵呵地看着屏幕。

宋阿萍戴上老花眼镜，斜过身体来看电视。

陶依嘉心里"咯噔"一下，她不太喜欢看电视，看来要陪看了。她坐到床上翻看着全家福影集，不时地看手表。等到电视播完新闻节目，她的手机铃声响了。

"姆妈，我是阿明啊。"张孝明说。

"啊，你是阿明啊，有什么事吗？"陶依嘉问道。

"不是说好每天晚上7点钟通电话吗？"张孝明说。

"噢，我以为你白天来过，晚上就不来电话了。"她惊喜地说。她觉得电视机声音太响了，不由得看了看电视屏幕，关美娟马上调低音量。宋阿萍不解地刚要问什么，关美娟指了指陶依嘉，作了个打电话的手势，宋阿萍明白了，索性拿过遥控器关掉了电视机。

"姆妈，晚饭吃过了？吃的啥？"张孝明问。

"面筋塞肉，芹菜炒肉丝，炒青菜，荠菜豆腐汤。"她回答。

"哦，蛮丰富的嘛。味道可以吗？"他问。

"一般般。"她答。

"你蛮好吧？"他问。

"一切才刚刚开始。"她回答。

"姆妈，刚开始肯定有些不习惯,坚持坚持就习惯了。"他说。

"是的。"她说。

"今天你吃鸡蛋噎了一下，吓得我半死。姆妈，你吃饭要慢一点。"张孝明说。

"给大家添麻烦了，今天实在是意外，我会小心的。"她说。

104

他们聊了半个小时才结束，陶依嘉放下手机，心想该回家了，可是马上意识到，这里就是她的家。

"和儿子通电话啊？"关美娟侧过脸来关心地问。

"哎，是的。"陶依嘉笑道。

"你儿子长得高高大大，一表人材，看上去忠厚老实。"关美娟赞赏地说。

"哎，再看电视吧。"宋阿萍摁了摁遥控器，电视机屏幕又亮了，节目继续。

"你也来看电视吧，9点钟才睡觉。"关美娟热心地对陶依嘉说，"闭路电视和电费按房间收费，都要我们三个人分摊，你不看电视吃亏了。"

"你们看吧。"陶依嘉笑道，"我要泡脚。"

陶依嘉走进卫生间，把假牙摘下来放在一个大碗里浸泡着，在水桶里放了热水泡脚。她泡好脚上床躺着，电视机还在播放电视剧，之后是烹饪节目和健康节目。陶依嘉明白了，电视机是不关的，也不换频道，就这样一直开着，是什么节目就放什么节目。关美娟觉得节目不好看时就看手机，宋阿萍觉得节目不好看就望着天花板，或者看着窗外发愣。陶依嘉喜欢安静，喜欢读书，她想关掉电视，想想不合适，自己不愿意看电视，不能让人家也不看啊，毕竟这是养老院啊。

终于到了晚上9点，关美娟关掉电视，对陶依嘉说："明天7点钟吃早饭，睡觉了。"她关掉了吸顶灯，回到自己的床上躺下。

"总算又过去一天了。"宋阿萍也在床上躺了下来。

这时，黄红梅匆匆进来，走到宋阿萍面前，拿着束缚带把她的两条腿绑在床的两边护栏上。

"我晚上睡觉总是翻身，假如不绑住掉下来就坏事了。"宋阿萍解释说。

"如果你要上厕所怎么办？"陶依嘉问。

"宋老师晚上尽量少喝水，要上厕所就自己解开束缚带，也可以叫黄红梅，不过宋老师都是自己来。"关美娟解释道。

"关老师睡相好，用不着上束缚带。"黄红梅说，"我到对面房间睡觉了。"她说完就走了。

"你怎么会找到这儿来的？"关美娟很有兴趣地问。

"我儿子在网上搜索来的，他发觉院长是政协委员，就联系来看看。那天焦主任带我们来看这间房间，我闻了闻抽水马桶，没有异味，看见你们都是高高兴兴的样子，就选择了这里。新家养老院住的老人，来自新闻出版系统的比较多，还有学校，这也是我选择新家养老院的原因之一。当然，这儿的价格我还可以接受。"陶依嘉说。

"你条件蛮好的，为什么要住三人房间呢？"关美娟探究地问。

"我有一个标准，退休金支付养老院的费用，还要省下500元，"陶依嘉说，"三人间费用正合适。"

"为啥要每个月省500元呢？"关美娟不解地问。

"小辈有什么生日啦，可以表表心意。"陶依嘉笑道。

"陶老师，你原来是做什么工作的？"关美娟问。

"我在出版社做文学图书编辑，"陶依嘉说，"我大学念的是中文系，特别喜爱文学。"

"怪不得那么有水平。"关美娟赞赏地说。

"关老师，我看你样子，退休前是当领导的吧？"陶依嘉笑问。

"我大学念的是历史专业，大学毕业留校做老师，当时学生能够留校的都是佼佼者，不容易的。45岁以后做行政工作，担任专职工会主席。"关美娟呵呵呵地笑了。

"宋老师原来做什么工作的？"陶依嘉问。

"哦，本科毕业，在大学图书馆工作。"宋阿萍简洁地说，她显然不愿意谈论她的过去。

她们聊了一会儿就睡了，陶依嘉毫无睡意，脑子里胡思乱想，昨天这个时候还在家里，今天已经在养老院了。从今天开始，就要过没有隐私的集体生活；从今天开始，我再也不能天天看见阿明了；从今天开始，我被抛弃了，芳芳的话我听得很清楚，我再也回不去了——我将在养老院度过余生吗？

突然，传来打鼾声。陶依嘉抬头望去，声音有些远，原来是宋阿萍在打呼噜。陶依嘉暗叫不妙，她有一点声音都睡不着的啊，何况是打鼾啊。这时，又有打鼾声响起，陶依嘉侧脸望去，是关美娟发出来的打鼾声。两人的打鼾声像打雷，此起彼伏，连绵不绝。她想起欧阳修的《秋声赋》散文名句，"初淅沥以萧飒，忽奔腾而砰湃，如波涛夜惊，风雨骤至"，拿这来形容这鼾声也是蛮贴切的，不过，于她来说，那就惨了。

陶依嘉用被子蒙住头，很快就憋得难受，只得扯开被子，呼噜声更响更猛烈了。唉，过去，出外旅游和出差，客房里有人打呼噜，忍受一两个晚上，回到家就解脱了，现在这里就是我的家，天天有呼噜声，逃无可逃，今夜何以入眠？

第五章

喂饭风波

晚饭的时候到了，走廊里推来了餐车，黄红梅拿来三个餐盘放到餐桌上，从中拿了一个放到宋阿萍的床头柜上，给她喂饭。

"红烧带鱼、青椒土豆丝、番茄蛋汤。"关美娟在餐桌前坐下，看了看晚上吃的菜。

陶依嘉慢慢地走到餐桌前坐下，她对养老院的饭菜实在没有胃口，天天硬逼着自己吃。她搛起一块带鱼仔细看，看见一排鱼刺，小心地把刺——拔出来，然后把带鱼塞进嘴里咀嚼着。

"今天带鱼烧得不错，入味。"关美娟咬了一口带鱼，笑呵呵地说。

陶依嘉听见宋阿萍嘴里发出"啊啊啊"的声音，不由得抬头望过去，就见黄红梅站在宋阿萍床边，手拿调羹往宋阿萍嘴里塞青椒土豆丝；宋阿萍指了指自己的嘴巴，意思是食物还没有吃完，黄红梅停了停，看着宋阿萍咽下去一口，马上把一块带鱼朝她嘴里塞，宋阿萍拼命地吞咽着，黄红梅用手掌猛力地拍着她的后背，仿佛要让她的身体抖一抖，好让饭菜快点从喉咙口滑下去一样。

关美娟怕陶依嘉说黄红梅，忙说："陶老师，你喜欢吃哪一种鱼啊？"

陶依嘉还是看着宋阿萍痛苦地吞咽着，再也忍不住了，冲着黄红梅说："宋老师这么大年纪了，你不能这样喂饭喂菜，要一口一口喂的。"

"谁不是一口一口喂的？"黄红梅侧过脸来瞪着陶依嘉，舀了满满一调羹米饭候在宋阿萍嘴边，大声地对宋阿萍斥责道，"你怎么吃得这么慢，快快快！"

"噢噢噢，"宋阿萍可怜地应答着，拼命往下吞咽着。

"你快点吃吧，菜马上要凉了。"关美娟提醒陶依嘉。

"撒泡尿照照自己，你以为自己是什么人啦，老娘就是这样喂的，怎么着？"黄红梅嚣张地冲着陶依嘉吼道，说完凶狠地催促宋阿萍，"快点吃啊！我站你旁边，你身上的味道就叫人受不了！"

陶依嘉站了起来，关美娟赶忙拉她的衣服，陶依嘉还是走向自己的床头柜，拿起手机对着黄红梅开始拍视频。

黄红梅舀起满满的一调羹米饭，直接朝宋阿萍嘴里塞去；宋阿萍一脸痛苦地"啊"了一声，指了指鼓鼓的嘴巴，含含糊糊地说"刺"。

"不会有刺的，我刚才都拔掉了。你快吃，我还有其他老人要喂饭呢。"黄红梅不耐烦地说。

宋阿萍拼命地吞咽着，一脸痛苦的表情。

陶依嘉拍着视频，心里很感慨，宋老师对关美娟冷嘲热讽，平时待人冷漠，看见黄红梅却像老鼠见了猫，可见护理员的厉害。

"你吃饭也不会吃，活着累不累啊？对面房间的老人每顿都要喂，没有人像你这样不配合的。"黄红梅训斥宋阿萍。

"宋老师说有刺，你就应该停下来，看看是不是有刺。"陶依嘉对黄红梅说。

"你吐出来，让我看看有没有刺。"黄红梅拿起一个碗递到宋阿萍面前。

宋阿萍犹豫了一下，把嘴里的食物吐在碗里，黄红梅用筷子拨拉了一下，"哪里有刺啊？你看，哪里有刺啊？陶老师，你过来看，戴上老花眼镜过来看，哪儿有刺啊？"黄红梅侧过脸来横了陶依嘉一眼，这才发现她在拍视频，马上举起胳膊挡住脸，紧张地责问道，"你要做什么？"

"纪录你的工作状态。"陶依嘉平静地说。

关美娟忍不住笑了，马上屏住。她怕黄红梅不高兴，赶忙低下头，埋头吃饭。

宋阿萍感激而担忧地看了看陶依嘉。

"收起手机，我不许你拍！"黄红梅命令地说。

陶依嘉不作声，把拍摄视频调到拍摄照片，啪啪啪，对着她接连拍照。

"你你……"黄红梅气急败坏地冲了过来。

"黄红梅，你对宋老师态度好凶啊，你对你母亲也是这样说话的吗？"陶依嘉问道。

宋阿萍着急地朝陶依嘉连连摇手。

"你说有刺，你指给我看啊！"黄红梅对陶依嘉吼叫。

陶依嘉从床头柜上拿起老花眼镜戴上，走到宋阿萍床头柜前，低头仔细察看宋阿萍吐出来的食物。

关美娟紧张地看着，脸上的笑容消失了。

"告诉我，刺在哪里啊？"黄红梅得意地笑了，"你找不出来就是污蔑我。"

陶依嘉看见宋阿萍痛苦地扭歪着脸，伸着舌头在嘴里寻找什么。陶依嘉对宋阿萍说："你张大嘴巴，让我看看。"

宋阿萍难受地张大嘴巴，陶依嘉让她脸侧一侧，好让光线照进来。她仔细看着宋阿萍的嘴里，看不清楚，打开手机上的手电筒照着宋阿萍嘴里，继续察看着。她突然发现一根鱼刺卡在牙齿缝里，就让她不要动，拿来牙签仔细地把它挑出来。

宋阿萍顿时开心地笑了，连声表示感谢："好了好了，不难受了。"

"黄红梅，这是什么？"陶依嘉把鱼刺举到她面前问。

黄红梅脸色难看，瞪了陶依嘉一眼，又用调羹舀了满满的汤，对宋阿萍客气地说："你快点吃啊，我还有下一个呢。"

黄红梅喂完饭，对陶依嘉说："陶老师，你没有经过我同意就拍我的视频，给我删掉，还有照片。"

"不删，我是纪录事实。"陶依嘉回答。

"我现在没空和你纠缠，我告诉你，不能让人看，影响我的名誉，我就对你不客气。"黄红梅警告道。

"如果需要，我会拿出来的；如果你改正了，我不但不拿出来，还会主动删除。"陶依嘉微笑地说。

黄红梅忿忿地说"我们走着瞧"，她说完匆匆到对面房间给老人喂饭去了。

"她从外地到上海，离开家庭，离开孩子，又没有文化，一天24小时干的都是服侍人的脏活，容易急躁，也可以理解。"关美娟说，"不过，做人的基本道德不能丢失，不能不尊重老人。"

"我没有钱孝敬她，她就看我不顺眼。我不是拿不出钱，我不愿意花这个钱。"宋阿萍不满地白了关美娟一眼。

"宋老师一身正气，宁折不弯，我佩服，这样也减慢了我堕落的速度。"关美娟堆着笑脸。

大家都笑了。

陶依嘉走到餐桌前坐下，继续吃饭。

"陶老师，你为了我得罪了黄红梅，我过意不去。"

宋阿萍诚恳地说。

"没关系，我实在是看不过去，物不平则鸣嘛。"陶依嘉说。

"她会报复你的。"宋阿萍不安地说。

"我就等着她来报复。我要向领导反映情况。"陶依嘉说。

关美娟看了看陶依嘉，想说什么没有说，她把番茄蛋汤喝完就站了起来，回到自己的床边。

宋阿萍走进卫生间，陶依嘉轻声问关美娟："宋老师为什么这么怕黄红梅啊？"

"老人都怕护理员，焦主任要黄红梅负责宋老师的安全，出了事唯她是问。所以，黄红梅就让宋老师呆在房间里，最多到休息会客厅坐坐，再走远，她要骂的，甚至要打人的。"关美娟压低嗓门说，"她是宋老师实际上的监护人。"

"哦，这样啊，宋老师这样挺难受的。"陶依嘉说。

黄红梅进来了，她板着脸没有笑容，干净利索地抹干净餐桌，拿着餐盘朝外走去。

晚上7点正，张孝明的电话来了，陶依嘉满面笑容地接电话。

"你好吗？"张孝明问。

"黄红梅喂宋老师吃饭，动作粗鲁野蛮，我说了她几句，她就很不高兴，威胁要报复我。"陶依嘉告诉阿明，"我拍了视频，过一会儿发给你看看。"

"啊呀，姆妈，你就少管闲事，这种事在养老院多了，管都管不过来，管了也没有用。"张孝明说。

"我实在看不下去，忍无可忍。"陶依嘉说。

"噢，我在北京出差，回上海就来看你。你要带什么好吃的？"张孝明问。

"不要不要，你给我带几本书来，小说《简·爱》给我带来，在我的书架上。噢，还有我的床刷。"她说。

"好的。"张孝明说。

"哎，室友打呼噜，我睡不着觉。"她说。

"啊呀，你是有一点声音也睡不着的。"他焦急地说，"这倒没有想到，怎么办呢？"

"过一段时间会习惯的。"她说。

"睡不着觉，身体要跨掉的。"张孝明说。

"噢，还有，君子兰怎么啦？"陶依嘉问。

"不好意思，已经死了。"他内疚地说。

"啊呀，我来了养老院才一个礼拜，花就死了，可惜可惜。"她说，"你下次把我养的绿萝带来。"

"好的。"他说。

"你先忙吧，再说吧。"她说。

“好好，你忍耐点，出外肯定有许多不习惯。”张孝明说。

“知道……”她说。

陶依嘉挂上电话，关美娟对她说：“打呼噜烦的，我来的时候听了就烦，后来才慢慢地习惯了。”

“黄红梅还没有睡过来，安静多了，她来了打呼噜就是打雷啊。”宋阿萍说。

“她睡在这里？”陶依嘉惊讶地反问。

“她一直睡在我们这里，最近暂时睡到对面房间。”关美娟说，“她们护理员有宿舍，不过，她们就是放放东西，平时都睡在这儿。”

“要不是死人了，她还不是天天睡在这里。”宋阿萍说。

“什么？死人？”陶依嘉惊愕地问道。

关美娟责怪地看了看宋阿萍，宋阿萍仿佛感到自己说漏了嘴，不再言语。房间里一片沉默。

“哎，关老师，这里死过人吗？”陶依嘉追问道。

关美娟和宋阿萍互相看了看，谁都没有说话。

“你们，瞒着我什么啊。”陶依嘉说。

“陶老师，阿明真不错啊，每天准时来电话，你是有福气的。”关美娟转移话题。

“我在问你们，这里死过人吗？”陶依嘉仍然紧追着问。

"郑老师两个礼拜前生病死了。"宋阿萍说。

"就睡我这张床吗?"陶依嘉有些惊恐。

"是的。"宋阿萍回答。

"啊?"陶依嘉一愣,不由得哆嗦了一下,"她是怎么死的?"

"说来很悲惨,郑老师来半年就走了。"关美娟说,"她不愿意进来,儿子硬把她送进来。她整天躺在床上看着开花板发呆。她原来就身体不好,病情加重,就走了。"

陶依嘉浑身颤抖了一下,怔怔地沉默着。

"郑老师的床消杀过的。"关美娟安慰地说。

"从郑老师走的那天开始,黄红梅就没有来睡过。"宋阿萍补充说。

"哦,哦。"陶依嘉情绪极差,她好像看到接尸员把一具尸体从自己睡的床上抬下,不由得感到一阵阵恐惧。她进养老院睡的床原来死过人的,董院长和焦主任没有说啊,不过,她们也没有义务一定要和她说啊。她要不要找她们换个房间?听说基本护理区的房间几乎满员了,只有失智失能的特别护理区还有床位。算了吧,这里的环境刚刚有点熟悉,换个地方又要重新开始。

晚上8点半,陶依嘉泡好脚刚要睡觉,就见黄红梅拿

118

着折叠床进来了。她对关美娟说，"今天回来睡觉。"黄红梅把床搁在靠近大门的地方，几乎就靠着陶依嘉的床。她双腿盘在床上，大模大样地抠脚。

关美娟怕黄红梅离得靠门的床太近，影响陶依嘉睡觉，就笑着对黄红梅提议说："你可以睡在电视机下面，离我近一点。"

"一样的。"黄红梅打开折叠床就躺下来，把一条被子盖在身上。

陶依嘉看了看她，黄红梅知道她听见呼噜声睡不好，特地回来了，要用"呼噜"声来报复她。

黄红梅拿出手机看电视剧，一会儿笑，一会儿骂，看到后来脑袋一斜就睡了。仅仅几分钟时间，她就发出震天动地的呼噜声。这时，另外两位室友的呼噜声也响了起来。

陶依嘉翻来覆去睡不着，三个人打呼噜，声震屋宇，惊心动魄，她只好瞪着眼睛发愣。到了半夜2点钟，黄红梅醒来了，她走进卫生间，出来的时候走到陶依嘉的床边，不无得意地问："陶老师，你还没有睡啊？"

陶依嘉"嗯"了一声。

"哦，我这儿有安眠药，你要吗？"黄红梅笑着问。

"也好。"陶依嘉说，她感到黄红梅神情有些怪，怎么又客气了？

黄红梅拿来安眠药片，陶依嘉吃了后很快睡着了。黄红梅悄悄地起身，走到陶依嘉床边，拿起床头柜上的手机走进卫生间关上门，把拍她的视频和照片全都删除了，再到"最近删除"项目继续删除，最后才拿出手机放回到陶依嘉的床头柜上，放心地上床睡了，发出响亮的打呼噜声音。

陶依嘉一觉睡到清晨5点半醒来，感觉很舒服。她到卫生间洗漱，出来喝了一杯温开水，就在床上闲坐着。

这时，黄红梅醒来了，问她："陶老师，睡得好香啊。"

"噢，谢谢你。"陶依嘉说。

黄红梅打开窗，为三个老人洗茶杯，擦拭三个老人的床头柜，然后转身直奔对面房间。

宋阿萍下了床，拄着拐杖一瘸一瘸地走进卫生间，"啪哒"打开灯，关上门洗漱。她一般要半个小时才出来，所以每天总是起得早，这样可以不影响其他人洗漱。

关美娟醒来了，抬头看了看卫生间，又低头继续躺着。一会儿，关美娟突然坐起来，匆匆下床，走到卫生间门前伸手敲门，"宋老师，对不起，你好了吗？"

"我没有好呢。"宋阿萍生硬地回答。

"照顾一下，我憋不住了，请帮帮忙。"关美娟恳求道。

"你再坚持一下。"宋阿萍冷冷地说，"我正在用厕所呢。"

关美娟在房间里走来走去，圆圆胖胖的脸拉长了，脸孔憋得通红，朝着陶依嘉连连摇头，小声地嘲讽道："洗脸刷牙这么长时间，又不是新娘子打扮。"

陶依嘉朝她笑了笑，没有帮腔。她发现两位老人互不欣赏，但还是能够和平相处。她建议道："关老师，你可以到对面房间用厕所。"

关美娟摇了摇手，继续在房间里走走停停，一脸不高兴。她突然蹲下来，陶依嘉看她神色十分恼怒和尴尬，再探头一看，地上湿了一大滩。

终于，宋阿萍手拿拐杖开门出来，生硬地说："你用吧。"

关美娟狠狠地瞪了宋阿萍一眼，迅速拉开床头柜，拿了短裤，快步走进卫生间，"呼"地关上门。

"吃不消，催命一样。"宋阿萍咕噜道，拄着拐杖走到自己床边坐下。

"她已经坚持不住了。"陶依嘉解释道。

"她尿了裤子可以让黄红梅洗呀，她不是马屁拍得很好吗？"宋阿萍嘲讽地说。

关美娟一会儿出来，趴下身子把地上的尿渍擦干净，又回到卫生间洗内裤，最后出来板着脸坐在床上。

宋老师侧脸看了看她，转头望着窗外。

"陶老师你真好，才来了几天，我看你就是为别人着想。人在外面，总要互相理解和体谅，这样关系才能处得好。"关美娟弦外有音地对陶依嘉说。

"什么意思？指桑骂槐吗？"宋阿萍不悦地说。

"我又没有说你的名字，何必多心呢？"关美娟不客气地回击。

"你的话外之音，谁听不出来呢？"宋阿萍说。

"大家少说一句，准备吃早饭。"陶依嘉走进卫生间去洗漱，出来后在床上靠着被子半坐半躺着。

这时，窗外天亮了。陶依嘉侧脸望着窗外，一阵叽叽啾啾的鸟鸣声传进来，很好听。这是她在养老院唯一听到的天籁之音。她静静地听着，微笑地享受着。她喜欢看窗外风景，在家就喜欢看窗外，进养老院很想得到靠窗的床位，那样看天空就能随心所欲了，房间里喧闹声也可以离得远一点，可是宋阿萍已占据了，先入山门为大，她只好表示羡慕了。

黄红梅进来了，迅速拿热水瓶泡来热水，为关美娟和宋阿萍叠好被子铺好床，从冰箱里取来胰岛素针，走过来对陶依嘉说："打针。"

"好的。"陶依嘉说。

黄红梅拿着注射器走过来，陶依嘉撩起上衣露出腹部，黄红梅朝着陶依嘉的腹部猛力扎上一针，她痛得"哦哟"叫了一声，黄红梅前几天拿棉球抵住进针部位慢慢地拔出针头，今天却猛力抽回针头，陶依嘉痛得又叫了一声。

"动作轻点啊。"陶依嘉不满地看着黄红梅。

"我并没有用力啊。"黄红梅解恨地看了陶依嘉一眼。

陶依嘉用药水棉花摁着针口，脸色很不好看。

吃早饭了，陶依嘉默默地吃着，宋阿萍内疚地看着她。陶依嘉吃好早饭，回到自己的床上。黄红梅进来收拾餐盘，然后拿来扫帚扫地。黄红梅扫到宋阿萍床边，挥了挥扫把就过了；在关美娟床的旁边扫得特别仔细，扫得很轻，怕灰尘扬起来，还开心地和她说话打趣。

"不要扫了，干净了。"关美娟说。

"你的床居中，走的人多，容易脏。"她弯下腰又扫了一遍。

关美娟呵呵地笑着。

黄红梅来到陶依嘉床边，用力扫地，扫得灰尘扬起来，扫完就要走。

"黄红梅，这儿有垃圾，麻烦你扫一下。"陶依嘉指了指床头柜旁边的垃圾说。

123

"扫过了。"黄红梅睬也不睬地走出门去。

陶依嘉遗憾地摇了摇头，"太过分了。"

"你还是要公关一下。"关美娟笑着对陶依嘉说，"再过一会儿，我要去打麻将。"

"你有这个爱好很好，很开心。"陶依嘉说。

"一个人总要有爱好，我喜欢打麻将，不过要4个人玩得起来；还有就是看看电视，看看手机，再有就是和人聊天，哦，还有唱歌。"关美娟说，"就这样天天打发时间，很快活。"

"你的性格好，合群，乐观。"陶依嘉说。

"有什么事过不去呢？再大的事，过去了以后再回头看，都是小事，所以，不愉快的事就忘记，苦中也要作乐。"关美娟说完哈哈大笑，站起来开心地走了。

"能够忘记痛苦的事，因为没有碰到过真正的痛苦。"宋阿萍说。

陶依嘉惊讶地看见关美娟回来了，一个衣着时尚的中年妇女，拎着大包小包跟在她后面。

"我来介绍一下，这位是陶老师，原来是出版社文学编辑，学问很好。"关美娟介绍道，"这是我女儿顾玲玲，大家叫她玲玲。"

"你好。"陶依嘉笑着打招呼。

"郑老师回家了？"顾玲玲问。

"哦，她病重走了。"关美娟看了一眼陶依嘉说。

"啊？好快啊。"顾玲玲遗憾地说。

陶依嘉感到有些尴尬，低头看手机。

黄红梅进来了，亲热地叫了"玲玲姐"，赶忙泡来一杯热茶，殷勤地放到关美娟的床头柜上，笑着对顾玲玲说："请喝茶。"

顾小姐站起来把黄红梅拖到卫生间，一会儿两人一起出来，黄红梅满面笑容，她胸前戴着的围裙口袋，映现出一个信封的轮廓。陶依嘉心想，这是关老师女儿给黄红梅的红包吧。

"谢谢黄红梅对我妈的照顾。"顾玲玲客气地说。

"应该的，只怕做得不够好。"黄红梅说完站到一边笑着望着她们。

"哪里哪里，黄红梅谦虚了。"关美娟对女儿笑呵呵地说，"你慢一步到，我就要去打麻将了。来来，这次时间隔得好长啊，一个多月了吧，你总算来了。"

"我去欧洲旅游了，不是告诉过你的嘛，你忘记了。"顾玲玲从包里拿出一个保温饭盒，打开来给关美娟看，上面一层是响油鳝丝，下面是腌笃鲜，一股浓浓的香味飘了出来。

"啊,腌笃鲜的汤烧得像奶汁一样。"关美娟开心地说。

"这是你最喜欢吃的菜。"顾玲玲笑道。

关美娟对黄红梅说:"拿大碗来分一半。"

"不急的,你们先聊吧,我要去为老人洗澡,有事情叫我。"黄红梅满脸开花地匆匆走了。

"我想吃腌笃鲜,你就送来了,我哪里修来的福气,有女儿就是好啊。" 关美娟开心地说。

陶依嘉看见关美娟兴奋的样子,猜测她这话是有意气气宋阿萍的。她给人印象热情助人,大大咧咧,现在看来也有不厚道的一面。

宋阿萍听了果然不舒服,转过身去把背对着关美娟,打开收音机收听节目。

陶依嘉看到9点钟了,对关美娟说"我出去散个步",朝顾玲玲笑了笑,就走了出去。她乘电梯下楼,在大楼后面慢慢地走着。她走到东面,看见10多个老人站着,一起探头透过木材围墙的空档处看着隔壁幼儿园,他们神情呆滞、麻木和无助;那边幼儿园里,一群衣着鲜艳的孩子,有的在滑滑梯上上上下下,有的在玩跷跷板,有的在荡秋千,有的在跳小木马,有的在追逐嬉笑着。一阵阵欢笑声传来,十分悦耳动听,那才是真正的天籁之音。

陶依嘉想起到幼儿园到小学接孙子外孙女的情景,等在门口的差不多都是老人，可是他们神情都是期待的，都是欣喜的，都是充满希望的。她不忍心看眼前的老人，匆匆沿着墙壁继续朝前行走。她走到假山水池边，突然接到周琴心发起的语音通话，就在水池边的椅子上坐下。陶依嘉惊喜，居然是好朋友周琴心的电话。她进养老院还没有告诉她，被媳妇赶出来住养老院坍台啊。

"依嘉，你好吗？"周琴心说。

"我进养老院了……"陶依嘉带着哭腔说。

"啊，什么？"周琴心说，"你再说一遍。"

陶依嘉把事情简要地说了，周琴心问她："住养老院感觉怎么样？"

"说来话长，一言难尽。"陶依嘉悲伤地说。

"你过去一个人带三个儿女，我也没有听到你抱怨什么，看来，养老院的生活，真的让你受不了了。"周琴心同情地说。

"过去再苦，前面有希望；现在，看不见任何希望。"陶依嘉说，"最痛苦的是，没有了自由。我对匈牙利诗人裴多菲的诗《自由与爱情》，现在理解深了，'生命诚可贵，爱情价更高。若为自由故，两者皆可抛'。"

"我真的很理解。对不起，我和叶璐在三亚，不能马上过来看你。她借调到这儿工作半年。"周琴心抱歉地说。

"好，不打扰了，再联系吧。"陶依嘉放下手机。

陶依嘉呆呆地坐在椅子上，对着假山水池发愣。她坐了一会儿，转身回去，在1楼电梯口遇到了焦丽英，赶忙上前叫住了她。

"有什么事？"焦丽英问。

"我原来在犹豫是不是要找你，现在碰到你正好。"陶依嘉把黄红梅野蛮喂饭的事说了，但没有说黄红梅报复她，她最后说，"这种事太不人道了。"

"我知道了，谢谢你反映情况。"焦丽英说。

陶依嘉乘电梯来到3楼，在电梯外休息会客厅坐了下来。有一桌人在打麻将，洗牌声稀里哗啦地响着，打麻将的四个老人都是笑容满面；一旁有一个老人在活动着手脚；还有一个老人双手拄着拐杖，头枕在椅背上打瞌睡。陶依嘉看见一个老汉坐着，探头往走廊那儿张望着，好像在等什么人。这时，307室黄老太走了过来，老汉马上站起来，招呼黄老太在他旁边坐下。她看见陶依嘉，就介绍道："这是我家老头子，老张。"

陶依嘉马上向他问好，然后就微笑着走了。陶依嘉走到308房间外面，就听见有人在争论。她一愣，进门一看，原来是关美娟和女儿在争论。陶依嘉奇怪了，刚才她们母女俩还开开心心的，怎么突然吵起来了呢？

"陶老师，你来评评理。"关美娟说。

陶依嘉知道无处可逃了，只得在自己床边的椅子上坐下，不无尴尬地看着她们。

"我儿子海海，去年上半年向我借了50万元，说是要为他儿子结婚买房子，"关美娟说，"现在女儿也要借钱，也是50万。"

顾玲玲看了看陶依嘉，微笑着对关美娟说，"不要重男轻女，你为什么借钱给他不借给我呢？"

"我不是不肯，我就这点养老钱啊。"关美娟说。

"你借给他的就不是养老钱了吗？"顾玲玲反问。

"毕竟是儿子啊。"关美娟说。

"你不是一直说儿子女儿都是宝，一样对待吗？"顾玲玲说。

陶依嘉顿时明白了怎么一回事，可是她说什么好呢，清官难断家务事啊。

"我考虑考虑再给你回复吧。"关美娟有气无力地说。

"我女儿出国也是大事，比买房子重要得多。"顾玲玲说，"教育决定人的一生发展方向。"

"好好，我知道了。"关美娟说。

"你什么时候给我回复呢？"顾玲玲盯着问。

"周末吧。"关美娟说。

"好，我知道姆妈会公平公正的。"顾玲玲笑着站了起来，"姆妈，下个礼拜再来看你。"

关美娟看着女儿走了，就对陶依嘉长叹一声，"儿子女儿都是讨债鬼，唉！"

关美娟坦率地说，她丈夫开公司奋斗了 20 年，赚了一点钱。他们约定乘坐邮轮游览世界名城。出发前夕，他突然生病了，还是胰腺癌，一个月不到就死了。不久，儿子海海说他的儿子要上好的学校，就把户口迁到她在市中心建国西路上的家，她开始送孙子上学；忙了半年，女儿玲玲说她女儿要在她家附近上幼儿园，也要把户口迁过来，关美娟只好同意。她每天接送孙子、外孙女去幼儿园和小学，还要做饭给他们吃，每晚累得骨头像散了架，躺下来就不想起来。好不容易，孙子、外孙女长大了，海海夫妻俩和玲玲夫妻俩总是来过周末，关美娟每周要忙两天供他们吃喝。她实在受不了，就坚决要求进养老院。眼睛一眨，住养老院已经 5 年了，感觉还不错。现在借给儿子 50 万元，女儿又要来借 50 万元，不借给玲玲，她是不会罢休的。

"陶老师，你看我怎么办才好？"关美娟真心地请教。

"现在年轻人的压力确实比较大，房子，车子，结婚，生子，儿女确实有困难，父母能帮一把还是应该帮的，但这是父母和儿女的情分，绝对不是本分啊。"陶依嘉说，"如果儿女生活还不错，父母未必要倾囊而出，全部奉献，好心不一定有好报。父母老了，守住'老本'很重要，万一儿女不知感恩，万一急需用钱，老人有了钱就有备无患啊。"

"养儿养女，到头来一场空。"宋阿萍说，"俗话说，儿孙自有儿孙福，莫为儿孙做马牛。儿女大了，就让他们自己讨生活吧。"

"请教陶老师，老人有钱该不该让儿女知道呢？"关美娟问。

"我觉得可以公开，但要明确表示属于自己的，"陶依嘉说，"除非儿女特别需要帮助，原则上老人的钱自己管，自己用。"

"没有钱不行，有了钱也烦恼。"关美娟感叹道。

"与其有没钱的烦恼，不如有有钱的烦恼。"宋阿萍说。

"我再问一句，父母上了年纪，到底要不要把财产分给儿女呢？"关美娟继续真心地请教。

"父母有钱可以分给儿女一些，但要为自己留下最后一把柴火。全部分光，儿女看你父母没有钱了，未必就待你好，人和人关系的本质，有时候就是金钱在起作用。一些儿女对待父母的感情态度，常常也是看你的价值，你有钱就待你好，就围着你转，否则懒得理你。说来伤心，这是一个不能不承认的事实。当然，也不是绝对的。"陶依嘉感叹地说，"一个人的钱，就是老去后的尊严，维护老年的尊严，常常要用钱来捍卫，人老了，钱就是力量。"

"做孩子的应该要想一想，从他们出生、成年到成家立业等，父母的付出不计其数，这种付出包括情感，包括物质，当儿子女儿的，不能没有良心啊，人没有良心，还是人吗？父母的财产也是辛辛苦苦挣来的，父母的财产并不是天然地属于儿女的。"宋阿萍说，"关老师，你要捂紧口袋啊。"

"宋老师说得有理。"关美娟佩服地说，"陶老师真有水平。"

"英国作家王尔德说过：'我年轻时，曾经认为金钱是世上最重要的东西，如今老了，才知道确实如此。'"陶依嘉说，"所以，年轻人要赚钱，给自己的晚年预留一份尊严。让自己能够体面地老去，就是一个人最大的幸福，而要体面老去，你就要有钱，当然还要有其他。"

"陶老师，你说得太好了，太深刻了。"宋阿萍跷起大拇指赞扬道。

"我们是三个老人在谈人生的哲学问题啊。"陶依嘉笑道。

大家都笑了。

"唉，我看见黄老太和她先生在休息会客厅，怎么一

132

回事啊？"陶依嘉问道。

"噢，他们两人退休工资低，没有钱选单人间，黄老太选三人房，他的先生老张选六人房，在5楼。他们每天在休息会客厅碰头，也是作孽。"关美娟同情地说，"黄老太有一个儿子，在北京当教授，几乎不来，平时也不和黄老太联系。"

"如果黄老太有很多钱，儿子就不会不联系的。"宋阿萍说，"这就是陶老师理论的一个实证。"

"我哪来的理论啊。"陶依嘉笑了。

关美娟和宋阿萍也笑了。

这时，黄红梅捧着餐盘走了进来，大声叫着："开饭啦！宫爆鸡丁、什锦炒素、咸菜豆腐汤。"

陶依嘉轻轻地摇了摇头，又要吃饭了，养老院饭菜的味道实在是不怎么样啊。

下午，焦丽英走进院长室，在董丽院长的老板桌前椅子上一屁股坐下。

"什么情况？"董丽问道。

焦丽英说了说陶依嘉反映的情况，"陶老师说，黄红梅待宋老师态度恶劣，不尊重人。"

133

"陶老师说过黄红梅待她怎么样吗？"董丽问。

"她没有说，就说黄红梅对待宋老师态度恶劣，动作野蛮。"焦丽英说。

"宋老师是孤老，我们还是要保护的。你找黄红梅谈一次。"董丽说，"要紧的是，陶老师拍的视频要删除，万一流传到网上，上个抖音什么的，就要闹出大事。"

"明白。领导就是看得远。"焦丽英说，"我找她们谈一次。"

"陶老师要习惯养老院生活，还需要一个过程。不过，老人进来都是这样。"董丽问，"这个房间的三个老人的身体状况，在全院是最好的，文化水平也高。"

"是的，宋老师看上去病病歪歪的，身体虚弱，但什么大病都没有。"焦丽英说。

"陶老师的儿子女儿很能干的，是吗？"董丽问。

"大儿子是国企副总，小儿子是出版社编辑部主任，女儿是私人公司老板。"焦丽英回答，"她应该居家养老，可是儿子女儿还是把她送来了，一娘可以养十子，十子难以养一娘。"

"要多关心陶老师，否则儿女闹起来麻烦的。"董丽又问，"陶依嘉这人怎么样啊？"

"看上去温文尔雅的，正直，有个性。"焦丽英说，"丈夫很早就死了，她一个人把三个儿女带大。"

"噢，不容易。"董丽想起什么，关照道，"噢，和黄红梅尽量客气，现在护理员难找，好的护理员更是难找。"

"你给护理员的待遇在同行算好的。"焦丽英说，"黄红梅50多岁，没有手艺，没有文化，每个月拿到手5000多元，这在其他养老院根本不可能，何况另外还有季度奖、年终奖，她很看重这份工作。"

"我也是为了留住人。"董丽说，"昨天，特别护理区有一个护理员辞职，去住家服侍一个老人，每个月七千元，还包吃包住。养老院行业，护理员跳槽多，再招新人，要培训考上岗证书，又花时间又花成本。想想也是，护理员整天面对一群反应迟钝、表情木讷的老人，对完全失能的老人，要换尿不湿、清理排泄物，还要日夜不停地翻身以防褥疮。工作又脏又累，工资不高，还被人看不起。养老院的护理员工资，包括加班费等，每个月三四千元。当个住家保姆，每个月六七千元很正常，要在养老院拿到六七千元，几乎不可能。现在还有一些四五十岁的农村妇女干这种活，再过一二十年，养老院招聘护理员将成为一个大问题，并且是一个社会大问题。"

"哎，你是政协委员，就养老院的护理员问题做个提案，那就很有意义。"焦丽英笑道。

"哎，好主意！"董丽兴奋得眼睛亮了，"我是政协委员，每年要有提案。提案的名称就叫《如何培养和巩固养老院的护理员队伍》。我认为提供合理的工资待遇是关键，护理员工资不应低于家政服务员；家政服务有市场指导价，护理员工作更辛苦，为什么不应该制定一个养老院护理员的指导价呢？还有，为什么不举办一个养老院的优秀护理员评选呢？"

"护理员评选，创举啊。好提案！"焦丽英迎合地说："董院长就是有思想，不一样。"

董丽得意地笑了，认真地说："哎，我们做养老院已经10多年了，我想写本书，主题写如何让老人在养老院生活幸福，就像回到自己的家一样；写写如何对待不同类型的老人，书名就叫：把老人当作孩子来养；副标题就是'我在敬老院的工作经验'，你看如何啊？"

"这个主意好，现在进入老龄社会，养老院是许多人的选择，这本书和你的提案一样，既有指导性，又有实用性。"焦丽英说，"书出版后，对养老院的声誉也是很大的提高。"

"好，我们另外再找时间仔细商量。"董丽兴奋地说。

"哪一家养老院院长的办公室有这么多书的？全上海都找不出。"焦丽英指了指董丽身后的大书架，书架里摆放着各种书籍。

"一个人不学习，生活还有什么滋味啊。"董丽有感而发地说。

"你书写好后，出版可以找张孝明，就是陶老师的儿子。"焦丽英说。

"再说吧。"董丽说，"噢，还有一件事，我们养老院今年要参加上海十大文明养老院评选活动，你有个数，我们要开会专题讨论，争取榜上有名。"

"好，你需要我做什么，尽管吩咐。"焦丽英说。

"哦，我在想，以后有病的老人要多收。这样一方面解决了生病老人的养老问题；另一方面也会增加一点我们养老院的收入。"董丽认真地说。

"是啊，我们是民营企业，也要考虑回报，否则董事会不会放过我们的。"焦丽英理解地说。

"我在想，到年底开董事会，我要提你当副院长。"董丽说。她们原来在医院是同事，也是好姐妹。董丽下海来做院长，就把焦丽英带来了。

"谢谢董院长。"焦丽英说。

这时，后勤部主任来了，站在门口朝里面张望，犹豫着是不是要进来。

"我要召集后勤部开个会，"董丽郑重地对焦丽英说，

"那个视频千万要处理掉。"她扭头对着门口说："进来吧。"

焦丽英快步离去，一阵风似地来到308房间。她看见陶依嘉、宋阿萍、关美娟和黄红梅都在，就说，"我们开个短会。"她把陶依嘉床边的椅子拖到过道坐下，示意黄红梅在关美娟床边的椅子上坐下。

陶依嘉放下手上的书，关美娟放下手机，宋阿萍原来躺着，也坐了起来，她们都看着焦丽英；黄红梅神色紧张地坐在椅子上，不敢正面看焦丽英。

"昨天晚上，陶老师和黄红梅之间发生了矛盾，请陶老师简要说一下事情经过。"焦丽英说。

陶依嘉把事情简要地说了一下，最后强调道："我认为要尊重老人。"

"黄红梅，你也说说。"焦丽英问，"陶老师说的是不是符合事实？"

"我的态度急躁了，"黄红梅脸色发红，为自己辩护道，"宋老师吃饭实在太慢了，我还要喂其他三个老人，要赶时间，否则菜都凉了。鱼里有刺，我粗心了，没有全部拔掉。"

"不是急躁的问题，这是态度问题，我有视频作证。"陶依嘉说。

"你视频让我看看。"焦丽英说。

陶依嘉拿起手机，查找自己拍的视频，结果发现没有

138

了，"奇怪，怎么视频没有了？"

黄红梅嘴角流露出一丝不易察觉的笑容。

"要么你没有操作好，没有保存下来？"焦丽英问。

"我下午看还有的，怎么现在没有了？难道我误删了？"陶依嘉看着自己的手机疑惑地说。

焦丽英问关美娟和宋阿萍："你们谈谈看法。"

"我建议，以后喂饭先是307房间三个老人，最后再是宋老师，这样就用不着赶时间了，即使饭菜凉也只是凉一份。"关美娟提议。

"有道理。宋老师，你看呢？"焦丽英问。

宋老师看了看黄红梅，张口想说什么，犹豫了一下，什么也没有说。

"不要有顾虑，宋老师。"焦丽英鼓励地说。

"我很感谢陶老师说公道话。"宋阿萍说完就不作声了。

"噢，有了。"陶依嘉突然想起什么，事发当天她把视频收藏过的。她打开收藏处，果然看到了视频，幸亏收藏了，要不然就没有证据。

她打开视频放给焦丽英看，黄红梅神色十分紧张和尴尬。

"我明白了，"焦丽英看完视频后说，"黄红梅，你现在就要向宋老师道歉，向陶老师表示感谢。"

黄红梅犹豫了一下，难为情地低下头不说话。

"不要了，以后注意就是了。"宋阿萍赶忙说。

"你就感谢陶老师的督促吧。"关美娟对黄红梅说。

黄红梅看了看焦丽英严厉的神色，就对陶依嘉说："谢谢陶老师的督促。"

"希望你改正错误。"陶依嘉真诚地对黄红梅说。

"宋老师，我以后一定注意。"黄红梅对宋阿萍说。

"噢噢。"宋阿萍说。

"谢谢陶老师对我们工作的监督。黄红梅不得报复，否则后果自负。"焦丽英说，"凭心而论，黄红梅工作十分辛苦，也是有贡献的，到年底发年终奖我会考虑多发奖金的，但工作方式和态度需要改进，黄红梅，你能够做到吗？"

"好的。"黄红梅半低着头，呐呐地说。

"昨天的事情就此了了。"焦丽英对陶依嘉笑着说，"陶老师，你的视频，能不能删除呢？"

"啊？"陶依嘉一愣，点了点头。

焦丽英从陶依嘉手上拿过手机，打开微信收藏处，摁了摁手指，把手机还给陶依嘉，"删除了，谢谢陶老师的支持！今天的会就开到这里，谢谢大家。"焦丽英站起来一阵风似地走了。

对面房间里有人叫黄红梅，她横了陶依嘉一眼，匆匆走了。

"焦主任真能干，做事干净利索。"关美娟赞赏地说。

"谢谢你，陶老师！"宋阿萍说。

"应该的。"陶依嘉说。

第二天早晨，陶依嘉洗漱好就从冰箱里拿来胰岛素，撩起衣服在自己肚皮上打针，注射后把针头从注射笔上取下，扔到卫生间的垃圾箱里。

"啊呀，你自己打针啊？"关美娟惊讶地问。

"求人不如求己。"陶衣嘉说。

这时，黄红梅走进房间来，对陶依嘉说："打针。"她说完朝冰箱走去，要取胰岛素。

"不麻烦了。"陶依嘉平静地说。

"啊？"黄红梅惊讶地反问，"谁帮你打的针啊？"

"我自己。"陶依嘉说。

黄红梅一愣，瞪了她一眼，走了。

这时，张孝明笑嘻嘻地进来了。

"你回来了？怎么这么早就来了？"她开心地问。

"我先来看看你，然后再去上班。"张孝明说着从双肩包里取出耳罩和耳塞，"我特地网上买来的，耳罩的隔音效果优于耳塞，是德国货。"

"你费心了，我今天晚上试试效果怎样。"她说。

这时，黄红梅把早饭拿进房间来了，陶依嘉催促张孝明快去上班，不要迟到。

"你吃早饭吧。"张孝明说，"我陪陪你。"

"那我等一会儿再吃早饭。"她说。

"噢，你吃早饭吧，我等你。"张孝明说。

陶依嘉匆匆吃完早饭，回到床上坐着。

"这床像巨大的婴儿床，四周都是木栏杆，不容易伤人，"张孝明看着床说，"朝外的一边有护栏，还有插销。这床比较矮，这样好，老人上下床方便。"张孝明说。

"这是特地为老人设计的。"关美娟插话说。

张孝明坐了半个小时依依不舍地说："我明天再来看你。"

"过几天吧，不要影响你工作。"陶依嘉说。

张孝明走了，关美娟说："阿明孝顺，陶老师你有福气的。"

宋阿萍没有说话，一脸表情还是认可的。

"就这个奶末头儿子贴心。"陶依嘉满意地笑道。

第六章

她是绝食吗？

陶依嘉进养老院两个礼拜了，感到饭菜越来越难吃。她开始几天硬撑着吃，后来吃得越来越少；再有，她尽管稍微有点习惯了室友的呼噜声，可是睡眠并不好。阿明买来防噪音耳塞，用了两个晚上，呼噜声是小多了，还是听得见，并且耳塞搁在耳朵里很疼痛，这疼痛让她更加睡不着。阿明告诉她，耳罩的隔音效果优于耳塞，可是佩戴耳罩只能采取仰睡睡姿，不能侧身睡，她几十年都习惯朝右侧睡，换了仰睡姿势根本睡不着，耳罩也没法用上。她想出一个办法，就是在室友之前先睡，睡着了室友的呼噜声也就听不见了。可是，如果没有在室友前面睡着，入睡还是很难。陶依嘉感到痛苦的，还有黄红梅的冷暴力。她进进出出，除了必要的话以外，不和陶依嘉多说一句话；她看陶依嘉的目光是冷漠的，带有一种恨意。唯一欣慰的是，她和一起住的两个老人成为了朋友。

傍晚，黄红梅捧着 3 个餐盘进来，关美娟说"吃晚饭了"就走到餐桌前坐下，陶依嘉说："我晚餐不吃了。"

"啊，为什么？"关美娟惊讶地问。

"没有胃口。"陶依嘉说。

第二天和第三天，陶依嘉不要订饭菜了，每天就喝开水，这让关美娟和宋阿萍感到惊讶和疑惑。第四天一早，陶依嘉还是不要订饭菜，关美娟和宋阿萍发急了。

陶依嘉进卫生间的时候，宋阿萍说："关老师，陶老师是要绝食吗？"

"不太像。"关美娟摇了摇头。

"要告诉阿明的，事情紧急了。"宋阿萍提醒说。

"我昨天已经告诉焦主任，她说会和阿明联系的。"关美娟小声地说。

"那就好。"宋阿萍说。

陶依嘉从卫生间出来了，回到自己床上，背靠被子半躺半坐着，拿起一本书翻看着。

"陶老师，你已经两天没有吃饭了。"关美娟着急地说。

"陶老师，你还是要吃饭的。"宋阿萍说。

"你吃点饼干吧。"关美娟拿来几块苏打饼干放到她的床头柜上。

"我不需要。关老师，谢谢你。"陶依嘉说。

这时，李莉走进来，把两包榨菜放在陶依嘉的床头柜上，对她说："陶老师，你吃饭时可以放一点榨菜，开胃的。"

"谢谢，你来坐啊。"陶依嘉笑道。

"陶老师你看，大家都关心你啊。"关美娟说，"冲着李莉的一片心，你也要吃饭啊。"

"李莉就是好，"宋阿萍说，"李莉，你天天来这儿上班就好了。"

"这是焦主任安排的。"李莉笑道。

"李莉仅仅照顾过我一天，就像自己人一样了。"陶依嘉笑道。

"抬举我了。"李莉看到陶依嘉面前的书，"陶老师在看什么书啊？"

"《简·爱》。"陶依嘉回答。

"我电影看过的，小说书没有看过。"李莉拿起小说书翻着，"看过电影，还有必要看小说吗？"

"当然，这是两种不同艺术形式的感受，有两种不同的收获。"陶依嘉说，"电影直观，让人身临其境，看小说让人有想象力，更加容易吸纳书中的知识和人生经验。"

"最近比较忙，以后陶老师借我看看。"李莉说，"我中学语文可以的，写的作文老师经常表扬。"

"那很好。"陶依嘉说，"你还年轻，还是要读点书。"

"我也这样想，可是几年没有看书了。不好意思，我要过去了。"李莉朝陶依嘉笑了笑，临走前举起双拳鼓励地朝上举了举，"陶老师，多吃点！"

"哎，人和人就是不一样，李莉总是笑嘻嘻的，有的人总是欠多还少板着脸。"宋阿萍说。

"陶老师，你看李莉多少岁数了？"关美娟转换话题。

"30多岁吧？"陶依嘉说。

"45岁了。"关美娟说，"他的儿子在部队参军，女儿在上海念大专。"

"啊，她的儿子女儿都这么大了？看不出。"陶依嘉惊讶地说。

"农村的姑娘结婚早。"关美娟说。

陶依嘉拿起手机看微信朋友圈，看见阿珍发出的照片，都是她在美国纽约的照片。她仔细地看着照片，自由女神像、华尔街、中央公园、时代广场和百老汇大道。噢，阿珍在纽约玩呢。

"陶老师，你饭还是要吃的，人是铁，饭是钢啊。"关美娟劝说道。

宋阿萍看着陶依嘉没有说话，她的表情十分担忧。

"实在没有胃口。"陶依嘉说。

"陶老师，你可以少吃点。"关美娟说。

"陶老师，你明显瘦了，你再不吃饭，撑不了几天的。去年，有一个老人进来不吃饭，三个礼拜就死了。"宋阿萍说。

关美娟看了看宋阿萍，她怎么可以这样乱说话呢。

"陶老师，"宋阿萍拄着拐杖走到到陶依嘉床前，认真地说，"这里的饭菜不好吃，可也不至于不能吃，只能将就了。我希望你今天要吃早饭。"

陶依嘉被感动了，宋阿萍平时待人冷漠，没想到这么热心肠。她说："宋老师，我要吃的时候会吃的。谢谢您！"

"陶老师，我想请你到外面吃中饭，你看可以吗？"关美娟笑容满面地说。

"晚饭我请客，找个好饭店。"宋阿萍跟着说。

"不要不要。谢谢你们。"陶依嘉感动地说。

"要么我和阿明打个电话？"关美娟问。

"不要，他很忙，不要麻烦他。"陶依嘉坚决阻止。

"那怎么办呢？"关美娟着急地说。

这时，黄红梅进来，关美娟对她说："你还是为陶老师订饭吧。"

"你要订饭了？"黄红梅冷冷地问陶依嘉。

"不需要。"陶依嘉看也不看她。

"究竟是要还是不要？"黄红梅问。

"是我说要的，我怕陶老师饿坏。"关美娟解释道。

焦丽英来了，站在陶依嘉床边说："陶老师，你两天没有吃饭了，是饭菜不好吗？你对饭菜有什么意见告诉我，我和厨师商量一下，看看如何改进。"

"我没有食欲。"陶依嘉说。

焦丽英端详着陶依嘉，她脸色发黄，看上去就像生过一场病。不过，她神态还是平和安静的。

"唉，新到一个地方不习惯，水土不服。"陶依嘉说。

"陶老师，我们有点菜服务，不过，要付费的。"焦丽英说，"你今天就点菜吧，改善一下伙食，免费，这是董院长关照的。"

"我不需要。"陶依嘉笑了笑，笑得有点勉强，"谢谢。"

"焦主任真是好人，陶老师你就点菜吧，换换口味。"关美娟帮腔说。

"是啊，关老师说得有道理。"宋阿萍附和道。

"不用，谢谢你们。"陶依嘉仍然固执地说。

"陶老师，我给你一点建议。"焦丽英笑着说。

陶依嘉看着她说："你坐下来说吧。"

"她坐不下来的，忙得到处跑。"关美娟似贬实褒地说。

"我讲几句话就走。"焦丽英还是笔直地站着，"陶老师，你年龄在养老院不算大，这里80多岁和90多岁的多的是。一个人特别是老人调换了生活环境，就要适应环境，环境是不会适应人的。来养老院就要适应这里的生活，适应你不适应的东西，比如吃饭，比如吵闹的环境等。生活就是这样，有如意也有不如意，我们要在不如意的生活中过得比较如意。关老师就是特别适应养老院，特别喜欢养老院，活得开开心心，有滋有味。"

关美娟呵呵呵地笑了。

"噢，是的。"陶依嘉点头说，"谢谢焦主任关心。"

焦丽英扭头对黄红梅说："给陶老师看菜单，今天点菜，免费。"

"好的。"黄红梅说着就走了。

"不要不要。"陶依嘉态度坚决地说，

"就算你给我面子吧。"焦丽英对陶依嘉说，说完转身走了。

"就听焦主任的吧。"关美娟对陶依嘉说，"我看你还很不习惯养老院，我刚进来也是这样。凡事要倒过来看，就能过难过的关口。倒过来看，我就喜欢上养老院了。"

"什么叫倒过来看？"陶依嘉不解地问。

"比如，大家在看电视，你感到有些烦，你就想，现在有人开电视让你看，还有人陪着你，多好啊。再比如，你这个菜不太喜欢，想想过去要自己买，要自己汰，要自己烧，现在吃现成的，还真有口福啊，而且，还不要洗碗——这样想，心情就会好了。"关美娟笑道，"这就是倒过来看，能够倒过来看，就会有好心态，好的心态对我们住养老院的老人来说，真的很重要。"

"这是自欺欺人啊。"宋阿萍插话。

"哎，只要不欺骗别人就没有问题。"关美娟呵呵呵地笑了。

"这是在无奈下的一种自我安慰，也是在无奈下的一种生存法则。"陶依嘉总结地说。

　　这时，黄红梅拿着一个大纸袋和一份菜单进来。她把菜单递给陶依嘉，把大纸袋里的胰岛素放进冰箱，说，"林医生开的药。"

　　"黄红梅效率高的，同时做两件事。"关美娟夸奖道。

　　"价格不便宜啊，熏鱼就要38元。我不要点菜，太贵了。"陶依嘉看着菜单说。

　　"今天的菜是送你的，"黄红梅提醒道，"不吃白不吃啊。"

　　"我不要。"陶依嘉摇了摇头。

　　"你点吧，不吃我们也可以帮你吃啊。"黄红梅笑道。

　　"哎，这倒是的，你不点菜领导会不高兴，至于菜来了你不喜欢吃，我们可以分享啊。"关美娟在一旁帮腔。

　　"还是关老师脑子好。"黄红梅笑道。

　　"无功不受禄，我不要。"陶依嘉还是坚决地摇了摇头。

　　"你说的什么外国话，听不懂。"黄红梅疑惑地说。

　　"陶老师说没有为养老院做事，不能白吃。"关美娟解释。

　　黄红梅不理解地翻着白眼，摇了摇头。

　　这时，走廊里传来说话声，餐车来了。

"陶老师，今天中饭你肯定不吃了？领导送的点菜也不要了？"黄红梅问。

"哦，不要。"陶依嘉说。

黄红梅撇了撇嘴走了，关美娟和宋阿萍焦急而无奈地互相看了看。

陶依嘉穿上跑鞋准备下楼走路，就见张孝霖和梅凤妹来了，她手上抱着外孙女月月。

"啊呀，姆妈你瘦多了，我都要认不出你了。"梅凤妹惊讶地大声说。

"哦哟，是瘦了。"张孝霖也惊讶地说，"气色也不好。"

"来，坐坐。"陶依嘉开心地招呼道。

陶依嘉坐在床上，张孝霖在床边椅子上坐下，关美娟让出她的一把椅子让梅凤妹坐。

关美娟和宋阿萍很有兴趣地侧脸看着他们。

"哎呀，早就想过来看你，天天忙。"张孝霖把一大包东西放在床头，"奶粉、苏打饼干和肉松，话梅是张婕买的，给奶奶增加胃口。"

"谢谢。"陶依嘉说。

"嗯，姆妈，你住下来感觉怎么样？"张孝霖问道，口吻像是领导下基层了解情况。

"马马虎虎。"陶依嘉说，"来了十几天，感觉好像有几年了。"

"姆妈，你最不适应是什么啊？"张孝霖关心地问。

"主要有两个问题，一是睡眠问题，原来一个人一间房，现在3个人一间房，加上护理员4个人，不太习惯。"陶依嘉没有提及扰人的如雷鼾声，"二是吃，饭菜淡而无味，没有味道，没有胃口。"

"毕竟不是在自己的家，一切慢慢适应吧，要相信一切会好起来的。"张孝霖说。

"你说话不托下巴，姆妈也是没有办法，你来住住看？"梅凤妹对着张孝霖翻着白眼。

张孝霖自我解嘲地笑了，看着陶依嘉转换话题，"阿明来过吗？"

"今天没来。他来过多次了，每天晚上来电话。"陶依嘉回答。

"他昨天打电话给我们，说你不肯吃饭，要我们来看看，他自己倒不来。"张孝霖笑着说。

"张婕怎么样了？快生了吧？"陶依嘉问。

"快了。她要来看你的，阿霖不让她来，说大肚皮要保胎，她要我问奶奶好。"梅凤妹直率地说。

"谢谢她。"陶依嘉说，"你们要忙了。"

"忙也开心。"梅凤妹对月月说，"叫太奶奶好！"

"太奶奶好！"月月奶声奶气地说。

"好好，月月，你越来越聪明了。"陶依嘉开心地抓住月月的手。

"谢谢！"月月笑着说。

大家都笑了，关美娟夸奖道："这个小朋友有礼貌的，将来有出息。"

"太奶奶，你搬到这里来了？"月月又问。

"家里不能住了，就搬到这儿来。来来，太奶奶抱。"陶依嘉伸开双手。

梅凤妹把月月递给陶依嘉，她把月月抱在胸前，亲了亲她的脸蛋，张孝霖马上用手机拍照。

"太奶奶，你真的不回家了？一直住在这里？"月月问。

"这里就是太奶奶的新家，太奶奶现在是住在自己的家里。"陶依嘉不无心酸地笑道。

"叔公家里暂时不能住，太奶奶搬出来了。"张孝霖对月月说。

"外公，我家有空房子，我要太奶奶来住。"月月对张孝霖说。

"这里是养老院，人老了都要住养老院的。"张孝霖对月月说。

"哦，你老了，我也把你送进养老院。"月月说。

梅凤妹开心地笑了，张孝霖也笑了，笑得有些尴尬；宋阿萍和关美娟也都忍不住笑了。

"小孩子不要乱说。"张孝霖把月月抱回去，"这里是太奶奶的新家，不过，叔公最多一年会把太奶奶接回去的。"

黄红梅走进门来，走进卫生间。

"姆妈，你在这里如何消磨时间啊？"梅凤妹问。

"你姆妈喜欢看书，"关美娟笑着说，"不像我们，就晓得打麻将、看电视和聊天说废话，哈哈。"

"反正都是娱乐，什么娱乐的方式并不重要，重要的是开心。"陶依嘉说。

"你听，这话多有水平啊。"关美娟对张孝霖翘起大拇指说。

"姆妈就是喜欢读书，我们小时候睡觉前，姆妈总是为我们念书。"张孝霖对关美娟说。

"怪不得儿子女儿个个有出息，个个都孝顺。"关美娟笑道，"陶老师教子有方！"

"儿女有出息都孝顺，也把母亲送进养老院？"宋阿萍幽幽地问道。

张孝霖尴尬地笑了笑，向梅凤妹使了个"可以走了"的眼色。他对陶依嘉说："姆妈，我们下次再来看你。"

"啊？刚来就走啊？"梅凤妹惊讶地说，"你像市长来视察一样。"

"下午月月要学钢琴，早点回去啊。"张孝霖微笑着解释。

这时，黄红梅从卫生间出来，给关美娟倒了一杯水。

"月月，你唱支歌给太奶奶听，好吗？"梅凤妹对月月说，"月月唱歌真好听。"

张孝霖放下月月，她走到电视机前，立正，大大方方地朝着陶依嘉就唱了起来：

只是因为在人群中多看了你一眼，
再也没有忘记你容颜，
梦想着偶然能有一天再相见，
从此我开始孤单思念
……

陶依嘉拿出手机拍摄，开心地夸奖："唱得太好了！"
关美娟连声赞叹"好"，宋阿萍也睁大眼睛饶有兴趣

156

地看着。

"好了，下次来再唱吧。"张孝霖上前把月月抱起来要走，月月哭了，挣扎着双腿乱晃动要下来，"我还没有唱完嘛。"

"你让她唱完。"梅凤妹说。

"小孩子唱这首歌不太合适啊。"张孝霖说。

"还不都是你教的？"梅凤妹抹去月月的眼泪，"月月唱得真好听，太奶奶还要听。"

"月月，太奶奶喜欢你唱歌，好听。"陶依嘉鼓励地说。

黄红梅站在一边很有兴趣地看着。

月月又从头开始唱了一遍，唱完，陶依嘉带头鼓掌，关美娟也跟着鼓掌，宋阿萍连连点头。

"唔，唱得好听，城里的孩子就是不一样。"黄红梅说着就走了。

"下次再来唱《鸿雁》，外公教你。"张孝霖抱起月月。

"姆妈，你要坚持吃好每顿饭，我们送的饼干当零食吃。"梅凤妹真诚地说。

"好，谢谢。"陶依嘉说。

张孝霖放下月月，搀着她的手说："和太奶奶说再见。"

"我送送你们。"陶依嘉从床上跨下腿来。

张孝霖和梅凤妹都不要陶依嘉送，可她还是坚持把他们送到楼下大门口。月月张开双臂要陶依嘉抱抱，她抱住月月，亲吻了她一下额头，月月开心地大笑。梅凤妹把月月抱在怀中上车，伸手朝陶依嘉挥手说再见，月月大声叫着"太奶奶"，张孝霖跨上车关上车门，一踩油门就离去了。

陶依嘉孤零零地站着，一阵阵冷风吹来，她不由得哆嗦了一下。她站了一会儿，到大楼后面走了几圈，走得累了，上楼回到 308 房间。她准备休息一会儿，就见张孝明背着双肩包，拎着一长串黄澄澄的香蕉走了进来。他朝关美娟和宋阿萍笑着叫了声"关老师好""宋老师好"，就拉了一把椅子在母亲面前坐下，仔细地看着她说："啊呀，姆妈，你瘦了！"

"还可以啊。"陶依嘉满面笑容。

"焦主任来过电话了——你不吃饭怎么行呢？"张孝明着急地说。

她想到芳芳赶她出来才使得她吃苦，故意说："就饿下去吧。"

"姆妈，我记得我上小学的时候，有一门课期终考试，上午考的，没有考好，我回到家就不吃中饭，含着眼泪复习下午要考的课，你对我说，'无论碰到什么挫折，饭总要吃的，这才有克服挫折的力量'，你还记得吗？"张孝明说。

"唔，阿明讲得好。"关美娟笑着插话说。

陶依嘉笑了，"我都忘记了，有过。"

"那你就吃饭吧。"张孝明说。

"我要你吃饭，是因为下午有考试啊，我有什么呢？"陶依嘉反问。

"你不吃饭，我就不走了，单位的事也不管了。"张孝明说。

陶依嘉一愣，感动地看着阿明。

"这个办法好。"关美娟夸奖道，"阿明，你做得对。"

"冲着儿子这种诚心，陶老师也要吃饭啊。"宋阿萍说。

"我看到你真没有办法。"陶依嘉笑了，"我又不是绝食，是没有胃口啊。"

"哎呀，我忘记了，我带来了好小菜。"张孝明从黑色双肩包里拿出一个塑料饭盒，掀开盒盖，一股香味扑鼻而来，那是她喜欢吃的墨鱼大烤和熏鱼。

"这是芳芳烧的？"陶依嘉问。

"是我烧的。"他得意地笑着说。

"你烧的？你从来不做家务，怎么会是你烧的呢？"她不相信地摇了摇头。

"哦，我是按照菜谱学着烧的。"张孝明颇有成就感地说，"你不吃，我知道你肯定是不喜欢养老院的饭菜，所以，我就紧急学习烧菜。"

"啊？"陶依嘉感动地看着儿子。

"烧得味道还可以吧？"张孝明得意地把塑料饭盒放到床头柜上。

"到底是孝顺儿子。"关美娟笑道，"宋老师说得对，看在儿子的诚心，陶老师你也要好好地吃饭。"

"姆妈，我每天送菜过来，好吗？"张孝明说。

"不要不要，不要影响你上班。"陶依嘉说完指了指香蕉，朝两位室友努了努嘴，张孝明马上掰了两只香蕉，走过去给关美娟和宋阿萍。

"谢谢。"关美娟说着就吃了起来。

"客气啦。"宋阿萍把香蕉放在床头柜上。

张孝明回到陶依嘉床边坐下，看见床头有饼干、话梅等，就问，"谁来过了？"

"阿霖一家来过了。"陶依嘉说，"他接到你的电话就来了，梅凤妹抱着月月也来了。

张孝明笑了笑，他突然想起来什么，赶忙从包里拿出一把短柄床刷。

"我用的是长柄床刷啊。"她说。

"噢，我买了一把新的。"张孝明愣了愣说道。

"新的更好。"陶依嘉猜想自己用的床刷可能被芳芳

160

扔掉了，所以阿明买了把新的。

张孝明拿过双肩包打开，小心地取出一个装有绿萝的玻璃花瓶，陶依嘉高兴地接过花瓶走进卫生间，在花瓶里放了水拿出来，放在床头柜上。绿萝的叶子碧绿碧绿，煞是好看。

"就像绿色浮雕，真美！"陶依嘉开心地说。

"绿萝好养，不娇贵，我喜欢。"关美娟说。

宋阿萍欢喜地看着，没有说话。

"你好吗？"陶依嘉问儿子。

"8月份举办上海书展，出版社要推出一套丛书，还要搞好几场活动，都是我负责。"张孝明说。

"那是忙的，出版社一年的重点工作就是上海书展。"她说。

黄红梅走了进来，张孝明拿了两个香蕉递给她，"谢谢你照顾我姆妈。"

"阿明孝顺的。"黄红梅笑着接过香蕉，看了看床头柜上的塑料饭盒。

"我姆妈午饭订了吗？"张孝明问。

"没有啊。"黄红梅说。

"那帮我姆妈订一份吧。"张孝明说。

黄红梅看着陶依嘉，"要订吗？"

"那就订一份吧。"陶依嘉说。

关美娟看了看宋阿萍，两人如释重负地笑了。

"好。"黄红梅扭头对宋阿萍说，"准备洗澡吧。"她说完走了出去。

关美娟拿起手机看了起来，不再打扰陶依嘉母子的聊天。

"家里好吗？"陶依嘉问。

"芳芳要张波回国，说自己身体不好，说她孤独寂寞，要儿子回来陪她。"张孝明说。

"张波原来不是就要回来的吗？"陶依嘉问。

"张波现在想考博士，美国念博士要五六年呢，所以芳芳急了。"张孝明说，"张波在忙硕士论文答辩。"

"考博士，好啊！年轻的时候，多读书总是好事。哎，张波读书的地方很冷啊。"她说。

"出外有车，室内有暖气，没问题。"张孝明笑了，"就是吃不到上海菜有点馋。"

"哦，你不说我差点忘记。我在网上查到密歇根州立大学附近的中国餐馆，你可以给他看看。"她笑着拉开床头柜抽屉，从笔记本里抽出一张纸递给张孝明，她用圆珠笔抄录了四五家中国餐馆的信息，店名、地址、交通和特色菜品等一应俱全。

"姆妈真是有心人，张波肯定开心。"张孝明把纸塞进包里，说，"我关照他，抽空和你视频。"

"不要打扰他，论文答辩要紧。"陶依嘉说。她其实很想和孙子视频聊聊，听到他的声音也兴奋啊。

"视频通话总有时间的。"张孝明没话找话，"阿哥最近不大开心，女婿常常很晚回家，下班后到游戏房打游戏。阿嫂帮女婿，说他上了一天班累了，放松一下是应该的。"

"放松一下是应该的，打游戏我不支持。"陶依嘉说，"伤眼睛，浪费时间。"

"佳佳旅游去了，学校放春假。"

"哦，她像阿珍，喜欢旅游。在上海念大学，放暑假就去新疆和西藏，回来还给我带了礼物。你替我告诉她，一定要注意安全。"陶依嘉说。

张孝明讲的都是鸡毛蒜皮小事，可是陶依嘉听得兴趣盎然，津津有味。

"芳芳还好吗？"她问。

"可以，还在吃中药，她今天在家大扫除。"张孝明说。

张孝明突然看到宋阿萍在擦拭眼泪，他惊讶地看着宋阿萍，她眼泪像断了线一样往下掉，她用餐巾纸不断地擦着眼泪。

"姆妈，宋老师怎么了？"张孝明轻轻地问。

"不知道啊。"陶依嘉对着关美娟指了指宋阿萍。

"她是孤老，从来没有儿女来看望她，今天看到你儿子媳妇都来看你，她触景生情，感到伤心。"

关美娟走过来悄悄地对陶依嘉，说完又退回到自己的床边。

黄红梅回来了，直接走进卫生间，宋阿萍拄着拐杖跟了进去，卫生间门关上，传来水龙头哗哗哗的声音。

陶依嘉和张孝明说了许多话，就见宋阿萍从卫生间出来了，走到自己的床边椅子上坐下。黄红梅走了出来，听见走廊里传来"拿饭了"的叫喊声，她跑了出去，捧进来三个餐盘放在餐桌上，然后迅速奔向对面房间。

关美娟坐到餐桌前，宋阿萍拄着拐杖迟缓地走过来，缓缓地在餐桌前坐下。

"姆妈，你吃饭吧。"张孝明说。

"我不饿。"她怕他离开。

"你吃饭吧，姆妈，"张孝明说，"我不走，吃好饭我们再聊。"

"你饿吗？"陶依嘉开心地问他。

"早饭吃得晚，还吃得饱，午饭不吃都没有关系。"张孝明笑着看了看手表，"养老院11点钟就午餐了，蛮

164

早的。"

陶依嘉把装着墨鱼大烤和熏鱼的饭盒拿到餐桌上，高兴地说，"你们吃，新鲜的，我儿子烧的。"

"好好，我们借光了。"关美娟搛起一块黑乎乎的熏鱼咬了一口，"啧啧，青鱼做的，味道蛮好的！"

陶依嘉特地搛了一块墨鱼给宋阿萍。

"墨鱼好，熏鱼有刺就不行。"宋阿萍满意地说。

"要给黄红梅尝尝味道吗？"关美娟轻声地对陶依嘉提醒。

"你要侍候好她的。"宋阿萍不无嘲讽地说。

"下次再说吧，今天的菜不多。"陶依嘉说。

关美娟不无遗憾地看了看陶依嘉，宋阿萍脸上浮出笑容，赞赏地看了看陶依嘉。

"哦哟，熏鱼用酱油和糖腌的，姆妈不好吃糖的。"张孝明说，"哎呀，我忘记了。"

"偶然吃点糖没关系，也许只有好处呢。"陶依嘉笑道。

大家都笑了。

黄红梅进来了，到卫生间拿了什么东西出来，扫了一眼餐桌上的墨鱼大烤和熏鱼，板着脸走了。

张孝明拿起母亲床头的《廊桥遗梦》小说，随意翻阅消磨时间。陶依嘉很快吃好中饭，对关美娟和宋阿萍说"你们慢点吃"，就回到自己床边。

"今天陶老师吃得好。"关美娟开心地说。

"吃儿子烧的菜，带着感情吃。"宋阿萍赞赏道。

大家又笑了。

陶依嘉和张孝明聊了一会儿，张孝明起身告辞。陶依嘉要送他，他说不要送了，陶依嘉还是坚持送他到楼下，看着他上了车。

他把头探出车窗对她说，"明天我再送菜来。"

"不要，我就吃养老院的饭菜。"陶依嘉说。

"那么，姆妈，我礼拜六来看你，再带菜过来，你要吃什么，微信上告诉我。"他说。

"不要麻烦，只要你来了就好。"她说。

"姆妈，你一定要吃饭啊。"张孝明关照，"否则急死我了，工作也没有心思了。"

"好好，晓得了。"她笑着回答。

张孝明朝母亲挥了挥手，开着汽车走了。陶依嘉神情失落，很想跟着他回家，可惜那是不可能的。她看着汽车在远处消失了，还是继续睁大眼睛看着，希望他再次掉头开车回来，但是，奇迹终于没有出现，张孝明并没有回来。她转身要回养老院，看见幼儿园门口聚集着许多人，就慢慢走过去。原来孩子半天放学了，那些家长，有的是父母，更多的是爷爷奶奶外婆外公来接孩子。幼儿园门口前前后后都是人，门外还停着不少电动车和汽车。突然，园门大开，孩子们排队出来，人们纷纷上前搀着孩子的手或抱起他们，响起一片欢笑声……

陶依嘉想起来一件往事：阿明四五岁的时候，那天早上，她背着他去幼儿园。到了教室门口，她弯腰放下儿子，转身要走，他突然发疯地追了出来，抱住她的大腿哭叫："姆妈，你不要走！"

幼儿园老师耐心地对阿明说："姆妈要上班，这里有许多小朋友陪你玩。"

陶依嘉把阿明抱起来，他眼泪直往下掉，她也跟着哭了。她反复和他说好话，他才勉强地走进幼儿园教室。她迅速离开，走了几步，不放心地又回头看，看见教室的门已关上。她悄悄地从教室门上的小窗望进去，看见阿明坐在小板凳上，双手捂着脸在哭。

她想敲门把他接回家，可是要上班，就狠了狠心走了，一路上直掉眼泪。下午，编辑部主任周琴心让她快回家接儿子，她2点半就赶到幼儿园，老师告诉她"睡觉刚起来"，然后对张孝明说："你妈妈来接你了。"阿明抬起头，看见陶依嘉兴奋地奔了过来，"姆妈，姆妈！"他抱住她就哭了。陶依嘉蹲下身子，把他抱起来，对他说去买好吃的东西，他开心地大笑……

时光流转，一晃，阿明的儿子张波也留学几年，她也进养老院了。人生如梦，唉，时光无情把人抛啊！

陶依嘉回到养老院，乘电梯到三楼出来，看见黄老太和她的丈夫老张手挽手，头碰头在说着什么，黄老太在抹眼泪。陶依嘉感到十分奇怪，怕黄老太尴尬，赶紧拐进走廊回房间去了。

吃晚饭的时候，陶依嘉从冰箱里把熏鱼和墨鱼大烤拿出来，分了一些给关美娟。陶依嘉犹豫了一下，对正在给宋阿萍喂饭的黄红梅说："黄红梅，还有一点熏鱼和墨鱼大烤给你。"

"我不要。"黄红梅没好气地回答。

陶依嘉一怔，神色尴尬。她对宋阿萍说："宋老师，尝尝墨鱼大烤吧？"她说完就要把墨鱼大烤拿过去。

宋阿萍怕黄红梅不高兴，赶忙摇手说："你自己吃，我中午吃过了。"

陶依嘉理解宋阿萍的心思，不再坚持，就和关美娟一起吃晚饭。黄红梅用调羹舀饭慢慢地塞进她嘴里，宋阿萍吞咽着。关美娟看着陶依嘉，朝黄红梅努了努嘴，意思是

"瞧，她喂饭慢多了"。陶依嘉笑了笑，没有说话。

黄红梅喂完饭，拿起餐盘走了。

"今天的饭菜，陶老师全吃完了。"关美娟开心地说。

"我总要听你们的话啊。"陶依嘉笑道。

"黄红梅喂饭好多了，"宋阿萍说，"谢谢陶老师。"

"不客气。"陶依嘉说。

"你要小心，她会继续报复你。"宋阿萍提醒道。

"陶老师，还是要把护理员侍候好，县官不如现管啊。"关美娟说。

"什么意思？"陶依嘉不解地问。

"给护理员钱啊，有好吃的东西给她们吃啊，总之要给她们好处。"关美娟眨了眨眼睛。

"动手术给医生红包，托人办事要送礼，这都是不良社会风气，没有想到在养老院对护理员也要贿赂啊。"陶依嘉不满地说。

"养老院也是社会啊。"关美娟笑道。

"我是孤老，有人送钱给她，我偏不送，所以她不待见我。"宋阿萍说。

这时，黄老太拄着拐杖来了，靠门站着，她几乎每天都要来。

"您请坐啊。"陶依嘉指了指床边的椅子，热情地说。

"我就站着，整天不是坐着就是躺着，还是站着好。"黄老太说，"你今天吃饭了，好。养老院的饭菜和家里当然不能比，不过，还凑合。"

"今天，陶老师中饭晚饭都吃得很好。"关美娟说。

"陶老师，你儿子来过啦？我看你吃饭了，好好！"黄老太开心地说。

"你现在每天来，我看你很喜欢和陶老师聊天。"关美娟对黄老太说

"我看见陶老师就喜欢，我们有缘。"黄老太说，"我这个人一辈子崇拜高人，我觉得陶老师就是一个高雅的知识女性，是个高人。"

"说得好。"关美娟赞赏地说。

宋阿萍没有说话，可表情也是认可的。

"哪里啊。"陶依嘉难为情地说。她想问黄老太为什么流泪，可是想想不合适，就没有开口问。

黄老太聊了一会儿走了，陶依嘉送她到门口，看着她走进对面房间才转身回来。她背靠被子坐在床上等电话。7点，手机响了，陶依嘉满脸欢喜地拿起手机。

"姆妈，你晚饭吃过了吧？"张孝明的声音。

"吃过了。"她说。

"好，我忘记问了，耳塞、耳罩你都不用了？"他问。

"用了耳朵疼，不用了。"她说。

"噢，你还是可以再试试，可能用用就习惯了。"他说，"你晚上还泡脚吗？泡脚有利于睡眠。"

"泡的。"她答。

"那就好。我和张波视频了，他很开心，说要去尝尝上海菜。"他说。

"哈哈哈……"陶依嘉开心地笑了。

……

陶依嘉和阿明通好电话很开心。啊，现在和阿明通话是一天中最重要的大事，打电话前期待，打完电话回味。遗憾的是，和阿明打电话，毕竟时间有限，过去阿明坐到房间里来聊天，面对面就是话多，那感觉真好，可惜这样的美好时光不会再有了。美好的时光往往很短暂，而回味的时光很长很长。哎，今天两个儿子都来过了，自己不好好吃饭，惹得大家都担心了。要好好吃饭，不要给人添麻烦，生活还是美好的啊！

这时，电视机响了，到了关美娟和宋阿萍看电视时间了。

"哎，陶老师，你住一年养老院就要出去吗？"宋阿萍问。

关美娟侧过脸来看着陶依嘉。

"唉，小媳妇有更年期毛病需要静养，让我住养老院，说是最多一年就接我回去。"陶依嘉说，"小媳妇是找借口把我赶出去，她不会让我回去的，她对我很恶劣；儿子老实，没有用，没有办法。"

"哦，那是回不去了。"宋阿萍伤感地说，"养儿防老，积谷防饥，都是老黄历了。"

"陶老师，还是有儿女好啊，"关美娟说，"你看你不吃饭，儿子都着急着赶来了。"

"有的子女不孝顺，有的子女和父母是合不拢，几年都不来看望父母，"宋阿萍说，"有等于没，这样的子女就没有什么意义。"

"人老了住养老院，孩子存在就是一种威慑。"关美娟说，"养老院，半封闭环境，几乎和外界隔绝，老人孤立无援。有时候，孩子不孝顺，只要他存在，养老院的管理人员、护理员，还有同住的老人，都会不敢太过分。"

"人的本性常常就是这样丑陋不堪。"陶依嘉摇头叹息。

"陶老师，你家儿子，特别是阿明，很不错的。"宋阿萍说，"我们看到的社会现象，父母总是被儿女疏远，这是为什么呢？"

"当父母被子女认为你没有用的时候，他们就会疏远父母，这是故意的；子女本身在忙生活，忙事业，往往也不会太多地想到父母，也不懂父母的珍贵，这是非故意的。子女做了父母以后，当他们过了50岁以后，往往才会想到父母的不容易，往往才会牵挂父母，而这时父母已经老了：这是一个反复出现的社会现象，真遗憾，但也无可奈何。"陶依嘉说。

"真的就是这样。"关美娟说，"陶老师，那么，父母如何和子女相处呢？"

"尽量不要给孩子多添麻烦，要多关心他们，关心他们的工作，关心他们的生活，关心他们的孩子，要让孩子感到父母一直在关心他们。但是，关心不是干预，千万不要干预孩子的生活。"陶依嘉说，"父母最容易犯的错误就是，把儿女看成是没有长大的孩子，以自己的做人准则来要求孩子，有的人甚至把自己没有实现的梦想寄托在儿女身上。父母和儿女相处，要学会舍得放下，当你在担心孩子走路是否会跌跤的时候，孩子已经开着汽车走天下了。还有，与子女相处，要适当地拉开一些距离，这样彼此就会感到亲切，距离产生美。我们对孩子不要有太多的奢望，孩子待你好是父母的福气，是一种意外的收获。总之，我们对孩子的期望值要低，孩子大了就是亲戚啊。"

"这个比喻好。"关美娟笑道。

"我们尽可能地不要依赖儿女，越是依赖儿女，他们就会离父母越来越远。人在这个世界上，最终能够依靠的就是自己，我们要尽可能地依赖自己，最好自己能够做许多事情。"陶依嘉说，"老了，当然要依靠别人的帮助，不过，人自助天必助，人不自助天难助。"

"孩子是靠不住的。"宋阿萍不悦地说。

"不过，从另外的角度来看问题，我们还是要子女的。在抚养孩子长大的过程中，很辛苦，但也享受到了极大的乐趣。到了老年，毕竟有孩子的关心比没有好得多，孩子不来，有一种牵挂也很幸福。子女和父母毕竟有血缘关系，他们最有责任或者说有良心来关怀父母，子女毕竟是父母最亲的亲人。我们和任何人的关系，都会被时间逐渐地淡化甚至切断，最后留下的就是和子女的关系，这也是唯一的最亲密最温暖的关系。"

"听了有启发。"宋阿萍点头说。

"我这次进养老院才明白，父母的家永远是子女的家，子女的家从来都不是父母的家，"陶依嘉说，"我们抚养孩子长大，期待他们反哺父母，这种发自内心的渴望没有错，但现实让我们明白，最好的心态，把孩子抚养大是父母的责任，我们在这个过程中享受到父母的快乐就足够了，孩子大了，我们的任务就完成了。孩子把全部心血投放在他们的孩子身上，重复着我们的故事，这是我们不能改变的事实；既然不能改变，我们就承认它。如果孩子特别孝顺，那是我们的福气，我们期待这种福气的降临。"

"陶老师，真达观。"关美娟赞赏地说。

"唉，我说起来潇洒，其实内心就是渴望四代同堂，渴望儿孙绕膝，渴望朝夕和儿女子孙在一起。"陶依嘉说。

"说得太好了，陶老师就是哲学家啊。"关美娟大声地说，说罢哈哈大笑。

"我所说的仅仅是一得之见。"陶依嘉谦虚地说。

她们聊了一会儿，陶依嘉走进卫生间，摘下嘴里的假牙浸在放有清水的碗里，然后泡脚，回到床上已是 9 点钟了。这时，黄红梅进来了，埋怨地说："1 床一直拉肚子，总算太平了，把我累死了。"

"你快休息吧。"关美娟对黄红梅说。

黄红梅不悦地横了陶依嘉一眼，还是把躺椅搁在靠近陶依嘉的床旁，拿出手机看了起来。

陶依嘉心里冒火，黄红梅这种人身处社会最低层，可是有了一点点小权力就要欺负人，不能让黄红梅这么猖狂地欺负我，要想个办法治治她。

第七章

烫伤事故

陶依嘉从春天进养老院到夏天已经3个多月了，挂在门口的棉帘子也撤掉了。尽管生活枯燥、单调和乏味，但陶依嘉渐渐接受了养老院的生活。每天清晨漱洗、喝温开水、打胰岛素针、吃早饭；上午躺在床上发呆或看看书、下楼散步；中饭、睡午觉，下楼走路、看看书；晚饭、等阿明电话，泡脚、睡觉。整个白天，和室友聊天说话，看看微信，发呆……

她心里隐隐作痛的是，最近一个月以来，阿明的电话多次延迟来了，打电话的时间也渐渐缩短了，而且他打电话时有时候心不在焉。不能怪阿明，他确实太忙了，她每天耽搁他太多的时间了。她闲得无聊，他可是出版社的编辑部主任啊。

那天晚上7点钟，阿明没有来电话。陶依嘉想他可能正忙着，就等着，过了20分钟，电话还是没有来。

"哎，阿明电话还没有来啊？"关美娟问。

宋阿萍看了看陶依嘉，没有说话。

"他在忙啊。"陶依嘉说，"我来打给他吧。"

陶依嘉在微信上发起视频通话，铃声响了，没人接，她失望地搁下手机。一会儿，手机响了，她一看是阿明发起了视频通话，马上应答。

关美娟马上"啪"地关掉电视。

"姆妈，你找我有事吗？"张孝明问。

"没有呀，我们不是每天要通话吗？你在哪里啊，声音很吵啊。"她说。

"在家里，陪着芳芳看电视，偶尔放松一下。"他不好意思地说。

"今天天气热的，还有雷阵雨，你今天过得怎么样？"她关心地问。

"天天就这样。"他回答。

"张波最近有什么新闻吗？他的硕士论文通过了吗？"她问。

"刚通过。"

"他今年夏天回来吗？"

陶依嘉看看他回答得都很简短，听语气好像希望快点挂电话，就说："你要看电视了吧？"

"无所谓。其实，姆妈，我们不必讲究形式主义，天天通电话，说来说去的就是那些话，一个礼拜保证通一次电话就可以了，当然有事要多打电话。"他说。

"哦？"陶依嘉一愣。

"没事我就挂了，我们再联系吧。"他说，"再见。"

陶依嘉神情窘迫，愣愣地看着手机屏幕。这时，突然传来芳芳和阿明的对话声：

"我看，你老妈住在养老院蛮好的。"

"总算基本适应了。"

"你现在去养老院的次数越来越少了，和你老妈打电话时间也越来越短了。"

"我现在根本不想去养老院，也不想天天通电话，没有办法……"

"哎，你这个不对的，你不是说过百善孝为先吗？嘻嘻。"

"姆妈又不是只有我一个儿子，凭什么全赖在我身上？哦哟，麦克风忘记关了，姆妈会听到吗？"

传来关掉麦克风的声音。

陶依嘉一怔，眼前一阵发黑，几乎要昏倒。

黄红梅笑着走进来，说："今天发生怪事了，一大把年纪，老得都要进火葬场了，还离不开女人要发骚。"她说完忍不住嘻嘻地大笑。

"啊？怎么一回事啊？"关美娟顿时来了兴趣。

宋阿萍也扭过脸来看着黄红梅。

"黄老太家的老公老张，让人搬来一张床，今晚要睡在黄老太床旁边。"黄红梅笑着说，"索性两人脱光，挤在一张床上吧，我用束缚带把他们两人绑在一起，一个晚上想干什么就干什么。"

"不要瞎说。"关美娟说。

"夫妻两人分居在两个楼层，也是作孽的。"陶依嘉同情地说。

"都是因为穷啊。"宋阿萍说。

"你今天辛苦的，我看你吃中饭已经是下午 2 点钟了。"关美娟对黄红梅说。

"饭菜都冷了，吃了红烧肉感到不舒服。"黄红梅摸了摸肚皮，皱着眉头走了。

晚上 8 点多钟，陶依嘉穿着拖鞋走进卫生间泡脚，这是她每晚的功课。她在脸盆台上放上电热水壶烧水，双脚伸进红色塑料水桶里泡着，等到水微微凉了，就缩回脚再往水桶里加开水，这样就保持水的恒温。她平时泡脚都感到特别舒服，特别愉悦，今天这种感觉荡然无存，阿明和芳芳说的话让她震惊和痛苦，她真想放声大哭，可是只得强忍着，不过，泪水不停地淌下来，滴在水桶里。

突然，黄红梅把头伸进卫生间，焦急地说："哦，我要用一下抽水马桶，我急了！"

陶依嘉感到很别扭，可是又难以拒绝，不无勉强地说："好吧。"

黄红梅一步跨进来，关上门，侧身从陶依嘉面前跨过，匆匆拉下裤子，在抽水马桶上坐下。黄红梅和陶依嘉面对面，她粗重的呼吸气息迎面扑过来，陶依嘉屏息敛声，侧过脸去，离她尽可能远一点。

"突然要拉肚子，对面房间卫生间有人，只好跑这里来了。"黄红梅抱歉地说。

"噢。"陶依嘉无奈地说。

黄红梅哗哗哗地一阵狂泻，顿时一股强烈的异味充满卫生间，陶依嘉被熏得几乎要昏倒。她硬是忍着憋着，这是黄红梅的报复吗？应该不是。

"陶老师，你在哭啊！"黄红梅疑惑地看着她，"碰到什么伤心事啦？"

陶依嘉摇了摇头，用手背抹了抹眼泪。

"最近，阿明来得少了，长病无孝子。"黄红梅问，"陶老师，你天天泡脚，有什么好处吗？"

"促进血液循环，祛除寒气。"陶依嘉说。

"你在烧水呀？"黄红梅看了一眼脸盆台上搁着的热水壶。

"是啊，要往水桶里添热水。"陶依嘉回答。

黄红梅完事了，一边系裤带，一边看着脸盆台上冒着白色水蒸气的热水壶，说"水开了"。

陶依嘉感觉水桶里的水凉了，自己的脚也凉了。她刚想伸手拿热水壶往水桶里添水，黄红梅猛地站了起来，陶依嘉侧了侧身体让她走过，黄红梅主动地说"我来添水，你抬起脚"，陶依嘉说"我自己来"，黄红梅已经伸手拎了热水壶过来，陶依嘉只好抬起脚搁在水桶边沿上，看着黄红梅往水桶里哗哗哗地倒水。

这时，外面手机响了，关美娟叫"黄红梅，电话"。她一听急了，嫌热水壶的壶嘴太小倒水速度太慢，掀起水壶盖子就往水桶里"哗哗哗"地倒水，由于用力过猛，撞了一下陶依嘉，她的双脚顿时滑入水桶，沸腾的开水倒在陶依嘉的脚面上，她痛得"哦哟"一声叫了起来。黄红梅慌了，手一松，电热水壶掉到水桶里，开水全部漫了出来，陶依嘉被烫得"哇哇哇"地惨叫，急忙要从水桶里抽出脚来，可偏偏黄红梅的大屁股顶着陶依嘉的身体，让她的大腿无法动弹。黄红梅转过身体，把陶依嘉的脚往水桶外拔，可是水桶太高一时拔不出来。黄红梅急了，情急智生，撩起一脚像踢足球一样把水桶踢翻，水桶里的水四处流淌，陶依嘉一下子跌倒在地，连声叫唤，"痛！痛！"

关美娟推开门，神色紧张地朝里面张望，黄红梅把陶依嘉扶起来，可是她站不稳，双脚疼得难受；黄红梅蹲下身子，让陶依嘉扑在她身上，"哎哟"一声站起来，一边对关美娟叫"让开"，一面把陶依嘉背出来，放倒在她的床上。黄红梅紧张地说："要紧吗？要紧吗？"

"烫伤了？"关美娟走过来仔细看，"快叫医生。"

"医生早下班了。"黄红梅沮丧地说。

陶依嘉感到两只脚面像被锥子刺一样剧烈地疼痛，不由得闭上眼睛，痛苦地呻吟着。

"血血红，烫伤了！"关美娟看着陶依嘉的脚，着急地说，"作孽，要吃苦头了。"

黄红梅手足无措地愣着。

"出事了，快叫领导。"关美娟转身要往外走。

"这个时候还有什么领导，早下班了。"宋阿萍插话，"打120,打120！"

"对对，快打120！"关美娟说。

"就在这里养伤吧，我睡在陶老师床边照顾。"黄红梅说，她不愿意事情闹大。

"不送医院，伤势会更加严重的！"关美娟提醒地说。

"拖下去，万一脚坏了要锯掉的，那就闯大祸了。"宋阿萍说。

黄红梅慌了，神色惊恐，低头喃喃地说，"那怎么办才好呢？关老师帮帮我。"

"陶老师，你看怎么办？"关美娟征询地问。

"打120！"陶依嘉果断地说，指了指床头柜上的手机，"帮我拿一拿。"

这时，李莉正好路过门口，一看有情况就走进来。关美娟告诉她陶老师脚烫伤了，要叫120送医院。李莉看了看一脸痛苦的陶依嘉，看了看她肿起来的脚面，再看看黄红梅惊慌失措的样子，提议打电话给焦丽英。关美娟立刻拨通了焦丽英的手机，她问陶老师什么态度，关美娟回答说陶老师要求马上送医院。焦丽英说，那就送医院，麻烦你拨打120，让黄红梅陪陶老师去医院。关美娟马上拨打120电话，报了养老院地址，然后对黄红梅说："焦主任说，你陪陶老师去医院。"

"我来顶你吧，有什么情况我来。"李莉对黄红梅说。

"谢谢。"黄红梅感激地说。

"我下去等救护车。"李莉说着就走了。

陶依嘉指了床头柜上面一格抽屉，让黄红梅取就医记录册、身份证。黄红梅打开抽屉，取出社保卡和身份证，把它们塞进自己的手提包。

很快，李莉引领着两个小伙子来了，小伙子把担架放在地板上，问了一下情况，就把陶依嘉扶到担架上躺下，拿出一张纸问谁签字。黄红梅紧张地不敢吭声，关美娟说"我来吧"，接过笔签下自己姓名。小伙子抬起担架往外走，李莉、黄红梅和关美娟跟了出去，他们进了电梯，下楼来到大楼门口。

"陶老师，放心，不要紧的。"关美娟安慰陶依嘉。

陶依嘉躺在担架上，朝关美娟、李莉招了招手，表示感谢。

担架抬进救护车，黄红梅怯怯地跟上车，救护车的门关上后，立即闪烁着蓝色顶灯在夜幕中驶去。

陶依嘉睁大眼睛看着车内，看见氧气机、呼吸机和心电监护仪，黄红梅和随车医生坐在一侧的长凳上。随车医生看了看陶依嘉的脚伤，感到问题不大，就拿出手机拨弄着。

"疼吗？"黄红梅担忧地问，她取下陶依嘉的拖鞋，好让她感觉舒服。

陶依嘉看了黄红梅一眼，闭上眼睛。你那么凶横，那么冷漠，那么粗野，高腔大嗓，指手划脚，不可一世，现在怎么低三下四了？看你照顾关美娟的样子，就怕照顾不周到，还不是拿了钱嘛；对宋阿萍那么冷漠，不就是没有得到好处；对我不理不睬冷暴力，也因为我没有孝敬你，给你提意见，只不过我神智清楚还没有老，还有儿子女儿，所以你才不敢公开虐待我。

"陶老师，你疼得厉害吗？"黄红梅提高声音问。

陶依嘉睁开眼睛，说："疼，非常疼！"

"哎呀，我今天真倒霉，看样子要被开除了。"黄红梅紧张地说，"陶老师，对不起你，我害得你吃苦了！"

186

陶依嘉闭着眼睛默不作声。

"唉，怪我自己。"黄红梅悲哀地喃喃自语，"丢掉工作，只好回老家，日子怎么过啊，儿子的婚房怎么办啊。"

陶依嘉看她悲伤的样子，有些心软，想想她毕竟是穷人，从甘肃到上海来打工也不容易，就说，"你不要难过，我也有责任的。"

"你要是坐得远一点，电热水壶跌下来就伤不着你的脚了。"黄红梅试探地说，睁大眼睛察看着她的反应，还悄悄地从口袋里拿出手机。

陶依嘉一愣，看了看她，发觉她眼睛里闪过一丝狡黠。

"卫生间地方小，你年纪大，没有力气，失手也是难免的。"黄红梅放大胆子说，盯着陶依嘉看，同时悄悄地摁下手机录音功能。

"哦，是的。"陶依嘉故意附和地说，她要看看黄红梅到底玩什么鬼名堂。

黄红梅见她认可的神情，继续说："陶老师，是不是我记错了，电热水壶放在脸盆台上，你伸手拿水壶要添水，结果不心地失手掉在水桶里了？"

陶依嘉看了看她，这时，脚上一阵疼痛袭来，她咬着牙忍受着。

"以后要注意哦，不要再发生这种事情。"黄红梅温

187

柔地说，"很疼吧？坚持一下就到医院了。"

"我烫伤，你有责任吗？"陶依嘉问她。

"我有什么责任？"她心虚地反问。

陶依嘉火气冒上来，黄红梅尽管可怜，也很可恶呢。失手掉了电热水壶造成事故，现在要赖在我头上？可怜之人，必有可恨之处啊！

"你以后泡脚可以叫我倒水，我倒好水再叫你。"黄红梅殷勤地说。

"黄红梅，我记得很清楚，你嫌热水壶倒水速度太慢，掀开盖子倒水；外面手机响了，关老师叫你接手机，你急忙想出去，手一松，热水壶倒在我脚上。我想从水桶里抽出脚，因为地方小你又靠着我站着，所以抽不出脚——是你的行为造成我烫伤，难道不是吗？"陶依嘉客气地反问。

黄红梅一愣，看着陶依嘉傻眼了。

"如果你要赖到我头上，我告诉你，我儿子和女儿会找董院长、焦主任的。"陶依嘉严正地说。

"噢，大概我记错了，我太紧张了。现在看病要紧，陶老师，请原谅我，我没有文化啊，我会好好地照顾你。"黄红梅表忠心地说。

救护车驶进医院，停在急诊部门口，陶依嘉被抬进急诊室。黄红梅付了救护车费用260元，拎着手提包奔去挂号。她回到急救室，看见一个老医生和一个年轻医生已经来了，老医生撕下陶依嘉脚上一块皮肤，陶依嘉发出一阵阵剧痛，她一边吸气，一边忍不住呻吟；老医生给陶依嘉一块胶布让她咬着，继续撕下烫伤的皮肤并且上药，她疼得脚不停地晃动着。

"别动！坚持一下，别动！"老医生关照。

陶依嘉感觉双脚像烈火般炙烤着，疼痛无比，咬着牙含着泪花坚持着。

老医生关照年轻医生说："烫伤愈合比较慢，用烫伤膏和口服抗生素。"

"好的。"年轻医生说。

"深度二度烧伤；留院观察，拍个CT；明天早晨再看。"老医生说完就走了。

年轻医生把陶依嘉推进观察室，对黄红梅说："社保卡给我，你过一会儿到医生办公室来取，先拍一个片子吧。"

"医生，有什么要注意的吗？"黄红梅仔细地问。

"病人躺着的时候把大腿抬高，有利于血液循环。"年轻医生说完也走了。

黄红梅推着陶依嘉到放射室拍片，然后回到观察室。

观察室躺着五六个病人，每个病人旁边都有家属陪伴着。

黄红梅问陶依嘉，要不要通知张孝明。陶依嘉看了看手表回答："明天医生看了再说。现在告诉他，他又不是医生，反而弄得他一夜没法休息。"

"好。"黄红梅讨好地说，"反正有我在。"

黄红梅弄来一盆热水帮她洗脸，借来毯子盖在她身上，很关心地说："半夜里还是凉的。"

陶依嘉疲乏得睁不开眼，可是疼痛让她无法入睡，不断地发出一声声呻吟。黄红梅一会儿倒来热水给陶依嘉喝，一会儿背她上厕所。陶依嘉终于睡着了，很快又疼醒了，她看见黄红梅坐在床边椅子上，睁着眼睛看着她，随时准备起身服侍她的样子。

"你继续睡吧。"黄红梅说。

陶依嘉看她眼睛迷糊，强打精神硬撑着，就说："你睡一会儿吧。"

"不要紧，我要照顾好你。"她表决心地说。

陶依嘉想起无意中听到的阿明和芳芳的对话，心里感到特别的痛苦，脚面上的伤痛更剧烈了。阿明太让人伤心了！她没话找话地和黄红梅说话，希望能够忘记至少减轻脚上的疼痛。陶依嘉问起她家里情况，黄红梅眼睛暗淡了。她告诉陶依嘉，丈夫到广东打工，和其他女人住到一起，

190

抛弃了她。她离婚后独自抚养儿子，为了儿子结婚有婚房，就来上海打工。她没有什么特长，只能到养老院来打工。她拿出手机给陶依嘉看照片：她儿子蛮清秀的，和黄红梅粗头粗脑的模样完全不同；她年迈的父母穿着一身破旧衣服，脸上是密集的皱纹，眼神茫然，那是穷乡僻壤老人的标准像；她家的住房是一间破旧瓦房，仅仅只有桌子、凳子和床，还有一个灶台，屋里几乎一无所有。陶依嘉看罢照片，同情地看了看黄红梅，她在上海靠自己的体力拼搏，够艰难的。

"我们乡下人很可怜，"黄红梅哀伤地说，"上海人到底幸福，退休金每个月有五六千元，有的人有一万四五千元。人和人比，真是不公平。"

"这种差别不应该，一时也改变不了。"陶依嘉安慰地说。

"我一生的最大目标，就是赚钱为儿子造房子，供他结婚成家，那我就是死了，这辈子也值了。"黄红梅说。

"噢，你不容易啊。"陶依嘉放平大腿，同情地说。

"陶老师，大腿要抬起来的。"黄红梅小心地把她的腿往上抬。

"噢，我忘记了。"陶依嘉说，"你为什么不做家政保姆来养老院呢？做保姆可以赚更多的钱啊。"

"我这个人就是有蛮力气，烧菜不行，到人家家里做保姆，上海人要求高，不会要我的。"黄红梅回答，"在养老院，吃住不花钱，拿的工资是纯收入，工作稳定。在养老院，老人要看我的脸色，当保姆要看别人的脸色。嘻嘻！"

陶依嘉瞅了她一眼，心里很不爽，老人要看你脸色你也得意，亏你说得出这种话来。

"我们养老院对护理员很好的，每周休息一天，如果不休息继续做，就发加班费；每年发季度奖、年终奖，还给我们交'五险一金'。"黄红梅说，"我有老乡也在养老院做的，待遇和我相比差得远了。"

"哦，这样啊。"陶依嘉说。

"陶老师，求求你帮忙，领导肯定要来调查，你不要说是我把热水壶弄了掉下来，好吗？否则我的工作就会丢掉的。"黄红梅说。

"有这么严重吗？"陶依嘉问。

"养老院规定，护理员工作失误导致老人跌伤受伤的，一律开除。去年小张，301室的护理员，她照顾的老人从床上跌下来，头上跌了个血泡，焦主任就开除了她。现在养老院要评选全市文明单位，对我肯定会严肃处理的，杀鸡给猴子看呀。"黄红梅哀求地看着陶依嘉，"你帮了我，我不会忘记你的。"

"你是要我说，是我自己不小心把电热水壶掉到水桶里的？"她反问。

"随便你怎么说，你是有文化的人，肯定会说得好。"黄红梅说。

陶依嘉坚决地摇了摇头，"不行，我不能讲假话。"

"我求你了！"黄红梅突然"扑通"一声跪了下来，连连磕头，"你不答应我就不起来。"

陶依嘉想起阿明跪下来的情景，看看黄红梅的可怜样子，不由得心软了，就说："我考虑考虑。"

"谢谢陶老师！大恩人！"黄红梅感激不尽地说。

到了清晨5点钟，年轻医生来了，仔细地察看陶依嘉脚上的伤口。

"要紧吗？"陶依嘉问。

"没有这么快好的。"年轻医生说。

"要住院吗？"陶依嘉问。

"可以不住院，目前床位也没有。"年轻医生回答，"回去吧。"

"还有什么要注意的吗？"黄红梅又问。

"不要长时间站着或坐着，躺着的时候要把大腿抬高。"年轻医生说。

"还会恶化吗？"黄红梅问。

"应该不会了。不过，恢复还要两三个礼拜。先用药，三四天后来复诊。"年轻医生对黄红梅说，"你来拿药方吧。"

黄红梅跟着医生走了，一会儿回来说，她带的钱不够支付医药费，陶依嘉把手机递给她，关照她用支付宝付费。黄红梅走了，很快拿着烫伤膏和口服抗生素回来了，把手机还给陶依嘉。

"我们回去吧。"黄红梅拿出手机叫滴滴打车，眼睛盯着手机屏幕看，一会儿说"来了"，就扶着陶依嘉走出观察室，走出急诊大楼，扶着陶依嘉上了一辆黑色奥迪汽车，出租车朝医院大门外驶去。

陶依嘉望着窗外，正是清晨时光，过去在阿明家，这时就在襄阳公园晨练了。唉，已经有几个月没有清晨起来了。瞧，马路两旁的梧桐树枝叶茂盛，在晨风中微微摇曳，真好看；因为还早，行人和车辆稀少，只见三五个人在马路旁跑步；有一个穿着制服的环卫工人在扫地；还有一个中年妇女牵着三条狗……

"我也养过狗。"陶依嘉感叹地说。

"哦，陶老师养过狗，看不出。"黄红梅说。

"狗，通人性，聪明，可爱。"陶依嘉目光盯着路旁那妇女和狗。

黄红梅指了指车窗外扫地的环卫工人说："他们肯定也是从外地来的，为了吃口饭，这么早就出来干活了。我有一个老乡，每天扫马路扫厕所，很辛苦的。"

很快，那幢挂着"上海新家敬老院"大字的大楼出现在前面，出租车开到养老院大楼门口停下，陶依嘉掏出钱要付车费，黄红梅说她在手机上已经付过了。黄红梅下车，扶陶依嘉下车，出租车开走了。黄红梅蹲下身体要背陶依嘉，她说自己走，可是黄红梅硬是要背她，陶依嘉就伏在她的后背上，她"嗨"地一声就站起来，背着她走进大楼。她没有坐电梯，直接从楼梯走上去。她一夜没有睡，还是精神十足，跨楼梯的脚步很有力。

黄红梅背着陶依嘉回到308房间，把她放在床上。关美娟马上坐起来，趿拉着拖鞋走过来，宋阿萍从卫生间出来，也走了过来。这时，李莉从对面房间走进来。

"啊，回来了？怎么讲？"关美娟关心地问。

"医生说两三个礼拜就会好。"黄红梅抢着回答。

陶依嘉看了一眼黄红梅，这个女人外貌大大咧咧，实际上蛮有心计的，现在这样说就是为了大事化小，减轻责任啊。

"没有住院，伤势应该不严重的。"黄红梅说。

"那很好。我们一个晚上没有睡好，一直在担心。"

关美娟说。

"两个房间的卫生我都搞过了。"李莉对黄红梅说。

"谢谢。"黄红梅说。

"陶老师，你好好休养。"李莉说完去忙了。

黄红梅奔进卫生间，拿来挤了牙膏的牙刷。陶依嘉刷牙，黄红梅双手端着面盆恭候着；陶依嘉刷好牙，她又倒来一盆温水，拿来毛巾，双手端着面盆让陶依嘉洗脸；等她洗好脸，黄红梅从床头柜上拿了茶杯去冲洗，倒来一杯温水过来，她知道陶依嘉每天早晨要喝一杯白开水。陶依嘉喝完，顿时感到舒服多了，黄红梅把她扶到床上躺下。

"车费多少啊？我给你。"陶依嘉说。

"不要不要。"黄红梅坚决地说。

"车费多少要告诉我。"陶依嘉坚持道。

"43元。"黄红梅说，"以后再说吧。"

"救护车的费用呢？"陶依嘉问。

"260元。"黄红梅回答。

"总共303元，我手机上支付。"陶依嘉说。

"不要你付，"黄红梅坚决地摇了摇手说，"这钱我来付。"

"不不，我现在就给你。"陶依嘉说。

"你实在要给我，以后再给我吧。"黄红梅开玩笑地说，"我要现金。"

"噢，现金我现在倒没有，过几天让阿明带来，我是要调些现金放在身上。"陶依嘉说。

"不急的。"黄红梅说。

关美娟看着她，赞赏地说："黄红梅表现不错。"

宋阿萍没有作声，默默地回到自己的床边。

"今天我来打针吧。"黄红梅要为陶依嘉打胰岛素针。

陶依嘉坐了起来，黄红梅小心翼翼地为她注射。她过去注射时眼睛看着别处，还会和其他人说话，这次瞪大眼睛盯着针头缓缓推进。她打完针后，又扶着陶依嘉缓缓躺下。

这时，走廊里传来餐车移动的声音，黄红梅赶忙跑到卫生间洗了洗手，出门捧回来三个餐盘，对陶依嘉说："我到对面房间喂饭，喂好后再为你喂早饭。3床心急，晚一点去就要叫的。"

"我自己来吧。"陶依嘉说。

"你去忙吧，这儿有我们相帮。"关美娟说。

黄红梅急匆匆地走了。

"陶老师，疼得厉害吗？"宋阿萍看着陶依嘉包扎着的脚，同情地说，"吃苦头了。"

"还好。黄红梅辛苦了。"陶依嘉说。

"她是将功补过。"宋阿萍说，"要不是她闯的祸，

197

才不会这样低头哈腰呢。"

陶依嘉看了宋阿萍一眼，心想她真是眼光尖锐啊。

"这话让她听见就麻烦了。"关美娟呵呵呵地笑了。

陶依嘉脚上又疼痛起来，强行忍着，一脸痛苦表情。她说："你们先吃吧，我再躺一会儿。"

黄红梅回来了，要为陶依嘉喂饭，她坚决谢绝，"不不，我脚烫伤了，不影响吃饭，我自己来。"

"还是我来。"黄红梅不由分说把餐盘拿来，小心地放在床头柜上。

"陶老师，就让黄红梅喂饭吧。"关美娟劝道。

陶依嘉不作声了，黄红梅在一小碗燕麦粥里放上乳腐和酱菜，舀了一调羹粥给陶依嘉喝，一边说："慢点，不急。"陶依嘉喝粥时候，她用调羹舀了一调羹粥等候着，这样陶依嘉喝第二口粥的时候就不会烫了。陶依嘉吃完早饭，黄红梅拿来一盆温水过来，绞了一条热毛巾给陶依嘉擦脸。

走廊里传来一阵说话声和脚步声，董丽、焦丽英和林医生走进房间，站在陶依嘉床前。

她们察看了陶依嘉的脚伤，林医生问了一下情况，说："照医生说的做。"

"你的脚一刻不停地痛吗？"董丽问。

"是的，说话的时候感觉好一点。"陶依嘉说。

黄红梅一边拿着抹布擦洗桌子，一边不时地用眼睛瞟着陶依嘉。关美娟和宋阿萍坐在各自床上，都侧脸望着陶依嘉这儿。

"你去复诊，院里派车接送。"董丽对陶依嘉说。

"好的，我来安排，我会一起去的。"焦丽英说。

"陶老师，好好休养，"董丽对焦丽英说，"关照厨房，在饮食上作些调整。"

"好的，我和林医生商量一下。"焦丽英说。

"焦主任，你负责调查事故。"董丽对焦丽英说。

"明白。"焦丽英说。

董丽、焦丽英和林医生走了，黄红梅担忧地看了陶依嘉一眼。

下午，陶依嘉躺在床上昏昏欲睡，听得有人进来。她微微睁开眼，看见那人面熟的，听她说话声音，想起来是关美娟的女儿顾玲玲。

"姆妈，你睡好觉了？"顾玲玲说着把两盒猕猴桃放到床头柜上。

"没有睡，在等你呢。"关美娟说，"你休息一下我们就走。"

"好，到底是姆妈好，否则我真的难过关了。"顾玲玲笑着坐了下来。

"外孙女要出国留学也是要紧的。"关美娟笑呵呵地说。

顾玲玲笑了，"海海知道吗？"

"他来过一次，我和他提了提，我没有告诉他是否借钱给你。"关美娟说。

"其实没有必要和他说的。"顾玲玲说，"不过，说了也无所谓。"

"你借钱我不告诉他，他以后知道了，还以为我有多少事瞒着他呢。"关美娟说。

"我们走吧，你身份证和存折带好。"顾玲玲说着站起来。

关美娟从床头柜抽屉里拿出一个钱包，拉开拉链给她看，顾玲玲开心地笑了，忙替她拉上拉链。

黄红梅进来了，"哟，玲玲姐来了？我来倒茶。"

"不用了，我和姆妈出去一次。"顾玲玲拿过一盒猕猴桃塞到她手上，"你太辛苦了。"

黄红梅脸上笑开了花。

关美娟站起来要走，她突然愣住了，顾玲玲也是一愣：关美娟的儿子顾海海进来了。

"你们要出去？"顾海海惊讶地问。

"是的，你来了我们就再坐一会吧。"关美娟说。

顾海海大大咧咧地在椅子上坐下。

顾玲玲站在床边，随时准备走的样子。

"玲玲，你和姆妈出去做啥啊？"顾海海问。

陶依嘉闭上眼睛休息，可是他们的说话声清晰地传了过来。

"我告诉过你，玲玲的女儿要出国，需要钱，就像你向我借钱一样，我也答应她了，我们准备去银行取钱。"关美娟坦率地说。

"玲玲，银行有出国留学贷款，利息还是优惠的，向银行借钱其实合算的。"顾海海说，"你这么聪明，为什么不向银行贷款呢？"

"你为儿子买房子，银行没有按揭吗？"顾玲玲笑着反问。

"我就不明白，为什么要向姆妈借钱，你自己没有积蓄吗？"顾海海的口气不太友好。

"我钱够了还会借钱吗？就像你有足够的钱，会向姆妈借钱吗？我们要感谢姆妈，有这样的好姆妈，紧要关头总是帮助我们。"顾玲玲伶牙俐齿地回答。

"手心手背都是肉，你们有困难，我做娘的应该帮一把。"关美娟说，"海海，你说是吗？"

"姆妈，你的钞票不少啊。"顾海海说。

"还有点，不多。"关美娟说，"不过，我要留着。"

"海海，我和姆妈要去银行，我们一起走吧。"顾玲玲看了看手表说。

"好吧。"顾海海十分勉强地说。

关美娟和儿子、女儿一起出去了，宋阿萍对陶依嘉说："陶老师，你都听见了吗？"

"听见了。"陶依嘉说，"有子有女，有时候也是麻烦，你单身一人就无牵无挂。"

"我看，关老师不会太平了，儿子和女儿还会惦记她的钱。"宋阿萍肯定地说。

"她今天的回答很巧妙，'还有点，不多'，这就让儿女不得不待她客气。"陶依嘉笑道。

"关老师还有三房一厅的房子，她的儿子和女儿也会惦记的。"宋阿萍推测地说。

"这个不会吧？反正将来是子女的，现在的房租，是儿子和女儿平分的。"陶依嘉说。

"我是瞎猜猜。"宋阿萍笑了笑，"人生就是瞎忙乎，忙来忙去都是为别人忙，忙到头来一场空。"

黄老太来了，站在陶依嘉的床前，看着她的包扎的脚，

"陶老师，你受苦了。"

"天有不测风云，人有旦夕祸福，"陶依嘉指了指床边的椅子说，"你坐吧。"

"不用。今天早晨听到你烫伤，我就着急了。"黄老太说，"现在看来，还算好。"

"谢谢你的关心。"陶依嘉说。

黄老太聊了几句就走了，临走还关照，"好好静养。"

这时，黄红梅走到门口对宋阿萍说："准备洗澡。"

"好，好。"宋阿萍愉快地回答，看着黄红梅离开的背影。

"我发觉每次洗澡，宋老师还是开心的。"陶依嘉说。

"我看见她喂饭就怕，她为我洗澡还是满意的，"宋阿萍笑道，"她力气大，洗得到位，特别是擦后背，舒服。现在是大热天，洗澡太舒服了。"

黄红梅回来了，匆匆走进卫生间，宋阿萍拿着替换衣裤跟了进去。

下午4点，关美娟回来了，黄红梅走进卫生间在浴缸里放好水，然后让关美娟进去洗澡，黄红梅守在门外。黄红梅负责宋阿萍洗澡，陶依嘉和关美娟洗澡都是自己洗。按照规章制度，老人单独洗澡时，护理员必须在门外等候，还要5分钟叫唤一声，以此保证老人跌跤可以及时知晓。

"关老师，你好吗？"黄红梅敲了敲门，大声叫道。

"好的。"关美娟在卫生间里面应答。

关美娟洗好澡出来，黄红梅赶忙进去，把卫生间地上的水全部擦干净，把替换衣服扔进洗衣机。

当天吃好晚饭，陶依嘉和两个室友聊天。

"你要告诉阿明的，否则儿子会怪你的。"关美娟坐在椅子上对陶依嘉说。

"要给儿子女儿献爱心的机会啊。"宋阿萍说。

"谢谢。我知道了。"陶依嘉笑道。

"哎，关老师，到银行还顺利吗？"陶依嘉问。

"顺利，就是海海不高兴。我知道海海借了钱，玲玲必定也要来借，她是不肯吃亏的。"关美娟说，"我已经告诉他们，不要再来借钱了。"

这时，手机响了，阿明的电话来了。

"姆妈，你好吗？"张孝明的声音。

"好的。哦，不好。"陶依嘉说。

"姆妈，什么不好？"张孝明急了。

"我正要联系你呢，我脚烫伤了。"陶依嘉犹豫了一下说。

"啊？真的？严重吗？"张孝明声音提高了，"姆妈，怎么会烫伤的？哪里烫伤了？什么时候烫伤的啊？要

204

紧吗？"

陶依嘉把事情简要地告诉他。

"哎呀，今天我在印刷厂，在嘉定呢，10点钟结束，我再赶过来。"张孝明着急地说。

"这么晚就不要来了。"陶依嘉说，"你知道就可以了。"

"也好，我明天过来吧。"他说。

"不要影响工作。"陶依嘉关照。

"你脚痛得厉害吗？"张孝明问。

"和你说话就不感到疼了。"她故作轻松地说，"静养几天就会好的。"

"好，我有数了。"张孝明加重语气，"有什么情况，随时告诉我啊！"

"好的。你有事先忙吧。"她说。

"我们多聊一会儿，这样，你脚疼可以好一点。"张孝明说。

"好好，阿明，你们都好吗？"陶依嘉开心地笑问。

"张波和女朋友去美国西部旅游了。明年春天回国举行婚礼。"张孝明说，"哦，阿霖要为外孙办百日宴，在顺风大酒店摆10桌，很隆重的。"

"啊？哦。"陶依嘉说，"我不知道。"

"4月份生的，张婕在月子中心住了1个月出来了。"

张孝明说。

"阿霖微信告诉过我有外孙了，后来就没有消息了，照片也没有发一张给我看看。"陶依嘉不满地说，"我总要送礼啊，你给阿霖3000元，算是我送的礼吧。"

"太多了，就1000元吧。"张孝明说。

"不要，3000元。"她说。

"他会邀请你参加百日宴的，到时候你给他们钱吧，这样也好看。"他说。

"也好，我期待参加百日生日宴，那时我的伤肯定好了。"她开心地说。

"姆妈，阿珍昨天回国了。"张孝明说。

"她这次去的时间好长啊。"她说。

"她又到德国看望佳佳，两人一起在欧洲旅游。"他说。

他们母子俩聊了半个小时才结束，陶依嘉挂掉电话，对阿明的火气消失了，毕竟是阿明，还是孝顺的。她觉得脚面又疼了起来，想了想，拨打周琴心的手机，把烫伤的事告诉了她，周琴心详细地询问，让她一定好好地休养。

"叶璐的工作就要结束了，我很快就要回上海。"周琴心说。

"那太好了，我想你啊。"陶依嘉动情地说。

"我也是。"周琴心感伤地说，"我看你现在过得不容易啊。"

陶依嘉挂断电话，躺着发愣，这时焦丽英来了，黄红梅跟着进来了。

焦丽英在陶依嘉床边的椅子上坐下，指了指关美娟床边的椅子，黄红梅走过去坐下，神态紧张地看着陶依嘉。关美娟马上关掉电视机，侧脸看着陶依嘉她们。宋阿萍笔直地坐在床上，闭上眼睛休息。

"抱歉，我应该上午就过来开这个会的，可是评文明单位出外开会，忙到现在才有空。"焦丽英说，"陶老师，你怎么会烫伤的？请把经过说一下。"

陶依嘉没有马上回答，她在犹豫是不是要据实说明。实话实说，黄红梅可能要被开除，那她就惨了；要说责任是我自己的，不符合事实，何况太便宜黄红梅了。不过，黄红梅现在待我的态度大为改观，也是蛮可怜的。她有恶的一面，也有善的一面，还是要宽容吧。

"这事怎么发生的？"焦丽英问黄红梅。

"我有责任，陶老师吃这么大的苦，我难过啊。"黄红梅声音发抖地说。

"陶老师，你来说吧。"焦丽英问，摁了一下手机上的录音键。

陶依嘉瞅了一眼黄红梅，正好和她紧张不安的眼神相遇。

"陶老师，你不要有顾虑，说吧。"焦丽英心急地催促。

"我在泡脚的时候，她拎起电热水壶为我添加热水——哦，我在用电热水壶往水桶里加热水的时候，外面手机响了，关老师叫黄红梅接手机，我拎着电热水壶的手一松，掉在水桶里，开水烫伤了我的脚。"陶依嘉边想边说。

"是谁拿着电热水壶往水桶里添水的？是谁松手掉下了电热水壶？"焦丽英用确认的口气问道。

黄红梅紧张地看着陶依嘉，一只手紧紧地捏着围裙。

"应该是我，我要黄红梅把电热水壶递给我，我往水桶里倒水的时候，手一松，电热水壶掉了下来，我搁在水桶边沿上的脚一滑，滑进水桶里，脚就烫伤了。"陶依嘉缓缓地说。

"水壶掉进水桶，你的脚也跟着滑进水桶？"焦丽英继续问。

"嗯，"陶依嘉回答，"我本能地想抽回脚，一下子伸不出来，等到脚伸出来，已经烫伤了。"陶依嘉说完感到一阵脚痛，痛得嘴都歪了。

"哦，我明白了。你儿子知道了吗？"焦丽英问。

"我告诉他了。"陶依嘉说。

焦丽英对黄红梅说："明天上午9点钟，我们护理员

208

开个短会，讨论一下如何吸取教训。"

"噢。"黄红梅紧张地说。

"黄红梅，你要讲几句，谈谈如何预防发生类似的事故。"焦丽英说。

"好的。"黄红梅有气无力地说。

"陶老师，有什么需要，直接和我说。你好好养伤吧。"焦丽英关掉手机录音，站起来就匆匆走了。

黄红梅也站起来，朝对面房间走去。

"她凶狠的模样怎么没有了？"宋阿萍解气地说。

陶依嘉感到脚上又疼痛起来，不由得"哦哟"了一声。

晚上9点钟，睡觉时间到了，黄红梅坐在陶依嘉床边的椅子上，不肯睡在折叠床上。她说睡到床上会睡得很沉，那会耽搁她照顾陶依嘉。深更半夜，陶依嘉的脚面疼得厉害，好几次上厕所都是黄红梅背进卫生间。到了后半夜，陶依嘉硬是让她上床睡觉，她还是坚持坐在床边椅子上，实在累了就打个瞌睡。

"黄红梅蛮可怜的！"陶依嘉想，"她的态度还是可以的。"

第八章

惊人的表态

上午8点钟，张孝霖夫妇、张孝珍和张孝明赶到养老院，黄红梅顿时神色紧张，指了指床边的椅子说"坐坐"，还慌张地把关美娟和宋阿萍的两张椅子搬过来。张孝霖夫妇和张孝珍一字排开坐在母亲床边，张孝明在门旁站着，他朝关美娟和宋阿萍礼貌地笑了笑。

"啊，你们都来了。"陶依嘉笑容满面。

梅凤妹穿着半旧不新的衣服，拎着一个白色不锈钢保温盒。她掀开盖子，一股热气冒出来，烧卖的香味四处飘散。她对陶依嘉说："姆妈，这是特地为你做的烧卖。"

"好香啊。谢谢！"陶依嘉说，"中午吃，现在肚子还是饱饱的。"

"好好。"梅凤妹把保温盒放在一旁的餐桌上。

"怎么一回事啊？"张孝霖看了看母亲脚上扎着的纱布，"要紧吗？"

"医生说是深度二度烧伤，大概两三个礼拜就能恢复。"陶依嘉回答。

张孝霖问了烫伤经过，问得很仔细，最后质问黄红梅说："你为什么要挤进卫生间？"

"我，来不及了。"黄红梅紧张地说。

"姆妈，你在泡脚，黄红梅闯进来用厕所，这也太不文明了。"张孝珍大声嚷嚷。

"黄红梅有责任的，当然，最大的责任要由养老院承担，管理不善。"张孝霖严肃地说。

黄红梅站在一旁低头不语。关美娟注视着，宋阿萍和平时一样闭着眼睛躺着，一动不动，仿佛一切和她无关，实际上她在聚精会神地听着，嘴角露出一丝解恨的微笑。

"现在，养好伤最重要。"陶依嘉对张孝霖说。

"维护自己的权益和养伤并不矛盾。"张孝霖说。

"拍的 CT 片子给我，我让同事的父亲看看，他是烧伤科专家。"张孝明拿出手机，朝着母亲受伤的脚面拍了几张照片，又问，"社保卡在哪里？"

黄红梅拉开床头柜抽屉，拿出医院拍的 CT 片子和就医记录册递给张孝明。他把就医记录册翻开来，拍下医生的诊断纪录。

"姆妈在养老院出现了意外的紧急情况，我们有再大的困难也要克服。姆妈，我们马上联系医院，你应该住院治疗。"张孝霖看着张孝明和张孝珍说，"在住院之前，我建议，现在，立刻把姆妈接回家，这样有利于治疗养伤，有利于姆妈休息，你们看呢？"

"应该的。"张孝珍立即响应。

"也可以啊。"张孝明不无勉强地说。

"把姆妈接回家，同时请 24 小时保姆；姆妈要服用最好的药，还要吃最好营养品。"张孝霖极其自信地说，"能够住进医院，又有精心照顾，我相信母亲很快就会康复。"

"啊？住到谁家呢？"陶依嘉十分意外，同时又很感动。毕竟是儿子和女儿啊。她瞧瞧阿霖，总说他自私，有了事情还是挺身而出能够担当的。阿明的家回不去，阿珍开公司整天不在家，阿霖家有小宝宝，到哪一家都是添麻烦啊——还是复诊以后再说吧。

"你点名。两个儿子的家，一个女儿的家，由你挑。"张孝霖像是领导安排工作，"你准备一下我们就走。"

张孝明不安地看着陶依嘉，眼神里掠过担忧，他担心母亲点名到他的家，那就麻烦了。

"谢谢你们。我看，复诊后再说吧。如果没有好转，我再考虑跟你们回去。"陶依嘉重复道，"复诊后再说吧。"

张孝霖和张孝珍有些意外，也都很失望。陶依嘉注意到，张孝明不安的眼神变得安宁了。

"姆妈是不想麻烦我们，"张孝霖不容商量地说，"姆妈，你起来，为了养伤，你跟我们回去。"

张孝珍上前一手搀住陶依嘉的手，催促地说："走，我扶你下去。"

"黄红梅，你去借一部轮椅，就现在。"张孝霖命令道。

黄红梅征询地看着陶依嘉，关美娟和宋阿萍都看着陶依嘉。

"不用借轮椅,我不回去,"陶依嘉对黄红梅说,又对张孝霖说,"谢谢你们。"

"姆妈,你脚烫伤了,养老院条件太差,住到我家吧。"张孝珍说。

"女儿照顾母亲最好了。姆妈,让阿珍尽尽孝心。"张孝霖笑道。

"我不能麻烦你们,你们都很忙。"陶依嘉用温和的语气坚定地说,"等阿明问了专家,等我复诊后再说吧。现在嘛,这儿就是我的家。"

"姆妈,你要听听我们意见,我们是为了你好。回家养伤,有利于尽快恢复健康,还是跟我们回去吧。"张孝霖明显不悦地劝说道,他扭脸对张孝明说,"你尽快问一下医生,姆妈这种情况是否要住院。"张孝霖又对陶依嘉说,"不管回去不回去,都要请24小时一对一的护工,这是必须的。"

"是的,"张孝珍说,"一个护理员照顾两个房间的老人,怎么能够照顾得过来呢?"

"24小时照顾陶老师,我行的。"黄红梅积极地说。

"不行,你忙不过来的。"张孝霖不客气地说。

"行的,昨天到现在,都是黄红梅照顾我,照顾得不错。"陶依嘉说。

"姆妈，还要是找一个 24 小时护工，我去找焦主任，请她帮忙。"张孝明说。

"阿明，暂时不需要。"陶依嘉摇头否认。

黄红梅感激地看了看陶依嘉。

"姆妈，你现在怎么这样固执啊？"张孝霖对陶依嘉笑着说，显然很不满意。

"哎，我们也是为了你好呀。"张孝珍沉下脸，她扭头看张孝霖，他无奈地摇了摇头。

陶依嘉突然想起什么，说："重外孙长的是什么样子，我都没有见过呢。"

"啊，阿霖没有给你看过照片啊？对不起，我给你看看。"梅凤妹拿出自己手机，把一张张照片展示给陶依嘉看。

"等一等。"陶依嘉伸手要拿什么东西，黄红梅马上拉开抽屉，拿出老花眼镜递给陶依嘉。陶依嘉戴上眼镜，仔细地看着重外孙的照片，脸上露出笑容，兴奋地评论着，"啊，眼睛好有神啊！""有酒窝啊！""鼻子和张婕一模一样。"

"姆妈，我把照片转发给你。"梅凤妹说。

陶依嘉开心地大笑，"好，全部发给我。"

梅凤妹在微信上把照片发给陶依嘉，她看着照片开心地说："小家伙真可爱。"

关美娟感兴趣地走过来看照片，说："陶老师，长得像你啊，一双眼睛和面架子，就是你的拷贝。"

"噢，真的！"梅凤妹看着照片惊喜地叫道，"关老师眼睛尖，姆妈，真像你呢！"

陶依嘉笑得合不拢嘴，"听说你们准备办百日酒？"

"是啊，下个月，我们请你一起参加。"梅凤妹说。

"那好，我等着呢。"陶依嘉开心地笑了。她拿起手机，摁了几下，对梅凤妹说，"我的红包。"

"啊呀，三千元，给的太多了。"梅凤妹说，"我再退给你。"

"不要，这是我的心意。"陶依嘉说。

"收下吧，姆妈的心意嘛。"张孝霖对梅凤妹说。

"我代表外孙谢谢你。"梅凤妹对陶依嘉说。

张孝霖站了一会儿就要走，梅凤妹对陶依嘉说"再来看你"，张孝珍说了一声"再见"，张孝明笑着说"我也走了，回出版社"。他们全走了，陶依嘉感到脚上一阵阵又疼了起来。

"大媳妇蛮可爱的，朴素和直率，没有心计，十分单纯。"关美娟说，"陶老师子孙多，福气好。"

"阿霖和阿珍不太高兴啊。"宋阿萍说。

"老大蛮厉害的。"关美娟说，"一看就是当领导的。"

"陶老师，不管怎样，还是有儿有女好啊！"宋阿萍感叹地说。

陶依嘉正躺在床上忍着痛，突然看见周琴心和女儿叶璐拎着包走进门来。陶依嘉惊喜交加地说："啊，你们来了，太好了！"

黄红梅倒来两杯茶送到床头柜上，把关美娟床边的椅子拖了过来，周琴心和叶璐在床边坐下。

关美娟扭头朝陶依嘉这儿看着，宋阿萍关掉收音机，也侧脸看过来。

"你们什么时候回上海的？"陶依嘉兴奋地问。

"姆妈听说你烫伤了，就急着要赶回来。"叶璐文静地笑着，"正好我的工作也完成了，就星夜赶回上海。"她穿着蓝色衬衫和牛仔裤，给人的感觉是温婉贤淑，又显几分干练。

周琴心母女仔细看了看陶依嘉包扎的脚面，周琴心问："痛得怎么样？"

"开始的时候，像是针戳一样疼，现在好多了。"陶依嘉回答，把伤情告诉了她们。

叶璐从背包里拿出一只铁锈红保温饭盒打开来，说："老母鸡煲汤，味道很鲜美，姆妈特地烧的。"

"烫伤喝鸡汤最补。"周琴心说。

"太好了！"陶依嘉开心地说，对黄红梅说，"麻烦你放到餐桌上。"

"好的。"黄红梅拿了饭盒放到餐桌上，说，"我到对面去，有事情叫我。"

陶依嘉点了点头，黄红梅走了。关美娟出外打麻将去了，宋阿萍走到窗前，呆呆地向外张望着。

"最多一年，阿明就把你接回家？"周琴心不信任地问。

"他们是这样说的。"陶依嘉说，"我实话告诉你们……"陶依嘉说了那天早上芳芳打电话坚决不让她回去的话，还说了"痰盂事件"等。

"婆媳关系不好可以理解，但我没有想到，她居然是这种人。"周琴心脸色不好看了，"阿明呢？他有什么反应？"

"他知道一点，不一定知道全部。"陶依嘉为他辩解。

"你受了委屈肯定瞒着他，你也是个不平则鸣的人，可是为了儿子家的安定团结，有了痛苦就自己扛。"周琴心感叹地说，"阿明太没有血性，也不帮母亲说话，还是一个男子汉吗？"

"我太宠阿明了，养成了他的软弱性格，就是一个好好先生。"陶依嘉说。

"你搬回长阳路上的老家，你住前楼，请个保姆住后楼，费用每个子女平摊，我也算一份。你退休工资用来生活开销，"周琴心果断地说，"我来找阿明和阿霖谈。"

"老房子前楼已经卖掉了。"陶依嘉说了前楼卖掉的情况。

"啊呀！"周琴心遗憾地连连摇头。

这时，关美娟回来了，一边嘴里说"三缺一"，一边就上床坐着，拿起手机看着；宋阿萍也回到自己床边的椅子上坐下。

陶依嘉突然一愣，门口出现了季芳芳和张孝明。季芳芳一身旗袍，提着一个鲜红的不锈钢饭盒，手里拎着满满的一袋水果。

"啊，周老师在。"张孝明看见周琴心，很是尴尬。

"姆妈，"季芳芳装作没有看见周琴心母女，走到陶依嘉面前亲热地叫了一声"姆妈"。

"啊，芳芳来了。"陶依嘉说。

季芳芳抬起陶依嘉的脚仔细察看，"疼吗？"

"好多了。"陶依嘉说。

"吉人自有天相。"季芳芳把饭盒放到床头柜上，"我特地烧了黑鱼汤，高蛋白营养，喝了伤口好得快；这袋袋里是牛奶和橙子，对伤口愈合有好处。"

"谢谢。"陶依嘉说。

这时，黄红梅进来了，张孝明对季芳芳介绍说"这就是黄红梅"。

"你中饭就让姆妈喝黑鱼汤，喝一半，另外一半晚上再热热喝。"季芳芳对黄红梅居高临下地吩咐道，"上午和下午都要喝一大杯牛奶，橙子一天保证吃三个。"

"好的。"黄红梅顺从地说。

季芳芳这时好像突然发现周琴心母女，"哎呀，周老师也在。失礼，对不起。我一心只想着姆妈，没有注意到你。叶璐，你好。"

"不要客气。"周琴心淡淡一笑。

叶璐朝季芳芳落落大方地笑了笑。

"姆妈，你好好养伤，我要去医院看病，和医生预约好的，这个毛病讨厌的。再见。"季芳芳对张孝明说，"我们走吧。"

"好好。"张孝明说。

季芳芳对周琴心和叶璐说了声"再见"，伸手挽起张孝明的手就要往外走，张孝明不好意思地挣脱她的手，她索性一把紧紧地握住他的手，他也不好意思再甩脱了，两人往外走去。

"陶老师，你媳妇待你还不错啊。"关美娟笑道。

"穿得漂亮，身上有一股香水味。"黄红梅说，"上海女人就是讲究。"

"既然这样心疼婆婆，为什么陶老师在家里待不下去呢？"宋阿萍不阴不阳地问道。

周琴心看了宋阿萍一眼。

陶依嘉笑了笑，对黄红梅说："请帮忙，剥橙子给大家吃。"

"我们自己来。"周琴心拿起两个橙子，把一个橙子给了叶璐。

陶依嘉指了指关美娟和宋阿萍，黄红梅马上拿了两个橙子送给关美娟和宋阿萍。

"你把橙子都送了，芳芳说一天你要保证吃三个的呀。"周琴心提醒。

陶依嘉不以为然地笑了笑，说："今天像过节，这么多人来看我，我不再孤独。"

"我们回上海了，会经常来看你。"周琴心郑重地说。

"你最近好吗？"陶依嘉问叶璐。

"老样子。"叶璐说。

"叶璐，阿明真对不起你。"陶依嘉难过地说。

"这几十年我都不想提这个话题，凭心而论，阿明这事做得确实不对。"周琴心说，"我只能说他们没有缘分吧。"

"陶老师，都是什么年代的事情了，不要再提了，我不怨阿明。"叶璐大度地说。

"我们带来了五指山红茶和白沙绿茶。"周琴心说着从她的黑色斜挎包里拿出茶叶。

叶璐从她的绿色手提包里取出一大包塑料袋，对陶依嘉说："海南的果脯，还有芒果干、香蕉片、榴莲干、菠萝蜜干、椰子糖。"

"太多了啊。"陶依嘉说。

"太多了你可以送人啊。"周琴心笑了笑，"你可以给室友和护理员。"

"谢谢。"陶依嘉说。

"我问你一句话，依嘉，你在养老院真的住不下去了吗？"周琴心压低声音问道，神态极其认真。

"度日如年。"陶依嘉一脸痛苦，看了关美娟一眼，低声说，"我觉得生不如死啊。"

"噢，我知道了。"周琴心点了点头。

周琴心和叶璐走了，吃中饭的时间快到了。

"今天开食品展览会了，"陶依嘉对黄红梅说，"你帮我做件事。"

"好的，陶老师，什么事啊？"黄红梅谦卑地问。

"把烧卖热一热，关老师、宋老师，还有你，噢，还有李莉，分成五份给大家。"陶依嘉说。

"你媳妇说你喜欢吃的，你就自己吃，我们尝尝味道就可以了。"关美娟说。

黄红梅看了看陶依嘉不响，她想吃，烧卖的味道太馋人了。

"就这样，照我的话办。"陶依嘉说。

"好的。"黄红梅开心地说。

"水果也按照刚才标准分配，"陶依嘉说，"你可以多吃三只橙子。"

"好的，谢谢陶老师。"黄红梅笑着说。

这时，对面房间传来争吵声，黄红梅跑了过去，关美娟也跟了过去。

"怎么会有吵架声？"宋阿萍说。

"听声音像是黄老太的老公啊。"陶依嘉猜测道。

一会儿，关美娟回来了，告诉她们，朱老太要求老张搬出去，说晚上有男人在房间里不合适，老张不肯搬，说这么老了在一间房有什么关系，他睡在黄老太床边可以和她多说说话。方老太的女儿也认为老张睡在那里不合适，焦主任来调解了。

"养老院的老人能够吵架，表明养老院有生气了。"宋阿萍说。

黄红梅笑着走进来，"这么大年纪了，睡着有什么关系，让他们做爱也做不了。"

"焦主任最后怎么说？"关美娟关心地问。

"让老张今晚待一夜，明天搬回去。白天随时可以来，晚上要回自己房间。"黄红梅说，"老张也只好接受了。"

晚上7点钟，张孝明来电话。他告诉陶依嘉，专家说现在的治疗方案和配药是可以的；再观察四五天，伤口没有明显好转，就应该住院治疗；如果有好转，两到三个礼拜应该能够康复。

"好，我就再等四五天。"陶依嘉说。

"姆妈，阿霖和阿珍今天准备把你接出养老院，他们准备和养老院交涉，要养老院赔钱。"张孝明轻轻地告诉她，"你坚决不肯出来，他们很生气。"

"啊？"陶依嘉说，"想钱想疯了。"

"姆妈，我这个礼拜就不来了，特别忙，你有事随时打电话给我，我就赶过来。"张孝明抱歉地说。

"你先忙吧。"她问，"噢，芳芳看病，医生怎么讲？"

"还是老样子，配了几帖中药。"张孝明说。

他们聊了一会儿挂掉电话，陶依嘉靠着被子仰面躺着，脸带微笑，回味着刚才的通话内容。

黄红梅的手机响了，她看了看说："陶老师，我要来了一个土方子，治疗烫伤的，我微信转给你，你可以用一下。"

"哦？"陶依嘉惊讶地看着黄红梅。

"噢，我听说有个同乡烫伤了，用了一个土方子就好了，我托人要来了。"黄红梅讨好地说，"很简单，把鲜葡萄洗干净，去籽，捣碎，捣得像浆糊一样，把它直接敷在伤口，马上就不痛了，连续几天，伤口就好了。我明天就做。"

"先不要吧，我担心会抵消医生用药的效果。"陶依嘉根本不相信黄红梅的土方子，又不想打击她的积极性，"看一看再说吧。不过，谢谢你。"

"也好，等等看。其实，一起用不是效果更好吗？"黄红梅说。

"不行的，要互相打架的。"陶依嘉说。

晚上9点钟，房间里安静下来，陶依嘉感到脚上一阵阵疼痛。她实在难忍，就在手机上播放经典老歌，投入地听着，希望借此减轻脚上疼痛感。房间里关灯了，黄红梅还是坐在床边椅子上守着，陶依嘉要她睡到床上去。

"你管你睡，我有事会推醒你的。" 陶依嘉说。

"好好，我听陶老师的话。"黄红梅在陶依嘉床边架好折叠床，说："陶老师，随时叫我啊！我睡得很沉，万一我不醒，你就捏住我的鼻子，我透不过气来，就会醒了。"

"好好。"陶依嘉笑了。

房间里一片黑暗，呼噜声此起彼伏，黄红梅的呼噜声如雷鸣一般。陶依嘉辗转反侧，过了好长时间才睡着。她睡了一觉醒来，借着手机发出的光看了看手表，只有晚上10点钟。

"陶老师，你要上厕所吗？"黄红梅在黑暗中抬起头轻声问。

"不用。"陶依嘉回答。

"要喝水吗？"黄红梅问。

"不用，你睡吧，我有事会叫你的。" 陶依嘉压低声音说。

"你脚上疼得还厉害吗？"黄红梅问。

"还好还好。"陶依嘉说。

黄红梅闭上眼睛睡了，马上发出响亮的呼噜声。陶依嘉睡不着，脚上隐隐作疼，她咬着牙忍受着。

烫伤后的第三天一大早，养老院的商务车就载着焦丽英、黄红梅和陶依嘉前往医院复诊。到了医院，一位中年医生让陶依嘉躺在简易床上，仔细察看着她的伤口。

"伤口好转了吗？"黄红梅紧张地问。

"好多了，继续用药。"中年医生说。

"我还是疼啊。"陶依嘉对中年医生说。

"烫伤的伤口愈合比较慢。"医生给伤口涂抹上美宝湿润烧伤膏，重新包扎好伤口，"目前没有感染迹象，三天后来换药。"

"需要住院吗？"焦丽英插话。

"不需要。"中年医生回到办公桌前，按了按电脑打印键，打印机"嗞嗞嗞"打印处方；医生掀开社保卡，飞速写下几行字，处方已经打印出来，他在上面盖章，把处方交给黄红梅，下一个病人已经坐到中年医生面前。

黄红梅把陶依嘉背到走廊里的椅子上让她坐下，焦丽英给了黄红梅一沓现金，她跑着去付费拿药。

"陶老师，你进养老院也有几个月了，适应了吧？"焦丽英问。

"开始是抵抗，现在是被动接受。"陶依嘉坦率地回答，"人老了，对不喜欢的东西也只能接受，用你的话就是要适应环境。"

"听说你喜欢看书哦。"焦丽英问。

"是的。眼睛有时候不行,看了一会儿就感到不舒服。"陶依嘉回答。

她们闲聊着,黄红梅回来了。她背起陶依嘉走到医院外的商务车旁,司机打开车门,黄红梅把陶依嘉放下来,和焦丽英一起扶着她上车,汽车缓缓地驶离医院。

"这次陶老师烫伤,你表现得不错啊。"焦丽英表扬黄红梅。

"我和陶老师有感情,她就像是我的妈,我怎么能够不尽心呢?"黄红梅笑着回答。

陶依嘉看了她一眼,这话太肉麻了。黄红梅见风使舵,能说会道,过去并没有发觉啊。

焦丽英手机响了,她接听手机,原来是董丽院长的电话,焦丽英汇报了复诊的情况。

很快,汽车驶回养老院,焦丽英跳下车去忙了。黄红梅对陶依嘉说:"你要不要在下面待一会儿再上去?我去弄把轮椅。我看你连续几天待在房间里,也没办法走路。"

"透透空气,很好。"陶依嘉高兴地笑道,"今天天气很好。"

黄红梅找来一辆轮椅,推着陶依嘉来到大楼后面。这时,正是上午10点钟光景,陶依嘉对黄红梅说,"你忙去吧,我在这儿坐一会儿。"

"好，我要上厕所。"黄红梅说着走了。

陶依嘉开心地看着四周。瞧，蓝天白云，好美啊！一阵阵风吹来，让人感到很凉快。眼前的人工水池，就这么一方池水，就这么一些花草，也让人感到十分愉悦。人，特别是在养老院，真应该天天和大自然接触，三四天没有下来，确实让人很憋闷。

这时，宋阿萍拄着拐杖，慢慢地走了过来。陶依嘉一愣，宋阿萍走到水池边的椅子上坐下，俯身看着池水。陶依嘉刚想和她打招呼，就听见宋阿萍突然叫了一声"啊呀"，惊慌地从椅子上站起来，黄红梅跑了过来。

"你自说自话跑出来，摔倒了怎么办？跌进水池死了我怎么办？滚回去！"黄红梅冲过来，一脸怒气，拉着宋阿萍的手往回走。

"我就想下来散散心。对不起，对不起！"宋阿萍哀求道。

黄红梅扬起手臂对着她就是一记耳光，"怪不得没有看见你，原来跑到这儿来了，要死好好地死！"

宋阿萍低着头，像犯了错误的孩子一样跟着黄红梅往回走，走一步往地上撑一记拐杖。她们朝大楼走去，还传来黄红梅的叱责声："我告诉你，你最好就呆在床上，最安全，你不想活我可想活。"

她们的身影消失在大楼后门口。

陶依嘉对黄红梅的好感顿时烟消云散，唉，养老院不是世外桃源，无助的老人遭人欺啊。她已经忘记黄红梅的丑态了，好凶狠啊。

一会儿，黄红梅跑来了，笑着推了轮椅就走。

"我看见你对宋老师发脾气了，你还是应该尊重老人。"陶依嘉对她说。

"焦主任要我做她的监护人，她出了事要我负责的。"黄红梅耐着性子解释道。

陶依嘉回到308房间，黄红梅把她扶上床。关美娟关心地询问就诊情况，宋阿萍坐在床头，侧脸望着陶依嘉，认真地倾听着。

"噢，恢复得不错。"关美娟笑着说。

宋阿萍欣慰地点了点头。

"陶老师，谢谢您的烧卖。"李莉笑着走进来说。

"不用谢。"陶依嘉说。

"黄老太头晕，我给她吃过药了，你注意点她。"李莉朝黄红梅说，她朝陶老师笑笑走了。

午餐来了，黄红梅捧进来3个餐盘放在餐桌上，又从冰箱里拿出黑鱼汤加热后端来。

"我就喝黑鱼汤吧，喝一半，再吃几块饼干，另外一半黑鱼汤你喝吧。"陶依嘉对黄红梅说。

"好的。"黄红梅眉开眼笑。

关美娟看了看陶依嘉，笑了笑，那神态似乎在说：你进步了，很好。

黄红梅走过来为陶依嘉喂饭，她仔细地把黑鱼的刺一一挑出来，然后喂她吃鱼肉，喝鱼汤，喂完后还拿来绞干的毛巾给她擦脸，然后赶到对面房间喂饭去了。

下午，陶依嘉坐在床上休息，就见顾玲玲来了。

"陶老师，烫伤好多了吧？"她笑呵呵地问。

"哦，好多了。谢谢。"陶依嘉回答。

顾玲玲走到关美娟面前，"午睡起来了？"她笑着朝宋阿萍点了点头。

"刚起来，"关美娟奇怪地问，"今天你怎么有空来的？"

"看老妈嘛没有时间限制，多多益善。"顾玲玲甜蜜地说，笑着在母亲面前坐下。

关美娟开心地笑了。

黄红梅在对面房间看见顾玲玲来了，马上过来为她倒茶，顾玲玲伸手阻拦，"不要客气，你忙吧。"

"茶要喝的。"黄红梅还是倒了一杯茶过来，放到关美娟的床头柜上，然后笑着走了。

"我们到楼下去散步好吗？"顾玲玲说，她看了看陶依嘉和宋阿萍。

关美娟有些意外，知道女儿有私房话要说，就说，"天太热，有什么事在这里说吧，没关系。"

"我有一件事要告诉你，你不要生气哦。"顾玲玲犹豫了一下说。

"啊？什么事啊？"关美娟紧张地问。

"姆妈，海海婚外恋了，吵着要和阿嫂离婚呢。"顾玲玲说。

"啊？怎么一回事啊？"关美娟惊愕地问。

顾玲玲告诉关美娟，她昨天接到阿嫂的电话，才知道出了大事。顾海海3年前认识了张小姐，两人一见钟情好上了。张小姐比顾海海小15岁，安徽人，离婚的，有一个儿子，在上海一家民营企业做财务。她原来在深圳打工，后来到了上海。顾海海承诺娶她为妻，经常偷偷地到张小姐住处过夜。张小姐现在怀孕了，逼着要和海海结婚。海海要她去打胎，张小姐生气了，说海海欺骗她感情，表示一定要在两个月内结婚，否则就到他单位告状。如果张小姐到单位，海海要受到党纪处分，轻则警告，重则开除。海海别无选择，已经正式和阿嫂谈离婚，她坚决不肯，除非他净身出户。

"哎呀，"关美娟发急了，"海海怎么会闹出这种事来？"

"我想第一时间告诉你，所以特地请假赶来了。"顾玲玲说。

"这个要告诉我的。"关美娟说，"多给张小姐一些钱让她离开呢？"

"张小姐不同意，就是要嫁给海海。"顾玲玲笑了，"人家还是追求爱情的。"

"海海老实本分，怎么会有婚外恋呢？"关美娟还是不解地问。

"这种事情，越老实本分的男人越会出轨。"顾玲玲说，"你婚外情就婚外情吧，为什么要承诺一定娶人家呢？就是因为老实，婚外恋没有经历，所以一见年轻漂亮的女人就发疯了。"

"哎呀，一个家庭就要毁了。"关美娟痛心地说。

"海海不肯净身出户，阿嫂就不肯离婚，海海天天在家和她吵闹，还动手打她。"顾玲玲说，"凭心而论，阿嫂还是过日子的女人。"

"你看怎么办呢？"关美娟焦急地问，"要我出面找海海谈谈？"

"哲人说，爱情是瞎子，爱情是疯子。"顾玲玲摇了摇头，"婚外恋是劝不回的。幸亏暴露得晚，要是早点就麻烦了。"顾玲玲说。

"什么意思？"关美娟不解地问。

"你借他50万元，他帮儿子买房，完成了一件终身大事，要是放到现在，他肯定拿了50万元和张小姐结婚。"顾玲玲说。

关美娟一愣，想想有道理啊，担心地说，"海海净身出户，看来会来找我要钱的。"

"我提醒你，姆妈，你养老的钱不要再脱手了。"顾玲玲认真地说。

关美娟明白了，女儿来的目的就是提醒她，不能再借钱给海海。

"我的钱还是有一点，可这是我的保命钱啊，谁都不给了。"关美娟坚定地说。

"姆妈，我提醒你一句，你把三房一厅房子的产权证要回来，放在海海手里让人不放心。"顾玲玲认真地说。

"哦，你提醒得对，我要拿回来。"关美娟说。

"姆妈，我要走了，过几天我来看望你，带几个菜过来，你想吃什么？"顾玲玲热情地说。

"我哪有心思吃什么，今天晚上我睡不着觉了。"关美娟烦恼地说。

"姆妈,海海问你,你就说知道这事,是我电话告诉你的,不要说我来过了。"顾玲玲提醒道。

"好的。"关美娟说。

顾玲玲走了,关美娟坐在床头,满脸忧愁。陶依嘉想和关美娟说什么,感到不太合适。陶依嘉看看宋阿萍,她默默地望着窗外发愣。唉,宋阿萍这么有个性的人,居然看到黄红梅俯首帖耳,一个人的命运被某人控制时,只能俯首称臣啊。

烫伤半个月后,焦丽英和黄红梅又送陶依嘉到医院复诊,医生检查后说康复了。她们走出医院,陶依嘉自己走向汽车,开始时身体摇晃了一下,黄红梅急得马上扶住她,可是陶依嘉摇了摇手,独自走到汽车前跨上车,焦丽英在她后面用手机拍着视频。

她们上了车,汽车向养老院驶去。

陶依嘉看着马路旁的梧桐树,那么翠绿,那么茂密,梧桐树的枝叶在马路中央的上空交合,像是给马路盖了一个天棚。她兴致勃勃地说:"我真喜欢梧桐树,夏天的梧桐最好看。微风吹起,梧桐树叶发出一片声音,先是窸窸窣窣，后来变成哗啦哗啦的，很好听，天籁之音啊。"

"陶老师，你真有文学才能。"焦丽英笑道。

"梧桐树在哪儿啊？"黄红梅问。

陶依嘉和焦丽英都笑了。

"呶，你看，就是马路旁的树。"陶依嘉指着窗外的梧桐树说。

"噢，有啥好看的。"黄红梅指了指上街沿上行走的姑娘说，"她们穿的衣裳真好看。"

陶依嘉和焦丽英互相看了看，笑了。

这时，焦丽英手机响了，她接完手机对陶依嘉说，"你大儿子来找董院长了。"

"哦？什么事？"陶依嘉惊讶地问。

"不知道。"焦丽英说，"董院长要我赶回去开会。"

陶依嘉不响了，肯定是张孝霖搞什么鬼名堂了，真的要养老院赔钱吗？

商务车回到养老院，焦丽英看电梯还没有下来，就心急地顺着楼梯走上去。等到电梯来了，黄红梅扶着陶依嘉走进电梯，来到 3 楼。陶依嘉看见黄老太在和她丈夫老张在说话，有人在打麻将，有好几个人呆坐着。陶依嘉朝黄老太笑了笑，就回到 308 房间，看见张孝霖、张孝珍和张孝明都在等她。

"你们怎么都来了？"陶依嘉惊讶地问。

"姆妈，医生怎么说？"张孝霖问。

"好了，没事了。"陶依嘉笑道。

张孝明开心地笑了，张孝霖和张孝珍脸上流露出遗憾的表情。

"姆妈，你还是好好休息吧，我们到院长室开会，交流一些情况和看法。"张孝霖说完招呼张孝珍和张孝明，"我们走吧，马上回来看姆妈。"

他们匆匆走了，李莉来了。黄红梅为陶依嘉倒来一杯温水，神色不安地说："焦主任叫我也去开会，李莉临时顶替我。"

"你也参加？开什么会啊？"陶依嘉奇怪地问黄红梅。

"我也不知道，大概是讨论烫伤事故吧。"黄红梅一脸忧愁地走了。

陶依嘉很疑惑，为什么不叫我开会呢？我是当事人啊。现在看来，阿霖要我回家，要请24小时保姆，要我住院，就是为了多花钱，然后要养老院赔偿。今天这个会可能和阿霖提出的赔偿要求有关。如果真是这样，我怎么办呢？帮阿霖、阿珍，对不起董院长和焦主任，以后在养老院也难以待下去，除非换养老院；如果帮董院长和焦主任，那就彻底得罪了阿霖和阿珍，有可能丢了儿子和女儿。唉，左也不是，右也不是，让人为难了！凭心而论，这起烫伤事故怪不得养老院，要怪就怪黄红梅，可她事后表现也不错，人也可怜，只好算了。哎，我要去开会的，至于如何表态，我就摸着良心说话吧。

"开什么会啊？"关美娟关心地问。

"陶老师为难了。"宋阿萍弦外有音地说。

"我上去看看。"陶依嘉对李莉说。

"要我陪你上去吗？"李莉问。

陶依嘉摇了摇手，她不想连累李莉，就独自走出门。她乘电梯到了8楼，走到院长室门口朝里面张望，看见董院长、焦丽英和黄红梅坐在会议桌旁，还有张孝霖、张孝珍和张孝明；另外一个人在记录；每个人面前都放了一瓶矿泉水。

"陶老师，您有空参加会议吗？"焦丽英热情地招呼。

"欢迎参加。"董丽院长说。

张孝霖、张孝珍和张孝明都感到十分意外，张孝霖阻止地说："姆妈，你还是回房间里休息吧。"

"我最了解情况，还是听听吧。"陶依嘉直接走到张孝霖身旁坐了下来。

张孝珍换了位置，坐到陶依嘉另外一边，张孝霖无奈地苦笑了一下。

"请您继续说。"董丽院长微笑着对张孝霖说。

"姆妈，你脚还疼吗？"张孝霖弯下腰，伸手用力地捏了捏陶依嘉脚面。

陶依嘉顿时感到一阵剧痛，疼得"哦哟"一声叫了起来。

"这就是伤害，这就是烫伤事故的后遗症。"张孝霖对董丽院长和焦丽英主任说，"我们把母亲交给养老院，你们有责任保护我母亲的安全，有责任保护所有住院老人的安全，我母亲却被烫伤了，这不是养老院的责任吗？"

董丽院长皱了皱眉头，用笔在本子上记录着。

"我以为，这次烫伤事故养老院负有主要责任。第一，一个护理员居然在老人泡脚的时候进来大便，这是不文明的表现，甚至是污辱人，问题出在护理员身上，根子是养老院的管理制度有问题。第二，卫生间本来空间小，护理员进来就更狭窄了，这是间接导致我母亲松手掉下电热水壶的原因；再者，碰到电热水壶掉下来，我母亲没法退让，也没有办法抽出脚来，因为有护理员和她挤在一起。"张孝霖雄辩地说，"董院长，我们之所以向你们提出赔偿要求，目的是想促进贵院改进工作。"张孝霖说完看了看陶依嘉，不无得意地拿起矿泉水喝着。

陶依嘉一愣，看了看张孝霖，看了一眼董丽院长和焦丽英主任，哦，原来阿霖真的是要养老院赔偿啊。

"你有什么要说的？"董丽院长问张孝珍。

"我阿哥所说的，代表了我的想法。"张孝珍气势汹汹地说，"我母亲吃了这么大的苦，心灵上受到了严重伤害，养老院应该赔偿。"

"张老师，你是监护人，你的意见如何？"董丽院长问张孝明。

张孝明心不在焉地拨弄着手机，听到董院长的问话，放下手机说："他们的意见嘛，我，也同意吧。"他笑了笑，笑得很尴尬。

"我谈谈看法。陶老师烫伤，董院长和我都很难过，我们对陶老师表示歉意。"焦丽英看了一眼陶依嘉说，"事故发生后，黄红梅护理员代表养老院陪夜，复诊时我们派车接送。"

"照你的话，我们还应该送你一面锦旗，是吗？"张孝珍嘲讽地反问。

焦丽英拉下脸想反驳什么，想了想还是忍住了。她嘴角翕动了一下，流露出强烈的不满。

"事故给陶老师及其家人带来了痛苦，我代表本院表示歉意。"董丽院长说，"我们将以此事为教训，举一反三，进一步完善相关制度，坚决防止类似的事故再次发生。具体地说，我们要召开全体管理人员开会，研究问题，提

241

出解决办法，完善相关制度；我们也要召集护工开会，通报事故，分析造成事故的原因，强调责任落实，强调安全。家属提出的赔偿问题，我们研究后会给予回复。"

"你并没有承认是你们的过错才引起烫伤的啊？"张孝霖盯着问，"我们今天好话好说，说不通的话就要上法院起诉养老院。我这儿有一段视频，护工黄红梅喂宋老师吃饭，是我母亲拍的。这视频说明养老院的管理存在着严重问题，如果我们放到网络上，我估计要上热搜的。"

"那养老院可就出名了。"张孝珍嘲讽地笑道。

董丽和焦丽英惊愕和恐慌地交换了一下眼神——视频不是被删除了吗？

陶依嘉十分吃惊，抬眼看张孝明，他尴尬地低下头。噢，我把视频发给了阿明，阿明说起过转给了阿珍，看来阿珍转发给了阿霖，而他今天拿它用来作为进攻的武器。

"我了解一下，你们要赔偿多少呢？"焦丽英问。

"30万元起。"张孝霖说，"包括精神损害抚慰金和人身伤害赔偿，还有医疗费、营养费等。"

陶依嘉心想，阿霖和阿珍过份了，我要阻止他们吗？阻止他们就彻底得罪他们了，可是不站出来说话，对养老院不公啊，黄红梅也会受到牵连——怎么办才好呢？在原则面前，还是该说什么就说什么，该做什么就做什么。

"我们不是为了钱才起诉的，但没有一定的金额要求，起诉就没有意义。"张孝霖对董丽院长说，"从司法实践来看，烫伤赔偿二三十万元的案例不少的，中国人民最高法院有关烫伤的赔偿司法建议，建议焦主任找来阅读一下。"

"陶老师，您谈谈看法好吗？"董丽院长有气无力地说。

"陶老师是全过程当事人，陶老师，请。"焦丽英拿来一瓶矿泉水放到她面前，目光恳求地看着她。

陶依嘉看了看董丽和焦丽英，她们的眼神都紧张不安；张孝霖、张孝珍和张孝明也都看着她，黄红梅也抬起头担忧地看着她。

"发生这起事故，养老院应当吸取教训，以杜绝这类事故的再次发生。"陶依嘉斟酌着字眼说："至于赔偿嘛，我看就没有必要了。"

第九章

鲁迅公园的狂欢

又一个夜晚来临了，陶依嘉没有在室友睡着前睡着，只得无奈地听着满房间的打呼噜声音。

烫伤的风波过去了，陶依嘉的养老院生活恢复了常态，她开始养伤的日子，儿子和女儿都来看望过她，媳妇和女婿也来看望她，阿明来得最勤，周琴心和叶璐母女俩也来过，还有其他同事和朋友来看望她。她几乎每天接待一拨客人，有时一天接待好几拨人。那一张张笑脸，一句句暖心的问候，还有带着浓厚情意的礼物，让她感到人世间是那么温暖，让她暂时忘记了在养老院被遗弃的孤独感。如今，康复有几个礼拜了，那些看望全都消失了，阿霖和阿珍自从上次会议后没有任何消息，阿明仅仅只来过一次，她重新回到了寂寞。

"啊，寂寞像一个无底深渊，我沉在底部，抬头看天，那一束亮光，就是每天晚上和阿明的视频通话。可是现在，视频通话少多了，即使通话常常也是三言两语就结束了，这个世界不要我了！"她悲哀地想。

陶依嘉直到半夜才睡着，醒来已经天亮了。她起身洗漱，自己叠毯子、刷床、喝温开水。李莉来了，忙着开窗户透空气，泡开水，为宋阿萍和关美娟整理床，擦拭床头柜。黄红梅出去和老乡聚会，李莉来顶半天班。

"陶老师，该打针了。"李莉拿着注射器走到陶依嘉面前。

"我自己来。"陶依嘉笑道。

"今天就我来吧。"李莉笑着说。

陶依嘉笑着撩起上衣露出腹部,李莉先用酒精棉花在打针部位擦了擦,等了一会儿让酒精挥发掉,然后伸手将陶依嘉肚皮上皮肤轻轻捏起,把胰岛素缓缓注入到皮下,小心地抽回针头,拿来棉球擦干注射部位,笑道:"好了。"

走廊里餐车来了,李莉跑出去把餐盘捧进来放在餐桌上,把三双筷子头朝外放在餐桌上。

"瞧,李莉把筷子头朝着我们坐的位置放,这样我们拿筷子就方便。"陶依嘉赞赏地说,"她做事可以的。"

"你天天来这儿就好了。"陶依嘉夸奖道。

"人和人就是不一样。"宋阿萍说。

"李莉讨人喜欢。"关美娟赞赏地说。

"李莉,什么时候我要送你一面锦旗。"陶依嘉说。

"你客气了,这都是我应该做的。"李莉说,"做工作总要对得起工资啊。"

"陶老师的主意好。"宋阿萍说。

"好是好,不过这下得罪黄红梅了。"关美娟提醒道。

宋阿萍不满地瞅了关美娟一眼,冷冷地说:"你也可以送给黄红梅一面锦旗啊。"

"这倒可以考虑啊。"关美娟呵呵一笑。"黄红梅礼拜天都在加班。"陶依嘉问:"她礼拜天加班有钱吗?"

"200元。"关美娟说,"她们每周做6休1,只要你愿意就可以放弃休息加班,补贴200元。黄红梅每个礼拜天加班,这样每个月可以多拿800元,也是辛苦钱。"

早饭后宋阿萍躺在床上闭目养神,关美娟坐在床上看手机,显然在看什么电视剧。陶依嘉从大橱里拿出三个信封,每个信封装有20张照片,阿霖、阿明和阿珍从1岁到20岁的生日,陶依嘉都要和他们合影,信封里就是每年合影的照片。她看着照片很感慨,儿子女儿从婴儿到成年人,她从一个年轻的母亲到一个老人,时间过得真快啊。她看了看手表,才7点半,下楼走路太早。每天上下午各一次下楼走路,这是她的规定动作,也是她独自一人感到最自由的时候。陶依嘉感到一阵疲乏,昨晚没有睡足,现在睡意涌上来了。她闭上眼睛,一会儿就睡着了,醒来后感觉精神好多了。

"陶老师睡得好香啊。"关美娟笑着说。

"肯定夜里没有睡好,补觉呢。"宋阿萍说。

"我现在比你们早睡觉,睡着了就不受打呼噜的影响了。"陶依嘉说,"现在已经有点习惯打呼噜的声音了,将来听不见打呼噜,我估计可能会睡不着了。"陶依嘉笑道。

关美娟哈哈大笑，她总是笑得很响亮；宋阿萍也跟着笑了。

"你在看什么照片啊？"关美娟感兴趣地走了过来。

"我儿子和女儿每年过生日，我总要和他们合影，这是 20 年的合影照片。"陶依嘉说。

"噢，让我欣赏一下。"关美娟拿着照片看了起来，"啊，真有意思！陶老师，你在儿子和女儿身上花费了很多心血啊！"

"母亲嘛，应该做的。"陶依嘉说。

"今天我要上 8 楼唱歌，每个月卡拉 OK 开放一天。"关美娟看了看手表，期待地说，"陶老师，一起去吗？"

"我是五音不全。"陶依嘉摆了摆手说。

关美娟拿起手机看着什么；宋阿萍下床，双手趴在窗台上朝远处眺望着。陶依嘉无所事事，走到对面房间看看黄老太，不料她不在；1 床的方老太躺在床上，李莉在为她擦身。

"我不要来，儿子硬要送我来，在家没有人照顾。"3 床的朱老太双手抱着膝盖坐在床上说。

"你慢慢会习惯的。"陶依嘉安慰说。

"我要回家，我要回家。"朱老太喃喃自语。

陶依嘉回到自己的房间，就见焦丽英匆匆走进来，她对宋阿萍大声说："宋老师，你有儿子吗？"

陶依嘉和关美娟都一愣，都惊讶地看着宋阿萍。

"怎么啦？"宋阿萍惊讶地问。

"你有没有儿子？"焦丽英重复问道，"刚才有人打电话来问，你是否住在这里；我问他是谁，他说是你的儿子，从美国来的。他找不到你，找到派出所，再找到居委会，最后找到这儿。"

"嗯，算是有吧，"宋阿萍神色尴尬，急切地问，"他说了什么吗？"

"他问了地址，说要来看你。"焦丽英奇怪地问，"宋老师，你不是孤老吗？"

"他几十年没有联系我了，有等于无。"宋阿萍冷冷地说。

"哦，这样啊。"焦丽英转身快步走了。

陶依嘉和关美娟交换了一下惊愕的眼神。宋阿萍默默地在椅子上坐下，捂着脸伤心地哭了。

关美娟走到宋阿萍面前，关心地问："宋老师，你怎么啦？"

"宋老师，有什么事需要我们帮忙吗？"陶依嘉也走了过去。

宋阿萍没有回答，只管自己哭着。

"宋老师，我们就是自己人，你有什么难处，尽管告诉我们，也许我们能够出力呢，陶老师肯定可以为你出主意的。"关美娟主动地说。

宋阿萍收起哭声，一双泪眼看了看关美娟和陶依嘉，拿起餐巾纸擦着眼泪，犹豫了一下，摇了摇头说："说来话长，一言难尽。"

陶依嘉回到自己的床位，担忧地看了看宋阿萍。啊，一直以为宋阿萍是孤老，现在冒出一个几十年未见的儿子，这是怎么一回事呢？看她激动的表情，确有其事，她还是渴望见到儿子的。有儿子但几十年没有看见，那有多痛苦啊！

突然，有人拍了拍陶依嘉的肩，她睁开眼睛一看，见到周琴心和女儿叶璐微笑着。

"啊，你们来了？"陶依嘉兴奋地坐了起来，指着椅子，"坐坐，我来倒茶。"

"不要倒茶了，"周琴心说，"我们想请你到鲁迅公园散散心，好吗？"

"啊？那太好了，太好了！"陶依嘉激动地说，"太好了！"

"我们在外面吃中饭，下午两三点钟回来。"叶璐说，"你看可以吗？"

"好好，听你安排。"陶依嘉满脸笑容，"你们等一等。"

陶依嘉走进卫生间，看着镜子里没带假牙的自己，嘴巴瘪了，显得苍老。她装上假牙，再看看镜子里的自己，下巴丰满，显得年轻多了。她对着镜子梳了梳头发，淡淡地上了口红，换上短 T 恤上衣和黑色直筒裤子，兴冲冲地出来。

这时，关美娟热情地说："周老师，叶老师，你们从三亚带来的礼品，我们都尝过味道了，好吃，谢谢你们啊。"

"哦，您客气，陶老师很感谢你们，她说和你们相处得很开心。"周琴心说。

叶璐笑了笑，没有说话。

李莉走了进来，陶依嘉高兴地对她说："我中饭不吃了，小姐妹请我出去玩，在外面上饭店。"

"好事情啊。"李莉笑道。

"陶老师，玩得开心啊，回来和我们分享快乐啊。"关美娟笑着说。

陶依嘉看见宋阿萍默默地低头坐着，就朝关美娟招了招手，跟着周琴心母女走出房间。

她们出了养老院，看见一辆出租车驶来，周琴心伸手扬招，出租车睬都不睬地扬长而去。

　　"现在扬招已经不流行了，都要网上叫车。" 陶依嘉说，"叶璐，你没有开车来啊？"

　　"没有。停车不方便。我已经滴滴叫车，还有 5 分钟到。"叶璐看着手机说。

　　说话间，一辆黑色奥迪车开来，叶璐说："车牌号对的，我们上车吧。"

　　出租车停下，叶璐拉开车后门，让陶依嘉和周琴心上车，随后坐到副驾驶座上，出租车立刻朝前行驶。

　　"我像放风一样，不不，像是从监狱里释放一样。"陶依嘉兴奋地说。她惊喜地盯着窗外看，窗外闪过一棵棵梧桐树、一个个行人、一家家商店和行驶的各种汽车。她想起了杜甫的诗，情不自禁地吟诵道："'白日放歌须纵酒，青春作伴好还乡，即从巴峡穿巫峡，便下襄阳向洛阳。'我想起了杜甫的诗《闻官军收河南河北》。"

　　"到底是文学编辑。"周琴心理解地笑了。

　　半个小时后，出租车停在四川北路鲁迅公园门口，她们下了车，陶依嘉看见一个老太提着篮子在卖白兰花。她上去问了价钱，就用手机扫了下二维码付款，老太给了陶依嘉 3 对用铅丝扎着的白兰花。

"啊，花香淡淡的，很好。"她把两对白兰花递给周琴心和叶璐，自己也把一对白兰花系在胸前。

周琴心和叶璐把白兰花系在胸前。

他们三人笑呵呵地走进公园。

"依嘉，上午在公园里玩，一起吃中饭，你吃得消吗？"周琴心问。

"吃得消，吃得消。"陶依嘉开心地说。

"今天阿霖和阿明会来看你吗？不要让他们白跑一趟。"周琴心说。

"阿霖和阿珍不会来的，阿明现在来得也少多了。"陶依嘉感叹地说。

突然，一阵熟悉的《红梅赞》歌声飘过来。她们抬头张望，前方密密麻麻地站着一大群人，围成一个大圈。陶依嘉兴奋地叫道"好听"，扔下周琴心和叶璐，加快脚步跑了过去。周琴心跟在后面提醒说："走慢点，走慢点。"

"噢，我忘记了你们。"陶依嘉稍稍放慢了脚步，可是马上又加快了脚步。她跑到人群外面停下，透过人和人脑袋之间的空档朝里面张望，什么都看不见。她一边说"对不起"，一边侧着身体从人群的空隙间用力朝里挤。

一个老年男性穿着白衬衫，系着领带，站在圈子内的中间，放声高唱《红梅赞》：

红岩上红梅开

千里冰霜脚下踩

三九严寒何所惧

一片丹心向阳开向阳开

……

　　四周围着的人一起放声高唱，歌声雄壮嘹亮，像是奔腾的大海波涛，气势磅礴；也像是树上黄鹂的鸣叫，一声声都是十分婉转动听。陶依嘉不由得热血沸腾，情不自禁地朝那位歌唱者走去，不料脚下踩了个空，一下子跌倒在地，人们惊叫起来，歌唱声和音乐伴奏声戛然而止。叶璐跑了过来，伸手扶起她，问："陶老师，要紧吗？"

　　陶依嘉笑着连连摇头说"不要紧"，她用手掸了掸裤子上灰尘，对歌唱者说，"对不起！对不起！请您继续！"

　　"没关系。"歌唱者说。

　　"我实在是喜欢这首歌，年轻时一直唱的。"陶依嘉说。

　　"请您和我一起唱好吗？"歌唱者发出邀请。

　　陶依嘉一愣，人们朝陶依嘉热烈鼓掌。她说"好呀"，就大大方方地走到歌唱者旁边站下。

　　人们热烈鼓掌，周琴心和叶璐也热烈鼓掌。

音乐声又响起来，陶依嘉和那位男性歌唱者一齐放声歌唱：

红梅花儿开

朵朵放光彩

昂首怒放花万朵

香飘云天外

唤醒百花齐开放

高歌欢庆新春来新春来

……

陶依嘉放声歌唱，还辅以手势动作。她唱得忘记了自己，忘记了周琴心和叶璐，忘记了周围的人。等她唱完，全场的观众都热烈鼓掌。

陶依嘉看看周围，发觉有三四个人在拉手风琴，还有人在弹扬琴。

"您是第一次来吧？"男性歌唱者问她。

"第一次来，我激动了，对不起，打扰你演唱了。"陶依嘉不好意思地说。

"没关系，来这儿就是寻找过去，寻找开心的。"那位男性歌唱者对大家说，"各位朋友，我们邀请这位女士为我们独唱一首歌好不好？"

全场的人齐声高喊"好"。

"这……"陶依嘉一下子感到意外，有些不知所措。

"不要紧，来吧。"男性歌唱者鼓励道。

好几个人一齐喊：来吧，来吧。

"好，我唱《草原之夜》！"陶依嘉响亮地回答。

全场欢呼，周琴心连声叫好，叶璐拿起手机拍摄。

随着音乐响起，陶依嘉放声高唱：

美丽的夜色多沉静

草原上只留下我的琴声

想给远方的姑娘写封信

可惜没有邮递员来传情

等到千里冰雪消融

等到草原上送来春风

……

陶依嘉唱歌的时候，两个50多岁的男性和女性，自发地走上前来为她伴舞。许多人拿着手机对她拍照、拍视频，还有更多人一起跟唱。

陶依嘉唱完，全场再次响起热烈的掌声。

"这位女士唱出了感情。"男性歌唱者对大家说。

人们纷纷发出一片赞美声。

有人邀请陶依嘉"再来一个",四周人都齐声叫道"好"。

"我这位小姐妹住在养老院,今天出来散散心,谢谢你们给她这个机会,下次来了再唱。"周琴心走上前对大家说。

"没关系,我要唱嘛。"陶依嘉坚决地说。

周琴心搀着陶依嘉的手往外走,一边说:"不能太累,不能太激动,休息一下。"

"陶老师,以后再带你出来,机会有的是。"叶璐说。

男性歌唱者对陶依嘉说:"那就下次再来唱吧。"

"也好。谢谢你。"陶依嘉对他说。

陶依嘉跟着周琴心和叶璐往外面走,好不容易才挤出密密麻麻的人群。

"啊呀,真开心!"陶依嘉兴奋地说。

"依嘉,你唱得真不错。"周琴心说,"过去单位演出,你也上台合唱过,不过,你最拿手的是诗朗诵。"

"都是过去的事了。"陶依嘉说。

"陶老师,你身上都湿了,全是汗啊。"叶璐笑道。

"没关系,一会儿就会干了。"陶依嘉迎着吹来的一阵风,开心地说:"风凉,好舒服。"

"当心伤风。"周琴心提醒说。

陶依嘉环顾四望，看见另外有许多人围成的两个唱歌圈子，她激动地说，"我们去看看。"

"你休息一下吧。"周琴心说。

陶依嘉不顾一切地走了过去，一个圈子在唱《洪湖水浪打浪》，一个圈子在唱《在那桃花盛开的地方》，圈子内外站着许多人，每个人都投入地歌唱；一位老人坐在轮椅上唱歌，有的人拿着歌词在唱，有的人摇头晃脑地跟唱着。陶依嘉又要挤进人群，周琴心赶过来拦住了她："我们还是找地方坐坐吧。"

"好的，我不唱了，我就听听。"陶依嘉说。

叶璐看见围着大树有一圈椅子，有几个人刚好站起来，就迅速跑过去，然后招手："陶老师，来来来。"

陶依嘉和周琴心走过去坐下，陶依嘉欣喜地侧耳倾听着，跟着歌声的节拍哼唱着。最后，她还是兴奋得坐不住了，站起来说"我去看看"，就朝唱歌的人群走去。

"她真喜欢老歌。"叶璐说。

"她是怀念过去那个青春时代。"周琴心说，"在养老院关得太久了。"

陶依嘉站在人群外围，踮着脚尖往里面张望：一个中年妇女在歌唱，一个老年妇女拿着指挥棒转着圈在指挥。

有人吹着萨克斯管伴奏，有人拉着小提琴。《洪湖水浪打浪》《弹起我心爱的土琵琶》《北国之春》《真的好想你》《年轻的朋友来相会》，一首歌接着一首歌，全场人都放声歌唱，陶依嘉也兴奋地跟唱着。

周琴心走过来扳住陶依嘉的肩头说："时间不早了，我们附近走走吧，还要去吃中饭呢。"

陶依嘉依依不舍地离开人群，跟着周琴心母女走到一旁的世界文豪广场。眼前出现了一个个文学家和诗人的雕像，托尔斯泰、普希金、狄更斯、歌德、巴尔扎克、莎士比亚、但丁和高尔基等，他们有的坐着，有的站着，雕像背后是一片繁茂的梧桐树。

"这些大文豪的作品，我年轻时都读过，我在他们的作品里，看见了一个个精彩迷人的世界，文学作品真的是独具魅力。"陶依嘉感慨地说，"我在养老院有太多的时间，就准备重读名著，读得很慢，可惜眼睛不行。"

"有一次单位联欢，你上台朗诵了泰戈尔的散文诗《如果真是分离的时候》，那情景我至今还记得。"周琴心说。

"你还记得？"陶依嘉眼睛亮了，激动地大声朗诵起来：

"如果真是分离的时候，

请赐予我最后一吻。

往后我在梦中吟唱着

追寻你远方的踪影。

情人啊，你可要常来光顾

我的窗口，

冷清的窗口。"

陶依嘉兴奋地停下说："下半首我忘记了。"

"啊，对对，你就是这种抑扬顿挫的腔调。"周琴心笑道。

"陶老师的记忆力真好！"叶璐拍着手赞叹道。

陶依嘉开心地大笑。

一阵阵歌声传来，陶依嘉听着那一阵阵充满激情的歌声，忍不住走了回去。人们高唱《我的祖国》，有人舞着手臂在指挥，有人在伴奏，所有围观者都在放声歌唱，陶依嘉跟着放声歌唱。

"今天依嘉很开心，真好！下次再来，我们走吧。"周琴心上前催促说。

陶依嘉离开了歌唱的人群，不时回头张望。啊，天是那么蓝，白云飘飘，阳光遍地，照得人暖洋洋的，让人感受到一种生命的活力；一阵阵凉风吹来，像是被婴儿的手温柔地抚摸着，让人非常舒服；那宛如翡翠玉石一般的绿色梧桐树叶，发出一阵阵哗啦啦的声音，犹如动听的音乐；最让人留恋的是那些唱歌的人，男女老少都在引吭高歌，他们是那么充满活力，那么热情澎湃，那么可亲可爱……

"陶老师，下次我们再来。"叶璐温柔地说，"我们去吃中饭吧。"

"好好，走吧。"陶依嘉不好意思地笑了，一边走还是一边回过头来，留恋地看那歌唱的人群。

她们来到公园对面的虹口龙之梦购物中心，来到 B 座二层的外婆家餐厅，看见门口排着长长的等候队伍。

"生意这么好啊。"陶依嘉惊讶地说。

叶璐对服务员报了姓名和手机号，领位小姐说"请跟我来"，把她们带到一个安静的卡座。她们隔着小桌子坐下。叶璐看了菜谱，朝陶依嘉和周琴心报了菜名，询问是否合适，他们都说由叶璐定，叶璐把点的菜告诉服务员。

上菜很快，茶香鸡、糖醋里脊、红烧肉、酸菜鱼、麻婆豆腐和凉拌海草，摆了满满的一桌子；每人面前还有一瓶酸梅汤。

周琴心从拎包里拿出一瓶红酒，叶璐接过酒瓶先为陶依嘉和母亲，最后为自己倒酒。

"让我们敬敬陶老师，"周琴心举起酒杯对叶璐说，"祝陶老师安康幸福！"

"祝陶老师身体健康，生活幸福！"叶璐举起酒杯。

"谢谢你们，希望这种机会多一点。"陶依嘉举起酒杯。

她们三人轻轻地碰了碰酒杯，各自把酒喝完。

叶璐搛了一块茶香鸡放到陶依嘉面前的碗里，她说"谢谢"就高兴地吃了起来。叶璐又搛了一块茶香鸡给母亲，还给陶依嘉和母亲搛上红烧肉，说："这是招牌菜，味道可以的。"

陶依嘉的手机响了，她一看，一边说"阿明的电话"，一边接手机。

"刚才路过养老院，上来看你，没有想到你被周老师接出去了。"张孝明说。

"我们在虹口龙之梦吃饭。"陶依嘉开心地说。

"谢谢她们。"他说，"最近，我不过来了，上海书展就要开始了，特别忙。姆妈，今天我来买单，你要一张发票。我不打扰了，再见。噢，你替我问她们好。"他匆匆挂上手机。

"他说最近忙，上海书展前就不来看我了。"陶依嘉失落地说，"上海书展还有 1 个多月呢。我进养老院 5 个月，阿霖和阿珍来过两三次；阿明开始每个礼拜来，现在来得越来越少了，最近影子难得看见了；阿明现在来了也没有心思，三言两语就匆匆走了。"

周琴心看了陶依嘉一眼，没有作声。

她们边吃边聊天，主要聊养老院的事。陶依嘉倾吐了心中的怨气，季芳芳在痰盂打翻后对她的咆哮，芳芳要赶走她的电话，阿霖、阿珍拒绝轮流赡养，等等。她还聊到养老院的枯燥生活和没有尊严的遭遇，提到晚上让人难受的鼾声如雷等，聊到后来泪如泉涌，泪流满面。

周琴心眼圈红了。

"琴心，我没有想到晚年会这么苦，这辈子为孩子吃的苦都白吃了。"陶依嘉接过叶璐递过来的餐巾纸擦眼泪，"最痛苦的是儿女的冷淡和遗忘。我总是悄悄地对自己说，人老了，要自度难关，要习惯与子女保持一定的距离。别把亲情看得太重，否则受伤害的只是自己。"

"我知道你在养老院苦，现在听你一说，比我想象的还要苦，我心痛。"周琴心十分同情地说。

叶璐眼眶也湿了，悄悄地擦了擦眼角。

"季芳芳这个女人，真不是东西，阿明眼睛瞎了才娶她。"陶依嘉愤怒地说。

"人老了真可怜，都不能自己作主了！想当初你也是有主见的人，外貌文静，可是柔中有刚，什么事都难不住你，可现在，唉唉！"周琴心摇头叹息，十分感慨。

"儿女小的时候围着父母转，父母有求必应，心甘情愿地全身心付出；父母老了，就要围着儿女转，要看儿女的脸色，甚至要战战兢兢地和孩子说话。唉！"陶依嘉伤感地说，"唉，能够为孩子做事，就有话语权，就是他们的父母；父母老了要儿女照顾的时候，没有利用价值，连儿女都不要了。"

"噢，我想起一件事。那年你带班去南汇学农，把孩子托付给我一个月。出发前那天下午，我们带着阿霖、阿明和阿珍，还有叶璐，一起到虹口公园游玩。"周琴心说，"你记得吗？"

"噢，对对。"陶依嘉想起来了，"哎呀，时光太快了！"

那年，陶依嘉要到上海南汇县学农，把儿子女儿寄放在周琴心家。那天下午，她约了周琴心带着儿子女儿到虹口公园游玩，鲁迅公园在 1988 年之前叫虹口公园。他们在湖里划船，周琴心热心地拍照。游玩结束，她们在四川北路上的饭店共进晚餐。晚上，陶依嘉把儿女送到周琴心家，她要离开的时候，张孝霖突然抱住了她的大腿，哭着说："我不要你走啊！我不要你走啊！"

张孝珍拉住她的手，叫道："姆妈，我不要你走嘛。"

张孝明最小，干脆放声大哭。

"姆妈一个月就会来接你们。姆妈不去就没有工资，没有工资，就不能买东西给你们吃，也不能买衣服给你们穿，也不能为你们付学费，那你们就不能上学。"周琴心耐心地劝说。

"我们不要买东西，我们都不要，我们就要姆妈。"他们齐声说。

陶依嘉流下了眼泪，她耐心地劝说一个多小时，他们还是不让她走。到了晚上10点多钟，他们都累得睡着了，陶依嘉这才赶快离开。

一个月总算熬过去了，陶依嘉回到上海，她急切地来到周琴心的家，那时已经是晚上9点钟了，儿子女儿都已睡着了。

"阿珍一直在数日子等你。"周琴心说，"知道你今天要回来，他们穿着衣服不肯睡觉，等你回来，实在撑不住了，就和衣而睡了。"

"我也是天天想他们。"陶依嘉感动地说。

"你也不打个电话来问问他们情况。"周琴心笑道，"你的心真是狠得下来。"

"打电话不方便，要到大队办公室，走几里路呢。再说，我怕和儿女打电话自己要哭。"陶依嘉说。

她们正在说话，突然，张孝珍从睡梦中睁开眼睛，看到母亲愣一愣，揉了揉眼睛再看，大叫一声"姆妈"，就爬起来向她扑了过来，她马上紧紧抱住她。张孝珍的叫喊声，唤醒了张孝霖和张孝明，他们都一骨碌地爬起来，朝着母亲开心地大哭起来。

陶依嘉伸出双臂，半个圈地搂抱住他们，那是她永远忘记不了的情景！

时间真快，如今这些往事都过去三四十年了。

"那个月的事情我还记得，我妈把好吃的都给两个阿哥和一个阿姐，我还不高兴呢。"叶璐笑道。

大家都笑了。

"我们不要光顾说话，吃吃。"周琴心说。

叶璐搛了蒜蓉粉丝虾给陶依嘉和周琴心，自己也搛了一只，"陶老师，尝尝这个虾的味道。噢，喝酸梅汤，老上海味道。"

陶依嘉喝了一口酸梅汤，"这也是老品牌了，东西老了值钱，人老了就一文不值。"

"依嘉，一年到了，你的媳妇会让你回去吗？"周琴心问。

"不可能的，刚才我说过了她打电话的事。"陶依嘉恨铁不成钢地说，"阿明太老实了，没用。"

"陶老师，你吃虾呀。"叶璐说。

"依嘉，你知道杨社长的消息吗？"周琴心说。

"不知道啊。"陶依嘉兴趣来了，"她好吗？你碰到她了？"

"我碰到原来的总编办龚主任，他告诉我，杨社长老年痴呆了，进了养老院。"周琴心遗憾地说。

"啊，当年的风云人物啊，一个善良的领导。"陶依嘉痛心地说，"人到下半场，总是悲剧得多。"

陶依嘉说要上厕所，叶璐站起来要陪她去，她伸手挡住叶璐，"我自己来。"

"我给你带路吧。"叶璐说。

"不不，我能够自己做的事就自己做，不要别人帮忙，否则就什么都做不了了。"陶依嘉说着就赶紧往外走去。

"陶老师做得对，老人什么都不做，什么都要让人照顾，那很快就变成废物了。"周琴心说。

"陶老师毕竟老了。"叶璐看着陶依嘉的背影说，"我印象中她走路挺胸抬头，双脚高高地抬起，你看，现在背有些驼了，脚步拖地了。"

"她的骨子里还是倔强的，还是要强的，还是坚强的。"周琴心赞赏地说，"人到了老年，大多数人真的很苦，可是，人都会变老，这也是没有办法的事。"

"我们什么时候告诉她呢？她会来吗？"叶璐问。

"我们要诚心诚意，一定要真诚，要让她明白我们不是施舍，是互相需要，我想，她应该会来的。"周琴心说，"我担心的是她的儿女拖后腿。"

陶依嘉回来了，坐回到座位上，用餐巾纸擦了擦潮湿的手。

"依嘉，你在养老院好几个月了，以后有什么打算呢？"周琴心问，"等待回阿明家吗？或者换个高级养老院，至少两个人一间，甚至一个人一间。"

"我想回家，回自己的家。"陶依嘉眼神暗淡了，"可是，我的家只有后楼一小间，我一个人住不行了。没有家，就没有做人的感觉了，好比坐着一条小船飘在大海里，四面不见岸，一星灯光也没有，不知道船会飘向哪里，也不知道何时会沉没；又好像是一架空中的飞机，没有机场可以降落，机油用尽就只能摔在地上着火燃烧，最终走向死亡。"

"你相信阿明，把老房子过户给他，可是他却把前楼偷偷地卖了，真不应该。"周琴心批评地说。

"都是那个女人坏。唉，其实也不应该全怪芳芳，阿明要承担主要责任，他没有脑子啊？"陶依嘉说，"现在我身体还行，困难和麻烦还能克服，将来失去自理能力，那真是人生末日啊。"

"依嘉，我有一个要求，请你帮忙。"周琴心看了看叶璐，叶璐给了她一个鼓励的眼神。

"什么事啊？说吧。"陶依嘉干脆利落地说。

"你是不是住到我家来，我们一起结伴养老？"周琴心诚恳地问。

陶依嘉一愣，惊愕地看着周琴心，又瞅了瞅叶璐。

"我说的是真心话。"周琴心认真地说。

"你再说一遍！"陶依嘉显然不敢相信。

"我希望你搬到我家来，我们一起抱团养老。"周琴心真心地说，"那样，我的生活就更加充实了。"

"我也欢迎陶老师过来。我是在陶老师关怀下长大的，陶老师如同我的母亲。"叶璐真诚地说。

"琴心，你考虑成熟了吗？这可不是一天两天啊。"陶依嘉对周琴心说，语调充满感激和期望。

"军中无戏言。"周琴心认真地说，"我们有三房一厅，老公死了后，就我和叶璐住，一间房一直空着。你来了，我们每人住一间房。"

"陶老师和姆妈住朝南的房间，我住朝北的房间。"叶璐真心地说。

陶依嘉感动得热泪盈眶，激动地站起来，张开双臂要拥抱周琴心，周琴心赶忙站起来，两人紧紧地拥抱，叶璐赶忙用手机连连拍照。

"我们母女俩讨论了多次，预估了可能出现的各种问题。我的看法是，我们既然是交往超过半个世纪的好朋友，你现在不想住养老院，我们家还有空房子，为什么不住在一起呢？既然是好朋友，我给你帮助不但是应该的，也是我乐意的，而且，你也是帮助我，你来了，我的生活更加丰富多彩。"周琴心说。

"你来了，我也多了一个老师，多了一个伴。"叶璐真挚地说。

"阿明、阿霖都不会同意，他们要面子，即使不想为我养老，也不愿意让人说闲话。"陶依嘉担忧地摇了摇头。

"他们不愿意接你回家，就没有资格说三道四。你不要管他们了，要听从自己内心的呼唤。"周琴心说，"你通知他们一声就可以了，不是请示是通知，不是审批是备案。"

"阿明和叶璐有过那一段历史，我怕芳芳也会作梗的。"陶依嘉说。

"她还有资格说三道四？"周琴心冷笑一声，不客气地说，"你过去不肯嫁给吕老师，因为怕人说闲话，因为要照顾儿女，结果把最重要人生幸福牺牲掉了，难道你还要重蹈覆辙吗？"

陶依嘉心里被触动了一下，怔怔地看着周琴心。

"你难道愿意在呼噜声中转辗反侧吗？你难道愿意一直待在养老院？"周琴心反问。

陶依嘉低下头，沉浸在一种激动的情绪之中。

叶璐看了看母亲，周琴心示意不要说话，让陶依嘉安静一下。

陶依嘉突然双手捂住脸，放声哭了。

叶璐把餐巾纸递给陶依嘉擦眼泪。

"好！我准备一下，就来和你们生活在一起，我要自己选择自己的生活！"陶依嘉含着热泪说。

"今天是个特别的日子，我们要举酒碰杯，祝贺我们新生活的开始。"周琴心豪放地笑道。

"太好了！"陶依嘉满脸笑容。

叶璐给大家杯子里斟酒，她们三人举杯相碰，开心地把酒喝完，还亮了亮酒杯。

"我们来一点烤肉炒饭吗？"叶璐客气地问。

"不吃了，饱了。"陶依嘉说。

"我也吃不下了。"周琴心说。

"今天菜太多了。"陶依嘉看着桌上的菜说。

"打包吧，陶老师带回去。"周琴心说。

下午 2 点钟，她们走出餐厅，换了家咖啡馆喝咖啡，直到 4 点半才离开。她们乘电梯下楼直接进入地铁站，乘坐地铁 8 号线直奔五角场站。他们走出地铁站，叶璐叫了出租车开到养老院，把打包的塑料盒递给陶依嘉，周琴心朝她挥了挥手，"我们等你！"

"你准备好了打电话给我，我来接你。"叶璐热情地说。

"好好！谢谢！"陶依嘉兴奋地说，"最多一个礼拜我就搬过来。"

"期待！"周琴心和叶璐齐声说。

出租车开走了，陶依嘉笑呵呵地走进养老院。

陶依嘉回到养老院 308 房间，就见关美娟和宋阿萍都洗过澡了，关美娟穿着砖红色的短袖 T 恤，

宋阿萍穿着一身黑的连衣裙，两人的头发还都是湿的。关美娟悠闲地拨弄着手机，黄红梅在为宋阿萍剪指甲。陶依嘉打开冰箱，把打包塑料盒放了进去。

"你晚饭吃过吗？"关美娟问，"我们晚饭刚吃好。"

"中饭连晚饭一起吃了。"陶依嘉说。

"吃了，还带回来，合算的。"黄红梅看了看她手上拎着的打包盒。

"我带回来红烧肉、酸菜鱼和茶香鸡。"陶依嘉笑容满面，"明天请大家尝尝味道。"

"那太好了。"关美娟说，"陶老师，你好开心啊，春风满面啊。"

"我喜欢红烧肉，上海的红烧肉真好吃。"黄红梅说。

"你的小姐妹真好！难得！也是你的幸运！"关美娟羡慕地说。

陶依嘉看了看宋阿萍，她的收音机正在播放历史故事，可她却默默地望着窗外发愣，很想问问有关她儿子的问题。这时，手机发出收到微信的响声。陶依嘉拿起手机一看，是叶璐发来的照片和视频：她在唱歌，她在和周琴心说话，她在饭店和周琴心拥抱……

"你们看看我的照片，还有视频。"陶依嘉选了一些照片和视频发给关美娟。宋阿萍不用微信，她手机几乎从来不用，没电了就去充电，充了电后就搁在一旁。

"你也发给我啊。"黄红梅要求。

陶依嘉犹豫了一下说"好的"，她把照片和视频发给黄红梅。

关美娟和黄红梅拿起手机看着，发出一片羡慕和赞扬声。

"陶老师唱歌，风度很好，重阳节上台表演一下。"

关美娟哈哈大笑，"我也要去唱歌，陶老师，你看看我们找个时间，天凉快些，我们一起去。"

"好的。"陶依嘉爽快地答应。

"给我看看。"宋阿萍对关美娟说。

关美娟热心地走过去，把照片一张张给她看。

"外面的世界真美好！"宋阿萍羡慕地说。

"啊，我母亲生下我，父亲正要为我取名字，听到了歌剧《江姐》中的歌曲《红梅赞》，就为我取名红梅。"黄红梅说。

"噢，原来你的名字有出典的。"关美娟说，"这个名字好。"

"陶老师，你年轻的时候肯定很风流，追你的男人肯定很多。"黄红梅笑道。

大家哈哈大笑。

"什么事情这么开心啊？"李莉走了进来。

关美娟把陶依嘉唱歌的视频和照片给李莉看。

"陶老师《红梅花儿开》唱得真好听。"李莉对关美娟说，"你把视频发给我，哦，还有照片，让我欣赏一下。"说完就匆匆走了。

黄红梅走了过来，对陶依嘉说："轮到你了，剪指甲。"

"手指甲我自己剪好了，脚趾甲你帮忙剪一下。"陶依嘉说。

"陶老师能够自己来的就自己来。"关美娟夸奖地说。

黄红梅为陶依嘉剪脚指甲，由于用力太猛，陶依嘉疼得"哦哟"一声，黄红梅毫不在乎地说了声"对不起"。她匆匆剪完脚指甲就走了。

陶依嘉看着她的背影摇了摇头。自从烫伤风波过去，黄红梅的小心和殷勤巴结全部消失了，当然还没有恢复到原来对她施加冷暴力的程度。

"今天陶老师红光满面，精神焕发。我也要去鲁迅公园唱歌。"关美娟兴致勃勃地说。

"有机会我们一起出去玩。"陶依嘉说。她想把自己搬出去的好消息告诉室友，犹豫了一下还是没有说，她不想破坏和谐的气氛，而且，儿子女儿对此事有什么态度还不知道。

"你这白兰花好香啊。"关美娟看着陶依嘉胸前的白兰花说。

"我已经很久没有戴过白兰花，还有栀子花。"宋阿萍说。

"上海人真有情调，还会把花挂在身上。"黄红梅说。

关美娟打开电视机，她和宋阿萍开始看新闻节目。陶依嘉静静地等着阿明的电话。我有很多话要和阿明说，公园唱歌实在太让人兴奋了，还有我的照片和视频也要发给他欣赏。噢，最重要的是要告诉他，我要住到周琴心家里去。

7点钟过了15分钟，张孝明的电话还没有来。陶依嘉忍不住悄悄地发信息给阿明："你在吗？"

时间一分一秒过去，没有回复。

"阿明电话还没有来？"关美娟问。

"可能正有事。"陶依嘉回答，她问，"宋老师，你好吗？"

"噢，就这样吧。"宋阿萍回避地说，她显然不想谈有关她儿子的话题。

陶依嘉的手机响了，阿明发来的微信：姆妈，没有什么重要的事，我就不打电话了。再见。"

陶依嘉心里很不爽。打电话是没有什么重要的事，可是说说家常话也是要紧的啊。阿明啊，和你每天打电话，是我每天的一份期待和乐趣。你工作和生活的点点滴滴，你说的无关重要的小事，都是我最感兴趣的。我听到你的声音，就感到充实，感到还和你们生活在一起。我在养老院最大期盼，就在于有儿女可以牵挂，就在于有儿女可以说话。阿霖和阿珍不说了，你这个奶末头儿子，我从小就护着你宠着你，可是，你现在让我大失所望啊。我决定住到周琴心是对的，要不要现在就告诉他呢？

宋阿萍打开电视机，屏幕上出现了健康养生节目，关美娟和宋阿萍一起聚精会神地看着。

陶依嘉想了想，在微信上留言：阿明，我过几天就要离开养老院，去周琴心老师家结伴养老，特此告知。你的姆妈。即日。

手机顿时响了，是张孝明来的电话，他焦急地询问是真的吗，陶依嘉肯定地回答：是的。

"这这……"张孝明惊愕得一时说不出话来，

第十章

子女紧急开会

张孝明获知母亲要住到周琴心的家养老，马上告诉张孝霖和张孝珍，他们都大吃一惊，赶紧约了第二天在张孝明家开会商量对策。

上午9点钟，张孝霖夫妇赶到张孝明家，他们在大门口碰到张孝珍夫妇，于是一起乘电梯上楼。季芳芳热情地为大家沏上茶，茶几上放满了葡萄，还有一包香烟和一只烟缸。

"好，芳芳想得周到。"张孝霖拿起香烟，赞赏地说。

"喜欢吃的东西却不能享受，太让人难受了，"季芳芳微笑着看了看梅凤妹，"阿嫂，偶然开开晕，你就宽宏大量吧。"

"他不要命，管我什么事啊。"梅凤妹笑着瞟了张孝霖一眼。

张孝霖笑着对梅凤妹说"对不起，请包涵"，愉悦地接受季芳芳打火机点火。

"你身体好点了吗？"张孝霖问季芳芳。

"时好时坏，中药继续调养中。"季芳芳用外交词令热情地说，"大家吃葡萄，我特地托人买来的。嘉定马陆葡萄，粒大饱满，汁多味甜，香气浓郁。"季芳芳在每个人面前放了一串葡萄，得意地说，

"每千克80元，我买得便宜，认得人嘛。"

"好，开始吧。姆妈要住到周老师家，我们怎么办。同时，我还有一个绝对大的红包送给大家，不过，放在最后说。"张孝霖说，他吐出蓝色烟圈，神情十分自得。

"我在想，周老师接纳姆妈养老，会不会是老妈和周老师的合谋呢？"张孝明笑道，"逼我们把姆妈接回来赡养？"

"阿明，你想到这点，说明你进步了，我还以为你就是个书呆子呢。"张孝霖夸奖道。

"即使是周老师用计，说明她讲义气啊。姆妈住不惯养老院，要住到小姐妹家，也是合情合理。"张孝珍看了看张孝明，"芳芳，你说最多一年把姆妈接回来，现在能够提早把姆妈接回家吗？"

梅凤妹看见张孝珍直逼季芳芳，神情紧张地看着季芳芳，担心她和张孝珍吵起来，不料季芳芳大度地笑了笑，什么也没有说：梅凤妹钦佩地看了季芳芳一眼。

张孝明讨好地对张孝珍说，"吃葡萄啊，阿姐。"

张孝珍拿起葡萄就吃，把葡萄皮吐到果盆里。

张孝霖一边吐着烟圈一边想，我毕竟是大企业副总，母亲住到小姐妹家养老，叫子女的脸往哪儿搁啊。

"阿哥，你说吧。"张孝明求救地说。

"是啊是啊。"季芳芳附和道，"阿哥政策水平高，经验丰富，先作主旨发言定调，无人替代。"

"欢迎张总讲话。"梅凤妹凑趣地说。

大家都笑了。

"阿嫂还是有幽默感的。"季芳芳夸奖地说。

梅凤妹得意地笑了。

"姆妈住到周老师家，事实上打了我们一记耳光，尽管我们都有客观原因不能赡养，但世界上许多事情就是只看结果，不看原因的，在人们的眼里，我们是不孝子女，罪责难逃。"张孝霖说。

"是啊，叫我们如何见人呢？"张孝明附和道，"而且是住到叶璐家，她毕竟和我办过结婚证，以后我怎么去看望姆妈呢？"

"我其实不应该说什么，"季芳芳看了看大家谦虚地说，"可是为了大家利益，我还是要表明态度。姆妈要住到周老师家，你们相信是姆妈提出来的吗？姆妈不喜欢麻烦人，而且她不会提出这种要求的。我猜，可能是周老师的主意。阿明不要叶璐而娶了我，周老师要接姆妈住，就是让阿明和我难堪，让我们被人笑话。请问，没有特别目的，谁肯把别人接回自己家赡养呢？违背常理，违背常情啊。但愿我是小人之心，瞎猜而已。当然，事实上姆妈住过去，对我们大家都是伤害，用大哥的话来说就是'打了一记耳光’啊。”

“芳芳说得有道理啊。”梅凤妹赞同地说。

“姆妈要做什么，我们无权干预。噢，应该赡养母亲的人却不愿意赡养，还不让她到其他地方养老，哪有这个道理？”张孝珍挑衅地瞅了张孝明一眼，不满地撇了撇嘴。

“姆妈只有我一个儿子吗？”张孝明不客气地顶撞道。

“申教授，你也要贡献意见啊。”张孝霖对一直在看手机的申江涛说。

“噢，事发突然，我正在考虑呢。”申江涛笑道。

“你是张家女婿，你不要把自己当外人，张家的事就是你的事，你要积极参与啊。”张孝珍推了推他。

“明白。”申江涛态度和霭地敷衍道。

“如何阻止姆妈到周老师家养老？”张孝霖说，“我想，可以做的是，一是劝说姆妈；二是断姆妈的路，和周老师谈，逼她不接受姆妈，这要阿明出马。”

“大阿哥真的是诸葛亮！”季芳芳跷起大拇指，“我还没有见过这样有本事的人。”

“哪里哪里，你过奖了。”张孝霖满脸笑容。

“确实，只有周老师改变主意，姆妈就会继续留在养老院。可是，周老师不好对付，况且我找她，很不合适。”张孝明为难地说。

"你的才能和大阿哥无法比,这事要靠大阿哥出马。"季芳芳朝张孝明暗暗使了个眼色。

"还是阿明去吧。劝说姆妈进养老院多难啊,可是阿明成功了,让我自叹不如。"张孝霖笑了笑,"阿明,不要说你找周老师不合适,我说更合适,前丈母娘和前女婿谈事总要客气一点吧。"

"大阿哥说得有道理。"张孝珍马上附和,她就等着看好戏。

张孝明连连摇头,拿起一颗葡萄想吃,结果掉在地上。他低头寻找,季芳芳已经伸手把它捡了起来,扔进果盆。

季芳芳心想,阿霖老奸巨猾,阿明根本不是他的对手。她说:"我建议大阿哥和阿明一起去,阿珍有空一起去更好,这表明三个儿女的一致看法。"

"我不去,阿明和芳芳一起去更好,芳芳足智多谋,临场发挥绝对好。"张孝珍不无嘲讽地说。

"哎,这话有道理。"梅凤妹不知道张孝珍话中有话,马上附和。

"我去没有问题——可是,媳妇出场合适吗?"季芳芳笑问。

"你已经嫁到张家几十年了,张家的事都在主持和参与,有什么不合适的?"张孝珍不客气地回敬道。

"芳芳，我们就一起去吧？"张孝明说。

季芳芳心里大骂张孝明愚蠢，她笑了笑，"妻子到丈夫的前妻那儿提要求，你想合适吗？"

"这倒是的，芳芳说得有理，"梅凤妹跟风地说道，"还是阿霖和阿明去合适。"

"大嫂的话，有道理。"季芳芳赞扬道。

梅凤妹呵呵呵地笑了。

张孝珍不屑地看了看梅凤妹，心想，愚蠢，给芳芳卖掉还乐呵呵的。

"好吧，我和阿明一起去。"张孝霖说。

"大阿哥出马，以一当十，"季芳芳对张孝明说，"你跟着好好学习。"

张孝明笑了，对大家说："喝茶，吃葡萄。"

季芳芳给张孝霖递上香烟，为他点火。

"现在，说说你要发的红包？"梅凤妹对张孝霖说。

"好好，这关系到我们在座每个人的切身利益。"张孝霖吐出烟圈，故弄玄虚地停顿一下。

"不要卖关子，有话就说，有屁就放。"梅凤妹催促道。

大家都笑了。

张孝霖把烟蒂扔进烟灰缸，喝了一口茶，看了大家一眼，说："我先问一个问题，如果我们每家不出1分钱就能获得100万元人民币，是正当途径获得的，大家要吗？"

全场爆发出一阵笑声。

"我第一个要。"张孝珍举手笑道。

"大阿哥在开玩笑呢。"张孝明说。

"大阿哥是大型国企副总，不会信口开河的，"季芳芳朝张孝霖堆上笑脸，"听说你们公司要上市，是不是要上市了，为我们弄到了原始股？"

"哈哈哈哈！"张孝霖得意地大笑，神秘地说，"我得到区政府内部消息，长阳路我家的老房子就要拆迁了，现在只有姆妈一个户口太少了。我联系了派出所领导，可以迁进3个户口，都单独成户，这样拆迁时大家都能够拿到一笔补偿款，预计总的金额300多万，我们每家至少可以获得100万元——怎么样，发财的机会来了吧？"张孝霖得意地吐着烟圈，等待大家的喝彩欢呼。

"好事情！"梅凤妹眉开眼笑，"你瞒得蛮牢的。"

"阿霖，你干得漂亮！"张孝珍眉开眼笑。

张孝明和季芳芳交换了一下紧张不安的眼色。

"你们怎么不说话？"张孝霖疑惑地问张孝明和季芳芳。

"这个，这个……"张孝明神色窘迫，掩饰地拿起茶杯喝茶，求救地看着季芳芳。

季芳芳脸色难看了，一时无言以对，灵活的眼珠停滞了。

"怎么啦？"张孝霖不解地看着张孝明和季芳芳。

"不瞒你们说，姆妈已经把老房子过户给我了。我呢，买这里的房子，钞票有缺口，哦，就把前楼卖掉了。"张孝明说完满脸通红，低头无语。

"阿明，这是真的？"张孝霖大吃一惊，声音不自觉地提高了，手上的香烟掉在地上。啊，我一直想把户口迁进老房子，以后拆迁时可以拿一笔钱，因为忙一直拖着，不料姆妈居然把老房子过户给了阿明，而阿明居然把前楼卖掉套现了。姆妈做事不公平，张孝明好贪心啊！

梅凤妹拾起香烟，扔进烟缸里，看它还冒烟，就倒进一点茶水；她也不满地瞪了一眼张孝明。

这时，窗外的天空飘来一阵阵乌云，凉在窗外衣架上的衣服剧烈晃动起来，雷阵雨要来了。

陶依嘉感到房间变暗了，走到窗口朝外张望，天空上像是打翻了墨汁瓶，一块块黑云翻滚着，马路上行人开始奔跑了。

"要下雷阵雨了。"她看着窗外说。

宋阿萍只当没有听见，坐在床上闭目养神。

"啊呀，要下大雨了。"关美娟走过来说。

窗外响起哗哗哗一阵响，大颗大颗的雨珠落了下来。陶依嘉伸手关上窗，关美娟跑过去开亮房间的吸顶灯。

"宋老师，你的儿子还没有来啊。"黄红梅嘲笑地对宋阿萍说，"会不会是假的儿子呢？"

"这个怎么会假的。"关美娟否认道。

宋阿萍看了黄红梅一眼，什么也没有说。她既怕黄红梅，又看不起她。

陶依嘉回到自己的床位，就躺下休息。她感到房门被人推开了，抬头一看，关美娟的儿子顾海海拎着一个西瓜闯了进来。

"还好，差点淋着雷阵雨。"顾海海庆幸地说。

"哎，你来了。"关美娟显然有些意外。

顾海海在关美娟床边的椅子上坐下，把手上的一只黑色皮包扔在地上，把西瓜放在地上，说，"姆妈，你找我，我也要找你。有一件事求你，你要答应，无论如何要帮忙。"

"我不晓得是什么事，如何答应你呢？"关美娟笑问。

"你把房子租给我吧。"顾海海说。

"你不是自己有房子住的吗？"她问。

"我出房租，三房一厅作画室也好啊。"他说。

"三房一厅出租了五六年，每个月房租一万二千元，我总共只有拿到过一万元，还有那么多钱到哪里去了？还有，你借了我 50 万元钱，当初说半年就还我，现在一年多过去了，一分钱都没有还我，现在说你来出房租，叫我如何相信你呢？"她说。

"哎！"顾海海叹了口气。

"我找你来，听说你在闹离婚？"关美娟问，"玲玲在电话里告诉我的。"

"噢，你知道了？我要离婚，要搬出去，反正儿子也结婚了。"他激动地说。

"我问你，你是不是在外面有女人了？"

"嗯，和一个女人好上了，我发觉她真的懂我。"

这时，窗外传来"哗啦啦"的巨响，一道闪电把天空照亮，接着是震耳欲聋的雷声，瓢泼大雨滚滚而下。

"你详细说一下她的情况，职业、婚姻状况、收入。"

"她比我小，安徽人，在一家公司做。"

"她在上海住的房子是买的还是租的？"

"租的。我最欣慰的是，她最懂我的画。我在家画画，老婆总是骂我把房间弄得很脏，我让她看我创作的作品，她总是说不晓得在瞎涂什么，看也不要看，还说看了我的画，才晓得外面的画家卖的作品都是在骗人。我的画有些抽象意味，那是艺术才华的展示啊。我把作品给张小姐看，她会看上半天，不停地赞美，还鼓励我。姆妈，我碰到了知音啊！"

"哈哈，你太要听好话了。就因为这个要离婚？"

"是的。我要开始新的人生。姆妈，你借30万元给我，我结婚派用场，你要帮我一把的。"

"啊？借钱？等你还了50万再说吧；借房子，不行，我不能支持你离婚，再说我哪一天突然要出养老院，万一我生病要花大钱，房子就是我的退路，房子就是我的经济来源。"

陶依嘉看了看顾海海，只见他愣愣地看着关美娟。他不擅言词，和伶牙俐齿的顾玲玲形成鲜明的对照。

有人进来叫关美娟打麻将，她摇了摇手说"我儿子在，今天不玩了"。她又问儿子："你老婆肯离婚吗？"

"她死活不肯，除非我净身出户，我已经答应她了。姆妈，我今天就没有家可以回去了，你的房子借给我吧。"他恳求地说。

"现在房子不是有房客吗？你一下子也住不进去啊。"关美娟说。

"我已经和房客谈过了，房客礼拜天就搬走。我今天开始住几天宾馆。"他说。

"啊？没有得到我的同意，你就让房客搬走？假如我不同意给你住呢？"她反问。

"不可能的，你是姆妈呀。"顾海海憨厚地笑了笑。

关美娟拿起茶杯喝茶，侧脸望着窗外，一脸不高兴。

"姆妈，你就让我住吧。"他恳求地说。

"你有什么资格让房客走呢？房子所有者是我和你阿爸，你阿爸不在了，就是我的。"她说。

"你的房子将来也是我的。"顾海海说。

"谁说的？我还有一个女儿呢，"关美娟横了他一眼，"再说，我也可以把房子捐给社会啊。"

"姆妈，你总不至于看着儿子落难，见死不救吧？"他口气软了下来。

"我的房子不能让你住，让你住就是支持你离婚。海海，你要悬崖勒马，马上和那个张小姐断绝关系。好好的家庭要拆散，怎么可以呢？你下次来，把房子的产权证还给我。还有，要借30万，没有。"关美娟态度鲜明地说。

顾海海愣了，脸色难看，一时说不出话来。

关美娟手机响了，她拿起手机接听，说："他在呢。"她放下手机说，"玲玲的电话。"

"她不做好事的。"顾海海愤愤地说，"姆妈，你再考虑一下，反正这房子我要住的。姆妈，你这把年纪了，还能活几年呢？你为什么死死抱住房子和钞票不放手呢？你将来毕竟要靠我们的，你就不为自己留条后路吗？"

"我再重复一遍，房子不借，要钞票我也没有。"关美娟决绝地说。

顾海海失望地看着关美娟，看了看窗外，"好，雨停了，我走了。"他气鼓鼓地站起来往外走，走了两步想起来忘记包了，又回来拿起包，气呼呼地瞪了关美娟一眼，旁若无人地走出房间。

"人老了，都来欺负了。"关美娟生气地说，"好好的家庭要拆散，要抢我的房子，还要借钞票。在儿女眼睛里，父母的一切都是他们的，而儿女的一切都是他们自己的。"

陶依嘉见到的关美娟总是笑嘻嘻的，今天第一次看见她这么生气。难怪，他儿子太不像话了。

"男人有了婚外恋，就会不顾一切的。"宋阿萍说。

陶依嘉刚要说什么，就见关美娟突然捂着脸哭了，哭得很伤心。陶依嘉看着她，一时不知道说什么好，宋阿萍也愣了。关美娟哭了一会儿停下，到卫生间洗了一把脸出来，呆呆地躺在床上想着心事。

陶依嘉看了看窗外，天色大亮，雷阵雨停了。她换上运动鞋，轻轻地走出房间，坐电梯下楼步行。她走路回来，乘电梯到3楼走出来，听见关美娟的朗朗笑声。陶依嘉一愣，看见关美娟已经在打麻将，黄老太和她的丈夫老张不在。陶依嘉走进走廊，看见黄老太和她的丈夫老张缓缓地走着，他紧紧地搀扶着她。

"怎么啦？"陶依嘉惊讶地问。

"就是没有力气。"黄老太有气无力地对陶依嘉说，"躺了好几天，撑着起来走走。"

"听说你去医院，医生怎么讲啊？"陶依嘉关心地问。

"诊断结果还可以。"老张说。

"噢，你们要保重啊。"陶依嘉笑着说。

"谢谢，陶老师。"黄老太说。

他们走进了307室，陶依嘉跟了进去。方老太的小女儿从卫生间出来，对站在方老太床边的另外一个中年妇女说："水放好了。"

"我要洗澡，洗澡舒服。"方老太对陶依嘉说。

"我们今天约了一起来，就是来为你洗澡的啊。"大女儿笑着对方老太说。

"噢，我晓得了。"方老太微笑着说。

这时，方老太的大女儿拿了一个葱油饼给朱老太："呶，我给你带来了。"

"哎呀，我说说玩玩的，你还真买来了。谢谢。我给你钱。"朱老太说。

"不要钱，送给你吃。"那个女儿笑着说。

"噢，太谢谢了。"朱老太感激地说。

两个女儿扶着方老太走进卫生间。

"方老太福气好。"陶依嘉说。

"我没人管，我有洁癖，现在身上的味道自己闻也难闻，难怪黄红梅嫌弃。"朱老太伤心地说，"你闻闻，难闻吗？"

"还可以啊。"陶依嘉屏住呼吸，她身上的老人味真的很难闻。

朱老太咬了一口葱油饼，开心地说："真好吃。"她又咬了一口葱油饼，看见黄红梅进来了，身体发抖，马上用手遮住葱油饼，不让她看见。

黄红梅拿着拖把拖地板，朱老太对陶依嘉说，"我要回家，你能带我回家吗？"

"她进来后一直要回家。"黄红梅对陶依嘉说，又对朱老太说，"你女儿和儿子都要上班，白天没有人照顾你，才把你送来这儿，你就待在这里吧。"

"哎，我要回家，我在家已经七八十年了，为什么要赶我出来？"朱老太悲哀地说，"四个儿子女儿都不要我了，送我进养老院再也没有来过。陶老师，人家都说你好，我女儿、儿子下次来，你要说服他们把我接回家，我先谢谢你啦。"

"我说话也不会有用的。"陶依嘉说。

"你要每天过来看看我,和我说说话。"朱老太要求道。

陶依嘉看着朱老太,很同情,很为她悲哀,暗暗庆幸自己就要离开养老院了。

"你怎么在床上偷吃葱油饼?把被子弄脏了又要我洗。"黄红梅斥责道。

"对不起!对不起!"朱老太全身颤抖。

"下次再这样,我就把你的葱油饼夺过来扔进垃圾桶。"黄红梅凶狠地说。

陶依嘉回到自己房间,关美娟也回来了,宋阿萍看着窗外发呆。

黄老太的丈夫突然走了进来,悲哀地对陶依嘉说:"我刚才不敢告诉你。我家老太婆检查结果出来了,肺癌晚期,扩散了。"

"真的?"陶依嘉惊讶地问,"还不送医院?"

"儿子说等他来了再说,今天晚上坐高铁火车到。"老张说完就走了。

"啊,活不了几天了。"宋阿萍说。

"可惜了,她人很好的。"关美娟说。

"啊呀,我现在经常听到认识的人死去的消息,过去很少听到。"陶依嘉伤感地说，"说明我们老了。

"很快就要轮到我们了。"宋阿萍悲哀地说。

"那还早了。"关美娟笑道。

"人活着真没有意义。"宋阿萍感慨地说。

"我们有缘来到这个世界，还是要珍惜这个只有一次的机遇。"陶依嘉说，"人生就是一个过程，我们要让这个过程开心，活在当下，过好当下，快乐当下，这就是人生的意义。"

"陶老师说得好，不要为未来空操心，未来不知道会什么样，行动不能自理怎么办？生病躺在床上怎么办？老年痴呆了怎么办？管它呢，尽情地活在当下，开心地活在当下。"关美娟赞同地说。

"老人被人嫌弃，要开心地活在当下也难啊。"宋阿萍伤感地说，"陶老师，怎样才能开心地活在当下呢？"

"我觉得，60岁到80岁初老的时候，多数老人还是思路活跃，心智健全，基本上能够自理，在这个美好的时候，我们要重新开始'第二春'，这样才能快乐地活在当下。"陶依嘉说。

"你以为自己没有老，可是人家就把你当老人了。"宋阿萍说，"我刚退休的时候，那天单位里组织舞会，我也要一起去跳舞，可年轻人都对我说'宋老师，舞会结束会很晚，你回家吧'。他们不带我了。时间一长，所谓年轻人的事，都和我无关了，我不老也老了。"

"哎，宋老师说得是，人家都把我们当老人，我们也只能把自己当老人。"关美娟说。

"我觉得还是观念问题。欧洲一些国家的人有一种认知，父母活着的时候应该尽情地享受生活，到了晚年失去自理能力的时候，到了全靠药物维持生命的时候，就干脆地安乐死。这时候儿女不让父母死，那就是对老人的虐待，那就是侵犯人权。"陶依嘉笑了笑，"我们中国不少年轻人的观念，小时候听父母的，父母老了就听子女的，子女在父母生重病的时候，在父母失去自理能力的时候，能够决定老人的生活方式，甚至决定老人死的方式。中国子女往往并不关心父母的生活质量，不关心父母所希望的生活方式，他们只关心父母是否活着。同样是如何对待老人，中外的观点就是如此不同。"

"嗯，陶老师说得对。"关美娟说。

"中国人讲究'好死不如赖活'，我想，一个人老到自己也不知道自己的时候，再活着确实没有什么意义。我的态度，活得开心，死得爽快。"陶依嘉说。

"陶老师想得通透。"关美娟大声地笑了。

"那么如何活得开心呢？"宋阿萍问道。

"我觉得一是动脑；二是动手。动脑就是要学习，从读书开始，温习过去学过的，吸收新的知识。动手嘛，就是要学习新的技能。"陶依嘉深有体会地说，"许多东西，比如到饭馆用扫二维码点菜，微信付款，支付宝付款，其实并不难，一学就会，或者说多学几次就会。人的许多功能，用则进，不用则退则废。"

"嗯，说得深刻，有普遍的指导意义。"关美娟赞同地说。

"陶老师说得好，我手机不用，微信出来，我就以为是年轻人的事，不学不用，叫人装了微信，也是从来不看不用。"宋阿萍感叹地说。

"许多老人60多岁就以为自己老了，自己能做的事就不做了，能不学的新东西就不学了。世界上的事情就是这样，你认为它难，结果就真的难了。我们的子女也认为父母老了，什么事都不让做，就让你坐着躺着睡着，就让你在自己家里待着，时间一长，我们就什么也不会了，慢慢地就被时代抛弃了，被社会抛弃了，被子女抛弃了。"陶依嘉深有体会地说，"许多新东西比我们想象的要简单得多，我们的能力比我们认为的要强好多。"

"陶老师，你说得真好。"宋阿萍说。

"当然，老年人既要不把自己当老人，也要把自己当老人，不宜做不能做的事不要去做，比如搬重东西。"陶依嘉补充说。

大家笑了。

"我想，放弃自己就是变老的开始。英国哲学家罗素说过，'强烈的爱好使我免于衰老'。我们要有爱好，我们要玩乐。有一句世界名言得好，'我们不是因为年老而停止玩乐，而是因为停止玩乐才会变老'。所以，我看书是一个爱好，关老师打麻将也是一个爱好。"

"哎，有道理，我也要恢复一个爱好，重新温习英语，这对防止老年痴呆症有好处啊。"宋阿萍说。

"我曾经到河南出差，游玩了洛阳市东郊的白马寺，那儿有一副对联，让我至今印象还是十分深刻。对联是：'天雨虽宽不润无根之草，佛法虽广不度无缘之人'，含义深长啊。"陶依嘉说。

"好对联。"宋阿萍说。

"人家说，308的老人是最健康的，最有知识的，"黄红梅突然出现了，不屑地大声说，"不过，陶老师说的我听不懂。"

陶依嘉、关美娟和宋阿萍吓了一跳，陶依嘉不悦地用眼睛的余光看了她一眼，真是没有知识，进来也不打声招呼。

"你们吃西瓜啊。"黄红梅在餐桌上把西瓜切了好几片，拿了一大片西瓜就大口大口地吃了起来。

"陶老师，宋老师，来来，吃西瓜。"关美娟招呼道。

"我就不吃了。"陶依嘉说。

"我下午再吃吧，现在吃了中饭就吃不下了。"宋阿萍说。

"黄红梅，我带回来的鸡、鱼和肉，麻烦你热一热，给关老师和宋老师吃，你和李莉也留一份。"陶依嘉对黄红梅说。

黄红梅愣了愣，看了看陶依嘉没有回答。

陶依嘉看她的表情有些怪异，又重复了一遍。

"我吃光了。"黄红梅理所当然地说。

"吃光了？"陶依嘉惊讶地反问。

"味道太香了，我就忍不住吃了，真好吃，我从来没有吃过这样好吃的。"黄红梅开心地笑了。

陶依嘉走过去打开冰箱门，果然打包盒不见了。她沉下脸来，"你怎么可以这样，自说自话吃我的东西？"

"都是剩菜，有什么了不起。"黄红梅不以为然地说。

"黄红梅，不经过我的同意，你怎么可以把我的东西吃掉呢？"陶依嘉严肃地说。

"什么？吃了你东西？"焦丽英正好路过，就走了进来。

黄红梅脸色窘迫，神情尴尬。

"哦，昨天小姐妹请我上饭店，我带回来一些菜，黄红梅没有经过我的同意，就把它们全吃光了。"陶依嘉毫不客气地说。她想，我不会再为忘恩负义的黄红梅打掩护。再说，反正我也要离开了，用不着担心她报复了。

"陶老师说得对吗？"焦丽英质问黄红梅。

黄红梅低头不言语。

"黄红梅和陶老师熟悉了，关系好，就像自己人了。"关美娟婉转地为黄红梅说情。

宋阿萍看着黄红梅，没有说话。

"国庆节发奖金，扣除奖金200元。"焦丽英瞪了黄红梅一眼，用手指点了点她的鼻子，说完就大步走了。

"这下子你开心了吧？"黄红梅恨恨地对陶依嘉说。

"咎由自取。"陶依嘉不客气地说。

"什么叫咎由自取？"黄红梅反问。

"就是苦头是自找的。"陶依嘉冷笑道。

"前楼卖了多少钱？"张孝霖严肃地问。

"就那样了。"张孝明不作正面回答。

"什么叫就那样呢，卖了多少钱呢？"张孝珍盯着问。

"150万元。"张孝明无奈地说道。

"你要给我们机会赚100万元，阿明已经赚了150万元，超过50%。"张孝珍把手里的葡萄"啪"地扔进果盆，冷笑地对张孝霖说，"你还能让我们赚100万吗？"

申江涛看着张孝明，神色惊愕而不悦。

"啊，150万啊？"梅凤妹生气地看着张孝霖说，"没想到，前楼已经卖掉了。"

"这事姆妈是知道的。"季芳芳含糊地说，给人感觉卖房子是母亲同意的，甚至是母亲安排的。

张孝霖笑容消失了，点上烟狠狠地抽着，脑子急速地飞转。阿明结婚用房是姆妈给的，已经占了大便宜，现在居然把老宅的前楼也独吞了。让人气愤的是，阿明和芳芳得了好处，还找借口把母亲赶出去。我刚才反对姆妈住到周老师家，错了，应该支持姆妈住到周老师家，就让阿明和芳芳难堪，就让他们见不得人。阿珍一直说芳芳坏，看来阿珍是有眼光的。可是，我已经表态了，怎么调头呢？还有，重要的是不能让阿明和芳芳独吞老宅，这应该都是遗产啊！

"大阿哥，我们吃亏就认输吧。我们斗不过人家，就甘拜下风吧。"张孝珍怪声怪气地挑拨道。

"阿明，老宅的户主变成你的名字，是你向姆妈提出来的吗？你承诺了什么？比如为她养老等。另外，是姆妈同意了你再卖房子还是你卖了房子后才告诉姆妈的？"张孝霖恢复了平静，从容不迫地盯着张孝明问。

张孝珍为张孝霖的问话喝彩，假装玩手机，悄悄地按下录音键。

"我来回答大阿哥的问题。"季芳芳挺身而出，"老房子的户主变成阿明的名字，是姆妈主动提出来的；阿明并没有作出任何承诺。另外，我们买新房时缺钱，找朋友借了不少钱，后来要还钱时我们的钱不够，于是阿明才想到卖房，卖了前楼，留下后楼。"季芳芳看了看张孝霖和张孝珍，"我作为一个旁观者认为，姆妈把老房子过户给阿明，完全是体现了母爱。据我知道，姆妈要把老房子过户给阿明，他开始坚决不肯要，当时我也说，这不合适，因为姆妈并不是只有阿明一个儿子。姆妈说，阿霖和阿珍的住房都很大，每家都是160多平方，就阿明房子小。姆妈还说你们胸襟宽阔，不会计较的。我的话可能让你们不舒服，我表示抱歉，不过这是真实的情况。"她拿了几串葡萄分放到大家面前，"来，大家吃葡萄。"

"我家房子是公司买的，我贴了一些钱，我们没有拿姆妈一分钱。"张孝霖说。

"我家房子是大了一点，是用自己的钱买的，没有向姆妈要过一分钱。"张孝珍弦外有音地说，又阴阳怪气地说，"大阿哥，姆妈的两套房子都给阿明拿走了，你不要生气，我们已经有大房子住了。"

"你这是存心挑拨嘛。"张孝明不高兴地说，"姆妈主动把房子过户给我，我买房的钱不够，卖掉前楼补贴，姆妈也是支持的。"

"你没有回答我的问题，是你承诺了什么姆妈才把老房子过户给你的吗？是姆妈同意了你再卖掉前楼，还是你卖掉了前楼再告诉姆妈的？"张孝霖盯着问，语气不太友好，"还有，姆妈是什么时候把老宅过户给你们的？是在你们买新房子之前还是之后？"

"其实，这些问题没有实际意义，房子过户给了阿明，他就有处置权。不过，大阿哥既然问了，我就汇报一下。我们搬进了新房，过了一段时间，姆妈才把房子过户给阿明的，应该是奖励阿明的孝顺吧。"季芳芳微笑着说，"大阿哥，对于姆妈的帮助，我们深深地铭记在心，买了新房就请她过来住，她有电梯可以享用，不要水泥楼梯跑上跑下了。"

"不要说得比唱的还要好听，"张孝珍沉下脸质问，"姆妈单位分配的两室户，你们占了；我们从小居住的老房子，

304

你们占了，还把前楼卖了；你们买新房钱不够，姆妈拿出积蓄，她的养老钱你们又占了。"

"我是拿了卖掉旧房子的钞票买新房的，原来的旧房子是我花钱买下来的。"张孝明理直气壮地说。

"你还好意思说，你卖掉的房子是姆妈单位分配的租赁房屋，你花了一万五千元就买下来了，后来到市场上卖掉多少钱？我查过的，市场价每平方7万元，总共56平方，你卖了392万，加上老宅150万，你总共得了542万元。"张孝珍眼睛瞪得滚圆，"我和阿霖得到多少钞票呢？啊？零。"

"你这样好斗不讲理，我们就无法谈下去了。"张孝明涨红着脸说，"阿珍，你女儿申佳小时候不是姆妈带大的吗？阿霖的女儿张婕，小时候姆妈也是带过的。你们结婚，姆妈也给过你们钱的。姆妈对家里任何人，都是有贡献的，换句话说，我们都享受到了姆妈的阳光雨露。"

"大家都是自己人，不要争，不要吵，有话好好说。"梅凤妹和事佬地说。

"阿珍，你刚才说，阿明买新房子，姆妈拿出积蓄，什么意思？"张孝霖盯着问。

"哼，你问阿明。"张孝珍朝张孝明翻了一下白眼。

"姆妈补贴了我10万元。"张孝明说。

季芳芳想拦都来不及，心想，这个老公太老实了，太笨了，为什么有问必答呢。

"姆妈为你们作出巨大贡献，就是希望在你家养老，可是你们却把她赶到养老院。"张孝珍挑畔地看着季芳芳，"我看你精神焕发，哪里有病呢？"

"你们来了，我难道应该躺在床上呻吟吗？"季芳芳反问，"我是慢性病，痛苦只有自己知道。"

"病不病的就不要说了。"梅凤妹已经明显地和张孝珍站在一起，"不要扯远。"

"姆妈要住到周老师家，我们怎么办？每个人一句话表态，一切以现在的表态为准。"张孝霖看着大家说。

"我支持姆妈！"张孝珍大声说。

"子女不能够赡养母亲，就应该尊重她老人家的意愿。"梅凤妹跟着说，"我也支持。"

"姆妈做事有点偏心，不过，我们表示理解，因为是姆妈嘛。"张孝霖故作大度地说，"鉴于出现了新的情况，我收回刚才的意见，我也支持姆妈有权自我选择养老的方式和地点。"

"我坚决反对！我们要劝说姆妈不要去。"张孝明激动地说。

张孝霖扔掉烟蒂，又拿起一支烟含在嘴里，季芳芳拿起打火机为他点上火，他点头表示感谢，问申江涛："大教授，你的意见呢？"

"我和阿珍一致的。"申江涛笑了笑。

"关于姆妈到周老师家养老一事，就这样决定了，少数服从多数。"张孝霖说完吸了一口烟，缓缓地吐出蓝色烟雾，若有所思地看着它袅袅升腾。

张孝明和季芳芳无奈地互相看了看。

"另外，我有一个提议，先不说前楼卖掉的钱是否要重新分配，我要说的是，6个平方的后楼，阿明和芳芳的户口迁出来，我和阿珍户口迁进去，你们看呢？"张孝霖严正地说。

"这个主意好，我支持！"张孝珍马上说。

"好什么？"张孝明急了，一时说不出话来反驳，只是尴尬地干瞪眼。

"我不同意。"季芳芳严肃地说，"后楼假如得到拆迁款，可以拿出一点给你们作为补偿。你们要把户口迁进来，不合适。现在户主是阿明，所有权就属于阿明。"

"假如姆妈同意老房子过户给阿明，是出于一种胁迫，是被欺骗的，我想姆妈就有权将房子收回来。"张孝霖说，"我的理解是这样的，不知道对不对。"

"现在的情况，姆妈过户给阿明，出于自愿，并且头脑十分清醒。"季芳芳说。

"这也不是由你说了算的。"张孝珍对季芳芳说。

"好啦，不争啦，今天的会议就到此结束。"张孝霖说。

季芳芳邀请大家到饭店吃中饭，张孝霖说单位有事要走，张孝珍站起来也说有事要走，申江涛和梅凤妹跟着说"有事"也站了起来，大家都走了。

张孝明和季芳芳把客人送到电梯口，看着他们进了电梯，才返身回到家里，在沙发上坐下。

"姆妈要去周老师家养老怎么办，阿霖阿珍要后楼房子，甚至要分前楼卖掉的钱怎么办？"张孝明忧虑地说。

"先解决老妈问题。"季芳芳说。

"我看你的毛病也不是很重，是否把姆妈接回来呢？"张孝明试探地说，"这样问题就解决了。"

季芳芳一怔，若有所思地看着他。

"现在流行一句话，'父母在，人生尚有来处；父母去，人生只剩归途'。"张孝明说，"父母把我们养育成人，投入了许多精力，而这精力是父母生命的组成部分，我们作为子女的，应该好好回报。我还想到，我们总以为待父母好是给他们的一种恩赐，其实那是我们的责任，而且更是一种收获。"

"收获？"季芳芳不解地反问。

"我们和父母在一起的快乐，在其他地方是不可能获

308

得的；我们待父母好，也是给我们的子女树立了好榜样，他们将来也会待我们好；父母生前我们待他们好，将来他们逝世后，我们心灵上就有一种安慰，不会遗憾，更不会后悔，因为我们已经回报了父母的养育之恩。"张孝明认真地说，"这些不都是收获吗？"

季芳芳仰天放声大笑。

"我说错了吗？"张孝明疑惑地问。

"我们又没有请求父母生育我们，他们是为了所谓的爱情才生下我们的，这是他们自己的事；他们既然生下儿女，就有责任抚养，我们凭什么一定要回报他们呢？"季芳芳冷笑道，"当然我们应该待父母好，这是良心。如果你母亲仅有你一个儿子，我们应该尽孝，现在有阿霖有阿珍，凭什么就要我们独自承担起赡养的重任呢？"

"你居然这样看问题？"张孝明惊讶地摇头。

"你怎么知道我的毛病不重呢？我之所以不和你说，是不想影响你工作。"季芳芳不满地说，"当务之急，迅速地让周老师不要接受你母亲。"

"好了，不说了。下午，叶璐应该在上班，我们就去周琴心家，芳芳，你和我一起去吧？"张孝明恳求地说。

"这事你一个人处理，我不会跟你一起出丑的。"季芳芳断然拒绝。

"这怎么办呢？"张孝明为难地说。

季芳芳靠近他坐了坐，一手搂住他的肩，"你找周老师有用吗？做事不是光靠一股蛮劲，要考虑达到目的的手段，这是最重要的。"

"你有什么高招？"张孝明说。

"你到养老院找老妈，哪怕跪下来，也要求她不要去周老师那儿。"季芳芳说，"当然，我也会配合出力的。"

"哎，这个主意好！不去周老师家，好。"张孝明如释重负，又问，"你出什么力啊？和我一起去养老院？"

"你一个人去求你姆妈，她会心软的。"季芳芳不无神秘地笑了笑，"你提出来给她换个单人间，给她尝尝甜头啊，至于要不要换是她的事。还有，更重要的是，告诉他，等我病好了就接她回来住，而我现在的病情，已经趋于好转。"

"你同意她回来住了？"他惊喜地问。

"我从来没有说你妈不可以回来，你先让她安心留在养老院吧。"季芳芳说，"以后看情况再说。"

张孝明失望地看了看她，没有作声，原来她是在耍诡计。

"我要提醒你，"季芳芳严肃地说，"后楼我是不会让出来，后楼6个平方，我们两人的户口都在，就是一大

310

笔钱，这钱不能让他们抢去。"

张孝明为难地搔了搔头皮。

"你和老妈谈话很重要。"季芳芳拿来张孝明的双肩包放在茶几上，拿来牛奶、新鲜的荔枝和饼干塞进包里。

这时，张孝明的手机响了，是出版社总编辑林树的电话，要张孝明下午代他去新闻出版局开会。

"下午养老院去不了了，明天上午有会，那就明天下午去吧。"张孝明对季芳芳说。

"我提醒你，你老妈住到周老师家，我们就离婚！这里的房子卖掉，你和我，还有张波，平分。"季芳芳语调决绝地说。

第十一章

儿子下跪

黄红梅把餐盘放到餐桌上，转身去对面房间给老人喂饭。陶依嘉和关美娟在餐桌前坐下，宋阿萍撑着拐杖走过来。

　　陶依嘉喝着菜粥，攘了一点点腐乳塞进嘴里，说："早饭营养是够的，就是味道一般般。"

　　"早饭不是菜粥就是小米粥，不是腐乳就是酱菜，为什么不供应生煎馒头、大馄饨呢？"宋阿萍抱怨地说。

　　"在养老院只好将就了。"关美娟说。

　　"问题是我们一直在养老院啊。"宋阿萍不无悲哀地说。

　　"只要营养够，要求就不要高了。"关美娟拿起馒头咬了一口。

　　"我的白煮蛋吃不下了，"宋阿萍说，"陶老师，你帮我吃掉吧。"

　　"我现在不大敢吃鸡蛋了。关老师，请你帮忙了。"陶依嘉说。

　　"好好，我来吧。"关美娟吃完香菇菜包，乐呵呵地拿过白煮蛋。

　　吃完早饭，关美娟去打麻将，宋阿萍在收听收音机的节目，陶依嘉感到闲得无聊，起身出外走走，在走廊里碰到老张。

"老张，现在怎么说？"陶依嘉关心地问，"什么时候送医院？"

"我要送医院，儿子不肯，我也没办法。"老张无奈地说。

陶依嘉跟着老张走进307房间，1床方老太的大女儿正从包里取出一个保暖锅，她朝陶依嘉笑了笑说，"今天轮到我上班，给姆妈烧了东坡肉，吃中饭时热一热，姆妈喜欢吃的。"

"你妈福气真好。"陶依嘉笑道。

"应该的，是自己母亲啊。"方老太的大女儿说。

陶依嘉走近黄老太，只见她闭着眼睛睡着，他儿子张教授还没有来。

"你儿子呢？"陶依嘉问。

"他下午5点就回家了，早上8点半才来。"黄红梅正在喂朱老太吃早饭，"他在等母亲死去。"

老张"唉"地叹了一口气。

陶依嘉低头看着黄老太，她脸色黄黄的，闭着眼睛昏睡着。陶依嘉伸手握了握她的手，她疼得"哦哟"叫了一声，把手缩了回去。

"她现在不能碰，一碰就疼。"老张心疼地说。

陶依嘉弯下腰，握住黄老太的手。黄老太睁开眼睛看了看陶依嘉，什么话也没有说就闭上眼睛。

　　"黄老太，你会好的。等你好了，我们好好聊天。"陶依嘉对她说。

　　"不——用——了。"她缓缓地说，声音很轻，仍然闭着眼睛。

　　这时，一个60多岁的男子来了，他看了看陶依嘉，就在床边坐下，打开电脑看着什么。

　　"她是对面房间的陶老师，和你妈妈关系很好。这是我儿子。"老张介绍道。

　　"哦，陶老师好。"张教授站了起来，礼貌地说。

　　老张站在黄老太床边，怜爱地看着她。

　　"黄老太早饭吃过了吗？"陶依嘉问。

　　"哦，我妈吃不进，没有胃口。"张教授说着看了一眼床头柜上的餐盘。

　　"要不要送医院呢？"陶依嘉婉转地问张教授。

　　张教授看了看她，说："到了医院也是治不好的。"

　　陶依嘉心想这是什么话，治不好至少可以减轻痛苦啊。

　　黄红梅突然从朱老太的床边冲过来，对着张教授大声吼道："你还是个教授呢，你母亲病得都要死了，你还不送她去医院？你就知道看电脑，看手机，你至少可以为母亲揉揉手，和她说说话呀。"

316

陶依嘉一愣，啊，这是黄红梅吗？她居然很有正义感啊。

"你你……你怎么可以这样说话？"张教授尴尬万分。

"你做得出来，我就说得出来，你良心给狗吃了。"黄红梅气呼呼地回到朱老太床边继续喂饭。

张教授看了看黄红梅，满脸不悦。陶依嘉转身要走，就见焦主任进来了。

"张教授，养老院毕竟不是三甲医院。"焦丽英严肃地说，"应该送医院，我们可以为你派车，你叫120的话更方便。"

"再观察一下吧，进三甲医院也治不好病，一动不如一静。"张教授振振有词地说。

"你不送医院可以，要写下来，出了事由你承担全部责任。"焦丽英不客气地说。

"当然由我负责，写就不用了吧？"张教授说。

"必须要写的。"焦丽英不容商量地说。

"那好吧。"张教授勉强地说。

"你先去医务室找林医生，至少要吊盐水啊。"焦丽英看了看手表，"半个小时后，9点，我在院长室等你，8楼。"

焦丽英走了，张教授对老张说"你陪我到医务室去吧"，老张陪着他走了。

317

陶依嘉看见方老太的大女儿拿着毛巾为母亲擦身，十分感叹，每家的儿女都不一样，方老太真有福气的。她正看着，一个女护士走进房间，张教授和老张跟了进来。护士把一个输液瓶倒挂在床上高处的输液杆上，在黄老太手背上方扎上止血带，在她手背上猛扎一针，结果没有扎进皮肤，黄老太浑身痉挛了一下，痛苦地"啊"了一声，老张心疼地说"你轻点"；小姑娘看也不看老张，又在黄老太手背上换了个地方猛扎一针，看见血流了出来，就松开止血带，用绷带固定好输液管，调整一下药液的滴速，脸无表情头也不回地走了。

张教授拿出电脑打开，准备查阅什么。老张提醒他去见焦主任，他笑道"我忘记了"，就站了起来走了出去。

陶依嘉感慨地摇了摇头，无话可说，她刚要走，看见黄红梅弯腰站在朱老太的床边，脱去朱老太的上衣，帮她松开裤带，露出一侧的上肢；她在上肢下垫了一条大毛巾，将浸有温水的小毛巾拧至半干状态，一边为她擦身，另外一只手还为她按摩。陶依嘉转身回到自己的房间。她坐到床上，拿起小说书翻看着消磨时间，想到刚才看到的情景很不舒服，就不满地告诉了室友。

"这个儿子怎么会这样的，还是教授呢。"陶依嘉不满地说，"据说，黄老太养儿子的时候，难产，差点丢掉

318

一条命。黄老太还为儿子带过孙子，带到上中学。看看，现在儿子送母亲上医院都不愿意。"

"他的儿子已经为黄老太买好寿衣了，孽子，畜生！"关美娟骂道，"养儿养女一场空。"

"我倒理解张教授。你看黄老太病得这么重，都不能说话了，如果救到医院，这个检查那个检查，活人也要弄死，最后也是治不好，与其这样，还不如在这儿听天由命。黄老太病得这么严重，死了也解脱了，家人也解脱了。"宋阿萍说。

"不能这样说啊，"关美娟不以为然，"总应该送医院，也许会看好呢，至少可以少吃苦头啊。"

"母亲有病，不送医院，儿子不孝啊。"陶依嘉说。

这时，一个高个子外国人，肩上挎着棕色牛皮单肩包，站在门口探头朝里面张望，问陶依嘉："请问宋阿萍女士在这儿吗？"

陶依嘉一愣，这个外国人的中国话说得很标准啊，这难道是宋阿萍的儿子？人长得高大是外国人，可那张脸却是中国人，应该是混血儿吧？

黄红梅正好走进来，抢先指了指宋阿萍回答，"哎，就是她——宋老师有人找你。"

宋阿萍突然坐了起来，紧张地朝门口张望，关美娟也睁大眼睛观望着。

外国人走到房间最里面，紧紧地盯着宋阿萍；她愣愣地凝视着他。

"你就是姆妈啊？"外国人激动地问，"我是理查德。哦，中文名字小龙。"

"啊，小龙……"宋阿萍激动地叫道。

外国人上前拥抱宋阿萍，宋阿萍激动得放声大哭。

陶依嘉和关美娟交换了一下惊愕而疑惑的眼神：宋阿萍是孤老啊，怎么突然冒出一个外国人儿子？平时看上去冷冰冰的宋阿萍，居然激动得哭了。

黄红梅突然想起什么，倒了一杯茶端过去，宋阿萍说"谢谢"，外国人冲着黄红梅说"Thanks"，他突然意识到什么，改说中文"谢谢"。黄红梅紧张地退回到餐桌旁边，睁大眼睛好奇地看着宋阿萍和外国人。

"小龙，坐坐。喝茶。"宋阿萍指着床边的椅子。

"哦。"理查德放下拎包，在椅子上坐下。

"你什么时候回来的？"宋阿萍抹了抹泪眼，惊讶地问。

"哦，回来一个礼拜了。"理查德说，"姆妈，我们20多年没有见面了吧？"

"24年。你到美国留学，开始还有信，后来就没有了

320

消息。你这次是专门来看我，还是有事到上海来顺便看看我？"宋阿萍一板一眼地问道。

"我到北京讲学，特地先到上海来看你。"理查德笑道。

"噢，这样啊。你这么多年为什么不和我联系呢？"宋阿萍的话里流露着怨气。

"我一直在拼搏，念了硕士和博士，现在在大学工作，已经是终身教授。"理查德微笑地说。

"啊，好好。"宋阿萍又严肃地问，"你和我打电话都没有时间吗？哦，我写的十几封信你收到吗？"

"收到的。"理查德不好意思地回答。

"我一直在等你的消息，已经等了24年了……"宋阿萍含着泪水说。

"说来话长，以后再说吧。"理查德说，"我明天去北京讲学，两个礼拜后回美国。"

"你还会来吗？"她问。

"看情况吧。今天我带给你一样东西。"理查德从挎包里拿出一个布包递给宋阿萍，"阿爸让我带给你，他已经死了。"

"啊？他死了？"她惊讶地问。

"他得了癌症，临死前让我把这个交给你，说是物归原主。"理查德说，"噢，到了美国，好几年以后我才找到了父亲，他也接纳了我。"

宋阿萍缓缓地打开布包，原来是一枚戒指，上面刻着一串数字。她不由得浑身颤抖了一下，突然低头伤心地哭了。

理查德不解地看着宋阿萍，手足无措，不知道如何是好。

宋阿萍哭了一会儿停住了，用手背抹了抹泪水，低头仔细地看着戒指，喃喃自语："这是他向我求婚的时候送我的戒指，我离婚时退给了他，19710908。"

"这个数字是什么意思呢？"理查德探究地问。

"1971年9月8日，那天他向我求婚，我答应了。"宋阿萍说。

"噢，原来如此。"理查德说。

"唉，他死了！他死了！"宋阿萍感情复杂地说。

"你们当初为什么会分手呢？"理查德问。

"反正我也老了，"宋阿萍看了看两位室友和黄红梅，"他来上海访问，到我们大学图书馆参观，因为我英语可以，领导就让我负责接待。我们在一起相处了10天，他就追求我，我答应了，和他结婚去了美国。他爱上了别的女人，我们离婚了，我回到了上海，我那时肚子里已经有了你。"

"姆妈，我想问，人家为了孩子获得美国籍，都到美国生孩子，你为什么怀孕了却从美国回到上海呢？"理查德不解地问。

"我和你爸离婚了，我要早点离开他，就回到中国。我先到乡下生下了你，才带你回上海。"宋阿萍停了停，继续埋怨地问，"小龙，你为什么24年不联系我呢？你可知道我多想你啊？你结婚了吧？"

"有三个孩子了，两个男孩一个女孩。"理查德从挎包里取出一个皮夹子，掏出一张照片给宋阿萍看，"这是我们的全家福，我和太太都在。"

这时，黄红梅突然奔过来，理查德和宋阿萍都吓了一跳，陶依嘉和关美娟也大吃一惊。黄红梅拉开床头柜，拿出老花眼镜给宋阿萍戴上。

"哦哟，吓了我一跳。谢谢。"宋阿萍看着全家福照片，笑了，"好幸福的一家子。"

黄红梅拿过照片看，又递给关美娟看，"老婆是外国人，三个孩子都是外国人。"

"我太太是美国人，在基金公司做；两个儿子在上小学，女儿在上幼儿园。"理查德说。

"啊，我有孙子和孙女了？"宋阿萍笑道。

"是啊。"理查德说着就把照片放回挎包。

他们聊了一会儿，理查德站了起来，抱歉地说："姆妈，我要走了，我还有事。"

宋阿萍一愣，没有想到他这么快就要走。她期盼地问："你还来吗？"

"我晚上坐高铁火车去北京，我争取讲学后再回上海。"理查德说，"我也想看看我原来住的地方。"

"都已经拆迁了，"宋阿萍说，"原来你熟悉的环境全没了。"

"我还是想看看，毕竟生活了 22 年，我以后不知道还有没有机会再回来。"理查德从包里取出一包西洋参，"姆妈，这个送你。"

"噢。"宋阿萍又问，"你准备把我怎么办？还是和过去一样，从此再没有消息？"

"你辛辛苦苦把我抚养大，"理查德认真地说，"我不会忘记你的，让我考虑一下吧。"

"我送送你吧。"宋阿萍把戒指包起来塞进床头柜，然后下了床，拿起拐杖。

理查德背起单肩包，朝陶依嘉、关美娟和黄红梅笑了笑，算是打招呼告别，他上前搀扶着宋阿萍走了出去。

"那个戒指好粗好大啊，肯定很值钱。"黄红梅羡慕地说。

"她离婚了，居然回国养儿子，脾气够倔的。"关美娟感慨地说。

"宋老师是给老公甩掉的，宋老师没有上海女人的嗲劲，没有女人味，假如我是男人，我也不要她。"黄红梅说完哈哈大笑，"陶老师，宋老师的儿子会接她去美国吗？"

"我不喜欢在人家背后说长道短，对人不尊重。"陶依嘉不客气地说。

黄红梅倒抽了一口气，愤愤地瞪了陶依嘉一眼，走了出去。

这时，宋阿萍回来了，默默地走进卫生间，洗了一把脸出来，坐到床上，低下头想着什么。

关美娟想问，又不敢问，就拐弯抹角地说："宋老师，你要喝茶吗？"

宋阿萍看了关美娟一眼，又看了陶依嘉一眼，没有回答。

当晚，陶依嘉情绪很好地上床睡觉，她没有刻意抢在室友前睡着，而是让自己思绪飞扬，憧憬着到周老师家的生活情景。她听着耳畔传来的打呼噜声，没有了以往的烦躁情绪。她觉得晚点睡或者睡不着都没有关系，反正很快就要离开养老院了。

"嗡嗡嗡！"陶依嘉突然听见蚊子的轰鸣声，她睁开眼睛，伸手在面前挥舞了几下，蚊子的声音消失了。

她感到胳膊上痒痒的，用手揉了几下，把毯子蒙住脸，蒙住整个身体，继续睡觉。过了一会儿，"嗡嗡嗡"的蚊子声音又在耳畔响起，她惊恐地颤抖了一下。她知道今天不打死这个蚊子就不要想睡了，就把灯打开，睁大眼睛四处搜索着。

关美娟、宋阿萍和黄红梅都醒了。

"有一只蚊子，把我胳膊咬了好几个包。"陶依嘉说。

"晚饭后关过空调，开窗透空气，蚊子应该在那个时候飞进来的。"关美娟说。

"也有可能是从走廊里溜进来的。"宋阿萍坐了起来，"蚊子真讨厌。"

关美娟起床走过来寻找蚊子，目光在墙壁上搜索；黄红梅爬起来，睁着一双惺忪的眼睛，朝陶依嘉的床头柜上仔细地看着，又朝墙壁和天花板上看着。她们四面八方搜索着，最后什么也没有发现。

"今天晚上要吃蚊子的苦头了。"关美娟担忧地说。

"我有办法了，你们继续睡觉。陶老师把胳膊伸出来，你听见蚊子叫不要响，让它咬你。"黄红梅让关美娟打开手机放在床头柜上，手机的光微弱地亮着；她关掉房间的灯，摸索到陶依嘉的床边坐在地上，在黑暗中默默地睁大眼睛。

房间里一片宁静，过了一会儿，陶依嘉听见"嗡嗡嗡"的蚊子声音，她想伸手拍打，马上忍住了。

她感觉黄红梅的手靠近了，举在她前面不动，突然猛地拍在她胳膊上，她开心地大叫："打死了！"

关美娟开灯，陶依嘉一看，蚊子死在她的胳膊上，一片血迹，那是蚊子吸了人的血。

"还是黄红梅厉害！"关美娟赞赏道。

"蚊子是斜着飞的，我们双手从两边左右拍蚊子，很难拍到它，双手从上向下拍蚊子，一拍一个准。蚊子在叮咬人后会停留一会儿，就在这个时间，一下子拍上去，它就逃不了。"黄红梅得意地说。

"谢谢！"陶依嘉对黄红梅说，她起床走进卫生间洗胳膊。

房间的灯关了，大家继续睡觉。陶依嘉再也没有听见蚊子的叫声，很快就睡着了。

上午 10 点钟，陶依嘉下楼步行后回到房间，就见张孝霖和张孝珍来了。

"我们到楼下转一圈怎么样？"张孝霖笑道，笑容有些僵硬。

"好的，我刚下去过。"陶依嘉说。昨晚阿明来电话，他说了长阳路老房子的事，张孝霖和张孝珍很生气。瞧瞧，今天就来了，麻烦来了。

"我们在电梯口等你。"张孝霖走了出去，张孝珍紧跟着出去了。

陶依嘉对宋阿萍说"我下楼一会儿"就出去了。她走到电梯口，朝正在打麻将的关美娟挥了挥手，就乘电梯下楼，和阿霖、阿珍一起来到楼下茅亭坐下。

"姆妈，阿明说你要去周老师家养老？"张孝霖劈面就问。

"是的。"陶依嘉回答。

"姆妈，你就去吧，气气芳芳。"张孝珍鼓励地说，亲热地把手搭在陶依嘉的肩上。

"我也是迫不得已的选择！"陶依嘉叹了一口气。

"我们现在才听说，长阳路老房子已经过户给阿明了，并且面积最大、朝南的前楼已经卖掉150万元。"张孝霖认真地问，"姆妈，这是真的吗？"

"我认为不可能的，姆妈怎么会把房子过户给阿明呢？姆妈有两个儿子一个女儿，再说阿明结婚时，已经拿过家里的一套房子了，姆妈，我说的对吗？"张孝珍眨着狡黠的眼睛问道。

"是的。"陶依嘉坦率地回答。

"啊？真的？"张孝珍故作惊讶，"姆妈，你把房子过户给阿明，是阿明和芳芳逼的吧？"

"是我自己提出来的。"陶依嘉有些内疚地说。

"他们是不是说过，让你在他们家养老，所以你才把房子过户给了阿明？"张孝霖启发地问。

"阿明说过要为我养老，但没有要我把房子过户给他，两者没有交换关系。"陶依嘉说。

"姆妈，让你感觉能在他们家养老，老有所依，让你自愿把老房子过户给他们，这就是芳芳的高明之处，不战而屈人之兵啊。"张孝霖冷笑道。

"这是她狡猾的地方。"张孝珍更正地说。

"你们要说什么就说吧，不要拐弯了。"陶依嘉苦笑了一下，"我把房子过户前，应该告诉你们一声，很抱歉。"

"姆妈，我对你很失望，十个手指连心疼，你给了他结婚房子不算，现在又把老房子给他，你是不认阿霖和我是你的儿子和女儿啊。"张孝珍不客气地说，"姆妈，你太偏心了！"

"阿珍，这话说得过份了。"张孝霖故意批评道，"姆妈本来就喜欢阿明，阿明也是最关心姆妈的。"

"我把老房子过户给阿明，确实不合适，现在只好认

329

了。"陶依嘉不无后悔地说。

"亡羊补牢,犹为未晚。"张孝霖说,"我看是否把后楼,尽管是鸡肋,让出来给我们两人,让我们也分享一下母爱。"

"后楼这么小,我们太亏了,我的意见,前楼卖掉的钱要呕出来大家平分。"张孝珍坚决地说。

"那肯定不行的,他现在哪来的钱啊。"陶依嘉说。

"既然这样,后楼就一定要吐出来。"张孝霖说,"我有一个朋友在区政府工作,他告诉我明年初长阳路老房子就要拆迁了。"

"哦,我和阿明说说看吧。如果他不同意,我也没有办法了。"陶依嘉无奈地说,"他是户主了。"

"芳芳肯定不会让出来的,阿明又是'妻管严'。"张孝珍恶狠狠地说,"想办法让他们不得不把房子吐出来,芳芳破坏阿明和叶璐的婚姻,早就应该惩罚她。"

"我们等你和阿明说的结果吧。"张孝霖说,"姆妈,你住到周老师家去吧,她们母女出于一片好心,你们是不是亲人的亲人。"

"我也支持姆妈住过去。芳芳如果要闹事,让阿明干脆离婚,和叶璐复婚,他们过去开过结婚证书,也算结过婚了,现在是复婚。我看阿明是喜欢叶璐的。"张孝珍用嘲笑的语调说,"芳芳,一个老女人,又矮又丑,只有阿

330

明会要她。我是男的，她在我面前脱光我都不要看一眼。"

"你又说这话了，太不文明了。"张孝霖笑道。

"对人要尊重。"陶依嘉说。

"我是打比方。"张孝珍笑道，"前楼的事我保留意见。先要阿明把后楼交出来，我马上给他打电话。"

"现在？太急了吧？"陶依嘉说。

"做事就是要兵贵神速。"张孝珍语速很快地说，"我们有群嘛，直接视频通话。"她打开手机，发起了语音通话，张孝明和季芳芳的脸也出现了。

"噢，阿明，你好。"张孝霖从张孝珍手上接过手机说，"我和阿珍在养老院，姆妈要和你说话。"

陶依嘉从张孝霖手上拿过手机，看见屏幕上阿明和芳芳的脸，说："阿霖和阿珍晓得老房子过户给了你们，并且把前楼卖掉了，他们现在提出来把后楼让给他们，这个要求也有合理性，阿明，你考虑一下。"

张孝明没有说话。

陶依嘉在屏幕上看见季芳芳惊愕的表情，只见她眼珠迅速转动着。

"阿明，约个时间，把后楼过户给我们，我们把户口迁进去，你们迁走户口。"张孝霖客气地说。

"你们实在要的话，我也没办法……"张孝明无奈地说。

"现在拆迁政策变了，不是看人数而是看面积，多个户口意义不大。你们要户口迁进来，我没有意见，"季芳芳说，"不过，我们就不一定要把户口迁走了。"

"怎么会不看人数呢？"陶依嘉惊讶地问。

"姆妈，从2017年开始，上海拆迁改政策了，实行'数砖头''一证一套'的新政策，就是每户只能选购一套安置房，靠动迁政策'一套换几套'已经成为历史。"季芳芳解释说。

"什么叫'数砖头'呢？"陶依嘉不解地问道。

"按照被动迁房屋的建筑面积计算补偿款，按户补偿，人口多少不考虑。以前'数人头'，房屋补偿款按照居住人数计算的。"季芳芳耐心地解释。

"芳芳，如果每户安置一套房屋，动迁居民确实居住有困难，政府要想办法解决的，新政策规定了突破'一证一套'的办法，具体细节这里就不谈了。"张孝珍不客气地驳斥道。

"实行'一证一套'新政策，居民申请优惠购买多套安置房时，户口多还是有用的。"张孝霖说，"反正，我认为姆妈已经表态了，你们的户口就要迁出来。"

"你们不迁出来，我就不客气了。"张孝珍提高声音说。

"阿珍，你威胁我们，反而逼我们不能让步了。"季芳芳柔中有刚地说。

"姆妈态度明确了，我们约时间谈。谢谢阿明和芳芳，再见。"张孝霖说完结束了语音通话。

陶侬嘉不安地看了看阿霖和阿珍。唉，别人家为房子争吵打官司的悲剧，在我们家也上演了，我有责任啊。

"今天姆妈的立场态度很鲜明，"张孝霖夸奖道，"姆妈还是公平公正的。"

"接下来，芳芳不肯把我们户口迁进去，我们干脆让阿明把前楼卖掉的钱呕出来，重新分配，好处不能让阿明全占了，实际上是芳芳全占了。"张孝珍愤愤地说，"姆妈，我不是说你，你对阿明太偏心了！送给他结婚用房，现在又把老房子过户给他，我们也是你怀胎10月养下来的儿子和女儿，你叫我们如何为你养老呢？大阿哥，你说呢？"

"姆妈其他方面都好，就是对阿明偏心，让人不舒服。"张孝霖不满地说。

"我对阿明是有些偏心，这个我承认。可是，我对你们也不差啊。阿霖，你的女儿张婕，我从她出生带到小学和初中毕业，阿珍家申佳也是。我两边跑，辛苦10多年，收过你们一分钱吗？我给阿明一套房结婚，当时房子市场价是10万元。后来，我也给了你们钞票补偿了。"

"什么补偿啊？"张孝珍惘然地问。

"我也记不清楚了，请姆妈提醒一下。"张孝霖说。。

"我的阿公就是你们的外公临死前，留下遗嘱给了我20万元钱，我给了阿霖8万，给了阿珍8万，没有给阿明一分钱，我自己留了4万。你们拿的钱，当初也可以买两室户啊。"陶依嘉反问，"你们想起来了吗？"

"哦，有的。"张孝霖不好意思地说，"时间太长了。"

"是有这件事的，姆妈，对不起，我忘记了。"张孝珍难为情地说。

"所以，不要总是说我给阿明结婚用房。我一生的心血都给了你们，你们待我又是怎么样呢？我要轮流住你们家，你们哪一个同意了？最后，还不是把我一个人抛弃在养老院？"陶依嘉悲伤地说，眼泪在眼眶里打转。

张孝霖和张孝珍无话可说。

大家沉默了一会儿，张孝霖和张孝珍起身告辞，陶依嘉和他们走到大楼内电梯口，他们就急匆匆地走了。陶依嘉跟着走到大楼门口，看着他们各自开着汽车离去，不由得长叹一声：唉，他们不是来看我，是来要钞票的啊。

张孝明开了一个上午的会，吃过中饭就开车直奔养老院。

路上有点堵，前方有车辆不时停下来，张孝明不时被迫停车。他想着如何说服母亲不要住到周老师家去，越想越心情烦燥。母亲肯定要去周老师家，她实在不喜欢住养老院。劝说无效怎么办？母亲住到周老师家，芳芳的脸面真的没有地方搁，凭她的个性一定要离婚的，那我的家就拆散了，我将如何面对亲友？我在单位如何向领导和同事解释？我要买房子还是暂时租房子？张波的婚房怎么办？还有，母亲表态后楼给阿霖和阿珍，让母亲改变主意也是很难的。我的意见应该把后楼让给阿霖和阿珍，可是芳芳坚决不干，阿霖和阿珍也不是省油的灯，他们肯定会大闹一场。还有，阿霖和阿珍肯定要提出要求，重新分配前楼卖掉的钱，那也是麻烦的事。如何应对这场即将到来的暴风雨？难的！现在抓主要矛盾要紧，让母亲不要去周老师家最重要，其他的事搁一搁再说吧。

　　"哎，假如母亲突然猝死，一切烦恼都没有了。"张孝明脑子里突然闪过这个念头。他大吃一惊，浑身哆嗦了一下：我怎么会冒出来这种想法呢？大逆不道啊！

　　张孝明立刻把车开到路边停下，痛苦地闭上眼睛，他要平静一下自己的情绪。啊，我怎么会有这种想法呢？冒天下之大不韪，天打五雷轰啊！母亲为我们儿女特别是为我贡献了一切，在她晚年的时候，不能好好地照顾她已经是不孝了，居然还诅咒她死，作孽啊！

马路上各种车辆驶过，行人在上街沿匆匆走过，马路旁梧桐树发出哗啦啦的声响。

张孝明坐了一会儿，情绪才平静下来，这才继续开车前往养老院。

下午2点钟，张孝明到了养老院。他走到308室门外，就听见母亲的爽朗笑声，不由得停住了脚步，这笑声很久没有听见了啊。

"我会来看望你们的，我也舍不得离开啊。"母亲的声音。

"我太羡慕你了，有这么好的小姐妹，比你儿子女儿都强。"关美娟的声音。

"陶老师的儿女个个有知识，有地位，有钞票，也都不要亲生母亲，唉唉！"宋阿萍的悲凄声音，"陶老师走了，我们要寂寞了！"

"人家都说上海人精明小气，周老师把你请进去养老，上海人还是讲义气的。哎，陶老师，你每个月要付多少钱给她啊？"这是黄红梅的声音。

"还没有谈钱，我至少要要付生活费的。"陶依嘉开心地说。

"陶老师，我们以后见面难了！"宋阿萍声音呜咽，

"我要孤独了。"

"宋老师，你可以去美国啊。"黄红梅不无嘲讽地说。

"你也想去美国啊？"关美娟开玩笑地问。

"我可以跟过去照顾宋老师，那就赚美元喽。"黄红梅大笑，又认真地说，"哎，陶老师，我们有过不开心，我还是祝你将来日子好过。"

"你也有待我好的时候。"陶依嘉大度地说。

张孝明暗叫不妙，大家都知道母亲要离开养老院了，劝说她留下更难了。他犹豫了一下，还是一脚跨进房间，对着母亲叫了一声，"姆妈！"

"啊，说到曹操曹操到，"关美娟笑道。

宋阿萍看了看张孝明，没有说话，掉头看窗外。

"阿明，噢，你来了，坐坐坐。"陶依嘉高兴地说。

张孝明放下双肩包，发觉母亲床边多了个大包裹，这应该是姆妈的行李吧。

"明天叶璐来接我。"陶依嘉笑着解释。

张孝明神态尴尬，一时不知道说什么好。

这时，焦丽英走进来，看见张孝明就说："我正要找你呢，你来办出院手续。另外，明天你还要来，老人出院时监护人要在场的。"

"知道了，我稍后来找你，谢谢。"张孝明客气地说。

"好，假如我不在办公室，你就电话联系我。"焦丽英扭头对陶依嘉说，"我和董院长非常感谢你的支持，祝你幸福安康。"她说完匆匆走了。

张孝明从双肩包里取出牛奶、荔枝和饼干，放在床头柜上，说："这是芳芳给你的。"

"噢，谢谢她，亏她还想到我。"陶依嘉说，她转脸对黄红梅说，"黄红梅，荔枝你替我分成五份，我们三个老人各一份，还有你和李莉各一份；饼干3听，你2听，李莉1听。牛奶，你拿去喝吧。"

张孝明没想到母亲一下子把东西全分光了，露出一脸尴尬和不悦的神情。

"陶老师，谢谢你。"黄红梅眉开眼笑，马上把饼干和牛奶拿过去放到餐桌上。

"不好意思，谢谢陶老师。"关美娟说。

"你们来看母亲太少了。"黄红梅冲着张孝明说，"带来东西再多，还不如来陪伴。老人需要什么，最需要的是儿子女儿的陪伴。"

"是是是……"张孝明尴尬地说。

黄红梅瞪了张孝明一眼，朝对面房间走去。

"姆妈，我们到楼下茅亭坐一会儿，好吗？"张孝明轻声地恳求道。

陶依嘉看了看他忧心忡忡的样子，就说"好吧"。她对关美娟说："我到楼下走走。"

"好的，以后再也没有机会在这儿走了。"关美娟笑道。

"在这儿走走是机会吗？"宋阿萍反问。

关美娟自嘲地笑笑。

陶依嘉笑了笑，和张孝明走出门外。他们来到楼下假山水池边，走进茅亭坐下。

"姆妈，到周老师家养老，你再考虑一下吧。"张孝明迫不及待地说，语调十分沉重，"我和叶璐的事你知道，你去了以后我怎么再来看你呢？"

"重要的是解决我现在遭遇的问题。"陶依嘉平静地说。

"姆妈，你是不是嫌这家养老院不好？我们换一家更好的，换个单人间，怎么样？"张孝明说。

"这家养老院还是可以的，问题在于养老院的生活像是坐牢，我不喜欢。"她说。

"我早就说了，要改变观念，培养新思想，人老了进养老院是趋势，养老院就是一个新家。"张孝明恳求地说，"姆妈，你就不要去周老师家吧。"

"为什么呢？"陶依嘉声音和缓，但态度坚决，"我非常感激周老师。"

"距离产生美，你们现在偶然见面当然亲热，如果真的天天生活在一起，就会有矛盾的，到那个时候，你怎么办？姆妈，你就为我再牺牲一下吧。我求求你了！"张孝明握住母亲的手恳求地摇了摇。

"你来就是劝我留在养老院的？"陶依嘉看了看张孝明，坚决地说，"我去周老师家定了。"

张孝明一愣，没有想到母亲态度这样坚决，不由得哀声叹气，"这下我完了。"

"你完什么？你上你的班，你过你的日子，有什么完的？"陶依嘉不解地反问，"我住过去，你不方便来看望我，那我来看你。"

"你住到周老师家，是你向她们提出来的还是她们提出来的？"他弱弱地问。

"周老师主动提出来的。"陶依嘉感动地说，"有这样的朋友，做人也值了，死而无憾。"

"姆妈，是不是周老师故意要你住过去，好给芳芳难堪？"张孝明说，"她在挑拨我们母子关系，也是为了报仇。"

"你怎么会这样想？是芳芳的意思吧？"陶依嘉生气地说，"对周老师的善举居然有这种想法，太不应该了！"

张孝明看了一眼母亲，低下头不作声了。

两人沉默着，外面传来养老院后门汽车开进来的声音。

"芳芳说，你住到叶璐家，等于告诉全世界，她这个媳妇容不下婆婆……"张孝明顿了顿，"她要和我立刻离婚。"

"啊？"陶依嘉一愣。

"还有，一个副总编辑退休，我是副总编辑候选人，如果领导知道你住到周老师家，可能会影响我的升职。这次轮不上，再要提职，恐怕没有机会了，我的年龄大了。"张孝明说。

"我住到朋友家养老，怎么会影响你升职呢？我不懂。"陶依嘉摇了摇头。

"姆妈，现在提倡传统文化，传统文化就提倡孝道，孝道上升到道德的高度，上升到政治的高度，很严厉的。"张孝明说，"这次选副总编辑，干部处要在3个人中间选一个，竞争还是激烈的。假如有人打小报告，说我把自己的母亲赶出家，以致老母亲被迫住到小姐妹家，我的副总编辑肯定泡汤了。"

"啊？"陶依嘉感到十分惊讶。

"姆妈，我可能要升副总编辑的事，你不要和人说，万一升不上去，让人笑话。"张孝明关照道。

"噢，知道了。"陶依嘉点了点头。

这时，张孝明的手机响了，他看了看手机对母亲说："张波？他怎么会来电话？现在他是半夜啊。"他和儿子说话，"我和奶奶在说话呢。啊？也好，你和奶奶说话。"

陶依嘉从张孝明手上接过手机，啊，张波的笑脸出现了。她激动地说："张波，你好吗？"

"我去过中餐馆了，就是你推荐的，墨鱼大烤真好吃。不过，奶奶烧得更好吃。"张波说。

陶依嘉开心地哈哈大笑，"等你回来奶奶烧给你吃。张波，你看上去胖了，体重多少啊？"

"200磅了。"他笑道，"就是190多斤。"

"你要注意减肥啊。"陶依嘉说。

"奶奶，刚才和姆妈视频，听姆妈说，你要住到周老师家里去？"他问。

"是是，明天去。"陶依嘉说。

"奶奶，我不希望你去，姆妈说你去的话就和阿爸离婚，要把房子卖掉分财产，我以后回家结婚，就没有新房了，回家也没有地方住了。"张波伤心地说。

"啊？"陶依嘉又一次感到惊讶。

"奶奶，你住养老院不习惯吗？"张波问。

"怎么说呢？一言难尽，唉！"陶依嘉调换话题，"张波，你今年不回来了？"

"我明年回来，今年要考博士。"张波说。

"你姆妈不希望你读博士，是吗？"陶依嘉问。

"是的。姆妈希望我夏天回来结婚，还说你住过的房间给我做新房。她把你的床和沙发都扔掉了，说这房间就给我结婚用。"张波没遮没拦地说。

陶依嘉的心仿佛被刺了一刀，她知道自己回不去了，可是内心深处，总有一点回去的期待在蠕动，现在看来，纯粹是痴心梦想。唉！

"张波，就这样，我还要和奶奶说话呢，和奶奶说再见。"张孝明马上插话。

"哦，我要睡觉了，已经半夜了。奶奶你自己保重。"他说。

"好好，你要多运动，要减肥。"她关照。

"好的。奶奶，我回来，你烧墨鱼大烤给我吃。奶奶，你不要离开养老院啊，谢谢！"张波说。

视频电话结束了，张孝明鼓励地说："姆妈，你再坚持一下，再过半年，芳芳病情好转，你就回来住。"

"你能保证吗？"她反问。

"这，应该没有问题的。"他口气有些软了。

"我告诉你，在我去养老院前，我听见芳芳和她姆妈打电话。她明确地说，我走了后就不会让我再回来了。"陶依嘉说。

"真的？她这样说的？"他不满地说，"她怎么可以讲这种话呢？什么时候？"

"我亲耳听见的，就是我走的那天，我买了点心回来，在门外听见的。她所有说的一切，什么我一年可以回去啦，什么她住回娘家啦，全是谎言。"陶依嘉愤愤地说，"叶璐，多么好的姑娘，你不要，偏要娶这个狐狸精。"

张孝明默默地低下头，脑袋埋在双腿之间。姆妈还是第一次骂芳芳是"狐狸精"，可见她对芳芳的厌恶和憎恨。

"阿明，我一直疑惑，一直想问你，你为什么突然抛弃叶璐？究竟发生了什么事情，你能够告诉我吗？"陶依嘉严肃地问。

张孝明抬眼看了看陶依嘉，欲言又止。

"你如果不想说，就不要说，这是我第一次也是最后一次问你。"陶依嘉说，"我知道你的为人，都要举行婚礼了，不是遇到特别的事是不会抛弃叶璐的。叶璐和你恋爱时，有好几个人在追求她，因为她要嫁给你，才拒绝了他们，其中有一个同学去了美国。唉，叶璐至今单身，你毁了她一生。"

"我对不起叶璐……"张孝明沉痛地说。

"到底发生了什么事，你要告诉我。我弄不明白事情真相，死不瞑目啊。"陶依嘉追着问道。

张孝明仍然低着头，过了一会抬起头，犹豫了一下说了事情的真相：他和叶璐即将结婚的时候，季芳芳在猛烈追求他。那天，季芳芳邀请他到她借住的房子听音乐。他去了，她请他喝葡萄酒。她突然脱掉衣服全裸地抱住他，他酒喝多了，把持不住自己，就和她上床了。一个月后，季芳芳来找他，说她怀孕了，要和他结婚；如果他不同意，她就到出版社告他，还要把他们做爱的摄像公布于众，原来她悄悄地安装了摄像头。他当时只有两种选择，一个选择是娶她，另外一个选择就是杀死她……

"啊？卑鄙无耻！"陶依嘉气得身体发抖，"你居然和这么一个小人生活到现在？"

"不过，她结婚后待我一直很好……过去的就只能让它过去了，我们还是要面对未来。"张孝明继续恳求，"姆妈，你就不要去周老师家吧？"

"你不要勉强我，我要听从内心的呼唤。"陶依嘉没好气地说。

"姆妈，看在张波的请求，看在我是你的儿子，我求求你不要去！"张孝明突然跪了下来，"你不答应，我就不起来。"

陶依嘉一愣，左右看了看，忙说："起来！一个男子汉下跪，没有出息。让人看见，太不像话了。"

"你不答应我就不起来！"张孝明带着哭腔哀求。

陶依嘉为难地看着他。

"姆妈，我只有求求你了！"张孝明哀求道。

"你有难处，姆妈不会不管，让我再想想。"陶依嘉有气无力地说，"起来吧，一切好商量的。"

张孝明犹豫了一下，站了起来，陶依嘉疼爱地拍了拍他膝盖上的灰尘。

"姆妈，谢谢你！"张孝明感激地说，"我们还是保证每晚7点通电话吧。"

"不要了，有事情打电话吧。"陶依嘉悲哀地说，"阿明，你走吧，我要再坐一会儿。"

张孝明走了，陶依嘉坐在茅亭里，愣了半天，季芳芳真卑鄙，关美娟的儿子遇到的张小姐也是这德性，季芳芳更坏。唉，英雄难过美女关啊——可是芳芳不是美女啊！

她无奈地拨打电话给周琴心，告诉她不能和她一起养老了，因为儿子坚决反对。

"我们房间都准备好了。"周琴心遗憾地说。

"我没有这个福气啊！"陶依嘉充满歉意和痛苦地说，"对不起你和叶璐！"

"唉，我理解，但也无话可说。"周琴心说，"我送你两句话，第一句，你要为自己而活；第二句，我家的门始终是向你敞开的。璐璐，是吗？"

"是是，"叶璐从母亲手上接过手机，"我妈总是对我说，一个人遇到好朋友，往往比亲人还要亲，甚至感情超过有血缘的亲人。"

"家里人是先天分配的，无从选择，但朋友是选择来的，看不中的朋友早就擦肩而过，能成为好朋友的是千里挑一，当然感情会超过家里人。"陶依嘉激动地说，"好朋友就是自己选中的亲人。"

……

灼热的夕阳照进茅亭，照在她的身上，陶依嘉抹了抹汗津津的额头站了起来，缓缓地朝大楼走去。她回到308房间，看见黄红梅正在把三个餐盘放到餐桌上。

"今晚晚餐吃什么啊？"关美娟问。

"蚝油牛肉、虾仁炒蛋、炒米苋和荠菜豆腐羹。"黄红梅突然一拍脑袋，说，"啊呀，加菜忘记了。"黄红梅说完奔了出去。

"今天为什么要加菜？"陶依嘉问。

"陶老师，今天是你最后一顿晚饭，"关美娟说，"我和宋老师商量了，特地为你订了菜，一个是墨鱼大烤，一个是油面筋塞肉。"

"我们的心意。"宋阿萍动情地说。

"谢谢你们！"陶依嘉感动地说。

"陶老师，明天上午，我们一起拍张照，留个纪念。"关美娟伤感地说。

"不要了，不需要了。"陶依嘉坐到床上，低下头说道，那声调充满一种悲哀和无奈。

宋阿萍惊讶地看着陶依嘉，关美娟也发觉陶依嘉的神态不好，探究地问道："陶老师，你有什么不舒服吗？"

"我不走了，我和你们在一起……"陶依嘉说着眼泪流了下来。

第十二章

特别的一天

陶依嘉的日子很难熬。

她不去小姐妹家养老的消息传遍了养老院，这比她要去小姐妹家养老的消息更引起轰动，各种猜测和嘲笑纷至沓来，有的说她要住到小姐妹家是编出来的故事，有的说是小姐妹变卦不要她去了。有的人同情她安慰她，关美娟老师和宋老师就是；也有人嘲笑她，黄红梅就是。渐渐地，各种说法消失了，一切恢复了以往的平静，时间是抹去尴尬、难堪、不幸的最好利器。

8月中旬，上海书展开幕了。晚上新闻节目还没有开始，陶依嘉戴上老花镜，就坐在电视机前。

"2017年上海书展于8月16日正式拉开帷幕，为期7天。全国500多家出版社15万余种图书入驻上海展览中心，书展将举办900多场文化活动……"主持人激情满怀地说。

屏幕上出现一组组画面：上海展览中心飘扬的彩色汽球，南京西路和延安中路售票处前长长的购票队伍，有序排队入场的观众，展馆内各大出版社的展台，熙熙攘攘的人群，抱着书籍的读者……

新闻播报结束，陶依嘉回到床上说："为了书展，阿明忙了大半年。"

"陶老师，书展结束后，阿明会经常来看你的。"关美娟安慰道。

"能每天晚上来电话就不错了。"宋阿萍说。

"是我叫他不要来电话了，天天来电话，也没有那么多话要说。"陶依嘉要面子地说，她又期待地说，"他已经好几个礼拜没有来了，书展结束他就会来看我的。"

"那是肯定的。"关美娟说。

书展持续7天，陶依嘉每晚都收看电视新闻，直到22日看完书展闭幕式。书展结束的第二天，陶依嘉的手机响了，她赶忙接电话，手机屏幕上出现了阿明的脸。

"辛苦了！你啥时候来啊？"陶依嘉笑问。

"我下午刚到东京，芳芳要我到日本玩玩，让我放松一下。"张孝明抱歉地说。

"哦，你在东京要待几天啊？"她一愣。

"9月14日回上海，要在日本整整3个礼拜。"他说，"我回上海就来看你。"

"噢，我想起来一件事，阿霖要为他的孙子办百日宴，办过了吗？"她问。

他顿了顿说，百日宴办过了。阿霖没有请你，担心你晚上进出养老院不方便。

陶依嘉结束视频通话，神情黯然，阿明去了日本，芳芳待他还不错。不过，你应该过来看看母亲啊，哪怕坐一会儿也好啊。阿霖说好为重孙办百日宴要请我的，最后还是说话失信。唉唉！

"哎，陶老师，重阳节要文艺演出，住院老人上台表演节目，我要唱沪剧《阿必大回娘家》，还要参加一个大合唱演出。"关美娟兴致勃勃地说，"焦主任说我们这层楼的老人文化层次高，身体好，要演 3 个节目，我想请你表演一个节目，你在鲁迅公园唱的歌《草原之夜》，是不是可以上台演唱呢？"

"我唱歌不行，再说也没有心情，我不参加。"陶依嘉诚恳地说，"关老师，请谅解。"

"养老院今年要参加'上海十佳文明养老院'的评比，领导很重视这台演出。"关美娟微笑着说，"陶老师还是要支持的。"

陶依嘉笑了笑。关美娟让人佩服，她在养老院生活得有滋有味，最近忙于排练节目，更是满面笑容，楼上楼下跑得欢。

第二天吃过早饭，关美娟匆匆就要出去。

"这么早就打去麻将了？"陶依嘉随口问道。

"我有一个朋友住在楼上失能区，很久没去看他了。"关美娟问，"一起上去看看有兴趣吗？"

"好的，反正没事。"陶依嘉说。

陶依嘉跟着关美娟上楼，电梯在 7 层停下，她们走出电梯来到一个大房间。关美娟找到朋友说话，陶依嘉就在一旁东张西望。这是 6 人房间，两边靠墙有两排床，6 位老人躺着或坐着。靠窗的床上，一个男性老人双手被束缚带紧紧地捆住，老人茫然地坐着，脸上没有任何表情。一个中年妇女在为他解开束缚带，她看见老人手腕上一片乌青块，拿来热毛巾盖在乌青块上活血，脸上满满的是心疼，她小心地对护理员说："阿姨，你绑得太紧了，手上都是乌青块。"

　　"你父亲大小便失禁，每天要扯碎纸尿裤，弄得到处臭哄哄的。"胖胖的护理员回答说，"我没有办法，只好绑住他。"

　　一旁床上的一个老人突然喊道："我要换裤子，尿了。"

　　"你怎么老是尿裤子，我又不是照顾你一个人。"胖护理员上前埋怨道。

　　"哎，对不起，麻烦你。"老人哀求。

　　"知道了，再等一会儿。"胖胖的护理员回答。

　　陶依嘉看见另外两个老人仰天躺在床上，张大着眼睛，默默无语。

　　"他们等于是植物人，除了喂饭时知道吃以外，一天到晚躺着，不说一句话。"胖胖的护理员无奈地说，"我隔天要为他们擦身，臭死了。"

陶依嘉侧过脸来，看见一个老太太在给一个老汉喂馒头。老汉推开馒头说："我不要。"

"这是你最喜欢吃的肉馒头啊，"老太太耐心地笑着哄她，"味道可以的，你不吃就没有力气。"

"我不要吃。"老汉一手把肉馒头打掉，馒头掉到地上。

老太太弯腰拾起馒头，把弄脏的一层皮掀掉，又把馒头举到他嘴前，"吃吧，只有一个肉馒头了，不吃就没有了。"

老汉张开嘴咬了一口肉馒头，咀嚼着，老太太拍手鼓励地说："好，吃得好！"

"老头子骨盆骨折，只能坐着，所以脾气不好，"老太太对陶依嘉说，"我每天送来好吃的东西，每天从早到晚陪他。"

陶依嘉听了很感动，对老太太竖了竖大拇指。

"又要洗澡了。天热，天天要洗澡。"护理员说着走进卫生间。

陶依嘉见关美娟在和朋友告辞，就跟着关美娟走出房间。

走到走廊，陶依嘉看见一个房间走出一个背着皮包的老太太，一个瘦高个护理员追了出来拦住她。陶依嘉一愣，这个老太太很面熟啊。

"我老伴在家等我做饭。你不要拦我，我出来开会的，现在要回家了。"老太太对护理员说。

"你不要回家，你老公不在家。"护理员耐心地说，"我打电话给你老公，问问他回家了没有。"

"好好，谢谢。"老太太感激地说。

瘦高个护理员拿出手机拨号码，对着手机说，"哦，你不在家，上北京出差了？好，再见。"

"噢，出差了。"老太太笑了，说，"那我就等他回来再回家。"

"你的态度真好。"陶依嘉表扬瘦高个护理员。

"应该的，我是把他们当作自己人照顾的。"护理员笑着说。

"她是住在这里的吗？"陶依嘉问护理员，"她叫什么名字啊？"

"杨智慧，老年痴呆症，原来出版社做领导的，老公去世5年了。她经常要回家，你劝她也不听，我只能假扮她老伴给她回电话，说是不在家，她才肯回房间。"瘦高个护理员无奈地说。

陶依嘉大吃一惊，她原来是出版社社长杨智慧，是我多年的领导啊。周琴心说起过她，得了老年痴呆症，进了养老院，没有想到居然在这儿遇见她。她当年可是业内外驰名的风云人物，还是上海市劳动模范呢。当年我分房子，周琴心说我住房困难，应该分房，可是分房组有些成员不同意给我房子，说我经常早退回家带孩子，最后分房小组组长也是这位杨社长表态，她说分配房子是解决住房困难，不是评比劳动纪律。大领导一锤定音，我分到了房子，我一直对她心存感激，遗憾没有机会报答。

"杨社长，你认识我吗？我是陶依嘉。"陶依嘉走上前热情地对她说。

"噢，我不认识你。抱歉。"杨智慧朝着陶依嘉和关美娟分别鞠了两个躬，就和护理员走回房间。

陶依嘉鼻子发酸，就想哭，她没有想到在这儿遇上杨社长，没有想到她居然变成这般模样！

"你认识她？"关美娟问。

"她原来是我单位的第一把手，"陶依嘉辛酸地说，"可现在，人生不堪回首啊……"

她们乘电梯到了3楼，走出电梯，就见一群老人围着议论着什么。她们疑惑地走进走廊，看见远处308房间和307房间门口挤着一堆人，黄红梅在一旁拿着手机说话，"人死了，你们马上过来啊。"黄红梅抬头看见陶依嘉和关美娟，神态有些尴尬，告诉她们说，"黄老太死了。"

陶依嘉大吃一惊，急急地走进307房间的门，看见黄老太的床上罩着着一大块白布，老张和张教授分别站在床的两侧。陶依嘉不敢走近细看，远远地看着。黄老太性情温和，脾气好，总是过来问候聊天，居然死了。再也见不到黄老太了……

黄红梅进来了，对张教授说："林医生的死亡证明开好了，你抓紧时间给死人擦身、换寿衣。"

"这个，养老院提供这种服务吗？"张教授尴尬地问。

"提供的，两个人收费1000元。"黄红梅说。

"要么我来吧？"黄老太的丈夫老张说。

"你能够做吗？价格优惠点。"张教授不理睬老张，问黄红梅说。

"我找个护理员，每人就400元。"黄红梅说。

"好，太谢谢你了。"张教授感激地说。

陶依嘉没有心思再看下去，也没有心思下楼步行，回到房间就呆呆地躺到床上。刚才看到的情景太让人震惊了，老人失智失能很可怜啊。杨智慧，过去开大会坐在主席台上，面对三四百个职工，一口气讲个3小时不停歇，口才真是好，现在居然这样了，人生的变化难以预测，她的结局让人感慨，也让人流泪。黄老太死了，好一个和善的邻居，可惜再也见不到她了……

一个陌生人探头进来张望，关美娟问他找谁，黄红梅过来和他招，他们一起走了。

"这个人哪儿见过。"关美娟说。

"郑老师死后，他来过。"宋阿萍提醒。

"哦，对对，他是办丧事一条龙的。"关美娟想起来了。

"他肯定是黄红梅叫来的，"宋阿萍说，"人死了也不放过，赚最后一分钱。"

"黄老太的家属也需要'一条龙'服务。"关美娟说。

吃好中饭，进入午休时间。门外响起一阵杂乱的脚步声，关美娟走到门口张望，说："来抬尸体了。"宋阿萍听见后掉头望着窗外，陶依嘉犹豫了一下走到门口，就见两个年轻人抬着尸体从对面房间出来，张教授和老张跟在后面；张教授神色凝重，老张在抹眼泪。陶依嘉回到房间，默默地坐到床上；关美娟关上门，在她自己床边的椅子上坐下，宋阿萍回过头来看着她们。

"唔，我们是否要送一个花圈？"关美娟问。

"好的，我算一份。"陶依嘉说。

"我也算一份。"宋阿萍说。

"我来办吧。"关美娟主动地说。

"黄老太对我说过，她最后悔的事，就是让儿子到外地念大学，结果留在了外地。她希望有一天儿子回上海，把他们都接回家去。"陶依嘉感叹地说，"如今都不可能了。"

"陶老师，你最后悔的是什么？"关美娟问。

"人到老年，回首往事，总有欣慰，总有后悔，有的人后悔年轻时不努力，有的人后悔选错了职业，有的人后悔没有重视锻炼身体，有的人后悔选错了配偶，有的人后悔没能赚到更多的钱，等等，"陶依嘉说，"我最后悔的是，孩子成长时，我主要忙于工作，忙于生活，重点是培养他们读书好，没有重点培育他们做人的品质和素质，比如待人善良，乐于助人，如何和人相处，如何应对困难挫折，如何学会坚持，如何要重视健康，等等。当我意识到这个失误的时候，他们已经成人了，就像一棵树已经成形，再也难以改变其形状了。"

"我后悔把孩子教养得太优秀了，当时就是望子成龙，儿子最终凭实力考取美国名牌大学。"宋阿萍感叹地说，"如果就是一个平凡的孩子，可能就一直在我身边，现在看来是最好的结局。优秀的孩子飞得高远，平凡的孩子在身旁陪伴。不要埋怨孩子平凡普通，那可能是一种福报呢。"

"后悔，每人无法避免，就算再给你一次重新选择的机会，你也会有后悔的事。大家都知道不努力会后悔，但还是放不下游戏；大家知道不运动会影响身体健康，会影响身材，可还是窝在沙发上看手机。我就没有什么后悔，一切随缘，一切都是命。"关美娟哈哈大笑。

"哦，我还有一件事做了很后悔，我以为可以在阿明家养老，就把老房子过户给了阿明，现在引起了阿霖和阿珍的强烈不满。"陶依嘉后悔地说，"父母对每个子女都要公正，一碗水要端平，否则不仅要引起父母和子女的矛盾，还要引起子女之间的不和。"

"有道理，我对待海海和玲玲一定要一碗水摆平。"关美娟说。

"人生最后悔的事就是一直在后悔。"陶依嘉笑道，"要避免后悔，就要在当下有最适合的选择。"

"说得好！"关美娟赞赏道。

"陶老师，对我们老人来说，什么是当下最适合的选择呢？"宋阿萍问。

"要有一个平和的好心态，要保持身体健康，要有爱好，要学习新的东西，要有亲友来往。"陶依嘉说，"这些都是常识，因为是常识，所以容易忽略，而常识就是被证明是对的真理。知易行难，行胜于言。"

"嗯，陶老师说得真好。"宋阿萍真诚地说。

"我们有陶老师作室友，要想愚蠢也是很难的。"关美娟呵呵地笑道。

这时，黄红梅分两次端着三碗绿豆粥进来放在餐桌上，她大声叫道："来，喝绿豆粥啦。今天晚上的菜也不错，土豆烧鸭块、豇豆肉丝、清炒卷心菜、荠菜豆腐汤！"

陶依嘉心想，她这么开心，是不是赚到死人的钱了？

陶依嘉准备下楼走走，就见关美娟的女儿顾玲玲进来了。黄红梅赶忙倒来一杯水，顾玲玲拿着一串黄澄澄的香蕉，她掰下几个香蕉递给黄红梅、陶依嘉和宋阿萍，在关美娟身旁坐下。

"姆妈，我告诉你一件事，你听了不要生气。"顾玲玲慢悠悠地说。

"哦？啥事？你快说。"关美娟催促道。

"海海已经净身出户，昨天到民政局办了协议离婚手续。"顾玲玲说。

"啊，真离了？"关美娟尽管有心理准备，还是愣住了，伤心地摇了摇头。

"海海色迷心窍。"顾玲玲说，"阿嫂很伤心，发誓再也不要见海海。"

"这个老实人伤透了心。唉！"关美娟说。

陶依嘉听到手机响了，是阿明发来的微信，说是下午来看望她。她感到很开心，决定取消下楼步行，就在房间里等候。她在床上半躺半坐，闭目养神，关美娟母女的对话清晰地传来：

"房东走了，海海搬了进去。他还向我借10万元。"

"你借给他了吗？"

"没有。这房子是你的，他私自赶走房客，这不是抢房子吗？在他看来，房子属于他的了。"

"玲玲，你看怎么办才好呢？"

"这要看你的态度了。你愿意把房子送给他，你愿意不管女儿的利益，就承认事实吧。"

"我才不愿意房子让他住呢，我还有你这个宝贝女儿呢。"

"既然这样，我建议，你通知他三天之内搬走，不搬走就打110报警，否则这房子只能送给海海了，也是送给破坏海海婚姻的'小三'了。"

"报警？自己人报警，是不是有点……"

"我原来也是这样想的，后来想想不对呀，你不同意他住这房子，他居然抢房子，这是自己人的做派吗？姆妈，你和他好好说话没有用，他还是抢了房子了，你只能拿起法律武器保护自己的权益。"

"嗯，看来只有照你说的做了，否则房子要不回来，我报警也是被逼的。你替我告诉他，三天内把房子让出来，否则报警。我全权委托你收回房子，让他把产权证和房门钥匙都给你。"

"你先打电话给他，再给我一份委托书，发微信告诉我也可以。否则，他以为我假冒你的名义呢。我看，现在就打电话，我来拨电话，你看可以吗？"

"这个，这个，好吧。"

"海海啊，我在养老院，姆妈要和你通电话。"

"哎，海海，你搬进我的房子住了？哎，不行呀。……我知道你没有房子住，这不是占有我房子的理由啊。你搬出去，噢，产权证也还给我。我委托玲玲办理，她就代表我。……你不要发脾气，你不搬我就要报警。好啦，有话和玲玲说吧。好，玲玲和你通话。"

"海海啊，你占据姆妈的房子合适吗？你不要骂人，说到底，谁怕谁呢？好，我明确告诉你，你三天内不搬走，我就报警。就这样，再见。"

"唉，这个海海离什么婚呢，不离婚就没有这些事了。"

"姆妈，你不要怕，你怕他，他就更猖狂。只有强硬，只有用法律保护自己，你才能求得太平。"

"他会打你吗？"

"我谅他也不敢，毕竟现在还是讲法律的。姆妈，我先走了，你自己保重。我会随时和你联系。"

"好的，尽量商量解决，不到万不得已不要报警，毕竟是自己人啊。"

"晓得了。噢，别忘记，发微信给我，委托我收回房子。哦，我还有一件事。"

"什么事啊？"

"这次国庆长假还遇到了中秋节，我想把你接回家住几天，你看可以吗？"顾玲玲说。

"嗯，春节刚回去住过，现在排练节目又忙，就不回去了吧？"

"那就少待几天。"

"可以的。"

"姆妈，我会来接你的。我走了，你不要送我，再见。"

顾玲玲走了，关美娟烦恼地说："唉，海海过去多么老实，多么孝顺，现在变得都不认识了。"

"人会变的，有的变得好，有的变得坏。即使夫妻儿女也一样。"宋阿萍说，"婚外恋就像是森林火灾，很难控制，会烧毁一切。"

"关老师，你还是好好地劝劝海海，晓之以理，不到最后不要报警。"陶依嘉说。

"是啊，我也这么想。哦，时间到了，我要去排练节目。"关美娟说完走了出去。

这时，张孝明来了，带来一个装有红烧肉和熏鱼的保温饭盒。宋阿萍望着窗外，一脸落寞。

"日本回来了？"陶依嘉问。

"回来几天了。我给你带来一点吃的，就要过国庆节了。哦，还有一个日本产的枕头。"张孝明把外包装拆开，把枕头放在床上，"这枕头很舒适，你今天晚上就可以用。"

"哦，谢谢。"陶依嘉不安地问，"后楼的事怎么了？"

张孝明说，芳芳不同意阿霖和阿珍户口迁进后楼，仅仅同意拿出一半拆迁款，双方谈崩了。

"你们为什么不能让出后楼呢？"陶依嘉问，"毕竟你们拿了前楼啊。"

"芳芳不肯。"张孝明摇了摇头，"我也没有办法。姆妈，他们没有来找过你吧？"

"没有，一个电话都没有。"陶依嘉说，"我这件事做得不好，哎呀，我这事做得不对啊。"

"姆妈，你还是劝劝他们，就算了吧，现在能够说得上话的只有你了。"张孝明说。

"我现在明确地告诉你，后楼全部让给他们，你们必须让出来。"陶依嘉严肃地说。

张孝明一愣，目光直直地看着陶依嘉。

"没有商量的余地。"陶依嘉说，"我做错的事我自己来纠正。"

"我和芳芳商量一下。"张孝明呐呐地说。

"你要告诉芳芳，这是我的意见。"陶依嘉换了个话题，"上海书展结束了，你也休假好了，接下来忙什么啊？"

"明年2018年是中国改革开放40周年，政府会隆重庆祝，我们准备出版一些书，我正在做出版计划。"张孝明说，"噢，姆妈，现在确定上报的副总编辑就是我，总编辑林树还是帮我忙的。"

"太好了，祝贺你。"陶依嘉希望阿明接她回家一起过节，就问，"国庆长假就要到了，当中还有个中秋节，你有什么打算没有？"

"准备到北京玩几天，10月2日走，交通不会太紧张。"张孝明说，"芳芳说我接下来又要忙了，一定要我出去放松一下。"

"日本刚去过，又要去北京？"陶依嘉说，"你们真幸福。"

张孝明聊了一会儿，站起来说："我先走了，我有事，我有空再来看你。"

陶依嘉略微一愣，儿子来了半小时不到就要走；更让人失望的是，就要到国节庆了，听到好几个房间都有儿女来接父母回家过节，我也希望阿明接回家过节，可他一点意思都没有，还去北京旅游。阿明尚且这样，更不要说阿霖和阿珍了。国庆中秋双节，我只能待在养老院了。

"不要送了，再见吧。"张孝明说。

"我没有事，送送你吧。"陶依嘉说。

"噢，差点忘记了，"他从双肩包里取出两盒月饼，"过几天就是中秋节。"

"噢，杏花楼月饼，"陶依嘉看着月饼盒子上的嫦娥说，"我不能吃甜的啊。"

"啊呀，我忘记了。"张孝明遗憾地说。

"不要紧，我每次少吃点。"她说。

他们走下楼，走到养老院门外，张孝明跨上汽车，她站在路边看着他，张孝明连车窗也没有放下，隔着窗玻璃招了招手，就一踩油门开车走了。她看着车子很快在视野里消失，想到过去目送阿明离去，他还掉头开车回来和她聊几句话，不由得心里涌起一阵失望的苦涩。

陶依嘉回到养老院大楼的大堂，看了看腕上手表，下午3点。她来到大楼后面沿着养老院四周墙壁步行，走近东边靠近幼儿园的木材围墙，看见五六个老人开心地在说话。陶依嘉停住脚步看了看，只见原来有空档可以看见隔壁幼儿园的木材围墙不见了，代之水泥砌的围墙。她平时步行走到这里喜欢停一停，透过木材围墙的空档处，欣赏孩子的玩乐场景，即使孩子们不在，看见幼儿园的游乐设备如滑滑梯，也是让人愉悦的，可是现在，什么都看不见了。她感到很沮丧，继续朝前走，走到西边，通过锌钢隔离围栏的空档处，看见绿色的足球场上，正在举行足球比赛，不时传来一阵阵欢呼声。

陶依嘉听见有人叫她，回头一看，张孝霖和张孝珍站在面前。

"啊呀，你们来了？"陶依嘉惊喜地说，"走，上楼去。"

"我们去过了，特地下楼来找你。"张孝霖说，"到茅亭坐坐吧。"

他们三人走进茅亭坐下。

"阿明来过了吗？"张孝霖问。

"哦，今天来过了。"陶依嘉说。

"芳芳没有来？"张孝霖问。

"没有。"陶依嘉说。

"她怎么有脸面来呢？"张孝珍轻蔑地说。

陶依嘉看了看张孝珍，没有说话。

"我和阿珍带了月饼过来，放在你房间了。"张孝霖笑道，"无糖月饼。"

"姆妈，阿明不同意我们户口迁进去，只同意把拆迁款一半分给我们。"张孝珍气呼呼地说，"姆妈，我们现在正式提出要求，前楼卖掉的钱要他们退出来，我们三人平分。"

"啊？钱用都用完了，还如何平分？"陶依嘉说。

"可以先欠着。"张孝霖说，"他不肯，我们就起诉他，告他抢夺母亲房子。不过，姆妈你要表态，你并不知道他卖前楼，最好还说是他私自过户，你至少要说明之所以过户给阿明，是他们承诺赡养你，而现在这一承诺根本没有兑现。"

陶依嘉十分震惊，看了看阿霖和阿珍的严肃表情，痛苦地低下头。

"让姆妈这样说，太为难她了。"张孝珍对张孝霖说。

"那就让他们独占了？"张孝霖说，"我已经咨询过律师了，姆妈，你转让房子给阿明的理由，是儿子会照顾你，转让后儿子并没有尽赡养的义务，房子应该就可以收回。我们委托律师起诉，再托关系找到法官帮忙，把长阳路上老房子后楼要回来，再把前楼卖掉的钱要阿明、芳芳退赔出来。律师说案子90%可以胜诉，关键是姆妈要和我们站在一起。"

"阿明曾经对你保证要为你养老，你开心地告诉我们，现在他为你养老了吗？出尔反尔，就是欺骗。"张孝珍说。

"我今天对阿明说了，后楼要全部让给你们，这是我对自己做错事的纠正。"陶依嘉恳求地说，"你们看就到此为止可以吗？"

"姆妈这样表态，还是讲公平的，尽管做得还不够。"张孝霖说，"谢谢姆妈。"

"姆妈，你想想，他们居然悄悄地把前楼卖了，根本不把你放在眼里。他们把你赶到养老院，说最多一年把你接回去，现在，你看他们会接你回去吗？他们做得很过分，也很恶劣，都是芳芳惹的祸。"张孝霖挑拨地说，"回顾历史，芳芳把阿明和叶璐拆散了，造成人家至今还是单身，作孽啊！"

"我的意见，后楼让给你们，前楼就算了。"陶依嘉明确地表态，"大家都是自己人，肥水不落外人田，不要再计较了。"

"肥水流进季家了，不是张家。"张孝珍反驳道。

"姆妈不同意我们对前楼追责，我们只好反制了。"张孝霖眼珠转了转，看了一眼张孝珍。

"你们还准备做什么？"陶依嘉戒备地看着张孝霖。

"按照法律规定，父亲死了，母亲健在，她居住的房子如果是父亲的婚前个人财产，整个房子作为遗产进行分配。据我了解，老房子是爷爷给父亲的，当时父亲还没有结婚，所以，老房子前楼和后楼，我和阿珍也有一份子。因此，我和阿珍可能要上诉法院。"

"你们告我？"陶依嘉震惊地说。

"是的，"张孝霖用满满的正义感说道，"吾爱吾师，吾更爱真理。"

"姆妈，你不考虑我们利益，别怪我们以后不来看你。"张孝珍恶狠狠地说。

"打官司管打官司，不管官司输赢，姆妈还是我们的姆妈，我们还是要来看望姆妈的。"张孝霖纠正地说。

"我是不会再来的。"张孝珍愤愤地说。

陶依嘉怔怔地看着他们，什么话都说不出来：这是我的儿子和女儿吗？

9月30日下午，陶依嘉下楼步行，在大堂看见养老院罕见的热闹景象，大楼外面私家车和出租车排成长队，大堂里有许多老人坐在轮椅上，开心地笑着，许多儿女来迎接父母亲回家过节，现场爆发出一阵阵欢笑声。陶依嘉神情黯然，神情失落地回到自己房间，无精打采地躺在床上。

"陶老师，你看上去没有精神啊，像瘟鸡一样。"黄红梅说。

陶依嘉听了很不舒服，伸手摸了摸自己的额头，"有点发烫啊。"

"会不会感冒了？你说话声音嗡嗡的。"黄红梅说。

"我感到有些不舒服。"陶依嘉皱着眉头说。

"就要过节了，可不能生病啊，去医务室看看吧。"关美娟说，"陶老师，我陪你去。"

"还是我陪陶老师去吧。"黄红梅说。

陶依嘉不想去，面对她们的热情不好意思谢绝，就跟着黄红梅走了。她们来到医务室。林医生为陶依嘉量了体温，说，"37度4分,感冒了，吃点药吧。"

"你这次生病可和我无关啊。"黄红梅带着幸灾乐祸的口气说。

陶依嘉看了她一眼没有说话。这两天没有睡好，脑子里盘旋的都是儿女之间争吵的事，加上半夜起床受了凉，造成了感冒。

黄红梅和陶依嘉看好病往回走，黄红梅听到自己手机响了一下，看了看手机，是9月份奖金的信息，有扣发200元的提示。她想起来了，这是她吃了陶依嘉的菜被扣的奖金，心里顿时火冒了上来。哼，要报复她，要狠狠地报复这个老太婆！

"我们发奖金了，我被扣了200元。"黄红梅瞪了陶依嘉一眼，吼道。

陶依嘉看了看她，没有作声。

回到 308 房间，陶老师告诉黄红梅，她不想吃晚饭了，"你告诉食堂少送一份晚饭。"

"那就吃药吧。"黄红梅倒来一杯开水，把一粒退热胶囊给陶依嘉；陶依嘉抿了一口开水，烫得"啊"了一声，把头往后缩了缩，不满地说，"水太烫了。"

"温水啊。"黄红梅不高兴地撇了撇嘴，又倒来半杯温开水。

陶依嘉吞下胶囊药片，躺到床上。她感到脑袋沉重，身上一阵阵发冷，打开棉被把自己裹得紧紧的，还是感到寒冷。

"陶老师，你要告诉阿明的，他是监护人。"关美娟提醒说。

"他忙，看看情况再说吧。吃药，休息，应该就会好的。"陶依嘉对黄红梅说，"我感到冷，你帮忙把衣橱里的被子拿给我，谢谢。"

"我要去拿晚饭了，对不起，我不是服侍你一个人。"黄红梅板着脸就走了。

"这几天没有得罪她啊，怎么又翻脸不认人啊？"宋阿萍说。

"我来吧。"关美娟打开橱门，拿来一条被子盖在陶依嘉身上，还为她掖好被角。

"舒服多了。"陶依嘉对关美娟说，"谢谢。"

黄红梅回来了，对陶依嘉说，"我告诉张老师了，他说就来，他应该把你接回家住几天。"她故意把病情说得严重，好让张孝明把母亲接回家，这样她也好轻松一下。

"你打电话给阿明了？"陶依嘉惊讶地问。

"不告诉监护人，我有责任的。"黄红梅冷冷地说，"我现在可不敢再犯错误，否则又要扣奖金了。"

陶依嘉闭上眼睛休息，约1个小时，张孝明和季芳芳来了，她手里拎着一袋火龙果。张孝明朝关美娟和宋阿萍微笑点头，站在母亲床边问："姆妈，发高烧啦？"

"大概受凉了。"陶依嘉说，"已经吃过药，感觉好多了。"

张孝明着急地伸手摸她的额头，"好像不太热啊。体温多少？"

"37度4分。"陶依嘉说。

"啊？"张孝明显然感到意外。

"哦，姆妈气色不错呀，我们还以为躺在床上爬不起来呢。"季芳芳说着瞟了一下张孝明。

陶依嘉坐了起来，指了指一旁的椅子，"芳芳坐，阿明坐床边吧。"

"你感觉难过吗？"张孝明问。

"还好。"陶依嘉说。

"你们来了，你姆妈有病也没有了。"关美娟笑着插话说，"儿子是最好的药。"

宋阿萍朝陶依嘉这儿看了看，没有说话；黄红梅匆匆出去了。

"姆妈，黄红梅说你发高烧，很严重，我才特地赶过来的。"张孝明说，"我和芳芳要去参加朋友儿子的婚礼，再不走要迟到了。再见，你自己保重。"

"啊？你们要走了？"陶依嘉惊讶地说。

"姆妈，你好好休息，再见了。"季芳芳说。

张孝明和季芳芳风风火火地走了。陶依嘉神情失落地看着天花板发愣。

过了一会儿，黄红梅走进来对陶依嘉说，"我听到阿明在电梯里说'碰到赤佬了，没事找事，白跑一趟'。你媳妇也说'她不死我们就要死'，你媳妇说完发现了我，就朝你儿子努努嘴使眼色，意思是我在电梯里。"

关美娟和宋阿萍一愣，都神情紧张地看着陶依嘉。

"你是不是听错了？阿明是讲其他人吧？"关美娟对黄红梅拼命地使眼色。

"我听得清清楚楚的，一个字也没有听错，不相信可以叫他们来对证。"黄红梅信誓旦旦地说。

375

陶依嘉神情尴尬，只觉得脸上一阵阵发烫。黄红梅的变化，已经让她对人性失望，但她毕竟是外人；她的亲儿子来了，坐都不坐就走了也算了，居然还说那种话，伤心啊！还有上次他忘记关了微信麦克风所说的话，真的不像样，这还是阿明吗？

"陶老师，不要生气，养儿养女本来就是一场空。"关美娟劝道。

"儿女拉扯大容易吗？希望他们多多陪伴也是正常的，可是，子女不是这样想的，"宋阿萍说，"我的儿子养到22岁出国，几十年不和我联系，现在来了一次，又没有影子了。"

"他会来看你的。"陶依嘉安慰道。

送餐的小车来了，黄红梅拿来晚饭，陶依嘉吃了几块饼干就当晚饭了。关美娟坐在餐桌前吃晚饭，黄红梅走到宋阿萍面前喂饭，喂好后又到对面房间为老人喂饭，最后自己匆匆扒着饭。

"林医生关照的，晚上要量量体温。"黄红梅拿来体温计给陶依嘉，"放在腋下。"

5分钟以后，黄红梅从陶依嘉手中拿过体温计察看，"38度4分啦？体温上去了！"

"陶老师，有什么不舒服吗？"关美娟问。

"有点头晕。"陶依嘉回答。

"看来要到医院吊盐水。"黄红梅说。

"不去，"陶依嘉摇头说，"喝开水，吃药。我过去发高烧，都是这样，两三天就好了。"

"嗯，陶老师，你看是否还要通知你的儿子？"黄红梅问。

"不要不要。"陶依嘉连连摇手说，"天晚了，再说他也不是医生。"

"要给监护人打电话的，这是制度，我不遵守又要罚款的。"黄红梅说，"我到门卫室打电话。"

关美娟知道黄红梅不舍得打手机花钱，就说："用我手机吧。陶老师，阿明的手机号多少？"

关美娟拿起手机拨通了张孝明的电话，把手机交给黄红梅。

"张老师，你妈妈高烧体温上去了，38度4分。"黄红梅说。

"啊，真的吗？"张孝明不太相信的口气。

"不要上当。"一个女的声音在一旁说。

陶依嘉一听就是芳芳的声音，脸色马上变得很难看。

"真的是38度4分吗？"张孝明反问，"哦，我知道了，明天再说吧。你给她多喝点水，给她吃水龙果。谢谢，再见。"他挂上了电话。

"已经隔了4个小时了,让我再吃退热药吧。"陶依
嘉说。

黄红梅拿来退热胶囊,倒来一杯温开水,用手指伸进
杯子里测试了一下水温,把温开水端了过来。

"你不能把手放进杯子里的,换一杯白开水。"陶依
嘉对黄红梅说。

"没有啊,我手指没有伸进杯子里。"黄红梅否认道,
"你感冒,我还没有嫌你会传染呢。"

"你不要赖,重新倒水。"陶依嘉看着她,一脸不容
商量的严肃表情。

黄红梅只好退让了,又倒了一杯白开水端过来。陶依
嘉把退热胶囊放在嘴里,喝着温水把药吞了下去,黄红梅
也转身走了。

陶依嘉突然感到房间里很安静,发觉电视关着,问关
美娟:"你们怎么不看电视啊?"

"你不舒服,需要安静,我和宋老师商量了,这几天
不看电视。"关美娟说。

"哦,谢谢。"陶依嘉感动地说。

"陶老师,我看你最近几天很不开心,心事重重,"
宋阿萍说,"你要保护好身体。"

"谢谢你。"陶侬嘉说。

"关老师原来要回女儿家过几天，现在也不回去了，她说陪陪你。"宋阿萍说。

"关老师，这怎么好意思呢？"陶侬嘉说。

"我看你节日都在这儿，现在身体又不舒服，我就不回去了，春节再回去吧。"关美娟说。

"非常感谢。"陶侬嘉感动地说。

睡觉时间到了，黄红梅进来说："总算下班了。"她打开折叠床躺了下来，拿出手机看电视剧。

陶侬嘉感觉口渴，对黄红梅说："黄红梅，给我倒杯开水。"

黄红梅没有反应，只管自己看着手机。

"黄红梅，我要喝水。"陶侬嘉略略提高声音说。

"好的。"黄红梅不由得笑了。她倒了大半杯温开水，悄悄地把一片泻药捏碎放进杯子里，然后端来给陶侬嘉喝。她看着陶侬嘉喝完，看着她拿了餐巾纸把嘴唇上水渍擦干净，这才回到自己床上继续看手机。过了一会儿，黄红梅起身走进卫生间，"呼"地关上门。

陶侬嘉静静地躺着，突然感到肚子一阵剧痛，要腹泻的感觉，忍不住"哦哟哟"地呻吟起来。她下了床，走到卫生间门前，发觉门紧紧关闭着。

"怎么啦？"关美娟抬起头问她。

宋阿萍坐了起来，着急地问，"陶老师，你……"

"我肚子疼，拉肚子，要上厕所！"陶依嘉脸色涨红了，"黄红梅在用卫生间。"

"黄红梅，快开门，陶老师要拉肚子。"关美娟冲着卫生间叫起来，还跑过去敲门。

"我也肚子疼，等一等。"黄红梅在里面回答。

"陶老师，你到对面房间用厕所吧，我带你去。"关美娟着急地说。

"啊呀，这么晚了打扰人家……"陶依嘉为难地说。她回到床上，用力憋着，脸色涨得通红。

"黄红梅，用好卫生间了吗？"关美娟大声催促。

"我尽快。"黄红梅回答。

"我陪你到到对面房间。"关美娟走过来又对陶依嘉说。

"啊呀，我控制不住了！"陶依嘉急得要哭了，难堪地闭上眼睛。

关美娟顿时闻到一股臭味扑面而来，马上说"不好了"。这时，黄红梅开门出来，先是朝陶依嘉那儿望了望，慢慢地走过来，"我好了，你用卫生间吧。"

"已经晚了，你帮她洗洗。"关美娟说。

黄红梅露出一丝不易察觉的笑容，走过来猛地掀起被子和床单，举到半空中，陶依嘉只穿一件睡衣和一条短裤，几乎赤身裸体地暴露在床上。一股浓重的臭味冲过来，黄红梅嫌弃地说"臭死人了"，她一手捂住鼻子，一手把毯子和被单拎起来跑进卫生间，扔进水桶里，又打开水龙头放水。

　　"唉，我控制不住……"陶依嘉神情尴尬地说。

　　"哎呀！"关美娟把自己盖的被子捧过来，陶依嘉连连摇手，"不不，我还没有洗过。"

　　"先洗澡吧。"黄红梅走过来说，嘴角流露出一种报仇雪恨的笑容。

　　陶依嘉看了黄红梅一眼，迅速走进卫生间。

　　关美娟打开1号大橱，拿出陶依嘉的衣裤送进卫生间；宋阿萍拿来自己的床单，关美娟拿来被子，她们为陶依嘉铺上被单和被子；宋阿萍打开窗户，一阵阵清风吹了进来。

　　过了20分钟，陶依嘉从卫生间里出来，看见自己床上都是新的被子和床单，不由得十分惊讶。

　　"床单是宋老师的，被子是我的，"关美娟说。

　　"谢谢你们！"陶依嘉感动地说。

　　"不客气。"关美娟倒来一杯白开水放在陶依嘉床头柜上，"温的。"

381

"谢谢。"陶依嘉喝下温水，"这下舒服了。"

"这里太臭了，我换个地方睡觉。"黄红梅拿起拆叠床走到对面房间去了。

"我进了养老院真是不顺利，吃鸡蛋噎了一下，烫伤，现在发高烧拉肚子。"陶依嘉沮丧地说，她看了看关美娟和宋阿萍，感激地说，"幸亏遇见你们。"

"我住了好几个养老院，能够遇见你和关老师，真是好福气。"宋阿萍说。

"人生在世，遇见就是缘。"关美娟说，"遇见陶老师，真是我的福气，陶老师有正义感，有学问，又善良。遇见宋老师，也是我的幸运，为人直率，内心善良。"

"你们太客气了，说得我不好意思。"陶依嘉说，"不过，互相吹捧一下，大家开心也好。"

大家都哈哈大笑。

9点钟到了，关美娟和宋阿萍睡着了，打鼾声此起彼伏。陶依嘉睁着眼睛，思绪乱飞。啊，阿霖和阿珍要起诉我，真的让人寒心和伤心啊。阿明今天的表现，也是叫我失望的。我是一个被抛弃在荒野的瘫痪老人，爬不动了，只能在四无人声的地方等待死亡。哎，到周琴心家养老吧，明后天就走！

陶依嘉看了看手机上的时间，晚上9点半，周琴心和叶璐应该还没有睡吧，于是发微信给周琴心：

　　琴心，我决定到你家养老，明后天就过来，你看如何？
我期待和你们生活在一起！

　　陶依嘉看着手机屏幕，等待周琴心热烈的回复。过了
半个小时也没有收到回复，周琴心的性格雷厉风行，肯定
是没有看到，或者不方便回复。她正这样想着，一段话跳
了出来：

　　依嘉，叶璐就要结婚了。上个月，她的大学同学聚会，
一个老同学追求叶璐。他原来追求过叶璐，现在是美国密
歇根州立大学的终身教授。他们计划春节结婚，你是否可
以春节以后再住过来？如果你等不及，那就马上过来，我
们来接你。

　　陶依嘉一愣，心里涌起一阵复杂的感受，既为叶璐有
了归宿而高兴，又有一种失落感。人家春节要结婚，现在
我住过去不合适啊。她回复道："我为叶璐高兴！我暂时
不住过来。谢谢！哦，我在养老院碰到杨智慧了，她老年
痴呆了。见面详叙。单位分配房子时她帮过我忙的，我准

备给护理员一些钱，让她多多关照杨智慧。"陶依嘉说。

"你良心真好。"周琴心说，"世界真小。"

陶依嘉冒出一个强烈的念头：人生很短，活着的意义就是开心，现在既然这么痛苦，还有什么必要留在这个世界呢？也许，我最后为儿女们作的贡献，就是不再给他们增添麻烦和烦恼，不再给他们增添良心上的不安。啊，再见了这个美好的世界，再见了这个丑恶的世界，我将离去！我将离去！

第十三章

月光下的眷恋

深更半夜，陶依嘉睁大着眼，瞪着天花板发愣。

房间里一片安静，只有呼噜声此起彼伏。她刚进养老院听到这声音就烦燥不安，就难以入眠，现在已经习惯了。唉，人总是会习惯于原来不应该习惯的东西，这是一种无奈，更是一种悲哀。

"生存还是死亡，这是一个问题。"莎士比亚戏剧《哈姆雷特》中的哈姆雷特如是说。哈姆雷特对人生充满怀疑，觉得人活着没有意义，死亡更好，可他又对死亡充满恐惧，不知道人死后会不会进地狱。对我来说，生存和死亡，已经不是一个问题，我不害怕死亡，我不愿意忍受命运的折磨和摧残，我要决定的是：以哪一种既迅速又没有或者很少痛苦的方式结束自己的生命？

吃安眠药是一个办法，无痛感，在睡眠中失去知觉，保持身体原貌。可是，在养老院使不得，晚一点起床就会受到大家的关注，怎么还可能吃安眠药自杀呢？何况养老院规定，老人服用安眠药，护理员必须在场监视。

上吊？这是最传统的死法，实践证明行之有效。据说其过程很痛苦，要忍受很长时间的窒息。我在养老院，到哪里去上吊呢？

服毒？比如氰化钾，一瞬间完全解脱，电影里经常有这种自杀场面。可是，上哪儿去弄氰化钾呢？再说这种死法让人很痛苦，口眼歪斜，给人最后的印象太不雅观了。

割腕？拿小刀往手腕上刺，这种死法在养老院无法操作。烧炭自杀呢？要有一个封闭的空间，在养老院也不具备这种条件。绝食呢？更不具可行性。

跳河？晚上到黄浦江或苏州河纵身一跃。据说，跳河死亡窒息时间很长，死后身体会浮肿，甚至腐臭不堪，留给世界的最后形象也是十分不雅。

跳楼？从高楼跳下去，一切就结束了。报纸上刊登过许多这种新闻，特别是那些贪官被追查的时候往往就是跳楼；患抑郁症的人常常也是以跳楼结束生命。如果楼层太低，大腿和胳膊粉碎性骨折，人却没有死，那就尴尬了。楼层要高，至少七八层，我住的养老院具备跳楼条件。嗯，跳楼，头部撞地才会及时死亡，否则，内脏受伤，要承受一番痛苦才能慢慢死去；跳楼最不好的结果就是头破血流，甚至脑浆迸出来，那会流好多好多的血，而且死状不雅，可怕。

我要迅速地死亡，安静地死亡——只有跳楼，一刹那间结束自己的生命。

养老院这幢楼有 12 层，9 楼是多功能厅，我在那儿参加过"五一"联欢会，也上去开过会。多功能厅平时都敞开着大门，到那儿跳楼很好。

陶依嘉决定到多功能厅察看现场。

上午，陶依嘉悄悄地去9楼多功能厅，在电梯口碰到焦丽英。她说你到楼下散步啊，陶依嘉说是的，她只好坐电梯下楼，然后再乘电梯直达9楼。

多功能厅的门虚掩着，她走进去一看，一个舞台，一排排椅子，空空荡荡。她走到窗前，往外望去，下面是一条马路，远处有几栋高楼和多层建筑，还有一个五星级酒店，再有就是广阔的蓝天和飘浮着的一片片白云。

这时，一个保洁员走进来，奇怪地问，"你是哪里来的？"

"听说重阳节要在这儿开联欢会，我上来看看，反正闲着没事做。"陶依嘉说。

"哦，早了，开大会、演出都在这里。"保洁员说。

"多能厅很漂亮，可惜平时利用率不高。"陶依嘉随口问，"平时门关着吗？"

"基本上都空着，门不锁的。"保洁员说。

"噢，你辛苦，我下楼了。谢谢。"陶依嘉说着走了出去。

陶依嘉花了半天时间处理事情。她写了一封遗嘱给儿女，写了一封信给周琴心和叶璐，也给关美娟和宋阿萍写了简短的告别信。她拿出一张银行卡，撕下笔记本一页纸写道："卡里有 1 万元，请转给张波，祝他新婚快乐。"
她想送书给李莉，就挑了书在扉页上写上赠李莉阅读的字，
她死后这些书就会被送到李莉手里的。她忙好后，松了一
口气，一切该交待的事都交待了，可以无牵无挂地走了。

晚上 7 点多钟，陶依嘉忍不住给阿明打了个电话。

"有急事吗？"张孝明问。

"没什么事，就是问候一下你，你还好吗？"陶依
嘉说。

"老样子。姆妈，我们正在和张波视频……"他说完
就要挂电话。

"好好，代我问问他，就说奶奶想他。"陶依嘉说。

张孝明"噢"了一声就挂断电话。

陶依嘉很失望，她原来还想问一下后楼退出的事，看
他匆匆挂电话就算了。她又想和阿霖、阿珍通电话，想想
也是自讨没趣，算了罢。陶依嘉到卫生间泡脚，然后躺在
床上，打开全家福影集从头到尾翻看着，一个个亲人出现
在眼前，一个个故事在她的脑海里浮沉。啊，别了，我的
亲人！她又看微信收藏的视频和照片，月月唱歌的照片，
在鲁迅公园唱歌的视频，和周琴心拥抱的照片……美好温
馨的回忆啊！

大约 10 点钟，关美娟和宋阿萍都睡着了，发出一片

打呼噜的声音，黄红梅上床也睡着了。陶依嘉等到10点半，正准备起身出去，就见关美娟突然起来上厕所，转眼回来上床睡觉。过了半个小时，她居然坐起来刷手机，她平时半夜从来不看手机的啊。

"关老师，你怎么还不睡啊？"陶依嘉问。

"不知道什么原因，我就是不想睡，索性看看电视剧——影响你睡觉了？"关美娟不安地问。

"有一点，没有关系。我担心你明天早晨起不来。"陶依嘉说。

"那我就睡，你也早点睡，我看你今天一直在忙，写东西，肯定很累。"她说完就关上了手机。

关美娟刚刚消停，宋阿萍起床了。她拄着拐杖缓缓地走进厕所，待了很长时间才慢慢地出来。她回到床上，没有关灯睡觉，而是半躺式地坐在床上。陶依嘉想和她说话，可是怕一说话宋阿萍更睡不着了，就装作睡着了。过了半个多小时，宋阿萍感叹一声，关灯睡觉了。

陶依嘉继续装睡，直到凌晨将近2点钟，才听见关美娟和宋阿萍都打呼噜了。陶依嘉轻轻地起床，穿好外套，走进卫生间，对着镜子梳理头发，淡淡地抹了抹口红。她走出卫生间，向她们三人望了一眼，经过黄红梅旁边，看了她一眼，她身体像虾一样弯曲着，发出特别响的呼噜声。

她感觉她很值得同情，在远离家乡的地方照顾一群陌生的老人，从早到晚，一天24小时，也是不容易的。

她悄悄地走到门外。她走到电梯口，看见走廊里的灯亮着，电梯的灯也亮着。她想电梯内有探头，万一让保安看到就麻烦了，就转身来到楼梯口，一步步走上去。她走两个楼面就靠在墙边休息一会儿，然后继续走。她走走停停，最后走到9楼。

她走到多功能厅门前，门还是虚掩着。她朝走廊左右方向看了看，没有人，就轻轻地推门进去，轻轻地关上门。

陶依嘉走到窗前，探头向外张望，当空挂着圆圆的月亮，还有稀疏的星星在闪烁。她想起来了，新闻报导过，今年中秋的月亮是"十五的月亮十七圆"，说是今天10月6日礼拜五的凌晨2点多钟最最圆。中秋月圆，是家人团聚团圆的时光，可她却在此时此刻要和家人彻底地告别！

她朝楼下俯视，一条马路横亘着，远处有高楼和低矮的房屋，还有亮着一片灯光的五星级酒店。她看了看窗台，很高，椅子和窗户之间是过道，站在椅子上无法跨上窗台。这倒没有想到，看来要死也死不了，怎么办呢？

她借着明亮的月光，四处寻找有什么可以"摆渡"的东西。舞台上除了一个讲坛，什么都没有。舞台一侧，仅

391

有一个牛皮鼓，大该是演出后留下的。她徘徊再三，最后失望地走出多功能厅，这时却看见隔壁房间的门也虚掩着，推门一看，靠墙有一排椅子。啊，天无绝人之路！

陶依嘉拖了一把椅子回到多功能厅，拖到窗口旁。她爬上椅子，顿时一半身体就高出窗台，可是要跨上窗台，还是需要垫脚的东西。哎，刚才看到的大鼓可以垫脚的。她走到舞台旁拿回一个牛皮鼓放到椅子上，然后小心地踩上椅子，踩到牛皮鼓上，双手扶着窗户两旁，抬起一只左脚跨上窗台，另外一只右脚用力一蹬，就站在窗台上了。她只要闭上眼睛纵身一跳，就和这个世界永别了。

凉嗖嗖的一阵阵风吹过来，陶依嘉不由得打了个寒噤，赶紧用力抓住钢窗两边。她身体朝里面让了让，抬起手腕看了看手表，已经是凌晨 2 点半了。

她朝窗外看着，最后再看一眼她生活了 70 多年的上海，最后再看一眼她有过悲欢离合的人世间。

马路上的路灯像鬼火一样发出微弱的光亮，天地间一片漆黑，只有那月亮发出一片银光。啊，我来到世界 75 年，我一生的使命已经完成。我的未来，哦，我已经没有未来。人老了就是等死，我没有想到老年竟是如此凄凉悲惨，其标志就是尊严丢失，儿女远去，就是自己已经没有了自己，就是只有自己和自己的影子——我就要离开这个世界，再也看不见儿女，再也看不见朋友，再也看不见我爱的所有人！

阿明多可爱啊，从小聪明灵俐，有孝心；过去在他家照顾张波，他每天都要为我端来一杯牛奶；后来三年住在他家，他几乎每晚坐在我床边沙发上和我聊天。哦，张波，这个孙子真可爱，我祝愿他生活幸福。芳芳，这个女人虚伪至极，手段毒辣，假如没有她的介入，我不会有今天的结局。唉，没有假如，一切就是事实，一切都是命！

我就要离开这个世界，再也看不见阿霖和阿珍了！

阿霖，你是一个精致的利己主义者，可你过去完全不是这样的。你小时候总是把好吃的让给妹妹和弟弟，总是抢着做家务活。阿明上小学时被同学欺负，你冲到学校打了那个同学一顿。记得你有了工作，每个月领了工资就全部交给我；你刚结婚的时候，每周都邀请我到你家吃饭。可是，后来就渐渐地变了，变得我都不认识了。还有张婕，我的外孙女，我带过她，她从小就能歌善舞，真可爱啊！现在她是两个孩子的妈妈，我祝愿她和她的家人事业顺利，生活幸福！

阿珍，性格直爽，爱憎分明，人家都说你长得特别像我。我们曾经一起上街，一起逛商店。你到香港出差，特地为我买来一个戒指。我盲肠炎开刀，你一个礼拜没有回家，晚上就睡在病床旁的躺椅上陪伴我，病房里的病友都说你好，说我福气好。可是，你后来也变得让我很失望，你就知道开公司赚钱，你就知道自己旅游拍照，你就知道自己快活。为了房子，你和阿霖联合一起闹事，让我好伤心啊。不管怎样，我祝你生意兴隆，我祝你生活开心！

让我最伤心的事，你们居然联合起来起诉我，把我告上法庭！可是，我再也不需要签收你们起诉状的副本。我要问一声：你们的良心安宁吗？

我就要离开这个世界，再也看不见周琴心和叶璐！

周琴心，我们交往 50 多年了，你是我最亲的亲人，你是我唯一的好朋友。别的不说，你邀请我住进你家养老，就是我自己儿女都做不到啊。嗯，叶璐，阿明抛弃了你，我对不起你，对不起琴心。好在叶璐有了男友，好人总有好报。唉，只有进天堂还这笔债了。琴心、叶璐，我再也见不到你们了，这真的让我痛惜万分！我和你们有千言万语要说，可是，就此告别，来世再见。

还有，我的所有第三代，张波、张婕和申佳，我们永别了！

噢，就要离开这个世界，我再也见不到养老院我认识的好人了！

关美娟和宋阿萍，你们是我人生旅程上最后的同路者。

关美娟为人达观，乐于助人；宋阿萍有些迂腐固执，有些孤僻，但是个世事洞明的智者，也是一个善良的人。我的晚年和你们有缘相遇，你们陪伴了我，让我感受人间温暖，我非常感谢。我祝愿你们开心，顺顺利利，安度晚年。呵，再见了！

黄红梅，你自私、粗鲁和世俗，我真的不喜欢你。可是，我理解你，谅解你。人都是从自己的历史中走来，你的人生经历造就了现在的你。你照顾我毕竟付出了辛劳，我也祝福你心想事成，能够如愿为儿子建造婚房。李莉，你的善良是难得的，可惜我们接触太少。你还是要读书，不管你将来做什么工作，有文化总是好的。李莉，我希望你有美好的前途！噢，还有焦主任、董院长，还有方老太、朱老太，还有专护区的杨智慧，我们永别了！

哦，阿宝，和我相伴3年的狗，我怎么又想起你来了？你在哪里啊？我这辈子再也见不着你了。唉，下辈子有缘再见面吧！

上海，我要和你永别了！

上海，我在你的怀抱里呱呱坠地，我在上海长大，我在上海成家，上海是我生活和工作一辈子的地方，我真是舍不得离开上海啊！外滩、黄浦江，南京路，四川路，徐家汇，五角场等，都留下过我的工作和生活足迹，都有过我的美好经历。我在上海马路上随意走走，就觉得特别自在，觉得十分舒服，仿佛一条鱼游在水里，一切都是那么舒适。啊，海关钟楼的钟声，当当当，多么动听啊，我再也听不见这钟声了。那一排排梧桐树，是我最爱的城市风景，夏天在翠绿的树叶下行走，不再感到炎热，只有丝丝凉快；美丽的梧桐树，你是上海城市娇美的眼睫毛，可惜再也见不到这城市风景了。

离开这个世界，唯一的好处，我可以和丈夫见面了。唉，我们已经分别得太久了，我都忘记了他的面容了。世界上只有夫妻能够互相爱护，互相照顾，当然要情投意合。丈夫要我把孩子抚养成人，我不负使命，圆满地完成了任务，见到他也足以告慰了……

陶依嘉想到这里，决定马上行动，一了百了。她闭上眼睛，刚要松手纵身往外跳，突然想起一件事：她去医院的出租汽车费用是黄红梅出的，忘记还她了。我怎么会忘记这事呢？人家是打工的，赚钱不容易啊，何况她很看重钱，我要把钱还给她。哎，算了，不要还她钱了，我把烫伤的责任揽在身上，这也对得起她的。

她一只脚跨出去，只要手一松就跳下去了，这时又一个念头涌上来，桥归桥，路归路，欠债还钱，天经地义。我一生都是清清白白，最后却欠黄红梅的钱不还，多不好啊。另有一件事，哦，我说过要拿钱给杨智慧的护理员的，这也没有兑现。

啊，回去吧，把这两件事全办完，明天再来，反正不差这一天。

陶依嘉悄悄地伸腿踏到室内的椅背上，再一脚踏在椅子上。她把牛皮鼓放到舞台一侧角落里，又把椅子放回隔壁房间。明天半夜再来，跨上窗台，什么都不要想，闭上眼睛就往下跳，一了百了。

她最后望一眼天上，月亮不见了，已经被厚厚的云层遮蔽了。她看着天上，一会儿，月亮从云层中露出脸来，啊，月亮真圆，皎洁的月色真美！阿明送的月饼，阿霖和阿珍送的月饼，我都尝过了，可是节日期间，我却看不见他们的人影，宋词曰："伤心长记中秋节，今年还似前年月。前年月，那知今夜，月圆人缺。"唉！唉！

陶依嘉愣愣地站了一个小时，什么都想，什么都没有想。她感到一阵阵寒冷，最后无奈地顺着楼梯往下走，回到自己房间，这时已经是将近凌晨4点钟了。陶依嘉走进卫生间，把嘴唇上的淡淡的口红擦洗掉。她回到床上，眼睛酸涩想睡觉，可是睡不着，听到手表时针嗒嗒嗒地走动着，清晰有力；听到一片打呼噜声，她发觉这呼噜声不再令人讨厌，不再让人心烦，甚至有些动听，这是生命的脉动啊。

关美娟起来上厕所，她上床的时候问："陶老师，你出去过了？"

"我有点闷，在外面走几圈，现在好了。"陶依嘉说。

"不是我打呼噜影响你睡觉了吧？"关美娟睁大眼睛盯着她看，那目光仿佛在探究什么。

"没有。"陶依嘉忙说。

"我打开窗通通空气，这样会好一点。"宋阿萍也醒了，关心地说。

"我已经好了。"陶依嘉不好意思地说，"打扰你们，大家睡觉吧。"

最后，陶依嘉不知道自己什么时睡着的，等到醒来已经是早上7点钟了。

"你打呼噜也很响啊。"关美娟笑道。

"是吗？"陶依嘉笑着问。

"很好很好，这样我们就没有犯罪感了。"宋阿萍开玩笑地说。

她们都笑了。

这时，黄红梅拿来早饭，关美娟开心地坐到餐桌旁，"小米粥、萝卜片、白煮蛋、奶黄包，不错。"

"陶老师，你要先打胰岛素针啊。"宋阿萍善意地提醒道。

"哦，谢谢！"陶依嘉说。

上午，陶依嘉把 350 元钱给黄红梅，她一愣，"这是什么钱？"

"第一次到医院来回的费用。"陶依嘉说。

"算我出了，我说过的，不要你出。"黄红梅用力把钱扔给陶依嘉。

"钱你要收下。"陶依嘉坚决地说。

"黄红梅，你就收下吧。"关美娟劝说道。

"你赚钱不容易，还是收下吧。"陶依嘉说。

"不不，我不能收，你吃了那么多苦头。这是我的心意。"黄红梅坚持道。

陶依嘉拉住她的手，把钱往她胸前围裙的口袋里塞，"你的心意我领了，这钱你还是要收的，否则我死了也不安心。"

"哎呀，陶老师说得话太重了。"宋阿萍说。

"陶老师是表示一定要还的意思。"关美娟对黄红梅说，"你就收下吧。"

"噢，那我收下了。谢谢陶老师。"黄红梅收下了钱，开心地笑了，"噢，一共是303元，你给我350元，我还要给你47元。"

"算了，我送你了。" 陶依嘉说。

"不不，要还你的。"黄红梅说着走了，一会儿回来，把47元钱放到陶依嘉的床头柜上，"陶老师，还你。"

"啊？" 陶依嘉十分惊讶。

"你多给钱了，我不能收。"黄红梅笑着说。

"不行，你还是拿走吧。"陶依嘉说，"我没有用啊。"

"那是你的事了。"黄红梅说着走了。

陶依嘉又上7楼找到杨智慧的护理员，悄悄地给了她1000元钱，拜托她好好照顾杨智慧，那护理员笑着说"你太客气啦，我一定好好地照顾她。"

午睡时间，陶依嘉在床上半坐半躺着，关美娟在看手机，宋阿萍面朝窗户躺着。

这时，顾海海黑着脸走了进来，在关美娟床边坐下，愣愣地看着关美娟不说话。

"你来了？"关美娟很是意外，"今天怎么有空过来啦？"

"玲玲要赶我走，我和她吵了起来，她打电话给110，"顾海海愤愤地说，"警察来了，玲玲说我抢你的房子。警察警告我说，如果玲玲说的是实情，那我必须搬走，否则他们要采取行动。”

"你自己有责任啊，让你搬走，你为什么不听呢？"关美娟笑着说，竭力缓和气氛。

"姆妈，虎毒不食子，你把我逼到绝路上，太过分了，我也不客气了。"顾海海瞪着眼说。

"你要怎么办？"关美娟问，声音发怯。

顾海海低下头，不作声了。

"你怎么不说话？"关美娟问。

"我要求你收回对玲玲的委托，马上。"顾海海伸出手愤怒地拍了一下床沿。

"我也是没有办法，我总要有人保护自己的权益吧。"关美娟说。

这时，顾玲玲走进来。她一看顾海海在，一愣，不由得站住，马上走了过来，"哦，海海在啊。"

顾海海瞪了她一眼，没有回答。

"我们找个地方聊聊，姆妈，你看好吗？"顾玲玲问关美娟。

"也好啊，不过，没有啥地方啊。"关美娟说，"要么到9楼多功能厅？那里平时没有人。"

"就在这里吧，警察都叫过了，还有什么要瞒人的。"顾海海说。

"陶老师、宋老师都是自己人。"关美娟说。

顾玲玲笑了笑，走到宋阿萍旁边，笑着说："宋老师，我借用一下椅子。"

"没关系。"宋阿萍说。

顾玲玲在宋老师的椅子上坐下，和顾海海隔着母亲的床对坐着。黄红梅走进房间，马上为顾玲玲倒来一杯茶，顾玲玲笑着说"谢谢"；她又为顾海海倒上一杯茶放在床头柜上，他只当没有看见，黄红梅赶忙走了出去。

"海海，我再给你三天，你必须搬出去，否则我到派出所要求警察把你带走，拘留你。"顾玲玲严肃地说。

"到派出所去还是要谨慎，他是你的亲哥哥啊。"关美娟对顾玲玲说。

"是哥哥怎么能够抢母亲的房子呢？这样的哥哥还是我的亲哥哥吗？"顾玲玲反问。

"我就是不搬，我等着坐牢。"顾海海猖狂地说。

"海海，不要这样，做人还是要讲道理的，还是要讲规则的。你毕竟是个画家，人都做不好，如何画好画呢？"关美娟尽量客气地说。

"我就不明白，你在养老院有房住，我没有房子住，你为什么不让我住呢？你总不至于把房子带进棺材里去吧？玲玲有房住，为什么要瞎起劲呢？"顾海海大声地说。

"我是为了保护姆妈的利益才报警的。"顾玲玲说，"海海，我知道你有难处，也确实需要住房，可是不能以此为理由占据姆妈的房子啊。我们都是成人，自己的问题就应该自己解决，不应该给母亲添麻烦。"

"我讲道理说不过你，"顾海海板着脸说，"不过，我想，什么叫自己人？自己人就是利益一致，就是有难大家帮。你们和我是自己人，看见我就要掉进河里，难道不应该伸手拉一把吗？"

"那要看看你为什么会掉下水的，掉在什么水里。"顾玲玲平静而犀利地说，"你有一个幸福的家庭，可你自己婚内出轨，导致今天的困境，你自己惹的麻烦要我们承担吗？你这样做对得起妻子和儿子吗？"

"她有什么好？"顾海海瞪着眼睛反问。

"当初你和她谈朋友，回来说她是世界上最漂亮的姑娘，最有才气，最善解人意，最懂你。"关美娟说。

"我记得你结婚后对我说，你嫂子和别的女人不一样，是有个性的，是特别崇拜我的，是特别顾家的。"顾玲玲说。

"那是过去，人会变的。"顾海海不屑地说。

"你老婆不肯做家务吗？她在外面乱搞男人了吗？她有什么对不起你？"关美娟责问。

"你现在爱上的张小姐，将来不会变吗？我告诉你，她有一个儿子，将来长大了，肯定会把你打出家门呢。"顾玲玲说。

"不可能的。"顾海海说。

"姆妈说得好！阿哥，你还是回归家庭吧。我是一个女人，我应该比你更了解女人。"顾玲玲说，

"张小姐在上海没有依靠，就想嫁给你。可是，结婚后，你的新鲜感会消失，甚至她也会有婚外恋，就像现在你们发生的婚外恋一样，那时候你怎么办呢？再说，还没有结婚，就对你发出威胁，这是好的预兆吗？"

"你们不知道她待我有多好，我办画展，她一直帮忙。画展结束，下大雨了，她在外面一直等我。她不是你们说的那种人，她和别的女人还真的不一样。"顾海海说。

"你是画家，已经50多岁了，儿子也结婚了，居然还这么单纯？"顾玲玲冷笑道。

"好了好了，姆妈，我最后再恳求你一次，房子就借给我住吧，"顾海海眼睛直直地瞪着关美娟，"你答应还是不答应说一声。"

"我不喜欢你这种威胁的口气。"关美娟说，"假如我仍然不答应呢？"

"阿哥，不要用这种口气和母亲说话，"顾玲玲严正地说，"你要为母亲考虑一下，如果是你，你会同意吗？"

"你这个人最坏，所有的坏主意都是你出的，"顾海海瞪了她一眼，伸手猛烈地敲了敲床头柜，"你就是好话说尽，坏事做绝的那种人。"

"你拿出证据来。"顾玲玲不生气，仍然平静地说，"没有证据，就是胡说八道。"

"我说不过你，你反正是两面派。"顾海海发泄地说。

"不要吵了，要你搬出房子是我的意见。"关美娟说，"你借我的 50 万元什么时候还呢？"

"我有了就还，暂时没有。"顾海海说。

"你一直没有呢？我还能活几年呢？"关美娟问。

"不管怎样，我就是不搬，你们去派出所告我吧，那样，我们就断绝母子关系！"顾海海愤怒地对关美娟说，"我，我的儿子，全部和你断绝关系。当然，和玲玲也断绝兄妹关系。"

关美娟一愣，脸色十分难看。

"阿哥，你不应该这样想，不应该这么说，更不应该这么做。父母为了我们子女付出了多少心血，再多再大的回报都不够，你居然威胁，叫姆妈多么伤心啊。"顾玲玲声音和缓，甚至是温柔的，听她声音仿佛就是在和朋友聊天，但她的态度柔中有刚，闪耀着逼人的锋芒。

"我现在进了养老院，看得多了，听得多了，承受力也强多了，"关美娟自我安慰地说，"海海，你可曾想过为母亲做点什么？如果你要和我断绝关系，我也只能接受。不过，在断绝关系前，你把50万元还我。"

"不要拿钱来逼我。"顾海海大声对关美娟吼道。

"阿哥，姆妈什么时候逼你了？ 50万元钱，毕竟不是小数目，你已经借了蛮长时间了，姆妈逼着你还钱了吗？"顾玲玲说。

"你不也是借了50万元钱，你还了吗？"顾海海质问道。

"是的，我没有还，我借了多少时间？"顾玲玲说，"我对姆妈心存感激，没有姆妈出手相助，我就是求助无人，我也没有要和母亲断绝关系啊。"

"姆妈，我和你签订一个借房协议，写明并保证什么时候付房租，你看这样总可以了吧？"顾海海说，"你借给别人也是收房租啊。"

关美娟一愣，一时不知道如何回答。

"如果你因为客观原因没有地方住，姆妈睡到马路上也会把房子让给你，问题是你有自己的房子，有自己的家，硬是把它拆散，姆妈怎么能够让你住呢？帮你就是支持你婚外恋，对阿嫂也是不公平的。"顾玲玲说。

"是是，玲玲说的是。"关美娟说。

"你就是搞阴谋诡计！"顾海海无法反驳，对顾玲玲瞪着眼干吼道。

"真理有时候总是让人不喜欢。"顾玲玲笑道，"海海，你脑子要清楚，去找前妻，求得她的原谅，复婚，重新开始吧。"

"对对，说得对。"关美娟连连点头。

"哎，我有主意了。"顾海海突然高兴地说。

关美娟和顾玲玲都惊讶地看着他。

"姆妈离开养老院，和我住在一起。姆妈住一间，我和小张住一间，小张的儿子住一间。这样，姆妈有人照顾了，也可以享受天伦之乐，我的问题也解决了。姆妈，你看可以吗？"顾海海眼睛发亮，期待地问道。

"姆妈可以送你的继子上学，放学再接他，还可以烧饭搞卫生。"顾玲玲对关美娟说，"姆妈，听起来是个好主意呵，你可以再就业啦。"

"玲玲也支持，姆妈你看呢？你考虑考虑。"顾海海傻乎乎地笑道。

"你考虑得真周到。"关美娟不无嘲讽地笑了。

"你们不相信我？"顾海海恼怒了。

"你还是搬出去吧！"关美娟坚决地说。

顾海海站了起来，哼了一声，气呼呼地走了出去。

"姆妈，我就去派出所报案，好吗？"顾玲玲说。

"再等一等吧，做做思想工作。"关美娟说，"毕竟是我的儿子。"

"嗯，那就再等一个礼拜再说。我发个短信告诉他，否则他以为我们好欺负。"顾玲玲说，"姆妈，我提醒你，你只有狠心才能收回房子。"

"再等一等吧，再给他一个机会。"关美娟说。

顾玲玲走了，关美娟送她出去。

"关老师做得对，房子不能松手。"宋阿萍说。

"别看关老师嘻嘻哈哈，一切无所谓，在关键问题上还是思路清楚，原则性强，比我强呐。"陶依嘉感叹地说。

宋阿萍撑着拐杖走过来对陶依嘉说："陶老师，我求你帮个忙。"

"没关系，你说吧。"陶依嘉热情地说。

"我的床是否和你换一换？"宋阿萍说，"我要换到门口。"

"为什么？"陶依嘉惊讶地说。

关美娟回来了，在自己床边的椅子上坐下。

"你要看书，有时要写字，昨天下午就一直在写字，靠窗的床光线好，我反正总是躺着，无所谓。"宋阿萍看着她说。

"宋老师要和我换床。"陶依嘉感动地说。

"哦哟，宋老师喜欢靠窗位置，现在肯让出来，真的是伟大。"关美娟愣一愣，真心地夸奖道。

"不不，我习惯了，还是老样子吧。"陶依嘉谢绝道。

"不要客气，靠门的床离厕所近，我用起来方便。"宋阿萍笑着为自己的想法寻找理由。

陶依嘉心想，我当初来时，阿明曾经要和她换床，遭遇一顿抢白。如今，宋老师找借口让我换床，让人感动。可是，我不能答应，不能影响她的生活，何况已经晚了，床是否靠窗对我来说没有意义了。

"不不，不要换位置吧，我习惯了，换位置就睡不着了。"陶依嘉真诚地说，"不过，非常感谢你。"

"关老师，你作主吧。"宋阿萍恳求地说。

"陶老师，宋老师是一片真心。实话实说，你在窗口，看书写字对眼睛有好处，你就换一换吧。"关老师说。

"实在要换，"陶依嘉说，"重阳节过后再换吧。"

"好，说定啦。"宋阿萍笑了。

陶依嘉和往常一样下楼走路，待到她上楼回到房间，发觉走错了地方，靠门的是人家的床，她刚要退出去，关美娟、宋阿萍还有小李都笑了。

"我请小李帮忙，把我们的床换了换。"宋阿萍得意地说。

陶依嘉抬头一看，果然她的被子、床单等东西都移到窗下了，那绿萝花瓶也搬到靠窗的床头柜上了。她不好意思地说："怎么可以这样呢？不行，要搬回来。"

"你不是同意了？"宋阿萍说，"反正要换，晚换不如早换。"

"陶老师，你就不要客气了，否则宋老师不开心的。"关美娟说。

"好好，谢谢。"陶依嘉对宋阿萍说。

陶依嘉走到窗前，顿时感觉亮堂堂的。她望望窗外，看见蓝蓝的天和白白的云，看见远处的高楼，看见马路、车辆和行人。啊，看见汽车和行人，就感觉和社会没有脱离。我喜欢眺望窗外，看云的飘浮，看天的高远，晚上还可以看月亮和星星，可惜我已决意离去，享受这美好感觉也就只有几个小时了。

这时，张孝明出现在门口。他看见靠门的床上坐着宋阿萍后一愣，关美娟对他说："阿明，你妈搬到靠窗的地方了。"

张孝明走了过来，笑了，"啊，原来这样的。"

410

"宋老师照顾我，我真不好意思。"陶依嘉说。

"谢谢宋老师。"张孝明对宋阿萍说。

"别客气，应该的。"宋阿萍说。

"旅游回来了？今天怎么有空来了？"陶依嘉笑问张孝明。

"阿明想姆妈了。"关美娟开玩笑地说。

"总编辑给我一本书稿，节后要付印，我取消了旅游在家编辑书稿。"张孝明坐到床边椅子上坐下。

"哦，书稿看好了？"她问。

"快了。"他回答。

陶依嘉和阿明说着话，发觉他一直盯着她看，那目光充满探究，还流露着强烈的不安。

"出了什么事吗？"陶依嘉小声问。

张孝明神色犹豫，看看关美娟和宋阿萍，"我们到楼下坐坐好吗？"

"好的。你等一下。"陶依嘉知道他一定有重要的事情要说，她猜测阿明知道了阿霖和阿珍要联合起诉他们了。

陶依嘉走进卫生间，听见外面说话声，感觉上是在说她，于是走到门旁，耳朵贴在门缝偷听外面的说话。

"你妈最近特别沉默，有心事，你要多关心她。"宋阿萍的声音。

张孝明笑了笑，认错地说："噢，我也忙，来得少了。"

"上次她发高烧，你们夫妻来了就走，她很伤心的。"宋阿萍说。

"不管怎么样，来了就走，我态度有问题。"张孝明诚恳地说。

陶依嘉心想待在卫生间时间太长不好，就拉开门走出来，朝大家笑了笑，和张孝明走出门。他们乘电梯下楼，来到大楼后面的假山喷泉水池旁，看见茅亭里有人，就在水池边的椅子上坐下。

"上次我来了就走，因为有急事，姆妈不要放在心上啊。"张孝明道歉地说。

"你来就是为了说这句话吗？"陶依嘉笑着问。哎，上帝知道我今天半夜要走了，再也见不到阿明，就让儿子来了，让我们母子见上最后一面。

张孝明笑了笑。

"阿明，出了什么事了？"陶依嘉关心地问。

"焦主任打电话给我，要我一定来一次。"张孝明犹豫了一下说，"根据监控录像，姆妈，你昨天半夜上9楼，还把一把椅子拖进多功能厅。我刚才到院长室看了监控录像，你在多功能厅待了很长时间才出来。"

陶依嘉一愣。

"你为什么半夜三更上9楼呢？"张孝明担忧地看着她。

"啊？噢，我睡不着，散散心。"陶依嘉避开他的目光，心虚地说。

"你散散心也不用上9楼啊，也不用把椅子拖进多功能厅啊。"张孝明盯着她。

"我怕影响室友睡觉，就想跑得远一点。"陶依嘉无力地解释，"也许我患上了夜游症。"

"你在多功厅里做什么呢？监控探头能够拍摄走廊，房间里就拍不到了。"张孝明不安地盯着问。

陶依嘉没有回答。

母子两人的目光相遇，默默地注视着对方。他们都知道对方在想什么，但都没有挑明。

"姆妈，你实在不喜欢养老院，就搬出来吧。"张孝明说。

"啊？搬到哪里去？"她颇感意外。

"我想在外面借房子，再请一个24小时保姆。"他说。

"芳芳会同意吗？房租谁出？我的养老金可是有限的。"她说。

"房租我来解决，这个你不用担心。"他说。

陶依嘉想了想，摇了摇头。阿明猜到我半夜上9楼要做什么了，深受震撼，为我的安全担心，紧急赶过来了，提出这么一个在外租房的方案，到底是自己的儿子！如果租了房子让阿明付房租，他就要拼命赚外快，他会很累；芳芳知道后不作不闹才怪呢。不能连累阿明，再难也要自己担待，何况我已经决定离开这个世界。这个世界不要我了，我也不要这个世界了！

"姆妈，你考虑一下我的建议。我保证每天晚上我们通话，我保证每个周末来看你。"张孝明发誓般地说。

"每天晚上通电话，没有必要，也没有这么多话要说。你现在忙，不要影响工作。"陶依嘉否认了他的建议。

"忙不忙，要看事情的重要。姆妈，你是我生命中最重要的。"他眼圈微微发红，真情地说。

陶依嘉感动得眼睛湿润了。

"姆妈，你不是说过要重读经典，你现在还天天看书吗？"张孝明问。

"现在看得不太多，眼睛不行。"陶依嘉说。

"你的白内障要动手术，我来联系医院，好吗？"他真诚地说。

"等等吧。我怕眼睛动手术，万一不行就看不见了，那才叫个悲惨。"陶依嘉说。

"焦主任说，从今天晚上开始，电梯不再上9楼，多功能厅锁门，9楼所有房间都要锁门，走楼梯进入9楼的大门也要关闭。"他看着她说，"你半夜如果睡不着觉，不要再上去了。"

"哦？"陶依嘉惊讶地说，"你知道阿霖和阿珍要起诉你吗？"

"啊？"张孝明大为震惊，"怎么一回事？"

陶依嘉把事情原委告诉了他，张孝明听了默默无语，痛心地说，"他们居然为了钱，能够对母亲和兄弟下此狠手，让人无语。"

"你最好和阿霖沟通一下，劝劝他，还是和为贵。"陶依嘉说，"后楼就给他们吧。"

"沟通没有用的，只有把后楼让给他们，把前楼卖掉的钱拿出来分，事情才能解决。"张孝明说，"我找个律师朋友问问再说。"

"那么，你考虑把前楼卖掉的钱和他们分吗？可以以后再给。"陶依嘉说。

"我也没有钱。"张孝明说。

陶依嘉催他早点回去，他要送她上楼，最后她送他到养老院门口。

"好，我走了。姆妈，你有什么事打电话给我，我周末来看你。"张孝明说。

"好好。"她说。

"你再考虑一下搬出来住的建议，我觉得这很有操作性，我等你回复。"张孝明恳求地说。

"不用了。"她说。

张孝明启动了汽车，开了几步，突然又停车，他从窗口探出脑袋向她招手，然后开车离去。陶依嘉看着他的汽车消失在视野中，这才慢慢地往回走。9楼今天开始锁门，在养老院跳楼自杀已不可能。今天晚上出去，直奔黄浦江结束生命。屈原不是自投汨罗江结束生命的吗？聂耳不是游泳溺水而亡的吗？邓世昌不是在船沉后死在大海里的吗？抗战期间东北抗联八女不也是投江牺牲的吗？

陶依嘉回到房间，黄红梅正把菜盘放在餐桌上，又是晚饭时间了。她洗了洗手，在关美娟对面坐了下来用餐。黄红梅站在宋阿萍的床边，喂她吃饭，客气地催促"吃快点"，宋阿萍尽快地吞咽着。

晚饭后，陶依嘉在床上半坐半躺看着朋友圈，突然看到阿珍发的微信，她写的文字是："今天在美兰湖打高尔夫球，很尽兴。这是一个享受的过程，享受大自然的风光，享受挑战，享受独特的礼仪文化，还能够交到朋友。爽！"接着是9张照片：蓝天白云、彩色旗帜、草坪、沙坑和球道等，最醒目的照片是阿珍挥动球杆的姿势。

"哎，她真会玩啊！"陶依嘉放下手机，仰头看着窗外，清风吹拂，一朵朵白云在天空上飘荡，在窗边果然看到的风景不一样，感觉不错。她拿出全家福影集翻看着，又拿出和儿子女儿生日的合影照片看着，脑子里翻腾的都是过去的往事。

"陶老师，你在看全家福照片吧？天天看，也看不厌，这就是父母啊。"关美娟笑道。

"哎，看看照片，想想往事，消磨时间。"陶依嘉说，"当然，也是一种精神寄托。"

"陶老师，孩子大了，就像鸟飞走了。惦记孩子，就是给自己添堵。其实，我也不愿意这样说，可这是现实啊。"宋阿萍哀伤地说，"打个比方，一对青年男女谈恋爱，男的另有所爱了，女方就应该忘掉男方，你想念着他，也得不到人家，只是给自己增加痛苦。"

"哎，我心里放不下家人啊！"陶依嘉说，"有人说，世界上所有的关系都是淡薄的，哪怕是夫妻关系，哪怕是父母和子女的关系。我不这样认为，我想，和家人的关系让人感到一阵阵温暖，如果家人互相之间也变得冷淡和绝情，那么，人生就真的没有什么意义了。"

这时，焦丽英来了。她说"大家好"后，走到陶依嘉面前，仔细地看着她，"陶老师搬到窗口了，好。"

"宋老师发扬风格。"陶依嘉说。

"说明你做人好，否则宋老师不会愿意的。"焦丽英问关美娟，"关老师，节目排练得怎么样了？"

"正在进行之中。"关美娟看了看陶依嘉，信心满满地说。

"陶老师，你是否也来个节目呢？你的《红梅赞》唱得很不错的啊。"焦丽英热情地说。

"我？不行不行。"陶依嘉不好意思地摇头谢绝，"我只会念书。"

"哎，你是不是来个诗朗诵呢？"焦丽英说，"念一段文学名著，或者念一首诗，我中学就喜欢诗朗诵。"

"我看陶老师行的，焦主任你要三请诸葛亮啊。"宋阿萍鼓励地说。

关美娟一愣，她想宋阿萍平时不管闲事，今天居然当着焦丽英的面推荐陶老师，马上跟着说，"哎，陶老师原来是出版社文学编辑，普通话标准，朗诵肯定行，焦主任眼光真准，宋老师的评价是对的。"

"不行不行。"陶依嘉急得连忙摆手，"我过去在单位表演过诗朗诵，那是很久以前的事了。"

"关老师、宋老师都说你行，你就不要谦虚了。宋老师平时话不多，现在也推荐你，你要给宋老师的面子啊。"

焦丽英笑着说，"你可以上台朗诵一首唐诗宋词，最好念一首和老人生活有关的诗。董院长看了重阳节节目单，认为太单调了，除了红歌就是沪剧、越剧和京剧，所以你来一首诗朗诵，也是帮我的忙啊。"

关美娟和宋阿萍一齐对陶依嘉说"你就答应吧"。

"陶老师的才华不能浪费，就这样定了。"焦丽英笑着说。

"好好，试试吧。"陶依嘉说，"不过，我可能自己写一首诗。"

"哦，那更好了，原创啊。陶老师，谢谢你支持我的工作。"焦丽英说完走过来，和陶依嘉握了握手表示感谢，然后走了。

陶依嘉后悔了，我计划晚上要去跳黄浦江的，怎么就答应了呢？关老师和宋老师为什么推波助澜啊？哎，既然答应了，就要兑现承诺，重阳节演出以后再和这个世界告别吧。

"陶老师，我们等着欣赏你的表演呢。"关美娟笑道。

"我是等着陶老师的诗，肯定能够写出我们老年人的感受。"宋阿萍期待地说。

"人到老年，我倒确实有话要说。"陶依嘉说。

第十四章

恋人重逢

10 月 28 日，星期六，重阳节如约到来。

下午 2 点钟，养老院 9 楼多功能厅里几乎坐满了人。

陶依嘉环顾四周，正前方的会场上方是醒目的会标：新家养老院重阳节联欢会。会标下面，挂着四五个宫灯，给会场增添了浓浓的喜庆气氛。会场左边一排排座位是家属席，坐的人寥寥无几，她也通知了阿明、阿霖和阿珍，他们一个人都没有来；隔着走道的中间席位是老人席，基本上坐满了人；隔着一条过道，右边是养老院管理人员和护工以及后勤人员的席位，坐无虚席，黄红梅和李莉都在。

"今年重阳节的联欢会，比往年都热闹。"关美娟坐在陶依嘉左边，指着四周乐呵呵地说，"你看，好几档人马在拍录像、拍照片。"

"要争取评上文明单位，总要交作业啊。"坐在陶依嘉右边的宋阿萍说。

陶依嘉看着朝南的一排明亮的窗户，不由得想起刚刚过去的往事，那天半夜的一幕幕情景历历在目。她要不是为了还黄红梅的钱，要不是为了给杨智慧护理员的钱，今天已经不会坐在这里了，人生如梦啊！

联欢会开始了，董丽院长和焦丽英主任等三四个领导坐在主席台上。董丽院长代表养老院向全体老人致以节日的祝贺，大声宣布给老人送上节日礼物：一个装有电子体温计和乔家栅糕点的大礼包。

在欢快的乐曲声中，养老院工作人员，包括管理人员和护理员，把大礼包一个个送到老人手上，因为大礼包是红色的，整个会场变成一片红色，呈现出一派喜气洋洋的景象。

演出开始了，一个个或一群群老人上台，表演越剧、京剧、沪剧、歌曲独唱和大合唱等节目。陶依嘉观看着演出，心里很感慨。我工作的出版社节庆举办演出，上台的都是以青年为主，中年为辅，整体上给人感觉是青春飞扬，朝气蓬勃；现在，你瞧瞧，舞台上都是一片白发，都是佝偻的身材，他们也有过青春年少的时光，可现在都老啦，岁月无情啊！还有，每个节目演出结束，会场中间老人席的掌声稀稀拉拉，短促，没有力度，就像零零落落的雨滴；右边职工席位上掌声热烈、响亮和持久，像是密密麻麻的急风骤雨。

"沪剧《阿必大回娘家》选段，演唱者，基本护理区关美娟。"主持人报幕。

在音乐声中，关美娟走上舞台，开腔唱道：

"手弹棉花想想苦，

忍不住双珠泪落胸脯。

从小爷娘过世早，

兄妹二人受尽苦……"

"平时就看见她看电视剧，没有想到她能唱沪剧。"陶依嘉点头说，"看她唱得声情并茂，把童养媳阿必大的心境表现得逼真感人，她过去肯定是文艺积极分子。"

"可惜，老了，声音不好听了。"宋阿萍对陶依嘉说，"她年轻时的声音肯定好听。"

关美娟演唱结束，全场响起掌声，其热烈的程度超过其他表演节目。

演出在继续，关美娟回到座位，仍然一脸兴奋的神态。

"唱得不错。"陶依嘉夸奖道。

"哪里，老了，不行了。"关美娟神采飞扬，"我还发挥得不坏吧？"

"你唱的沪剧味道浓，好听。"陶依嘉说。

宋阿萍笑了笑，保持沉默。

台上演出在进行，节目主持人走过来朝陶依嘉招了招手，陶依嘉马上跟着她朝舞台一侧走去。

"下一个节目，诗朗诵《一个老人的愿望》。作者：基本护理区陶依嘉；朗诵者：基本护理区陶依嘉。"节目主持人高声报幕。

424

陶依嘉戴着老花眼镜，拿着诗稿走上舞台，在舞台中央靠前的地方站下；她朝舞台下中间席位看过去，都是七老八十的老人，有的神情呆滞，有的一脸迷茫，有的似乎要睡着了，精神矍铄的人很少。

全场响起掌声。

陶依嘉双手捧着诗稿，酝酿了一下情绪，开始朗诵：

一个老人的渴望

岁月静悄悄地流淌

带走了我们最美好的时光

走过了少年青年和中年

头发飘满了雪花结满了白霜

我，一个扎着辫子的小姑娘

变成了一个百分之百的老大娘

时光把我们推进了养老院

那是一节驶向终点的车厢

我老了吗，我老了吗

我的人生才刚刚掀开序章

在弄堂里跳着橡皮筋

背着书包高兴地上学堂
来来回回踩着时间上下班
穿上旗袍成为一个漂亮的新娘
和儿女述说着古老的故事
这一切仿佛全都发生在今天早上

我老了吗，我老了吗
我的思绪依旧在蓝天白云间飞扬
我的心灵依旧为美好而欢欢喜喜
我的脚步依旧充满力量
我依旧喜欢听近处花开的声音
我依旧喜欢看远方日出的辉煌
虽然我脸上爬满了皱纹
每天还上网了解世界上美丽的地方

我老了，我老了
我告别了太阳开始欣赏月亮
我渴望每位老人不要为生活流泪
我渴望每位老人都有温暖的住房
我渴望每位老人都有亲友陪伴
我渴望每位老人面对的都是微笑的脸庞

每位老人到了告别世界的最后时刻

都能笑着说中国是我最美的家乡

　　陶依嘉朗诵完，全场一片沉默。她有些尴尬，就在这时，全场突然响起了热烈的掌声，会场中间老人席位发出的掌声最响亮。

　　陶依嘉从舞台侧面出来，朝自己的座位走去，一位年轻女性迎上来，自我介绍是区融媒体中心的记者，表示希望采访，陶依嘉说好的。她们走到会场后面的座位，那儿有多个空位置。

　　"陶老师，您的诗写得真好，"记者把录音笔举在她面前，笑问，"您来养老院多久了？"

　　"快9个月了。"

　　"您是自己要来的还是儿女送您来的？"

　　"儿女送我来的。"

　　"您有几个儿女，他们情况如何？"

　　"两个儿子，一个女儿，都在上海工作。"

　　"您儿子和女儿平均多少时间来看望您？"

　　"没有固定时间，总的来说次数很少。"

　　"我听您的诗似乎有哀怨之声，您住养老院的感受如何？"

"我终于明白，人老了，很可悲，许多事力不从心，往往不能够掌握自己的命运，就像一片树叶飘在水上。我终于明白，养老既要靠自己，也不能靠自己。既要靠自己，就要健康，就要心态好，就要有爱好，就要有子女和朋友；不能靠自己，我特别指的是老人失去自理能力以后，那就需要政府的托底关心，保障老人晚年幸福是政府的责任。"

"你对社会上的养老机构如何看待？"记者问。

"现在社会上的养老机构分为养老院、护理院、老年公寓和养老社区。养老社区要付100万到300万元不等的押金，然后才能提出入住申请，批准后才进入排号系统，一般老百姓根本住不起。好的养老院和老年公寓，月费在8000元到18000元之间，并且每年还要上涨5%左右。我听说有一家公立养老院，价格便宜，条件好，可是申请入住的有两千多个老人，每年安排入住不到100人，排队至少20年才能入住。这样的状况，普通老百姓很难拥有幸福的晚年。"陶依嘉说，"我们看看国外发达国家，大多有一个良好的养老机制。我希望在中国，一个老人的退休金能够住起条件中等的养老院，这应该是政府为老百姓提供的最低福利。有了这种福利，老人就能活得有尊严，就能不依靠子女，晚年也会真正的幸福。人到老年，面临了许多新问题，这些问题是父母问题，是子女问题，是家庭问题，更是社会问题。希望更多的有识之士，关注老年人的问题及其解决方案。老人的晚年幸福，是一个国家的幸福指数的体现，也是一个国家文明程度的标志。"

"你认为政府应该尽什么责任呢？"记者问。

"第一，老人的物质困难，政府要解决，有病免费看，生活有依靠，有住房，有人照顾；这些方面政府已经在做了，但还有更多的应该去做。第二，老人心灵问题，就是如何让老人生活有趣和开心。"陶依嘉说，"我觉得建立起一个全国老人的养老保障机制，就像发达国家一样，这是政府要做的大事，是政府的责职，这是面对老年问题治本的根本途径。"

"您对新家养老院有何评价？"记者引导性地问，"您认为它好在哪里？"

"总体上还是可以的，董院长、焦主任尽心尽责。"陶依嘉说。

"请您用一句话概括自己的愿望，好吗？"记者说。

"过着有尊严的体面生活。"陶依嘉说。

"谢谢陶老师接受采访，我还要采访其他老人。"记者说，"您有微信吗？"

陶依嘉拿出手机，随手翻到二维码，女记者扫了扫她微信的二维码，惊讶地说："你用微信好熟练啊。我的采访会在电视上播放，也会在微信公众号发布。谢谢。"

陶依嘉回到座位继续观看演出。

"陶老师，你的朗诵声情并茂，很感人！"关美娟感动地说，"说出了我的心里话。"

"陶老师，写得真好，我哭了！"宋阿萍擦了擦带有泪痕的眼睛。

"我也没有感到自己老啊，可是社会上的人，包括家里的人，都以为我老了。"关美娟笑道，

"在这种情况下，我不老也老了啊。呵呵呵！"

"你的诗能够发给我吗？"宋阿萍说。

"好的，我待会儿发给你。"陶依嘉说。

"我也要。"关美娟说。

"好的。"陶依嘉说。

演出最后，董院长等领导上台表演了一个大合唱《我们的生活充满阳光》，焦主任演唱了一个《常回家看看》，联欢会到此就结束了。

重阳节联欢会结束了，陶依嘉和关美娟、宋阿萍一起，捧着大红礼包，跟着人群慢慢地往外走。以往看演出，观众离场像潮水一样倾泻而出，养老院的演出结束观众离场，

满眼都是苍苍白发，满眼都是一根根拐杖，满眼都是颤颤巍巍的脚步。陶依嘉走到多功能厅门外，下意识地看了看隔壁房间，门敞开着，她在那儿拿过一把椅子。她和人们一起朝电梯方向走，经过楼梯口，就见一个精神矍铄的男性老人朝她笑着挥手。

"我们是多年没有见面的老朋友了。"老人朝她笑道。

陶依嘉停下脚步，礼貌地笑了笑，惘然地看着他。这个陌生人声音好熟悉啊，他是谁呢，他要干什么呢？

"我先和宋老师下去。"关美娟疑惑地看了看那个老人，扶着宋阿萍朝电梯走去。

"老同志，你是不是认错人了？"陶依嘉对那位老人说。

他睁大眼睛看着陶依嘉，突然伸过手来要握她的手。她本能地缩回手，肯定是养老院的老人，多半是患有老年痴呆症。

"没有想到我遇见了你，天意啊！"他激动地说着，伸过手来紧紧地攥住她的手。

"对不起，你认错了人了。"陶依嘉用力抽回手，转身就走。

他突然激动地叫道，"依嘉！依嘉！我是吕辉啊！"

陶依嘉一愣，回过头看着他。

"我们曾经恋爱过的，我是吕辉啊！"老人激动地说。

陶依嘉大吃一惊，不由得惊愕地端详着他。啊，真的是吕辉吗？我曾经想嫁的男人。瞧他那双眼睛洋溢着满满笑意，吕辉当年就是这个样，可是，他整个样子，完全不是当年的吕辉啊。

黄红梅和李莉走过来，李莉问，"陶老师，你有事啊？"

"哎，碰到一个老朋友。"陶依嘉说。

黄红梅和李莉用疑惑的目光看了看那位老人，就走过去了。

吕辉朝楼梯口走了两步，回头向她招了招手，她跟了过去。

"我都不敢认你了，你的演出，你的朗诵，让我认出了你，你变化太大了！"他说。

"你真的是吕辉吗？"陶依嘉突然想起吕辉头顶有三个头旋，就问，"哎，你给我看看头顶，好吗？"当年恋爱的时候，她偶然发现他头上有三个头旋，就惊讶地问他为什么有三个头旋，他当时笑着回答说是妈妈送的礼物。

吕辉笑着低下头顶让她看，果然有三个头旋。唯一的区别是，当初吕辉头发茂盛全黑，现在有点稀疏并且几乎全部白了。

"呶，身份证。"吕辉微笑着递上他的身份证，仿佛

432

要她验明正身。

陶依嘉一看出生日期，啊，还真是他呢，和她生日仅仅相差一天。他当年还幽默地说："我们以后过生日一起过，省钱啊。"

"还要我提供什么证明我是我吗？"吕辉眨着眼睛笑着说。

"啊，我们居然在这儿相遇！"陶依嘉激动地说。

"我们找个地方聊聊？"吕辉建议。

"哦，马上就要吃晚饭了。我们再约吧。"陶依嘉说。

"我住在5楼，刚进来三个礼拜。"吕辉拿出手机，"我们加个微信好吗？"

"好好。"陶依嘉拿出手机。

他们互相加好微信，他开心地说："我送送你。"

"不不，我自己走。"陶依嘉说。

吕辉微笑着和陶依嘉走向电梯，他让她先进去，然后跟了进来。

电梯到了3楼，陶依嘉怕他送到房间，马上说："再见，晚上微信联系。"她说着走出电梯。

吕辉跨出电梯，朝她挥着手说再见。

陶依嘉回到房间坐下，就见一个高个子外国人，西装领带，一手拎着一个皮包，一手拎着一袋苹果走了进来。

他朝靠窗的床位走来，走到电视机前的时候不由得愣了愣，还以为走错房间，正准备退出去，关美娟叫道："宋老师，你儿子来了。"

宋阿萍正在看养老院发的电子体温计，听到关美娟叫她就抬起头来，笑了："啊，小龙，来来，我搬到门口了。坐坐。"

"姆妈。"理查德叫道，把手里拎着一袋苹果放在地上。

"你北京回来了？"宋阿萍她开心地问。

"是是，复旦大学邀请我开讲座。"理查德微笑着坐下，"今天是重阳节，我特地来看看你。"

"太好了！"宋阿萍说。

"我今天去老家看了看，"理查德感叹地说，"我还以为走错地方了。家门口四周原来是江浦街道医院、长阳路小学、长阳百货商店、照相馆和米店等，现在一切都没有了，代替它们的是高楼，是绿地，是地铁站，过去的一切都被抹得一干二净。"

"你当初走的时候是年轻人，现在人到中年了。"宋阿萍微笑着说。

"我想起一件事。有一天，你下班了还没有回来，我就跑到22路公交车站等你，一辆辆车开过去，你还是没有下来，我就哭了。就在我哭的时候，又一辆车来了，你从车上下来，跑过来抱住我，还带我到饭店里，给我饱吃了一顿，吃了一块大排骨，那味道实在是好，一辈子都忘不了。"理查德说。

"哦，是是，有这事，那时你在念小学，长阳路小学。"宋阿萍笑了。

这时，焦丽英跑了进来，黄红梅跟在后面。焦丽英在宋阿萍面前站住。

"焦主任，这是我儿子。"宋阿萍介绍道，她又对儿子说："这是焦主任，很照顾我的。"

"哦，谢谢你们。"理查德站起来说。

"应该的。"焦丽英微笑着问，"你在美国工作？"

"是的。"理查德说。

"你对我们养老院的感觉怎么样啊？"焦丽英问。

"从外面看很好的，高高的大楼，走廊里很干净，护理员很客气。"理查德说，"老人一起住，互相照顾，就像自己人。"

"我想请您写一份给养老院的感谢信好吗？到了美国寄过来，电子邮件也可以。"焦丽英笑着恳求道。

"为什么？"理查德不解地问。

焦丽英对宋阿萍说："我们参加今年全市十大养老院文明单位评选，希望你支持一下。"

"你们评选养文明老院，为什么要我写信呢？"理查德不解地问。

"家属对养老院的评价，特别是美国人家属的评价，对评比能够加分。"焦丽英直率地说。

"我不能写，我只来过两次，不可能对养老院进行评价的。"理查德客气地拒绝。

"请你帮忙啊。"焦丽英尴尬地说。

"不行。"理查德连连摇头。

"其实，你帮忙写几句也是帮你妈的忙呀。"关美娟在一旁帮腔说。

"中国国情就是这样的，我请陶老师写几句话，以你的名义，可以吗？"宋阿萍问儿子，"陶老师，要请你帮忙啊。"

"我没有问题，只要你儿子同意。"陶依嘉说。

"以我的名义就要客观真实，我无法对养老院评价。"理查德耸了耸肩，"姆妈，很抱歉。"

"那就再说吧，你们聊吧。"焦丽英笑容消失了，回头就快步走了。

宋阿萍很尴尬地摇了摇头。

"姆妈，你老了，活动地点就这么一个房间，甚至就是一张床，你这房间是我美国住房的八分之一吧。"理查德直接切换回原来的话题。

"我以后要占的地方越来越小，一个小盒子就够了。"宋阿萍说，"哦，还不要这点地方呢。"

"小盒子什么意思？哦，骨灰盒。"理查德说，"为什么说还不要这点地方呢？"

"骨灰洒在黄浦江，或者洒在我家乡的河里。有墓地也不会有人扫墓，浪费土地浪费钱，没有意思。"宋阿萍说。

陶依嘉和关美娟互相交换了一下眼神，黄红梅看了宋阿萍一眼，宋老师讲话好厉害啊。

"姆妈，我明天去大学讲课。我昨晚接到电话，我的同事在为我订机票，我就回美国。"理查德说。

宋阿萍神色暗淡，问："我走后，怎么通知你呢？还是你根本不需要通知？"

"你走？走到哪里去？"理查德不解地问。

"就是死啊。"她说。

"哦，暂时还不会，你想多了。"理查德笑了。

"姆妈，我有一件事想听听你意见。"理查德说。

"什么事啊？"她问。

"我想把你带到美国，到美国养老。"理查德说。

"啊？到美国养老？"宋阿萍惊讶地问。

陶依嘉和关美娟都看着宋阿萍，黄红梅也瞪大了眼睛。

"我以后不大会来中国，现在阿爸也死了，我要为你做点事。"理查德说。

"办美国户口要多少时间？"她开心地问。

"不是户口，是绿卡。我可以委托律师事务所在上海办好公证，比如母子关系证明、我的出生证明等。你先探亲到美国，不要回国了，我直接在美国为你办绿卡，大该三四个月就可以拿到绿卡。"理查德说。

"我到了美国住到你家里，你太太、儿女会有意见吗？"她担心地问。

"我送你进养老院，或者老人公寓。"理查德明确地说，"我们不可能住在一起的。"

"啊，不住在一起啊？"宋阿萍失望地说，"美国养老院是啥样的？"

理查德介绍说，美国养老有多种形式，第一种Independent living，就是居住在独立公寓养老，那是一个老年社区，社区里有医生，有大食堂，老人可以选择自己在家做饭烧菜，或者去餐厅就餐，社区里还有健身中心和各种活动中心，老人的生活很自由。第二种是 assistant living，居住条件和第一种类型类似，都是公寓式的，老人通常需要定期护理巡视，例如有轻度老年痴呆的，需要护工定期发饭、发药照顾。第三种是 nursing home，住的都是生活不能自理的老人。那里配备齐全，医生、护士、护工、社工、康复理疗师，还有餐厅等许多辅助人员，应有尽有。最后一种，就是居家养老。有的老人喜欢居家养老，能照顾自己时就自己照顾自己，等到无法照顾自己时雇用家庭护工，就是请 24 小时保姆。

"哦，这样的，选择蛮多的，让我想想。"宋阿萍担忧地问，"我英语交流有困难怎么办呢？"

"你的英语没有问题，我在上海学英语还是你教的国际音标呢。"理查德说，"你考虑一下，决定到美国养老，我就来办。姆妈，我们先加个微信吧。"

"微信我弄不来。"宋阿萍拿起手机，"陶老师，你帮个忙好吗？"

陶依嘉走了过来，为他们母子加好微信，理查德笑着说"谢谢"，宋阿萍也说"谢谢"。

"姆妈，你考虑一下，我回美国前再来看你，你就要给我答复。噢，我先走了。"理查德说完拎起皮包站了起来。

"好的。我送送你吧。"宋阿萍说。

"不用不用。再见。"理查德又朝陶依嘉、关美娟和黄红梅招了招手，就大步走了。

宋阿萍坐到床上，一脸若有所思的神情。

送餐车来了，黄红梅拿了饭菜进来，"今天节日，特别加菜。每人一碗鸡汤，半只童子鸡。"

"啊，太棒了！"关美娟开心地拍了拍手。

陶依嘉和关美娟坐在一起吃饭，黄红梅站在宋阿萍床边喂她吃饭。

"刚才那人和你好像很熟悉啊，是你的老朋友？"关美娟很有兴趣地问。

陶依嘉知道吕辉将会出现在她的生活中，先给室友吹吹风是需要的，于是说："他是我认识多年的老朋友，也是好朋友，几十年没有见面，没有想到今天在养老院见面了，他住在5楼。"

"真的？无巧不成书啊，你们真有缘分。"关美娟说，"我看这人蛮斯文的，应该是文人出身吧？"

宋阿萍怕吃得太慢被黄红梅骂，没有说话，只是拼命赶速度地吃着咽着。

"世界上啥事都会发生。"黄红梅回过头来说，"他有老婆吗？陶老师嫁给他倒是不错的。"

关美娟和宋阿萍都一愣，抬头看着陶依嘉。

"黄红梅，你说话要想想再说，不能乱说。"陶依嘉脸红了，严肃地说。

"哦，对不起。"黄红梅笑道，神态有几分得意，又对宋阿萍说，"你到美国去我能够一起去吗？我也想赚美

440

金呢。"

陶侬嘉泡好脚后躺在床上，脑子里翻腾的都是她和吕辉来往的种种往事，心里隐隐地涌动着一种期待。没有想到和他在养老院邂逅相逢，真是有缘啊。40多年没有见面，这几十年他是怎么过来的呢？他结婚了没有？他的妻子在哪里？有几个儿子女儿？他在养老院是和妻子一起住呢还是她已经过世了？

宋阿萍和关美娟在看电视，关美娟不时地评论着电视节目，宋阿萍默默地看着，没有作声。

"啊，来了，联欢会的新闻来了。"关美娟兴奋地叫了起来。

宋阿萍看着电视屏幕，陶侬嘉赶忙盯着电视屏幕，新闻主持人播报新家养老院举行重阳节联欢会的新闻，屏幕上出现董丽院长等领导坐在主席台上的镜头，还有演出的舞台场景，关美娟唱沪剧和陶侬嘉朗诵的镜头一闪而过。

这时，微信上发来一句话"请陶老师指教"，接着，一个重阳节联欢会的公众号新闻进来了，

陶侬嘉看见自己和关美娟的舞台演出照片，就把公众号转发给关美娟，"关老师，你的光辉形象出现了。"

关美娟仔细地看着，哈哈大笑，开心地说："唔，陶老师你蛮上镜头的，看上去就是高雅。嗯，我也可以啊，

陶老师，你说呢？"

"是的，你就像专业演员。"陶依嘉夸奖道。

"哈哈哈！"关美娟继续欣赏着自己的舞台照。

宋阿萍继续看着电视，对她们在联欢会演出的新闻报道不感兴趣。

陶依嘉看看手表，不由得暗暗着急，怎么还没有吕辉消息。他过去是那么热情，那么激情澎湃，那么健谈，做什么事都是说做就做，现在也变了啊。不用奇怪，一切变化都有可能，40多年过去了，时间改变人啊。原来我计划联欢会以后就赴死的，现在吕辉出现了，接下来会发生什么呢？

张孝明发来一条微信：祝母亲节日快乐，身体健康！

她回了句：谢谢。

陶依嘉感到失望，今天重阳节，阿明至少要来个电话啊，就几个字打发节日了吗？她正想着，微信里突然来了一条信息：你方便说话吗？吕辉。

"可以写微信。"陶依嘉惊喜地回答，微信来往关老师和宋老师就看不到。

陶依嘉和相隔40多年未见的恋人开始了对话：

"苍天有眼，我一直以为这辈子见不到你了，没有想到今天我们重逢！"

"我也很意外，更感到惊喜。"

"你什么时候进来的？"

"吕老师，你一个人进来的吗？"

"是的。"

"我眼睛不太好，晚上打字速度慢。你可以多打字，如果我回复得慢，请原谅。"

"眼睛有什么不好？"

"白内障吧，看字常常模糊。"

"可以动手术啊，那就看得清了。"

"我怕。"

"明天我们是否见面叙叙旧？"

"好的。在哪里呢？"

"到楼下湖边茅亭如何？"

"好。"

"明天上午8点可以吗？"

"好的。"

"哦，我们暂时到此为止吧。你早点睡，保护眼睛。晚安。"

陶依嘉感到一阵温暖，吕辉还是和过去一样体贴人，知道我视力不好，就马上停止了对话，好让我休息。

关美娟侧身对她说，"陶老师，晚上少用眼睛呵。"

"谢谢。"陶依嘉回答。

"和小姐妹周老师聊天？"关美娟好奇地问。

"哦哦。"陶依嘉含糊地回答。

"陶老师，我真的很佩服你，微信用得这么熟练。"关美娟说。

"我佩服陶老师，人好，有见识。"宋阿萍说。

"我们是终生的室友，有你们真好。"陶依嘉开心地说。

这天晚上，陶依嘉很晚才睡着，脑海里一直翻腾着一件件往事。她从早到晚为儿女奔忙几十年，结果换来无人赡养的结局。当年，丈夫逝世后，她有过一段爱情经历，和贺光明先生恋爱过，临到结婚关头，他突然离开了她，后来，才知道他和另外一个漂亮的姑娘好上了。不久，她遇到了吕辉，他狂热地追求她，他们彼此相爱。可是，到谈婚论嫁的时候，阿霖反对她嫁给他，说他是地主的儿子，阿霖的理想是参军，如果她嫁给吕辉，阿霖的成分就不好了，就没有资格报名参军了，影响他的前途，当年阿霖才10岁啊。当时，成分不好，可是一个严重的政治问题啊。她向吕辉提出，你的家庭成分不好，阿霖将来要参军，他们结合是否合适呢？后来，他来信祝她幸福，他们就分手了。其实，她问他们结合是否合适，也是想考验一下他的态度，他就彻底退却了。唉，一转眼，几十年过去了，他老了，她也老了，他们都老了。

第二天吃好早饭，陶依嘉到卫生间特地系上红色围巾，对着镜子梳理了一下头发，涂了一层淡淡的口红，这才走出卫生间。她看了看手表，说和老朋友见面就往外走。

"啊，你们已经约会了？"关美娟开玩笑地说。

"老朋友聚聚。"陶依嘉不好意思地说。

关美娟和宋阿萍都友善地笑了。

陶依嘉乘电梯下楼，从大楼后门出去来到假山水池边，看见吕辉已经坐在茅亭里。他高兴地站了起来，迎接她走进亭子，两人面对面地坐了下来，互相看着对方脖子上系着的围巾，都笑了。

"我这条黑色羊毛大围巾，上海围巾一厂的产品，"吕辉说，"我只有在重要的时刻才戴的。"

"噢，我这条纯羊毛围巾，卫星牌，是上海第十四羊毛衫厂的产品。"陶依嘉激动地说"我们当时在南京路百货店里买了两条围巾，还是你付的钱。"

吕辉看着她戴着的红色围巾感慨地说："两条围巾还都保留着，满满的幸福回忆啊。"

"我真的很兴奋,感谢上苍,给了我和你重逢的机遇。"陶依嘉满脸笑容。

"哎，你眼睛怎么不好？"他关心地问。

"白内障。带来好几本文学书，原来就想重读文学经典，也是打发时间，可是眼睛不行，只好看看停停，三天打鱼，两天晒网。"她遗憾地说。

"你为什么不动手术呢？我眼睛动过白内障手术，现在视力比原来还要好。"他说。

"真的？"她感到十分惊讶。

"如果你有兴趣，我把给我动过手术的医生介绍给你，你可以先咨询一下。"他热心地说。

"再说吧。"陶依嘉感动地说。他还是那样，热情待人，乐于助人。

"其他什么基础性的毛病有吗？"他问。

"有糖尿病，按时打针服药就没有事。哎，你身体看上去不错呀。"她说。

"就是心脏不好，早搏得厉害，前一阵子还闹房颤。人老了，毛病都来了。"他关心地问，"阿霖怎么样？阿明还有阿珍呢？"

陶依嘉一愣，吕辉说起他们的名字那么熟悉，仿佛是在谈论自己的儿女，他一直没有忘记我们啊。她回答，"他们都好，都有儿子女儿了。"

"啊，时光真快啊！"他感慨地说。

"你的情况呢？妻子怎么样？孩子怎么样？"陶依嘉

避开眼光看着其他地方,不知为什么胸口"呼呼呼"地乱跳。

"哦,这个嘛,"吕辉哈哈大笑,"我是老单身。和你分手后,处过两个女朋友,最终都分手了。和你恋爱后,我对其他女人很难再有兴趣。"

她愣一愣,笑了。

"你再婚过吗?"他直直地看着她。

"哦,没有,我也是单身到现在。"她回答。

"噢,"他眼睛亮了,笑了,"你在养老院习惯吗?"

"永远都不会习惯。不过,没办法,不习惯也得习惯。"她无奈地回答。

"既然不习惯,为什么不和儿女住在一起呢?"他关心地问。

"唉,说来话长。"她为难地摇了摇头。

"哎,你和周琴心老师还有来往吗?"他转换话题。

"我们是好朋友,胜过姐妹。我还没有告诉她我遇见了你,她知道了一定会惊喜的。"她说。

"她情况怎么样?"吕辉关心地问。

"居家养老,女儿陪伴,是世界上最幸福的人了。"陶依嘉羡慕地说。

"很好啊。我也一直牵挂着周琴心,她可是我们认识的媒人啊,我们找个时间一起聚聚好吗?"他热情洋溢地说。

"好啊。我问问她吧。"陶依嘉开心地说。

"你写的诗可以发我吗？就是昨天朗诵的？"他问。

"可以啊。"陶依嘉当场在微信上把诗转发给了他。

"你的诗很直白，很真诚，把我们老人的心路历程和对未来的渴望，都准确地体现出来了。文学作品贵在真实，真实的作品才有价值，你的诗语言朴实，不华丽，不做作，都是真情实感的流露。哎，我们年龄大了，越来越喜欢朴实，天上的彩霞虽然华美，可我更喜欢观看小溪的清澈，淙淙流水真可爱。"他充满激情地说。

"说得真好。谢谢！"陶依嘉佩服地看了看他。过去的吕辉又回来了，还是那么健谈，那么神采飞扬，那么对生活充满激情，还是那么说话有文采。随着年龄的增长，一个人的热情会渐渐冷却，甚至消沉了，他热情奔放的性格几十年不变，真是难得。

"今天是我盛大的节日，我要铭记在心。"他看着她说，"我今天把珍藏多年的黑色羊毛大围巾也戴上了。"

"我有一个问题要请教。"陶依嘉犹豫了一下问道，"它困扰我几十年了。"

"哈哈哈！"他爽朗地笑了，看着她，"请说。"

"算了，不问了，问了也没有意义了。"她说。

"你想问就要问，否则会一直在心里纠结。"他说。

"当年我问我们结合是否合适，因为阿霖说他将来要报考空军，你怎么就撤退了？我还以为你会继续追求我的。"陶依嘉说完哈哈笑了。

吕辉低头沉默了。

"你可以不回答，都过去了。"陶依嘉抱歉地说，"对不起，我不应该提起这段往事。"

吕辉缓缓地从口袋里掏出一封信，郑重地递给陶依嘉。她接过信来，可是眼睛看不清，他从口袋里掏出一副老花眼镜给她，"你试试。"

陶依嘉戴上他的老花眼镜，马上就看得清楚了：

吕辉老师：

你请我们吃冷饮，带我们看电影，和我们讲故事，我们十分感谢您。

不过，你要娶我妈，我坚决反对。你是地主的儿子，你父亲被人民政府镇压枪毙了，你娶了我妈，我将来怎么能够再参军呢？

我们离不开妈妈，父亲逝世了，我们缺少了父爱，我不想再缺少母爱了。

我现在才明白，你待我们好是有目的的，就是为了占有我母亲。

我郑重地向你提出：远离我妈，远离我们的家。否则，你再来我们家，我就要把你骂出门去。

信末尾是张孝霖的签名，还有日期。签名的笔迹很稚嫩，可陶依嘉十分熟悉，这是阿霖的过去的笔迹。她很震惊，阿霖从来没有提起过这件事啊。

"我接到这封信，思想斗争了好几天，原来我准备继续追求你的，我也想拜托周琴心老师来劝说你。这时，发生了另外一件事，让我雪上加霜，彻底死心了。"吕辉遗憾地说。

"什么事啊？"她问。

吕辉沉默了一会儿说，那天他来到陶依嘉家，她不在。张孝霖告诉他，姆妈和贺叔叔出去了。吕辉问是哪一个贺叔叔，张孝霖告诉他，是贺光明叔叔。他很震惊也很生气，他知道她和贺光明谈过恋爱，后来分手了，没有想到他们又走到一起了。

"我想，你问我们结合是否合适，实际上就是谢绝了我，因为你和贺老师好上了，再说你的孩子又是这种态度，我不应该妨碍你的幸福，不能妨碍阿霖未来的前途，所以，我就撤退了。"吕辉沉痛地说，"我因此发高烧，病了两个礼拜。"

"噢，真是天大的误会。那天，他来找我，要求和我恢复关系，我拒绝了他。"陶依嘉说，"他在我家赖着不走，我怕孩子听见影响不好，就和他出去找了个地方谈话。"

"啊，这样的？"吕辉后悔地说，"好在我们又重逢了，看来上帝还是要我们在一起。"

陶依嘉笑了，把信还给他，他双手就要撕信，她伸手夺信，"哎，干嘛要撕呢？我要给阿霖看看。"

"我把信珍藏了几十年，原来以为你再也看不到了，没想到我们又遇见了，再留着它没有意义。哎，阿霖当初有那样的想法可以理解。"吕辉把信撕成碎片，团成一团，他站起来朝远处跑过去，把信的碎片扔进垃圾箱里，然后跑了回来，说，"那个时代讲究的成分论，毁了我的一生。"

他们看着水池，喷泉喷出亮晶晶的水花，洒在平静的水面上，荡起一层层涟漪。

"你眼睛看书累，我来为你念书好吗？"他恳求道，"我也好用文学来充实我的晚年生活。请你不要拒绝我，好吗？"

第十五章

拒绝求婚

新的一天来了，吕辉拿着两瓶澳洲蓝莓护眼片和一瓶深海鱼油，兴冲冲地来到308室看望陶依嘉。

关美娟、宋阿萍还有黄红梅都看着陶依嘉，眼神充满好奇和探究。

"这是吕老师，我的好朋友，没有想到昨天在养老院遇见了。"陶依嘉落落大方地介绍道，她注意到吕辉脸上的胡子刮过了。

"有缘千里来相会，无缘对面不相逢。"吕辉笑道，"我们已经40多年没有见面了。"

"啊，你们真是有缘。"关美娟笑道。

宋阿萍睁大眼睛观望着。

"世界这么大，居然隔了40多年在这儿遇见，奇迹。"黄红梅感兴趣地说。

"以后要多见面，一个楼上，一个楼下，方便的。"吕辉笑着对大家说，"你们不要讨厌我啊。"

"不会不会。"关美娟笑道，"热烈欢迎。"

"你的工作很辛苦。"吕辉对黄红梅说，"在养老院做特别辛苦。"

"为了赚钱嘛。"黄红梅被吕辉一夸，开心地笑道。

吕辉走到陶依嘉的床边椅子上坐下，说，"这是我朋友送的，补眼睛的，借花献佛，送给你。这深海鱼油也送给你。"他把蓝莓护眼片和深海鱼油放到她的床头柜上。

"你客气了，谢谢你。"陶依嘉满脸开花。

吕辉连续两天下午都来看望陶依嘉，聊了一小时离开；其他时间不时地发微信问候她，晚上他不发微信，怕她眼睛不好看手机累。

这天下午，吕辉来了，他对陶依嘉说："今天我给你念书好吗？"

"好啊。"陶依嘉回答。

"念什么书呢？"他问。

陶依嘉从床头柜里取出一本书，吕辉接过书看了看，开心地说，"《廊桥遗梦》，很好。其实，我早就应该为你念书的。"

陶依嘉想起一件往事。那是他们恋爱的时候，那天他们单独相处整整一个白天，几乎是吻了整整一天，说一会儿话就接吻，接吻后再说话，然后再接吻，那感觉真好。他还背诵了《瑟琶行》《蜀道难》《锦瑟》《前出师表》《陈情表》等，她一直用仰慕的目光看着他，没有想到他学的是外语专业，居然对中国古典文学也这么有才，而这是她的至爱。

"结婚后我每天晚上给你念20分钟书，就像你给孩子念书一样，好吗？"吕辉那天说，"我念好后你就给我一个吻，算是报酬。"

陶依嘉想起已故丈夫在热恋中也喜欢吻她，后来就渐渐地"例行私事"了，再后来就可有可无了。她对吕辉笑道："结婚以后，你会对我失去新鲜感，怎么还会每天念书给我听呢，怎么还会每天索吻呢，你到底没有结过婚，才说出这样的话。"

"你不相信我？"他脸色涨得通红。

"好好，我相信你。"她笑着吻了他一下。

吕辉紧紧地抱住她，动情地吻她。她很享受吕辉的吻，真情，绵长，细腻，让她感到很甜蜜，很受用。吕辉每天念20分钟书的承诺并没有兑现，因为他们分手了。

"我眼睛不好，你为我念书，我是求之不得。" 陶依嘉笑着说。

"开始吧。"吕辉充满激情地说，"今天念中篇小说《廊桥遗梦》，这是美国作家创作的中篇小说，1994年被改编成同名电影。《廊桥遗梦》讲述了4天内发生的爱情故事，那是一段刻骨铭心的婚外恋。"

关美娟、宋阿萍都转过头来望着陶依嘉，黄红梅拿着抹布站在卫生间门口看着吕辉，不知道吕辉念书是怎么一回事。这时，李莉路过门口，朝屋里看了看，也跑了进来，询问发生了什么事。关美娟告诉她，吕老师要念小说给陶老师听，她说"我也要听"，赶忙站到一边好奇地看着吕辉。

"我简介一下故事梗概，这样有利于理解作品。女主人公弗朗西斯卡婚后生活平静单调，缺乏激情。男主人公罗伯特·金凯德是《国家地理》杂志摄影师，他为了拍摄麦迪逊县的廊桥，来到弗朗西斯卡居住的地方。两人相遇了，两人相识了，两人相恋了。弗朗西斯卡希望和他一起离开，考虑到丈夫和孩子，最终含泪送别了罗伯特。罗伯特不想打扰她的家庭生活，伤心地离开了她。此后，他们在下半生都互相思念对方，直到彼此生命的终结。"吕辉富有感情地说道。

"真好听。"关美娟微笑着说，"我看过电影，早忘记了。陶老师，我们在旁边偷听可以吗？"

"可以啊。"陶依嘉笑道。

"陶老师一个人听我是念，你们一起听我也是念。"吕辉热情地对黄红梅和李莉说，"你们坐吧。用不着偷听，就正大光明地听吧。"

大家都笑了。

黄红梅在椅子上坐下，目光直直地看着吕辉；关美娟放下手机，在床上换了个姿势，面朝吕辉半躺半坐着；宋阿萍身体略略朝窗口方向倾斜了一下；李莉走到关美娟的床边坐下。

"吕老师，你不要吊我们胃口，快念呀。"关美娟催促道。

"吕老师，你等一下好吗？我去给老人喂药，马上过来。"黄红梅恳求地说。

"好，你快去快回，不要影响工作。"陶依嘉说。

黄红梅飞快地跑了出去，关美娟问吕辉过去是做什么职业，他回答说在大学念的是外文系欧美文学专业，毕业后一直在图书馆从事图书编目工作，但特别喜爱文学。

"啊，我们是同行。"宋阿萍笑道，"我也在图书馆工作。"

"那好，我们有共同语言。"吕辉笑着说。

这时，黄红梅奔了回来，手里还拿着一块抹布。

吕辉抑扬顿挫地开始念小说："……1989年的一个秋日，下午晚些时候，我坐在书桌前，注视着眼前的电影荧屏上闪烁的光标，这时，电话铃响了。电话那头说话的人原籍依阿华州，名叫迈可·约翰逊，现在住在佛罗里达。他说依阿华州的朋友送过他一本我写的书，他看了，他妹妹卡洛琳也看了，他们现在有一个故事，想必我会感兴趣。他讲话很谨慎，对故事内容守口如瓶，只说他和妹妹卡洛琳愿意到依阿华州来同我面谈……"

陶依嘉渐渐地被小说所吸引，也被吕辉所吸引。她不时抬眼看看他，脑海里出现过去的吕辉样子。房间里静悄悄的，关美娟和宋阿萍都聚精会神地听着，黄红梅听得入神，手里抹布掉到地上也没有捡，双眼紧盯着吕辉看，生怕漏听一个字；李莉的手机响了，她赶忙摁掉。

吕辉念了40分钟，双手"啪"地合上书，笑着看了看大家，"今天到此结束，明天继续。"

李莉倒来一杯白开水递给吕辉，他说"谢谢"就接过水喝着。

"真好听。"黄红梅从地上捡起抹布。

"说来奇怪，中国和外国，有多少电影电视剧和小说，都是说爱情故事，怎么就是说不完呢。"关美娟感叹地说。

"生活中的爱情故事不断地发生，所以文艺作品就源源不断，为有源头活水来。"陶依嘉笑道。

"你明天来念书吗？"黄红梅问吕辉。

"我要等陶老师邀请呢。"吕辉又问陶依嘉，"明天我什么时候来？"

"我怎么知道呢，看你有空吧。"陶依嘉说。

"明天下午3点可以吗？"吕辉问。

"你决定。"陶依嘉说，"我眼睛白内障，不能多看书，你来念书，帮了我的忙，谢谢你。"

"好，每天下午3点，我来念书。"吕辉满脸笑容。

"那太好了。"黄红梅开心地说"我去忙了",就匆匆走了。

"我明天也来。"李莉笑着朝大家招了招手也走了。

陶侬嘉说要下楼步行,这是她每天的节目,吕辉说他也想走走,于是他们一起走出门去。

他们来到楼下,沿着一圈围墙边走边聊。陶侬嘉欣赏地看看着他。啊,他过去也是这样侃侃而谈,滔滔不绝,那情景几十年不见,现在回来了。人生如梦,难以预料;人生真美,一定要好好珍惜。

谈到眼睛白内障问题,吕辉强调说:"你应该动手术,这是简单的门诊手术。"

"眼睛动手术危险吗?"陶侬嘉紧张地问。

"只要医生同意动手术,就没有任何危险。"他说,"我动过手术,效果很好。"

"我考虑考虑。"她有点动心。

晚上,陶侬嘉躺在床上,脑子里上上下下翻腾的都是吕辉。看他的意思是要和我谈恋爱呢,可是,他78岁,我75岁,加起来都153岁了,还要恋爱结婚,会让人笑我们为老不尊呢,还是保持朋友关系最合适。也许我想得太多了,人家根本没有这个意思。如果他要和我恋爱结婚,那就要让他死了这条心。

陶依嘉胡思乱想，在周围的一片呼噜声中，迷迷糊糊地睡着了，她在睡梦中和吕辉接吻。

下午2点多钟，有人来叫关美娟打麻将，她谢绝了；宋阿萍坐着等候，黄红梅和李莉也在2点50分左右赶来了。大家刚坐下，吕辉就笑嘻嘻地来了。

吕辉从陶依嘉手上接过《廊桥遗梦》小说，"昨天念了《开篇》《罗伯特·金凯》和《弗朗西丝卡》三节，今天念《古老的夜晚，远方的音乐》和《星期二的桥》两节。"他接过陶依嘉给他端来的一杯白开水，呷了几口，开始投入地念道：

"……'天哪。'他柔声说。所有的感觉，所有的寻觅和苦思冥想，一生的感觉、寻觅和苦思冥想此时此刻都到眼前来。于是他爱上了弗朗西丝卡·约翰逊，依阿华州麦迪逊县的一个农夫之妻……"

吕辉念了半个多小时，合上小说，对大家说："今天到此为止，明天念完，这部小说不长。"

"明天再来听。谢谢吕老师。"李莉说，"陶老师，上次我看见你在看《海伦·凯勒自传》，过了这一段时间，你借给我看，好吗？"

"好的，你随时可以过来拿。"陶依嘉说。

李莉笑了笑走了，黄红梅也朝对面房间奔去。

第三天下午，吕辉把《廊桥遗梦》念完了。他说明天下午有事出去，暂停一天。

"老人住养老院，外面会有什么事呢？"黄红梅疑惑地问。

陶依嘉也暗暗奇怪，吕辉会有什么事呢？

"嘿嘿……"吕辉神秘地笑了笑，没有回答。

吕辉问大家，接下来念奥地利作家茨威格的小说还是英国经典小说《简·爱》，请大家挑；大家都表示《简·爱》的电影都看过N遍了，还是念茨威格的小说。

吕辉走后，关美娟笑嘻嘻地对陶依嘉说："陶老师，我看你桃花运来了。"

"不要瞎说。"陶依嘉说。

"老年人有机会谈恋爱，太幸福了。"关美娟说。

"我看吕老师确实不错。"宋阿萍说。

"人家说老年人恋爱就像房子着火，挡也挡不住。"黄红梅嬉笑着说。

"我们仅仅是朋友，年龄都这么大了，还谈什么恋爱。"陶依嘉不以为然地说。

关美娟和宋阿萍不作声了。

"你们相隔几十年遇见，就是缘分；现在都是单身，相好一场有什么不好？"黄红梅大声说，"吕老师有学问，陶老师，和你配的。"

"黄红梅，你再说，我就不敢和吕老师来往了。"陶依嘉收起笑容，认真地说。

关美娟向黄红梅使了个眼色，赶忙岔开话题，"今天晚上吃什么啊？"

"有红烧肉，其他是蔬菜。"黄红梅看了看陶依嘉，还想说什么，看到关美娟又向她使了个眼色，就忍住不说了。

隔天下午，吕辉果然没有来，大家感到有些寂寞。晚饭后吕辉来了。他一边笑着朝关美娟和宋阿萍打招呼，一边走到陶依嘉床边。

"你来了？大家都在牵挂你呢。"陶依嘉说，"坐坐。"

"我去排队挂专家方医生的号，下午4点钟才轮到。方医生为我开过白内障手术，可是他已经忘记我了，看到我的病历卡才想起来。我告诉他，有一个好朋友患有白内障，想请您看病，他说可以的。我站起来就要走，医生问我，你出500元专家挂号费就是为了问这句话，我回答说是的。"吕辉说。

"啊！"陶依嘉看着吕辉，"挂号费这么贵啊？"

"特需专家门诊。"他说。

"啊，好贵啊！"宋阿萍惊讶地说。

"你是为陶老师看专家门诊的吗？"关美娟问。

"是的。"吕辉回答，"医生说他两周看一次普通门诊，挂号费只要10元，让我下次挂他普通门诊号。"

"我把挂号费500元转给你。"陶依嘉说。

"不不，能有机会为你做事，高兴还来不及了。"吕辉笑道，"到时候，我陪你一起去医院。"

"500元已经转给你了。"陶依嘉认真地说。

"哦，到时候一起结吧。"吕辉立马把钱退还给她，还发了个红玫瑰的表情符号。

"你收一收，我又把钱转给你了。"陶依嘉坚决地说，"你知道我的脾气，你要收下的，否则我就不去看病了。"

吕辉苦笑了一下收下了。

"这才对了，谢谢理解。"陶依嘉笑了。

"哎，你把社会保障卡号告诉我，我在网上预约挂号。"吕辉说。

陶依嘉从床头柜里取出社会保障卡，吕辉举起手机把卡的封面拍了下来。

"这是茨威格的小说，你先拿上去看看吧。"陶依嘉从枕头下抽出一本书递给吕辉。

他翻开书说："你送给李莉的？"

陶依嘉一看，拿错了，给他的是《简·爱》，扉页上有她题字送给李莉的。她有些尴尬，说："我要送她的，忘记了。"她换了一本茨威格的小说，"是这本书。"

"茨威格的小说我很熟悉，我来念的时候你再给我吧。"吕辉自信地说。

吕辉坐了一会儿走了，半小时后发微信给她："挂上号了，下个礼拜三上午。"

"谢谢！谢谢！"她在微信上感激地说。

"门诊后你不想动手术，告诉医生就可以。"他安慰道，"主动权在你手里。"

陶依嘉感到很温暖，他真是善解人意。真的要动手术，我还是恐惧的。现在视力有些模糊，还不太影响生活，万一动手术发生事故，眼睛瞎了，那就完了。哎，看病要不要告诉阿明呢？告诉阿明就烦了，他要问这问那。反正是看病，又不是去动手术，等医生有了说法再和他说吧。

焦丽英听说陶依嘉要去医院就跑来了，问她："陶老师，谁陪你去医院？"

"吕辉陪我去，我的老朋友，住在楼上的。"陶依嘉回答。

"陶老师，要监护人张孝明同意的。"焦丽英说，"最

465

好你儿子陪你去，我要联系你儿子。"

过了半个小时，张孝明来电话了。他了解了情况后说，看病是好事，不过礼拜三他要开会，他可以一大早开车过来送她去医院。陶依嘉把和吕辉重逢的事告诉了他，他连声说"好事情"。

"阿明，看病就让吕老师陪我，你把我们送到医院就可以了。"陶依嘉说。

礼拜三清早，张孝明开车来到养老院，带上陶依嘉和吕辉，就朝医院驶去。汽车开开停停，一个小时才开到位于市中心的一所三甲医院大门前。张孝明跳下车为他们开门，陶依嘉和吕辉下了车，张孝明说他不能停车，还要赶回单位开会。

"没关系，你的工作要紧。"陶依嘉说。

"中午我来接你们。吕老师，谢谢你。"张孝明说完开车走了。

"请专家检查一下眼睛也不错，至于动不动手术由你自己决定。"吕辉再次安慰地说。

陶依嘉点了点头。

他们来到医院门诊处，吕辉伸手搀住陶依嘉的手，走上台阶，走进医院大厅。吕辉让她在椅子上坐下，拿着她的社会保障卡排队挂号。陶依嘉四处张望，大厅里人山人海，都是排队挂号的队伍。她等了将近一个小时，吕辉才挂好号回来了。他们乘电梯到了8楼出来，就见七八排椅子上坐满了病人和家属，他们在后排坐下，看着显示屏叫号候诊。

"看看方医生的介绍吧。"吕辉指了指走廊里墙上的医生简介。

"好。"陶依嘉说。

她跟着他来到走廊里，吕辉指着宣传栏里的一个医生说："就是他。"

陶依嘉戴起老花眼镜抬头阅读。哦，方医生的照片，专业擅长：眼内晶体植入专家，主任医师，擅长屈光晶体手术，包括成人近视（ICL）手术、老视矫正（三焦点）手术、屈光白内障手术。高端人工晶体手术经验极为丰富，尤其擅长视程人工晶体、多焦点人工晶体、散光型人工晶体置换手术，目前一共已经完成各种晶状体手术5000多例，是上海市手术数量最多的医生之一。

"啊，有水平的！"陶依嘉信任地说。

他们回到候诊处等候，终于，广播里叫陶依嘉的名字了，吕辉站起来和她到走廊尽头一个医生诊室前，又看见七八个人坐着等候，他们坐下继续等候。过了一个小时，医生诊室门口的电子屏上出现陶依嘉的名字，吕辉带着她一起走进诊室。

"方医生，我们来了。"吕辉让陶依嘉坐下。

"哦，原来是你夫人。"方医生笑了。

吕辉看了看陶依嘉，那目光有几分欣喜；她装作没有听见，只是朝方医生笑了笑。

方医生检查了她的眼睛，还检查了她的视力，说："下个礼拜二动手术吧。先给一个眼睛动手术，休息几天，另外一个眼睛再动手术。你可以住院治疗，礼拜一进来，大该住院10天左右，你看如何？"

"动手术疼吗？"陶依嘉问。

"你先生的现身说法最好了。"方医生笑道，"是否动手术，你们商量一下告诉我，我要看下一个病人了。"

"谢谢方医生。"吕辉笑道。

陶依嘉和吕辉走出医生诊室，在走廊里的长椅子上坐下来商量。

"我看，还是住院动手术吧，你看呢？"吕辉笑着说，"我两个眼睛都动过手术了，也是住院10天，现在眼睛特别好。"

"要不要陪夜呢？阿明他们是否有空？"陶依嘉担心

地问。

"我来陪夜。"吕辉看着陶依嘉说，"反正晚上可以睡觉，再说整个治疗流程我都熟悉，什么时候做什么都知道，甚至在哪里倒垃圾我都知道。"

"怎么好意思叫你呢。"陶依嘉笑问。

"怎么不好意思叫我呢？"吕辉笑着反问。

"那就住院动手术吧。至于陪夜，我和阿明商量商量再说吧。"陶依嘉说。

吕辉带着陶依嘉回到医生办公室，方医生说你们等候住院部通知。吕辉到收费处付了5000元押金，就和陶依嘉离开医院，这时已经是中午12点钟了。

"到石库门饭店吃中饭吧，"他说，"离开这里500米，本帮家常菜，价钱也不贵。生意特别好，要预约的。"

"你预约过了？"陶依嘉问。

"我估计看好病就要中午了，已经预约了。"他说。

陶依嘉很感动，这么多年了，还是第一次有人这么主动、细致地关心她。

他们来到饭店刚坐下，陶依嘉就接到张孝明电话，他了解情况后遗憾地说："哎呀，我下午还有会，现在赶不过来接你。"

"吕老师说叫出租车回养老院。" 陶依嘉说。

"那好，谢谢吕老师。"他说，"你动手术我来陪。"

下午4点半，陶依嘉接到医院住院部电话，通知她下个礼拜一上午住院，她马上发微信告诉吕辉，他连声说"好好"。

礼拜一上午8点多钟，张孝明开车来了，吕辉让陶依嘉先上车，然后拿着装有替换衣服等物品的拉杆箱跟着上车，张孝明一踩油门直奔医院。

"我眼睛开刀，你不要告诉阿霖和阿珍。"陶依嘉关照张孝明。

"晓得了。"张孝明回答。

"陪夜怎么办？"陶依嘉问张孝明。

"请护工吧。"张孝明说，"哎，姆妈你打针怎么办？"

吕辉从背包里拿出一个装有胰岛素的塑料袋给张孝明看。

"昨晚吕老师都准备好了。"陶依嘉说。

"谢谢吕老师。"张孝明说。

"不客气。"吕辉笑道。

礼拜二一早，张孝明赶到医院，代表家属签字。吕辉在前领路，陶依嘉和张孝明跟着一起来到手术室，护士要陶依嘉进去。

陶依嘉胸口怦怦乱跳，紧张地问："不会出意外吧？"

"陶老师,方医生开过几千例手术,没有一例失败的。"吕辉说,"你就照着他说的做,一切太平无事。等你恢复了视力就会说,早知道就早点动手术了。"

　　陶依嘉笑了。

　　"手术后你会感到眼球非常胀,想叫喊,坚持住,千万不要叫。"吕辉关照道。

　　"好好,谢谢。"陶依嘉说。

　　"姆妈,不要紧张,我在外面等你。噢,我们在外面等你。"张孝明说。

　　陶依嘉向他们招了招手,跟着护士走进手术室,护士关上了门。

　　陶依嘉换上护士给的衣裤,来到手术准备间,护士给她滴眼药水,解释道:"这是扩瞳和局麻。"

　　几分钟后,护士检查了扩瞳效果,牵着她进入手术室。陶依嘉躺到手术床上,护士用手术被单把她整个人包裹起来,又裹住她的头和一个不做手术的眼睛;护士用贴片撑开她要做手术那只眼睛的眼皮。

　　"这样,你眨眼睛时眼皮也不会闭拢,那就不会影响手术进行。"护士说。

　　方医生来了,他让陶依嘉看一个机器上方的三个LED灯;陶依嘉抬眼看着,感觉眼球被什么东西划了一下,没有疼痛感，只是眼睛有点胀的感觉；过了一会儿，她感到眼睛上方的三个灯看不到了，眼前是白乎乎的一片。她紧张了，啊，怎么都看不到了？会不会手术失败呢？啊，她感到眼球非常胀，就想喊出来，这时想起吕辉的话来就坚持憋住没有出声，仅仅几秒钟，眼睛就不再胀了，一切感觉正常了。陶依嘉听到方医生关照护士什么，应该是用什么品牌和型号的人工晶体。她又感觉眼球胀了一下，接着，医生揭去贴在眼皮上的贴片，盖上一块纱布，再为她罩上眼罩。

"好了。"方医生轻松地说。

"啊，手术好了？谢谢方医生！"陶依嘉很意外，感激地说。

护士把裹在陶依嘉头上和身体上的手术床单拿下来，搀扶着她走出手术室，走进另一个房间。陶依嘉换掉做手术穿的衣裤，护士扶她到手术室门口，把她交给张孝明和吕辉。

"顺利吗？"张孝明问。

"可以。"陶依嘉轻松地说。

"3天后，另外一只眼睛可以动手术。"吕辉说，"我们回病房吧。"

张孝明搀着陶依嘉朝前走，吕辉走在他们旁边。回到病房，护士说要在医院住 10 天，家属要陪夜。护士说完走了。

"我来陪夜。"吕辉说。

"不不，怎么能够让你陪夜呢？"张孝明不好意思地说，"我只能陪两个晚上，大后天要出差。"

"你要上班，你是在岗的人，还是我来吧。"吕辉说。

"姆妈你看呢？"张孝明问陶依嘉，他心想吕辉陪夜最好，陪夜太累，还会影响白天工作。

"嗯，请护工陪夜。"陶依嘉说，"吕老师也不年轻了，不能太累。"

张孝明匆匆走了，一会儿回来为难地说，"熟练的护工没有，只有新来的两个护工。"

"还是我来吧。"吕辉强烈要求。

"那就吕老师来吧，就当他是护工吧。" 陶依嘉笑着说。

"好好，我就当这个护工，还是志愿者。"吕辉笑道。

"也好，吕老师，你辛苦了。"张孝明心里一轻松，连声表示感谢。

"不要客气，自己人。"吕辉满脸笑容。

张孝明匆匆去上班了，吕辉在病房里陪伴着陶依嘉，拿饭菜、倒水吃药和陪伴聊天等，忙得不亦乐乎。当晚，陶依嘉眼睛盖上纱布睡觉，吕辉在床边搁了一把躺椅。

陶依嘉半夜醒来，看见吕辉坐在躺椅上睡着了。她有些为难，想上厕所，怎么办？这时，吕辉突然醒来，看见她坐了起来，马上说："对不起，打瞌睡了。你要喝水还是上厕所？"

"上厕所。"她说。

吕辉扶着她下床，一步一步搀着她去厕所，看着她进去，他跑到旁边的男厕所，用冷水洗了洗脸，然后跑到女厕所外面等候。她出来了，手上还有水渍，吕辉把一块餐巾纸递给她；她朝他笑了笑擦了擦手，心想他真细心，真用心。

他们回到病房，陶依嘉在床上躺下来，"你睡觉吧，我没事了。"

"不不，我就坐着，你放心地睡吧，要休息好。"吕辉说。

"你心脏不好，不要坐着，躺下睡吧。"她说。

"没关系，"吕辉从口袋里拿出一盒麝香保心丸亮了亮，"何况我有这个呢。"

"你不要硬撑啊，毕竟年龄不饶人啊。"陶依嘉温柔地说，"你躺下来睡吧。"

"不不，躺下来容易睡着，我就坐着，我愿意。"他向她眨了眨眼睛，伸出手握住了她的手，她弯屈一个手指在他掌心里挠了挠，他开心地笑了。

"你睡吧，已经3点钟了。"吕辉说着把盖在她身上的四个被角掖好。

"真不好意思，让你受委屈了。"陶依嘉感激地说。

陶依嘉闭上眼睛，很快睡着了，等她醒来的时候，看见吕辉正看着她，她感动地说，"你辛苦了！"

吕辉心甘情愿地笑了。

上午，吕辉带着陶依嘉去眼科检查，护士为她拆掉蒙在眼睛上的纱布，陶依嘉顿时感到豁然开朗，一切都看得清清楚楚。一个中年医生为她检测视力和检查眼球、眼底后告诉她，手术效果良好。陶依嘉留在眼科观察了半天，医生配了三种眼药水，关照要按时滴用。吕辉用笔在眼药水瓶子上一一写上医生的嘱咐。

中午，他们走出眼科，吕辉递上一付太阳眼镜，"戴上吧，否则看见强光，眼睛会很胀的。"

"噢，谢谢。"陶依嘉说。

他们回到病房，吕辉问陶依嘉："眼睛感觉怎么样？"

"看得很清楚，你说得没错。"陶依嘉感激地说，"多亏有了你。"

"那就好。"他看着她笑了。

当晚，吕辉在陶依嘉睡觉前为她戴上眼罩，说："戴上它，你就不会碰到动过手术的眼睛。我没有在你眼睛上蒙上纱布，这样眼睛可以透气，感到舒服。"

"哦。"陶依嘉心里一阵冲动，真想张开双臂拥抱住他，可是她克制着自己的情绪，只是说，"你早点睡吧。半夜里不要老是起来看我，要影响睡眠的。"

"我愿意。"他开心地说。

陶依嘉的两只眼睛先后动了手术，医生检查后对陶依嘉说，"你后天可以出院了。"

"明天出院可以吗？"陶依嘉问。

"也可以。"医生说。

回到病房，吕辉不解地问她为什么要提早一天出院，陶依嘉告诉吕辉，阿明知道她后天出院，他会来接她，这会影响他的工作。

"父母真的为儿女贡献了一切。"吕辉感叹地说，"不过，我们就少了单独待在一起的机会了。"

"瞧你美的。" 陶依嘉眉目含情地看了他一眼。

出院那天，吕辉叫了一辆出租车回养老院。陶依嘉兴奋地望着窗外，马路旁商店的店招都看得一清二楚，树梧桐的树叶脉络都看得清楚；再看着吕辉，确实老了，已经谢顶了，左面脸颊上有几个淡淡的老年斑。

"我们的青春岁月都过去了，大家都老了。"陶依嘉心想。

陶依嘉和吕辉回到养老院，关美娟和宋阿萍热切地关心手术情况，祝贺她手术成功。吕辉整理床铺，擦洗床头柜、毛巾和杯子等，还为陶依嘉滴眼药水，忙好后走了。

"你亏得有老朋友帮助，吕老师真好，良心好。"关美娟大加赞赏地说。

宋阿萍没有说什么，只是开心地望着陶依嘉。陶依嘉发觉她眉毛旁有一颗黑色小痣，过去从来都没有看到啊。

"陶老师，下午吕老师来念小说吗？"黄红梅问。

"今天暂停，他累了。"陶依嘉说。

"陶老师，你和吕老师在一起10天了吧？你们晚上是怎么睡的？"黄红梅不怀好意地笑问。

陶依嘉听了不舒服，看了看黄红梅，没有回答。

"上海男人真好，还不是夫妻就陪夜照顾。我在乡下的时候，怀孕8个月，老公还打了我一拳，还要我到河边挑水。要嫁就嫁上海男人，女人嘛不就图个男人疼。"黄红梅说。

"假如是老公，可能就没有这么好了。"关美娟开玩笑地说。

"你们会结婚吗？"黄红梅问陶依嘉。

"什么意思？"陶依嘉问，语调流露出不高兴。

"养老院都传遍了，说你碰到了老相好，在谈恋爱。"黄红梅哈哈大笑，"老人谈恋爱不知道是什么样子的，陶老师，你们亲嘴吗？"

"不要瞎说，我们仅仅是好朋友。"陶依嘉生气地说，"黄红梅，你这是侵犯我的隐私啊。"

"这叫什么隐私啊？男女亲嘴搂抱上床，多开心啊，《廊桥遗梦》的摄影师和那个有夫之妇，偶然碰到，还爱上了呢。"黄红梅说完就笑嘻嘻地到对面房间去了。

"太没有知识了！"陶依嘉生气地说。

"陶老师，不要和她一般见识。"关美娟劝解陶依嘉。

"乡下人，无知无识。"宋阿萍鄙夷地说。

陶依嘉闭上眼睛休息，宋阿萍闭目养神，顾海海和顾玲玲来了。黄红梅笑着跑了进来，为顾海海和顾玲玲倒上两杯水，顾玲玲朝黄红梅眨了一下眼睛，迅速把一个红包塞进黄红梅围裙的口袋里，黄红梅朝她笑了笑就走了。

"你们怎么两人一起来了？约好的吧？"关美娟问。

"姆妈，你这几天好吗？"顾玲玲说着从拎包里拿出蒜香面包，递上一片面包给关美娟。

"啊，真好吃！"关美娟咬了一口面包开心地说。

"姆妈，玲玲提了个方案，我觉得可以接受。索性卖掉房子，卖掉的钱我和玲玲平分，你养老的事我们全包，这样，我的问题解决了，你的问题也解决了，玲玲也不要担心了。"顾海海说。

"我有什么问题？"关美娟反问。

"你养老的问题，你以后不能自理，就有养老的问题啊。"顾海海说。

关美娟嚼着面包不作声。

"我们估计可以卖1200万元，姆妈，你留下200万元。"顾玲玲说。

"我拿到500万，买房还缺点，我自己解决。"顾海海说。

关美娟继续嚼着面包，心想玲玲真精明，她怕房子被海海抢去，所以提出这个方案，她能够获得一半钱；海海同意这个方案，因为可以拿到现钞解决燃眉之急——他们联合抢劫我的财产啊。

"姆妈，你的意见呢？"顾海海盯着关美娟，心急地问。

"你们提的问题太突然了，我需要考虑一下。"关美娟说。

"你基本的态度是什么？或者说倾向性的意见怎么样？"顾海海迫不及待地盯着问。

陶依嘉睁开眼睛看了看关美娟，看了看顾海海和顾玲玲，又闭上眼睛。关美娟的儿女真厉害，特别是女儿顾玲玲，真是个好角色呢。

"我在想，房子所有者是我，如何处置是我的事，你们讨论产权不属于你们的房子，合适吗？"关美娟笑着问道。

陶依嘉心里暗暗叫好，关老师别看她嘻嘻哈哈，大事还是清楚的，并且有魄力对儿女说不。

"你总不至于把房子带进棺材吧？"顾海海态度生硬地说。

"海海，你这种话不要说。"顾玲玲制止地说，"姆妈要保留房子，就是为了将来有保障。我们一定要在姆妈老了需要赡养的时候，全身心地日夜照顾她。"

陶依嘉觉得自己听人家的家事不太好，就轻轻地从床上下来，走了出去。她下楼沿着养老院的围墙走了6圈，这才上楼回到自己房间里，看见关美娟的儿子、女儿已经在不在了，关美娟靠在被子上望着天花板发愣。

这时，黄红梅拿着餐盘进来了，说："吃中饭了。"她转身到对面房间喂饭去了。

"吃饭吧。人是铁，饭是刚，把身体弄坏了不合算。"关美娟自我解嘲地说，来到餐桌边坐下，"今天吃什么啊，噢，宫爆鸡丁、什锦炒素、番茄冬瓜汤。"

"关老师拿得起，放得下，好。"陶依嘉边说边坐到餐桌前，坐到宋阿萍旁边。

"陶老师，你看我应该怎么办呢？"关美娟对陶依嘉说。

陶依嘉说了把住房过户给儿子的故事，后悔地说："假如我的房子还属于我，我想，芳芳可能还不至于把我赶出门。"

"好，我明白了。谢谢你，陶老师。"关美娟感激地说。

"我还不知道陶老师有这个故事，谢谢你告诉我们。唉，自己人最后也是讲究金钱关系，这个世界太坏了。"宋阿萍感伤地说。

当天晚上，两位室友和黄红梅都睡了，房间里响着一片鼾声，陶依嘉侧脸望着窗外，看着天上的飘荡的云朵，看着闪耀的星星，不由得思绪万千。啊，如果我嫁给吕辉，养老院的人怎么看我？阿霖、阿珍和阿明怎么看我？孙子、孙女、外孙女怎么看我？嗯，还是要和吕辉保持距离。要向他发出明确信号，让他适可而止，我们就是做朋友，做最好的朋友，但仅仅是朋友。

第二天上午，吕辉笑嘻嘻地来了，问陶依嘉眼药水滴过了没有，她回答说滴过了。她怕他为她滴眼药水，所以抢先滴过了。

"我去打麻将玩玩。"关美娟神秘地笑了笑，走了。

宋阿萍看了看他们，在犹豫着要不要离开，她毕竟走路不太方便。

"吕老师，我们到楼下散步怎么样？"陶依嘉说。

"好啊。今天天气真好。"他开心地说。

陶依嘉对宋阿萍说，"我下去走走。"

"我离开没有关系的。"宋阿萍笑道。

陶依嘉朝她笑了笑，就和吕辉走出房间。他们来到电梯口，就见关美娟和一拨人在打麻将；老张呆呆地坐着，低着头。有几个老人用一种异样的目光看着陶依嘉，还有人朝她指指点点。她想起来当年结婚的情景，走进丈夫居住的弄堂，每家门口都站着人看她这个新娘子。过去她是新娘子，今天算什么呢？丢人现眼！

陶依嘉和吕辉来到楼下湖边，他们在茅亭里坐下，刚要说话，又有两个老人走进来，陶依嘉朝吕辉示意让位，就站起来走到外面水池边的椅子上。

"这里的假山水池，我喜欢。"他说，"我喜欢水。"

"我也喜欢水，水总是给人一种想象。"她说。

"水的温柔总人喜欢。"他说。

"这次我动手术，真的非常感谢你！"陶依嘉感激地说。

"你客气什么，自己人嘛。"他诚恳地说，"我有话和你说呢。"

"哦？"她看着他。

吕辉看了看陶依嘉，难为情地把目光移向别处，仿佛回避什么。

"你要说什么就说吧。"她说，感觉心跳加快了。

"哦，这几天相处下来，我睁开眼睛，闭上眼睛，看见的都是你，我们是否能够重新生活在一起呢？"他说。

陶依嘉没有想到他直率地求爱求婚了，低下头无语。

"今天，我不想再失去机会了，再失去机会我就永远没有机会了。"吕辉真诚地说。

陶依嘉抬头看了看他，他一对火热的眼睛盯着她看，她感受到他的真诚和深情，心里很感动。可惜，他们已经不再年轻了。

"你怎么想的呢？"他温和地问她。

"我没有你想象得那么好，你不要用过去的印象来看今天的我。"陶依嘉缓缓地说，"我想，过去的就只能是过去了。"

他一愣，探究的目光直直地看着她。

"你78岁，我75岁，加起来153岁，比一个半世纪还要长，我们不是当初的我们了，不再适合恋爱结婚了。"

她说。

吕辉显然很惊讶，也很失望，把目光移向别处，看得出他很痛苦，并且不认同她的观点。

"我想，我们不能走得太近，闲话已经不少了。" 陶依嘉说。

"什么意思？" 他问，"我们到现在这种年龄，还在乎人们说什么吗？"

"我们生活在凡人社会中，毕竟要顾及人们的看法。我们还是应该保持距离，人们像看动物园的动物一样看着我，那种眼光我受不了。" 陶依嘉说。

吕辉认真地听着，思考着什么。

"我还是相当感激你的。" 陶依嘉说，"我永远把你记在心中，永远，好吗？你怎么不说话？"

吕辉默默地看着她。

"我们还是和平时一样来往，是好朋友，但不朝结婚那个方向走，好吗？" 陶依嘉温情地说。

"我问一句话，请你真心回答——你爱我吗？" 他睁大眼睛看着她。

"嗯，嗯，" 她犹豫了一下说，"这还用问吗？"

"既然你爱我，那我就要说几句。" 吕辉挥了挥手，雄辩地说，"我们的爱来之不易，尤其是到了我们这种历经沧桑的年龄，这是我们人生最后一次爱。我们投缘，三观相同，再放弃彼此不是太遗憾了吗？不是太可惜了吗？我们的爱，不妨碍别人的幸福而我们又获得幸福，为什么要放弃呢？为什么要为了人们的看法而牺牲自己的爱情呢？"

"我们已经七八十岁了，还能够活多少年呢？不要折腾了吧。我只想清静地生活，不想惹得人们说长道短。"陶依嘉说，"请你理解我。"

"正因为我们七老八十，来日无多，我们才更要追求爱情。"他说，"我希望你再认真考虑一下。"

"不要再说了，我决定了。我们就是无话不谈的好朋友，到止为此。"陶依嘉站了起来，"我们回去吧。"

"我下午还要来念书吗？"他问。

"暂停吧。"陶依嘉说，"我会告诉她们，我眼睛好了，暂时不麻烦你了。"

"好好，我知道了。"他站了起来，神情失落地说。

他们缓缓地朝大楼走去。

这天晚上，陶依嘉翻来覆去睡不着，最后向黄红梅要了一粒安眠药吃了才睡着，不过，她梦见和吕辉结婚了，并且婚礼很隆重。

第十六章

追赶恋人

"哎，奇怪了，怎么吕老师好几天没有来了？"宋阿萍说。

"哎，真是的。我喜欢他来念书，是享受啊。"关美娟说。

黄红梅正好走进来，接过话对陶依嘉说："陶老师，他怎么不来了？你们吵架了？"

"他心脏不太好，有早搏，累了，需要休息。再说，我眼睛好了，自己也能够看书了。"陶依嘉回答，看也不看黄红梅。

"哦，吕老师要当心的。"关美娟说。

"一个多礼拜陪夜，没有倒下来还算好，说明他身体还行，做新郎没问题。"黄红梅说完不怀好意地笑了。

关美娟笑了，马上止住。宋阿萍看了黄红梅一眼，没有作声。关美娟打开电视机，宋阿萍瞥了一眼电视屏幕，不感兴趣地闭目养神。

陶依嘉背靠棉被半坐半躺，手拿《茨威格中短篇小说选》翻阅着，心里想的却着吕辉。他求婚被我谢绝了肯定不开心，总有这一过程，他很快会适应的。我也想嫁给你，可是，唉，都七老八十了，让人笑话啊。再说，一把年纪结婚，谁照顾谁呢？还是作为最亲密的朋友比较合适。凭心而论，吕辉真可爱，至今仍然保持着热情和激情，难能可贵啊。

她正在胡思乱想，微信响了，低头一看，是吕辉发来的信息：

依嘉，我们再见了。

和你重逢是上帝给我的礼物，可惜我没有福份接住。现在，我就离开养老院，我就不和你当面告别了。再见了，请善自珍重。

祝你安康！

吕辉即日

陶依嘉一愣，大惊失色地"啊"了一声。

"出了什么事啊？"关美娟侧过脸来问。

宋阿萍也睁开眼睛，神情紧张地瞅着陶依嘉。

陶依嘉掩饰地说"没什么"，说完就下了床。她顾不上室友惊愕地看着她，急急忙忙地穿上外套就走了出去。她转身又回来，发觉脚上穿的是棉拖鞋，她换上皮鞋，不顾一切地走了出去。她边走边后悔地想：吕辉说得对，我为什么还要在意别人怎么看呢？我不能活在别人的眼光里。吕辉看得通透，正因为我们七老八十，来日无多，所以更应该追求爱情。啊，当年没有结合，一别就是几十年，他日离别是青年，归来已是老年，我也牺牲了本该享有的

489

美好岁月；现在我拒绝他，让他离去，我以后再也没有机会见着他了。我太传统了，我要留住他，我不能让他走，我需要他！

陶依嘉快步走到电梯口，看见表示楼层的数字停在8楼，她等不及电梯下来，转身从旁边楼梯往下走。她急急忙忙地走到1楼，最后一脚踩到地面上，不料脚一别，顿时跌倒在地。她双手往地上一撑，也不知哪来的力气，一下子就站了起来。她急急地走到大堂，看见一辆出租车停在门口，跑过去就问："先生，你是来接哪位乘客的？叫什么名字？"

"哦，吕先生。"司机说。

"到哪里去呢？"陶依嘉急切地问。

司机看了看她，回答："浦东夕阳红敬老院。"

"谢谢您。"陶依嘉走上台阶，走回大堂，心里一阵难过：他真的走了，我们的缘分彻底结束了，都是我的过错啊！

电梯门打开，吕辉拖着一个拉杆箱走了出来；有一个小伙子拎着两个满满的包袱，跟在他后面。吕辉看到陶依嘉一愣，对小伙子说"放到后备厢"，小伙子提着包袱走向出租车。吕辉对陶依嘉说："谢谢你来送我。再见了！"他说着就往外走。

"你为什么要离开我？" 陶依嘉身体一横，拦住他的去路，哀怨地问道。

吕辉一愣，看了看她，沉默不语。

"你要说清楚为什么离开我？" 她继续问，那神情马上就要哭出来，"你回答我！"

"因为我爱你，所以我才离开你。" 他轻声地但很动情地说。

"瞎说，只有不爱才离开，你这话不符合逻辑。" 她说。

"因为，我爱你而不可能得到你，分手后又总是想念你，想得心疼，所以眼不见为安。" 他说，"有一种爱就叫放手，有一种爱就叫远离。"

陶依嘉带着哭腔说："我要听你念书！我要听你念书！你不要走！"

吕辉惊喜地看着她，摇了摇头，"不怕别人说闲话？"

"我不怕，我不顾了，我要天天听你念书。" 她坚决地说，"我已经失去你一次了，我不愿意再次失去你。"

他欣喜地看了看，犹豫着，尴尬地说："我的房间已经退了。"

"没有这么快有人进来的。我要听你念书！" 她的眼睛湿润了，"没有房间，你就睡在我的房间里。"

吕辉欣喜地看着她，眼睛亮了，闪耀着欣喜。

陶依嘉对走回来的小伙子说："麻烦你把行李搬回原来的地方，还有出租车里的行李，我来付钱。"陶依嘉说。

"搬回去吗？"小伙子惊愕地问吕辉。

"是的。"吕辉肯定地说。

陶依嘉从钱包里拿出200元递给小伙子，又走到出租汽车前，塞给司机200元，"不去了，麻烦你了，让你空跑一趟。抱歉。"

司机看着走过来的吕辉，问："是你要的车吗？"

"是是，现在我不要了。"吕辉难为情地说。

司机接过陶依嘉递给他的钱，小伙子从后备厢里取出包袱，司机开车走了。

"回去吧，我要天天听你念书。"陶依嘉喜笑颜开。

"好好。"他笑了，"我听你的。"

这时，关美娟和拄着拐杖的宋阿萍急匆匆地从电梯里出来。

"啊，陶老师，你们在这里啊，我们正在找你呢。"关美娟着急地说。

"啊呀，我们以为陶老师碰上急事了。"宋阿萍喘着粗气说。

"吕老师，我们等你念书呢。"关美娟笑道。

"谢谢。我下午来念书。"吕辉开心地说。

关美娟和宋阿萍疑惑地看了看陶依嘉，看了看吕辉，然后走进电梯。

电梯上去了，电梯又下来了，吕辉说"我去找董院长"，就走进电梯，陶依嘉跟进电梯。电梯到了3楼停下，陶依嘉走出电梯，朝他挥了挥手，说"下午来念书"，就回到自己房间。

"吕老师住得好好的，为什么要换养老院呢？"黄红梅奇怪地问。

宋阿萍看了看陶依嘉，没有说话。

"你们，"黄红梅看着陶依嘉问道，"是情人吵架吧？"

陶依嘉看了一眼黄红梅，笑了笑，"吕老师下午要来念小说。"

"那太好了。"黄红梅说，"最好还是念爱情故事，好听。"

"我要告诉李莉。"关美娟说。

这时，对面房间有人叫黄红梅，她匆匆地走了过去。有人来叫关美娟打麻将，她一口答应，也走了出去。

宋阿萍若有所思地看着陶依嘉。

下午将近 3 点，吕辉来了，黄红梅马上恳求道："吕老师，推迟 20 分钟好吗？求求你，我去看看方老太。"

"好好，半个小时吧。"吕辉笑道。

黄红梅走了，关美娟匆匆走出去，一会儿回来遗憾地说："李莉来不了，要给老人洗澡。"

"索性 4 点开始吧。"陶依嘉说。

"那最好了。"关美娟朝外走去，"我去告诉黄红梅、李莉。"

"她就喜欢拍护理员的马屁……"宋阿萍开玩笑地说。

陶依嘉和吕辉笑了笑。

"其实，在任何地方，搞好人际之间的关系都是很重要的。"吕辉说，"我研究过许多成功人士的经历，发觉他们的成功有一个显著特点，那就是情商特别高，具体体现就是人际关系好，因而常常获得高人指点和贵人相助。"

"是的，搞好人际关系并不就等于拍马屁。"陶依嘉说，"当然不能做违背良心的事。"

"唔，有道理。"宋阿萍说。

陶依嘉看了看朋友圈，看见阿珍写了一句话：参加女企业家俱乐部活动"旗袍秀"，发一组我的照片，旗袍确实有穿越时光的魅力。文字下面，是一组她穿旗袍的照片。陶依嘉把照片一张张拨大，确实很漂亮，和她平时一身男装有一种别样的美。

关美娟回来了，大家说着闲话。4点钟不到，黄红梅和李莉来了。

"哎呀，方老太拉肚子，我一直为她擦洗，总算睡了。"黄红梅抱怨地说，"臭死人了。"

"黄老太的床位，今天来了一个姚老太？"关美娟问。

"是的，她原来身体好，自己能洗衣服能做饭的，"黄红梅说，"上半年跌了一跤，站不起来了，到医院动手术换上了髋关节，现在基本上只能卧床，偶然下床走走。"

"人老了千万不能跌跤，"宋阿萍说，"许多老人跌一跤就死了。"

"老人走路要慢，还要看清楚前前后后。"陶依嘉从枕下拿起一本书递给吕辉，说，"请吕老师念书吧。"

大家都微笑地看着吕辉。

"哦，我来念《一个陌生女人的来信》吧。"吕辉说。

"谢谢吕老师！"关美娟笑道。

"不认识的女人来什么信呢？"黄红梅不解地问。

吕辉笑了笑，"今天我念《一个陌生女人的来信》，这是奥地利作家茨威格的中篇小说，也是他的代表作之一。作品讲述一个女人在生命最后时刻，写下了一封凄婉动人的长信，向一位著名作家袒露了她的爱慕之情。"

"你快念吧。"黄红梅拿来一杯温水端给他，心急地催促道。

"你不要心急啊。"吕辉笑道。

"你是否先把故事情节说一下，这样我们听得懂。"黄红梅坦率地说，"我没文化。"

吕辉笑了笑，讲述了小说的故事梗概：一个维也纳女孩13岁时爱上了一位邻居，他是一个年轻作家。女孩16岁时，和改嫁的母亲搬家走了，但她一直苦恋着作家，终于在成年后独自回到维也纳住过的地方。她为了看到作家，每天晚上来到作家住宅周围。他们终于重逢了，一起度过了销魂荡魄的三个夜晚，可是作家并没有认出她就是当年的邻家女孩。以后，维也纳女孩怀上了作家的孩子。她也和作家常常遇见，可是作家玩的女人太多了，认不出她来了。这位女子在即将死去的前夕，在她死去的孩子身旁写下了一封长信，向作家诉说了她的情感痛苦。

"男人都不是好东西，这个女人应该打官司，要他赔偿。"黄红梅愤愤地说。

"她太痴情，看中的男人太滥情，可惜了。"关美娟说。

"现在好念了。"李莉提醒道，"我们等不及了。"

吕辉笑了，看了陶依嘉一眼，开始念道：

"……从我接触到你那充满柔情蜜意的目光起，我就完全属于你了。不久之后，我就知道，你这道目光好像把对方拥抱起来，吸引到你身边，既脉脉含情，又荡人心魄，这是一个天生的诱惑者的眼光，你向每一个你身边走过的女人都投以这样的目光，向每个卖东西给你的女店员，向每一个给你开门的使女都投以这样的目光……可是我这个13岁的孩子对此一无所知；我心里像着了火似的。

"我以为你的柔情蜜意只针对我，是给我一个人的。就在这一瞬间，我这个还没有成年的姑娘一下子就成长为一个女人，而这个女人从此永远属于你了……"

吕辉念了40分钟后合上图书，说："今天到此结束，明天继续。"

"哎呀，全部念完多好呀。"李莉看了看手表，说了声"谢谢吕老师"，就匆匆走了。

"又是一个凄惨的爱情故事。"宋阿萍感慨地说。

"爱情是人们需要的，"陶依嘉有感而发地说，"一个人对爱情没有兴趣了，人生也进入尾声了。"

"什么爱情不爱情，就是睡在一起生儿养女。"黄红梅说，又问吕辉，"故事后来怎么样啊？"

"暂时保密。"吕辉笑着补充，"作者茨威格61岁时，和太太一起在巴西居住的公寓中服毒自杀。他在遗书中说，'我向我所有的朋友致意！愿他们经过这漫漫长夜还能看

497

到旭日东升！而我这个过于性急的人要先他们而去了！'
人们发现他自杀时，他和妻子两人紧紧地拥抱在一起，两人的双手紧紧地握在一起。"

"很感动的。"黄红梅问吕辉，"他们为什么要一起死呢？"

陶依嘉听了吕辉的话心头一震，我也曾经要了结自己的生命，人生没有了乐趣，没有了精神上的皈依，就会寻死。她说："一个人对生活失去了希望，可能就要自杀了。"

"自杀的人都是胆小鬼。"黄红梅说。

"未必，有时候自杀需要勇气，只有勇敢的人才会自杀。"陶依嘉说。

黄红梅不理解地摇了摇头。

当天晚饭后，关美娟和宋阿萍各自躺到床上，关美娟打开电视机看节目。

宋阿萍的手机响了，她没有听见，黄红梅对她说："宋老师，你的电话。"

"啊，我的电话？"宋阿萍反问。

"你的手机响了。"黄红梅提高声音叫道。

宋阿萍低头拿手机，一下子不知道手机放在哪里，双手乱摸，眼睛四处寻找，黄红梅跑了过去，拿起手机塞到她手里，宋阿萍赶忙握紧手机。

房间安静下来，陶依嘉和关美娟都看着宋阿萍接电话，她奇怪地说："怎么没有声音啊？"

这时，一个身材高大的外国人走了进来，他就是理查德。

"啊，小龙来了！"宋阿萍笑了。

"宋老师难得笑的，看见儿子来了笑了。"黄红梅说。

"谢谢。"理查德朝黄红梅笑了笑，在宋阿萍床边坐下，"哦，我打手机给你，你没有接嘛。"

"我一时找不到手机。"宋阿萍不好意思地说，"你来了真好，忙好了？"

关美娟拿起遥控器关掉电视。

"我讲学任务完成了，明天离开上海回国。"理查德认真地问，"姆妈，你考虑好了吗？到底去不去美国养老？"

"这个……我考虑了好半天，蛮难的。"宋阿萍为难地说。

"难在哪里呢？"理查德问。

"你同意我住在你家，我就考虑和你一起去。"宋阿萍看着儿子。

"呵呵，不行啊。"理查德坦率地说，"我可以保证感恩节、圣诞节来看望你，还有中国的春节。平时你有什么事要办，我也会办的。"

"其他时候就我一个人生活？宋阿萍反问。

"是的。"理查德说。

"噢，这样的……"宋阿萍犹豫了。

"姆妈，你最终的决定是什么？"理查德问道。

宋阿萍想了想回答："算了，我就在上海吧。我已经习惯了上海。"

"明白了。你在上海也好，一切都熟悉。"理查德说。

"你还会来上海吗？"宋阿萍问。

"这两三年不会，以后看机会吧。"理查德说。

"哦，那你不大会再来了。"宋阿萍伤感地说，"啊？我有个要求,能否见一见我的孙子孙女？能和他们视频吗？"

"只能打电话，他们没有微信的。现在他们那儿是早晨。"理查德用手机拨通了美国家里的电话，接电话是他的妻子，他说,"让儿子和女儿过来，奶奶要和他们通电话。只有迈克在？就叫他吧。"

宋阿萍的心紧张地跳动着，眼睛盯着理查德的手机。

理查德用英语说，他在上海养老院，奶奶要和你说话。理查德把手机伸到宋阿萍面前，"姆妈，这是你孙子迈克。"

"迈克，我是你们的奶奶，就是你们阿爸的姆妈。"宋阿萍用生硬的英语说。

"奶奶好。"孙子迈克说。

"什么时候到上海来？"宋阿萍激动地说。

"上海在哪里？"孙子迈克问。

"在中国。上海是你父亲出生的地方，也是他长大的地方。"宋阿萍解释说，英语明显地流利了。

陶依嘉和吕辉，关美娟和黄红梅，都在一旁看着。

"我们到上海住到哪里呢？你在养老院，我们只能住旅馆。"孙子迈克说。

"奶奶和你们一起住旅馆。"宋阿萍说，"上海有很多好玩的地方，有很多好吃的东西，奶奶带你好好地玩，请你吃最好的美食。"

他们又说了几句话，就说再见了，宋阿萍把手机还给理查德。

"噢，姆妈的英语还行。"理查德说。

"呵呵呵，"宋阿萍得意地笑了，"那都是过去了。哎，小龙，你把你的全家福照片给我，有其他的照片也发给我看看。"宋阿萍恳求道。

理查德拿起手机看了看，摁了几下手指，说："发给你了。"

宋阿萍打开手机，仔细地看着照片，笑道："真好！"

"姆妈，我走了。"理查德说。

"我送送你。"宋阿萍说。

"不要送，天黑了。"理查德说。

"我一定要送送你。"宋阿萍说。

"那就送到电梯吧。"理查德说，对大家笑了笑，说："再见。"

"再见，多和你姆妈联系。"陶依嘉关照说。

"有机会一定要再来。"关美娟说。

理查德和宋阿萍走出门去。

"宋老师的英语不错。"陶依嘉赞赏地说，"美音蛮标准的。"

"宋老师美国也不要去，人家要去都没有机会。"黄红梅说。

"她儿子不大会来了，宋老师很失落的。"陶依嘉同情地说。

宋阿萍回来了，坐到床上默默无语。

"宋老师，你有出国的机会，为什么放弃呢？"黄红梅疑惑地问。

宋阿萍看了她一眼，没有说话。

"年轻人到美国可以拼搏一下，老年人去确实会有许多不适应。"关美娟认同地说。

"我有几个朋友出国定居，其他都感到好，就是寂寞，好山好水好寂寞。想想也理解，我们的文化系统，我们的价值观，我们的生活习惯，我们的人脉关系，都在中国，到了美国怎么能够适应呢？"陶依嘉说，"一棵树长大了，突然要搬个地方，水土不服啊。"

"听说，老人容易生病，美国看病不要钱，那也是值得去美国的。"黄红梅说。

"如果我们年轻，我们三人就一起读英语，一起出国留学。"关美娟笑着说，"还要带上黄红梅。"

陶依嘉笑了，这个关美娟真有意思，乐观处世，从来没有什么忧愁啊。

这时，宋阿萍突然双手捂着脸哭了，放声大哭，哭得很伤心。

陶依嘉、关美娟看着她，不知道说什么好，连黄红梅也愣住了。

吕辉天天下午来念书，陶依嘉和吕辉天天一起下楼散步，两人同进同出和坐着说话的情景，成为养老院的一大风景。

这天，陶依嘉和吕辉坐在假山喷泉水池旁的椅子上说话。吕辉提出来要和陶依嘉的三个子女见面，她听了不由得笑了。

"你笑什么？"他笑问。

"人家只有儿女谈恋爱上门让父母看，毛脚女婿，或者毛脚媳妇，我们是倒过来了。"陶依嘉说。

吕辉哈哈大笑。

陶依嘉想起阿霖和阿珍要起诉她的事，一五一十告诉了吕辉。

"你现在还没有收到起诉状的副本，说明他们还没有起诉，也许改变主意了。"吕辉安慰地说。

"看阿霖那天说话的腔调，他是不会改变主意的，可能暂时推迟了。想想伤心，为了几个钱，连母亲都可以起诉。"陶依嘉说，"哎，他们知道我们的事，不知道会是什么态度。"

"不会反对吧？"他问。

"阿霖比较传统，可能会反对。"她说，"如果有人反对，我们怎么办？"

"虚心接受，坚决不改。"他笑着回答。

她拍了拍他的大腿，"说得好，我们的事才不要看他们的眼色了。"

"一个人很在意别人的看法，往往是不成熟的，只在意自己的看法，那是成熟的标志，不过，自己的看法要靠谱。"吕辉说，"难道不是吗？"

陶依嘉提出这几天想去看看丈夫的墓地，"以后，可能去的就少了，甚至不会再去了。"

"好的，就明天吧，我陪你一起去。"吕辉说，"我来做做功课，看看如何去。"

第二天上午7点钟，陶依嘉背着双肩包和吕辉走出养老院。他们坐地铁8号线转10号线到达虹桥火车站，换乘17号线地铁坐到青浦新站，叫了出租车来到福寿园陵园。陶依嘉在公墓门口的花摊前，买了一大束白色菊花，吕辉也拿起一束菊花递给她，说"替我送给他。"他抢着把钱付给摊主。

他们走到7号门口，吕辉说他就不进去了，在门口等她，陶依嘉理解地说"好"。

"你不要着急，多待一点时间没关系。"他说。

陶依嘉笑了笑，走到路旁的一个摊头前，付了10元押金，借了一个水桶和一块抹布，再到路边自来水龙头盛满了水。他远远地看着她，马上快步跑了过来，"我来拎水吧。"

"谢谢。"她说。

陶依嘉在前面走，他拎着水桶跟在后面，一起走进枇杷园墓地。她寻找着丈夫的墓碑，前后左右一下子找不到。她环顾左右，但见各种墓碑，有大有小，有的豪华，有的简朴，墓碑上的一张张照片，男的，女的，年轻的，年老的，一张张脸似乎都很熟悉，好像曾经在哪儿遇见过——就是看不见丈夫的墓碑。

"好几年没来了。"她不好意思地解释。

"不要着急，你再仔细找找。"他安慰道。

终于，陶依嘉找到丈夫的墓碑，吕辉把水桶拎过来放下，就默默地走开了。陶依嘉嗅了嗅手上拿着的两束鲜花，它们发出一阵淡淡的芬香。她把两束鲜花放在墓碑前，放下双肩包，拿起抹布把墓碑前后都擦洗干净。她看着墓碑上他的黄颜色名字和她的红颜色名字，目光移向丈夫的遗照。他看着她笑着，仿佛在说，"你这是最后一次来了吗？"

陶依嘉眼睛湿润了，她确实不准备再来了，因为年纪大了，因为即将再婚。她可以来扫墓，可她不想影响吕辉的情绪。

"天翔，孩子都长大成人了。"陶依嘉轻轻地说，"现在他们都已经成婚，阿霖是国企副总，有了外孙和外孙女；阿珍创业开公司当老板，女儿申佳在德国留学；阿明是出版社编辑部主任，可能会升为副总编辑，他的儿子，也是你的孙子张波在美国留学。"她说完三鞠躬，然后注视着他的脸，那么熟悉，又是那么陌生。她想起和他的一些往事，光阴似箭，一切都恍如隔世，遥远的回忆也都朦朦胧胧了。

"我祝你在天国一切顺利；请您原谅我，在你离开我们40多年后，我即将结婚，开始我新的人生。我相信你是支持我的，因为你希望我生活幸福。"陶依嘉对着丈夫的遗像说。

这时，吕辉匆匆走了过来。他对着遗像三鞠躬，说："大哥，我会善待陶老师的，请放心！"

陶依嘉的眼泪流出来。她弯下腰，把一朵朵花拆散放在墓碑前的大理石上，插进墓碑两侧的松树上，最后再看一眼丈夫的遗像，这才默默地往外走，吕辉拎起水桶跟在她后面。他们走回到墓地外面摊头前退回水桶和抹布，一齐朝外面走。

"这么多墓，埋葬着一个活生生的人。人生太短促，我们活着的人，要珍惜每一天日子。"吕辉感叹地说。

"是啊，到了墓地，"陶依嘉说，"就感觉我们和死亡仅有一步之遥。人生，一晃就过了。哎，你认为人生有意义吗？"

"人生的意义在于开心地活在当下。"吕辉说，"我在晚年和你重逢，真是幸运。"

"我们要珍惜在一起的时光。"她说。

"依嘉，我有一个想法，"吕辉说。

她侧脸看了他一眼，眼光在询问。

吕辉说他想在靠近黄浦江的梁祝陵园买块墓地，那是一个以爱情为主题的墓地。

"很好。你买单人墓吗？"她问。

"我希望我们永远在一起。"吕辉热切地看着她。

"好啊，就买双穴吧，我和你葬在一起。"她说。

吕辉看了看她，满脸笑意，"谢谢你。下个礼拜，我们找个时间出来看墓地。"

"好。我很喜欢梁山伯和祝英台故事，特别喜欢故事的结尾，祝英台被迫出嫁的时候，思念着恋人梁山伯，特地前往他的墓前祭奠。这时，风雨大作，雷电交加，坟墓居然裂开了，祝英台纵身跃入坟中，寻找她所最爱的人。风停了雨停了，天上出现一道彩虹，梁祝两人化为蝴蝶，在人间翩翩飞舞——这种爱超越世俗，这种爱天长地久，这种爱浪漫感人！"

"我最欣赏梁山伯和祝英台的爱情誓言：'生不能同衾，死也要同穴！'"吕辉说。

"生不能同衾，死也要同穴！"陶依嘉提高声音重复道，"我们生则同衾，死则同穴！"

吕辉挽起陶依嘉的手，朝前走去。

张孝明来养老院看望陶依嘉，她轻轻地告诉他，她决定嫁给吕辉，吕辉希望和大家聚一聚。

张孝明愣住了，惊愕地看着她说不出话来。

陶依嘉又重复了一遍，他才恢复过来，"噢，好事啊。姆妈，我和阿霖、阿珍约一下。"

"哦，好的。"陶依嘉特别关照，"要阿霖把外孙带来，除了照片，我还没有见过面呢。外孙女月月也要带来，我很久没有看见她了。"

"好，我一定转告。"张孝明开心地说。他想，原来说母亲在养老院住一年就回家，芳芳实际上是坚决不同意姆妈回来的，现在母亲要结婚，就会和吕老师生活在一起安度晚年，对母亲是好事，对我也是最好的结局啊。

"你和阿霖联系过吗？"陶依嘉问。

"我打电话给他，他说暂时不起诉。他还是要我把前楼卖掉的钱拿出来，还有后楼要我们把户口迁出来，他们的户口迁进去。"张孝明沮丧地说，"他说让我考虑一下，他和阿珍等回复。"

"你怎么考虑呢？"她问。

"芳芳坚决不退让，她说，后楼的拆迁款可以拿一半出来，其他问题谈都不要谈。"张孝明说。

"那我们还有必要吃饭吗？"她问。

"吃饭管吃饭吧，也许吃了饭，感情好了，他们就不起诉了。"张孝明说。

"好吧。你还是太天真。"陶依嘉说，"我们还是聚吧。"

当天晚上，张孝明在家打开微信群，发起了视频通话，手机屏幕上出现了张孝霖、张孝珍和张孝明的头像。

"阿明，有什么事吗？"张孝霖问。

张孝明把母亲和吕辉的事说了一遍，最后说他们就要结婚，在结婚前想和大家见面聚聚。季芳芳坐在张孝明旁边，认真地听着。

张孝霖和张孝珍一时愣住了。

"吕老师，过去和姆妈谈过恋爱，已经到了谈婚论嫁的程度了，最后分手了。"张孝霖说。

"为什么呢？"张孝明问。

"为了我们没有后爸。"张孝霖说，"姆妈为了我们，还是做出牺牲的。"

"我记得吕辉待我们很好。"张孝珍说。

"那是醉翁之意不在酒。"张孝霖笑了，又问，"阿明，他们是否要办结婚登记？"

"没说。肯定要办婚宴，还准备拍婚纱照，是吕辉的意思。"张孝明说。

"啥？什么年纪了？昏头了。哼，我是不参加婚礼的，让人笑落牙齿。"张孝霖冷笑道，"现在我才知道，张婕的一个同事的姐姐就是焦丽英，姆妈结婚，传到张婕公司，叫女儿怎么在公司里待下去啊？"

"哦哟，可以登报了，一对老情人分别几十年后在养老院重逢，爱火重新燃烧，一起走进洞房。"张孝珍开玩笑地说。

"阿珍，你是什么意思啊？"张孝明不悦地说，"对姆妈要尊重啊。"

"我没有不尊重啊。"张孝珍反击道，"姆妈结婚我没有意见，这是她的自由和权力。不过，要我出钱，没有。不是我出不起，是我不应该出，是我不愿意出。"

"哎，阿明，我想问一下，姆妈还有存款吗？"张孝霖问。

"什么意思？"张孝明反问。

"很简单，如果姆妈有存款的话，有可能就落到别人手里啊。"张孝霖说。

"我知道是没有。我买房子，她还向周老师借钱支持我，凭姆妈的脾气，自己有钱是不可能向他人借钱的。"张孝明坦率地说。

"周老师的钱还掉了吗？"张孝霖马上问。

"还掉了。"张孝明说。

"我再问一句，姆妈有黄货藏着吗？"张孝霖问。

"我知道没有。"张孝明回答。

"姆妈结婚后要搬出养老院，吕老师有婚房吗？"张孝霖问，"吕老师结过婚没有？他有没有儿女？"

"不知道，我没有问。"张孝明说。

"我的意见，吕老师有钱的话，我们就支持他们结婚，包括办证；如果他没有什么钱，我们就反对他们结婚，包括同居也反对。"张孝霖态度鲜明地说，"见面那天，我会问的，如果没有什么钱，我当场就会阻止他们结婚的。"

"我看你的态度跟进。"张孝珍说，"到养老院快一年了吧，按照芳芳的说法，应该接回家了。"

张孝明听了张孝霖和张孝珍的话，很不舒服，他们太自私了，就是想着钱，母亲的幸福根本不考虑，姆妈为了我们，守寡那么多年了，我们应该支持她再婚啊。他转换话题说，"我有一件事，一直没有告诉你们。"

张孝霖和张孝珍都露出惊愕的神情。

"什么事？"张孝霖问。

张孝明把母亲在10月上旬半夜上9楼准备自杀的事说了。

"你是说姆妈要自杀？"张孝珍不相信地反问。

"难道不是吗？"张孝明郁闷地回答。

"哈哈哈，"张孝珍大笑，"人老了，晚上睡不着，走几步散散心，没有什么大不了的，你想多了。再说，她要结婚了，怎么会自杀呢？"

"那是在遇见吕老师之前的事。"张孝明提醒。

"我以为，姆妈想自杀是可能的，她在养老院日子不好过啊。"张孝霖语调有些沉重。

"假如不去养老院就好了。"张孝珍补充说。

"上次你们到养老院说要起诉姆妈，她很伤心。"张孝明说。

"我们并没有到法院起诉，现在就等你的回复。"张孝霖对张孝明说。

"言归正传，姆妈和吕老师想和我们聚聚，你们看怎么办？"张孝明问。

"可以。"张孝霖说，"你定了时间告诉我，最好是周末。"

"好，阿珍呢？"张孝明问。

"我都可以。"张孝珍说。

"哎，我有个建议，11 月 26 日是姆妈 76 岁生日，这天是礼拜天，我们就选这天和吕老师见面，同时为母亲做寿如何？"张孝明说。

"这是个好建议。母亲为我们吃了不少苦，我记忆中还没有为母亲隆重地做过生日。"张孝霖说，"我同意阿明意见。阿珍，你看呢？"

"我没有意见。"张孝珍说。

"哦，我差点忘记了，阿霖，见面那天，姆妈希望你把外孙、外孙女都带来，她要看看他们。"张孝明说。

"看情况再说吧。"张孝霖说，"办酒那天，主旋律是为母亲过生日，其次才是和吕老师见面。"

"阿霖，你讲得有道理。"张孝珍附和道。

"阿明，姆妈过生日你就多费心了，定下饭店告诉我们。"张孝霖说。

"你们看哪家饭店好呢？"张孝明问。

"饭店的费用谁出呢？"张孝霖问。

"我们AA制吧，或者就我来吧。"张孝明说。

"AA制吧。"张孝珍提议，"我有个建议，请叶璐和周老师一起来。"

"好的，我想姆妈也会请她们的。"张孝霖说。

"请不请周老师由姆妈定，我来订饭店吧。"张孝明说。

这时，传来婴儿的哭声，张孝霖马上说，"我不和你们说了，我要照顾外孙了。"他说完不等大家的反应就直接下线了。

"你辛苦了。"张孝珍说完也下线了。

"你的阿哥和阿姐都是好角色啊。"季芳芳撇了撇嘴，"最好不要周老师她们来。"

"如果就是和吕老师见面，可以提出不要请周老师，现在是姆妈过生日，就很难说了。我争取吧。"张孝明为难地说。

季芳芳上前抱住张孝明，吻了他一下，"我们今天早点上床吧。"

第十七章

特别生日宴

"吕老师，好英俊啊。"关美娟赞赏地说。

"真精神。"宋阿萍笑道。

"谢谢！"吕辉开心地说。陶依嘉从卫生间出来，换上了一身旗袍唐装，嘴唇上涂了淡淡的口红，笑着问大家，"还不算太老吧？"

"哪里老啊，也就是50多岁啊。"关美娟笑道。

"太夸张了，可以减去10岁。"宋阿萍笑道，"希望你们玩得开心。"

"谢谢！"陶依嘉开心地笑了。

"上海人真浪漫！"黄红梅正在收取餐盘，羡慕地说，"我们乡下人七老八十，都在等死，上海人还在谈恋爱。"

大家都笑了。

陶依嘉和吕辉走出房间，走出养老院，坐着出租车来到南京西路。他们来到南京美发店理发，吕辉理好发以后，就一直坐着等候，等到陶依嘉烫好头发，已经是中午11点半钟了。

"今天他们为我过生日。"陶依嘉笑着说，"也是你和他们的见面会。"

"很好，我可以看见他们了，还有周老师。"吕辉笑道。

他们沿着南京西路朝西走，很快来到梅龙镇酒家，按照服务员的指引，来到二楼太和殿包房。包房里坐了不少人，陶依嘉看了看，三个儿子女儿都来了，儿媳妇和女婿来了，周琴心和叶璐也来了。

"啊，对不起，迟到了。"陶依嘉说，她看到张孝霖和张孝珍，神态不太自然。

"姆妈，你好！"张孝霖热情地对陶依嘉说，仿佛什么事都没有发生过，"今天大日子啊。"

"你好。"陶依嘉对张孝霖说，"今天我给大家带来了一个重要的人物。"

"我是吕辉。"吕辉自我介绍说，"和大家见面很高兴。"

"哦哟，吕老师你还认识我吗？"周琴心笑问。

吕辉看着周琴心，惘然地摇了摇头。

"我是周琴心。"周琴心说。

"啊，对不起，时光不饶人啊。"吕辉紧紧地和周琴心握手。

"我在马路上碰到你，肯定不认识你。"周琴心感叹地说，"岁月无情催人老啊。"

"今天永远是最年轻的一天。"吕辉笑道。

陶依嘉欣赏地看着吕辉，满脸笑容。

张孝珍走来走去，拿着手机不停地拍摄。

"张婕呢？她的两个孩子呢？"陶依嘉问。

"张婕有事，最好的闺蜜今天结婚。"张孝霖解释说。

"唉！"陶依嘉眼神暗淡，失望地叹了一口气。

"百日生日宴也没有请我，我至今没有看见重外孙。"陶依嘉说。

"没有请你，你在养老院晚上出来不方便，万一跌跤，我承担不起啊。"张孝霖说。

"我叫你带张婕来，你偏偏不肯，她晚上才参加婚礼的。"梅凤妹埋怨张孝霖。

"张婕要做头发，4点钟就要赶到婚礼会馆。"张孝霖尴尬地解释说，

"以后总有机会。"陶依嘉打圆场地说。

张孝明朝周琴心叫了声"周老师"，周琴心淡淡地回答"你好"，就不再说话了；张孝明看见前妻叶璐，神色尴尬地说"欢迎"，叶璐微微一笑算是打招呼，季芳芳以主人的态度上前和叶璐热烈握手，表示欢迎。

张孝珍走到叶璐面前，亲热地拉着她的手说，"很久不见了，你越来越年轻，越来越漂亮了。"

"哪里哪里，你看你，才是活力四射呢。"叶璐满脸含笑地说。

"姆妈，已经12点15分了，我们开始吧。"张孝霖说。

"好好，听你们的。"陶依嘉笑道。

张孝霖要求陶依嘉和吕辉坐到正对大门的主位上，他

们笑着就座了。张孝珍抢着坐在叶璐旁边，申江涛靠着张孝珍坐下，其他人先后入座。

"中式风格，这个酒店选得好！"陶依嘉看了看四周，笑吟吟地说。

包房正面的红色墙上挂着一幅绘有翠竹的画作，一侧墙上有辛弃疾的词《西江月·夜行黄沙道中》书法作品，另一侧墙上是古人跳舞拉琴的玉石雕刻画。一张红木大圆桌四周，围着红木椅子，整个包房呈现出一派中国特色的古色古香。

"这是芳芳特地挑的。"张孝明说。

"姆妈，喜欢西洋风格，但更习惯于中式传统。"季芳芳说。

陶依嘉看了一眼季芳芳，心里涌起一阵厌恶和感觉，不过，她没有让自己的情绪流露出来。

"姆妈，你今天打扮得真漂亮！"梅凤妹忍不住赞叹。

"上海评选十大最美老人，姆妈肯定榜上有名。"季芳芳夸张地说。

大家都把目光聚焦在陶依嘉身上：她穿着一身红色的旗袍唐装，一头烫过的乌发，戴了一个黑白相间的仿古蝴蝶发夹，看上去有一种古典和时尚交融的美。

"你们看看，今天人人都漂亮。"陶依嘉说。

张孝霖、吕辉和申江涛，都是一身西装和领带；季芳芳一身白色旗袍，外罩黑色貂皮大衣，脚蹬靴子，十分引人注目；周琴心穿着蓝色旗袍，显得清闲自然，叶璐穿着黑色针织开衫露出白色 T 恤和一件黑色半身长裙，时髦中显得素雅文静。

季芳芳走到门口，关照穿着红色制服的服务员上菜。随即，服务员端进来一道道冷菜：白斩鸡、熏鱼、蔬菜色拉、陈皮牛肉等。张孝霖和季芳芳起身为大家斟酒倒饮料。

"开始吧。"陶依嘉对张孝霖说。

"今天，是大喜的日子，"张孝霖清了清嗓子说，"我提议为姆妈的生日，为姆妈和吕老师的重逢，为在座各位的幸福，干杯。"

大家站起来，举起酒杯碰杯，然后坐下。

"今天是母亲大人76岁生日，"张孝霖热情洋溢地说，"我谨代表妹妹弟弟，代表我们全家，敬祝母亲福乐绵长，健康长寿！"

全场响起热烈的掌声，陶依嘉眼睛湿润了。

"我们的母亲特别伟大，我们很小的时候父亲就因病去世了，母亲独自抚养我们三个儿女，生活很不容易。母亲每天为我们做早饭，烧粥煮饭下面条，偶尔买来大饼油条和锅贴，而母亲则连续十几年几乎不吃早饭。"张孝霖弯腰从放在一边的皮包里取出一件衣服，举起来给大家看，"这是姆妈穿了20年的衣服，它原来是什么颜色，我想在座各位没有人能够认出来，因为衣服20年补了又补，补到后来，本来的颜色都看不出来了。我一直珍藏着，那是母亲对我们儿女爱的历史印记。"

陶依嘉的眼圈红了，眼眶里噙满泪水。

"姆妈，我敬你一杯！"张孝霖举起酒杯，"我喝完，你随意。"

陶依嘉站起来，举杯和张孝霖的酒杯碰了碰，陶依嘉呷了一口酒，张孝霖把杯中的酒一饮而尽。

"我们最盼望的事，就是姆妈晚上为我们念书。我记得《格林童话》《安徒生的故事》《西游记》《一千零一夜》等，都是母亲念给我们听的；母亲还教我们背诵《唐诗300首》《宋词300首》。我现在开口就能背诵300首以上唐诗宋词，这是姆妈教育的成果。我祝愿母亲身体健康，晚年幸福！"张孝明深情地说完，走上前和陶依嘉拥抱。

大家都热烈鼓掌，张孝珍和季芳芳用手机抢着拍照。

"阿珍，你也讲几句。"张孝霖对张孝珍说。

张孝珍脸色微微红了，"我没有念过什么书，没有文化，尽管对姆妈充满感激，可是不知道说啥好，不像阿哥、阿弟都是大学毕业生，讲假话也是理直气壮，滔滔不绝，很感动人的。"

全场轰堂大笑。

"这是什么意思啊，你不能这样调节气氛啊。"张孝霖笑着扭头看着张孝明，"阿珍是夸我们呢还是损我们呢？"

"对不起对不起。"张孝珍笑着说。

"她正规场合讲不来话，除了吵架以外。"张孝珍的丈夫申江涛故作认真地说。

全场又是一阵大笑。

"我上初中，有一次要表演节目，同学们都是新衣服，而我没有。我回家就哭了。母亲把她的结婚戒指拿到当铺，换来钱为我买了一套新衣服。噢，我们的儿女，就是第三代，姆妈都带养过。"张孝珍提高声音，"祝老妈寿比南山超过乌龟！"

全场响起掌声。陶依嘉连声说"谢谢"。

"你要讲几句吗？"张孝霖礼节性地问季芳芳。

"好啊，我有话要说。"季芳芳笑道。

张孝珍不屑地横了她一眼，申江涛用胳膊肘碰了碰她，提醒她要克制。周琴心不屑地看着季芳芳，叶璐则脸带微笑。

"我嫁入张家以来，特别是最近三年和婆婆朝夕相处，我觉得婆婆特别善良。她烧菜，总是选择我喜欢的菜，比如虾，比如排骨，比如芹菜；她喜欢晨练，总是穿上绒布鞋套从卧室走到房门口，关门则是走到门外，把钥匙插进锁孔眼里转一转，这样就不会发出声音，也就不会影响我的睡眠。细节说明人品，细节彰显素质，我想起来就特别感动。我祝愿婆婆安康如意，长命百岁！"她说完跑到一边，拿起一束大红色粉色康乃馨鲜花，举起来给大家看，一边显摆地解释着，"一共有99朵康乃馨，大家看，心型造型，康乃馨的花语就是我的心声：祝母亲快乐每一天！"她捧着那束花献给陶依嘉，"我把婆婆当母亲，祝母亲快乐每一天！"

"谢谢你。"陶依嘉挤出笑容接过鲜花。

季芳芳把手机递给张孝霖，"麻烦你帮忙拍照片。"她搂住陶依嘉，又对张孝明说"你过来，我们一起和姆妈拍一张照片"。张孝明走过来，季芳芳举起左手搂着陶依嘉，放下右手握住张孝明的手；他难为情地缩了缩手，季芳芳更加亲昵地紧握他的手。

张孝霖连拍了两张照片。

张孝珍对梅凤妹咬耳朵："今天谁过生日？真恶心。"

梅凤妹笑了笑，没有表态。

陶依嘉很开心，乐得合不拢嘴。阿霖、阿珍那天宣布要起诉我的神态多凶狠啊，今天热情真诚，像是什么事也没有发生过，到底是自己的儿子和女儿啊。

周琴心和叶璐耳语几句，叶璐站起来为陶依嘉倒满玉米汁，说："陶老师，我和母亲祝你生日快乐，晚年幸福！"

"噢，谢谢！"陶依嘉开心地喝了几口玉米汁。

"我有许多话要说，可是再多的话也难以表达我的心情，我就用一句话来表达我的心情，"吕辉站了起来，举起酒杯，笑着对陶依嘉说，"祝你生日快乐，开心每一天！"

"谢谢你的祝福！"陶依嘉也站起来举杯说。

两人碰杯，甜蜜地笑着，充满爱意地互相看着。

周琴心带头鼓掌，全场响起掌声。

"姆妈，你说几句好吗？大家鼓掌欢迎。"张孝霖说完带头鼓掌。

大家都拍手鼓掌。

"谢谢大家光临，"陶依嘉站起来说，"孩子们，你们的父亲临死前拉着我的手说，'我真不舍得离开你们，你一定要把他们拉扯大，拜托你了！'我现在可以告慰你们的父亲，我没有辜负他的期望。你们现在都很好，我很欣慰。今天大家为我过生日，我和吕老师都非常感谢你们。借此机会，我祝在座各位，包括我自己，身体健康，诸事顺利。"

大家都站起来举杯碰杯，互相祝贺，响起一片欢笑声。

这时，服务员已经陆续端上热菜：龙眼虾仁、生爆鳝背、蟹粉蹄筋、草头猪肝、虾子大乌参、红烧富贵鱼镶面、清炒豆苗等，把个圆桌子放得满满的。

"大家多吃点。"陶依嘉说。

"现在进入第二个议程，"张孝霖站起来，"让我们举杯庆祝母亲和吕老师的重逢。"

大家站起来一起碰杯，一阵清脆的碰杯声。

"我热烈祝贺你们重逢，真是天大的喜事！"周琴心朝陶依嘉和吕辉说。

"谢谢。"吕辉笑着对周琴心说。

"哎，你们都长大了。"吕辉看着张孝霖兄弟和张孝珍感慨地说，又为陶依嘉搛上草头猪肝。

"我记得吕叔叔当年来我们家，是我们最期待的事了，有肉吃，有西瓜吃，有糖果吃。"张孝霖回忆说。

"有一次吕叔叔买一条花色围巾送我，让我开心了好长时间。"张孝珍说。

"我喜欢吕叔叔来，因为有电影看了。"张孝明说。

"后来我们长大了，才明白吕叔叔买电影票是调虎离山计啊。"张孝霖笑道。

大家哈哈大笑。

"我当初来你们家的时候，你们都是孩子啊，现在都成为企业家、领导和专家了，这说明你们母亲的培养有功，说明你们自身的努力有效，我为你们的成功而高兴。有一句老话，人生何处不相逢。我在上海出行几十年就喜欢坐出租车，可是还没有第二次遇见载过我的司机。在我看来，人生何处能相逢？"吕辉举起酒杯站起来，"来，阿霖、阿珍、阿明，为了我们有缘重逢，干一杯。"

张孝霖他们都站起来，吕辉一一和他们碰杯，然后郑重地把酒喝完。

"周老师，在这个世界上茫茫人群中遇见，就是一种缘分，而遇见后还能成为好朋友，甚至成为夫妻的，那就要有特别的缘分，更是一种难得的幸运。我要敬你一杯，没有你当初的介绍，我是不可能认识陶老师的，也就不会有现在的重逢。"吕辉举起酒杯，真诚地向周老师敬酒。

"有缘千里来相会，你们有缘。"周琴心看了看张孝霖、张孝珍，"你母亲为了你们，放弃了早就可以得到的爱情。不过，苍天有眼，让他们重逢了，尽管有点晚，可是春天毕竟还是来了。"

"谢谢周老师。"吕辉满脸笑容。

"我要向吕叔叔道歉。当初，姆妈要嫁给吕叔叔，我带头反对，现在要罚酒一杯。"张孝霖给自己的酒杯倒满酒，举起酒杯喝了个底朝天。

季芳芳看见服务员为每人端上一盅香菜海鲜羹，对大家热情地说："来来，趁热吃，海鲜羹味道可以的。"

"你身体恢复了吗？"陶依嘉问季芳芳。

"有反复的，总的来说好多了。"季芳芳回答。

"还是要注意调理，健康最重要。"陶依嘉说。

"谢谢姆妈！"季芳芳说。

"叶璐，你什么时候举行婚礼呢？"张孝珍故意大声地问。

全场几乎所有的人都一愣，一齐都看着叶璐。张孝明神色尴尬，季芳芳脸色很不自然。

"还没有最后确定日期，不过也快了。"叶璐脸红了，低声说。

梅凤妹惊讶地问张孝珍，"叶璐要结婚了？未婚夫是什么情况？"

"未婚夫是叶璐读大学的同班同学，过去追求叶璐，被叶璐拒绝了，因为叶璐爱上了阿明。最近校友聚会遇见了，他听说叶璐单身，就拼命地追求他。"张孝珍故意大声地说，还报复地瞅了瞅季芳芳，"叶璐即将在春节举行婚礼。"

"不要说了。"叶璐难为情地阻止张孝珍说下去。

"叶璐的夫婚夫是美国密歇根州立大学的终身教授，叶璐即将成为美国教授夫人。"张孝珍说，"哎，我倒忘记问了，你结婚后去美国居住吗？"

"婚礼后就去美国。"周琴心代为回答。

"琴心，你也会去美国吗？"陶依嘉问。

"我们安顿好了就接姆妈过来。"叶璐回答。

"啊，好事。"陶依嘉突然想起什么，"哎，叶璐的未婚夫，不就在张波念硕士的大学吗？"

"是的。"张孝明尴尬地回答。

陶依嘉看见张孝明满脸窘迫，马上调换话题，问了张婕和她儿女的情况，问了申佳的情况，也问了张波的情况，阿霖、阿珍和阿明——作答，陶依嘉听了很高兴。其间，服务员端上炒面、鲜肉小笼馒头。

张孝明突然把手机给陶依嘉，说："张波要和你通话。"

"麻烦大家安静一下。"季芳芳对大家说。

全场安静，大家都看着陶依嘉。

"奶奶，祝你生日快乐！"张波说。

陶依嘉惊喜地看着手机屏幕上的张波，"张波，谢谢你。"

"听说你要结婚，我很开心，热烈祝贺。"张波说。

"哦，你也知道了？谢谢你。听说你决定考博士了？"陶依嘉兴奋地问。

"是的。不过有点难，竞争的人太多。"张波说。

"不要怕，要有勇气，要有自信心，我看你哪里都不比别人差。"陶依嘉鼓励地说，"哎，你的博士生导师叫什么名字啊？"

"彼得，是一个美籍华人，终身教授。"张波回答，"谢谢奶奶的鼓励，我不多说了，最后再一次祝奶奶生日快乐，新婚生活幸福。"

"好好，谢谢！祝你心想事成，考上博士。"陶依嘉说完笑着把手机还给张孝明。

"孙子的电话是最好的生日礼物。"季芳芳说。

"叶璐，你的未婚夫叫彼得吗？"陶依嘉问叶璐。

"是的。"叶璐轻声地说。

张孝明尴尬地看了看季芳芳，张孝珍开心地笑了。

"张波真可爱，张婕、申佳也都可爱。"陶依嘉笑道，幸福地回味和孙子张波通话的情景。

"姆妈现在爱孙子外孙女，超过了爱我们。"张孝霖开玩笑地说。

"你们已经不可爱了。"陶依嘉开玩笑地回答。

大家都笑了。

张孝霖微笑着喝酒搛菜，心里盘算着如何把话题引到吕辉的财产上面来，这可是今天的一个重要任务啊。现在看吕辉的作派，是没有什么特别消费的人，他一辈子单身，几十年肯定积累了许多钱啊，要迅速摸清楚他的家底。他看见吕辉的目光朝他看过来，就郑重地说："吕老师，我姆妈白内障开刀多亏了你，谢谢你。"

"自己人谢什么。"吕辉笑道。

"依嘉，你们准备什么时候办喜事啊？"周琴心问。

"问他吧。"陶依嘉充满爱意地看了看吕辉。

"噢，我们想在元旦举行婚礼。"吕辉笑道。

"元旦那天，请各位把时间留出来。我和吕老师举办结婚喜宴。我们只接受祝贺，不接受任何礼物。"

"这怎么行呢，这么大的喜事我们总要表达心意的。"季芳芳分别搛熏鱼给陶依嘉和吕辉。

"礼物坚决不收。"陶依嘉重复地说。

"吕老师，你和姆妈结婚，你家里的房子怎么办啊？"张孝霖随口问，特地瞟了一眼张孝珍。

"我住的房子拆迁了，得了一笔补偿款。我没有买房子，买市区的，太贵，买郊区的，路太远，再说身体也不好，索性就住进养老院了。"吕辉坦率地说，"我们先在养老院租一间单人间作为新房，以后看看情况再说。"

"新房设在养老院，那怎么行。你和姆妈在一起，要买房子的话，我认识几个房产老总，可以拿到优惠。"张孝霖笑着说。

"吕老师，你们年龄这么大了，过一天是一天，应该一步到位最好，这样姆妈也有自己的住房了。"张孝珍直率地说，"大阿哥有关系，托他买新房吧。"

陶依嘉听了感到不舒服，阿霖和阿珍太功利了，他们在摸吕辉的家底呢。

张孝明很开心，这下子姆妈有地方安居了。他欢喜地看了季芳芳一眼，可季芳芳只当没有看见，热情地为陶依嘉和吕辉搛上龙眼虾仁，吕辉说"谢谢"。季芳芳又为张孝明搛上鳝背。

张孝霖暗想，吕辉不可能买不起住房的，看来他是老奸巨滑，对我们秘而不宣。他得到的拆迁款可能就有千把万，加上多年积蓄，甚至还有父母留下的遗产，有个2000万人民币是很正常的事。要迅速摸清他到底有多少钱，如果他钱多的话，催他和母亲领结婚证，这样的话，以后他们死了，我就能分到一笔钱；如果不办证，那就什么也拿不到。吕辉，不要闪烁其词，我今天要逼你表态，让你亮出家底！

"新房设在养老院，太简陋了。"张孝珍摇了摇头，

"那太委屈姆妈了。"

"哎，阿珍说得有道理，"张孝霖说，"我有几个想法，说出来供姆妈和吕老师参考。我认为要买新房作婚房，好好享受生活，也是对你们迟到的爱情的最好回报。姆妈辛苦了一辈子，吕老师也是，吕老师也不会让姆妈寄人篱下吧。再说，婚房设在养老院，让我们子女脸上无光，羞于出口。"

陶依嘉想插话让阿霖不要再说了，省得吕辉难堪，可是转念一想，让阿霖继续表演，看看他的真实面目。她想到这，呷了一口面前的饮料，微笑地听着，似乎显得很有兴趣。

"还有，现在许多老人再婚，都不办结婚证，这样来去自由，也减少了财务上可能发生的纠纷。我不知道姆妈和吕老师是怎么考虑的，我的意见，要到民政局办理结婚登记，堂堂正正地结婚。"

吕辉微笑着对张孝霖说："谢谢你的关心。"

"最后，我建议姆妈和吕老师的婚礼推迟，最好在春节结婚。"张孝霖说，"我动员我所有的关系，迅速买下二房一厅或者三房一厅的新房，地段要在市中心区域，预算1500万左右。买好房，以最快的速度装修，然后举办隆重的婚礼。买房和装修的事，我来负责，阿珍和阿明配合我。"

"这是好点子!"张孝珍跷起大拇指，"我一定全力配合。"

"吕老师，你看呢?"张孝霖笑了笑，抬眼期待地看着吕辉。

"阿霖和阿珍的好意，我非常感谢。"吕辉满脸笑意。他看了看陶依嘉，侧脸对张孝霖说，"我原来住的是一室户，公房，得到的折迁款是 300 万元;我的历年积蓄是 80 万，所以，非常抱歉，我根本没有经济能力买你所说的新房。我唯一也是渴望奉献的，就是我对陶依嘉同志贡献全部的爱。"

"只有这点钞票，结啥婚啊?"张孝珍脱口而出。

"这出乎我的意外了，吕老师是开玩笑。"张孝霖连连摇头，"吕老师，爱情是要由物质作为基础的，没有物质基础的爱是空中楼阁，迟早要倒塌的。"

吕辉的明亮眼睛顿时暗淡无光，神色颇为尴尬。

"阿霖、阿珍希望吕老师买房，你们的好意我领了，"陶依嘉说，"我也渴望有漂亮的新房，但我更渴望拥有相知相爱的丈夫。古人说，鱼，我所欲也，熊掌亦我所欲也，两者不可得兼，舍鱼而取熊掌也。吕老师，就是我一生期盼的'熊掌'。我得到吕老师，一切都满足了!"她说着

535

肩膀朝吕辉的肩膀亲昵地靠了靠。

"谢谢！"吕辉对陶依嘉说，他的眼眶湿润了。

"姆妈，你不是 16 岁的少女，"张孝霖冷笑道，"没有面包，没有牛奶，没有任何吃的东西，浪漫的爱情能够维持多久呢？"

"姆妈，你真是幼稚天真，阿霖也是为了你好呀。"张孝珍说，"你一把年纪了，辛苦了一辈了，最后找的男人这么穷，有啥意思啊。"

全场一片沉默，陶依嘉的脸色颇为难看。

周琴心想说什么，叶璐用胳膊肘碰了碰她，示意她不要说话。

"你们怎么可以说这种话呢？"张孝明冲着张孝霖和张孝珍说，"姆妈和吕老师拥有爱情，那就足够了，这爱情千金难买，一世难求。围绕着房子纠缠不清呢，别有用心，也太势利了。"

"你不势利为什么要把老房子过户给自己呢？姆妈让给你，你也应该拒绝啊。"张孝珍不客气地回敬道。

"阿明还是少说几句，你现在的公信力发生问题了。"张孝霖笑道。

"你独吞了老房子，还把前楼卖掉，卖掉的钱一人全部独吞，有什么资格谈势利不势利的？哼！"张孝珍对张孝明说。

"我不想解释，但我总不像有些人，居然勾结起来，要把自己的亲生母亲告上法庭。"张孝明瞪着张孝霖和张孝珍，他还要说下去，季芳芳赶忙拉了拉他手臂。

全场的空气顿时严肃起来，一道道惊愕的目光扫来扫去。

"今天为姆妈祝寿，不要谈其他。"张孝霖看了看张孝珍和张孝明说，"到此结束。今天是大日子，不要让姆妈不开心。"

"我和吕老师结婚的事，不要再说了，我和吕老师会安排好一切的。"陶依嘉一锤定音地说，"我们会请大家喝喜酒的，如果需要帮忙，我也会开口的。当然，我对你们的关心，表示感谢。"

张孝霖和张孝珍无话可说，互相交换了一下无奈和不满的眼神。

"是不是要寿星吹蜡烛了？"张孝明问张孝霖。

"好，我来。"张孝霖挤出笑容宣布，"请老寿星吹灭生日蜡烛，分享生日蛋糕。"

季芳芳把放在旁边桌上的10寸蛋糕拿到餐桌上打开，陶依嘉弯下腰，眼睛盯着蜡烛，鼓起嘴唇，屏足气，用力吹了一口，顿时蜡烛被吹灭了。

全场响起掌声。

"请老寿星为我们切蛋糕。"张孝明说。

季芳芳递上小刀，陶依嘉接过来，用心地切着一块块蛋糕。大家都看着，多个手机啪啪啪地拍照。张孝明点亮蛋糕上一根音乐蜡烛，响起《祝你生日快乐》的音乐，大家都跟着唱了起来。

梅凤妹和季芳芳把一块块蛋糕送到每个人面前。

张孝霖很失望，看来吕辉真的没有什么钱，他对姆妈的婚事也没有什么决定权，她有自己的主见。他抱歉地说"我出外抽根烟"，说完就走了出去。

大家聊到下午2点半，宴会即将散场，张孝珍提议合影留念，大家一致赞同。张孝珍让大家排列在古人跳舞拉琴的玉石雕刻画前面，她举着手机取景。张孝霖把西装整理了一下，把领带拉平，问梅凤妹"可以吗"，她点了点头。张孝珍叫来服务员，指着手机说，"就摁这里，多拍几张。"她说完就站到叶璐身旁，伸出一只手亲切地搂住她。

服务员拍好后，张孝珍拿过手机看了看，"好，拍得不错。我稍后把照片转发给大家。"

"谢谢你。"吕辉对服务员说。

"你今天不拿个单反机来拍照，摄影家的才能浪费了。"梅凤妹对张孝珍说。

"江涛让我拿手机拍拍就可以了。"张孝珍说。

"她带单反机来，就会一直拍照，无法享受亲情了。"申江涛笑道，"再说，手机拍摄，效果也很好。"

"这么说，我还要谢谢你喽。"张孝珍娇嗔地对申江涛说。

宴会结束了，张孝明要开车送陶依嘉和吕辉回养老院，陶依嘉说不用了，她还想和吕辉逛逛南京路。

"我为你高兴。"周琴心开心地对陶依嘉说，"这次机会你抓住了。"

陶依嘉用手肘欢喜地撞了周琴心一下，"吕辉说我们专门要聚一聚。"

"好好，等你通知。"周琴心笑道。

"陶老师，我为你高兴。"叶璐对陶依嘉说。

"谢谢。我也为你高兴，"陶依嘉对叶璐说，"我祝福你生活幸福！"

"谢谢陶老师，我真的为你开心。"叶璐说，"祝贺！"

陶依嘉一手拉着周琴心，一手拉着叶璐，开心地笑着。

大家走出酒店，走到南京西路上，随后各自散去。

陶依嘉和吕辉到大光明电影院看了一场美国电影《寻梦环游记》，出来时已经是傍晚时分了。他们来到附近的功德林素菜馆，每人要了一碗什锦面和面筋浇头，另外点了一客菜心素肉圆。之后，他们来到预订的汉庭酒店，这时已经是晚上7点多钟了。他们洗好澡，换上睡衣，泡了两杯茶，隔着小圆桌坐着聊天。

时间过得真快，一转眼就是晚上9点多钟了，吕辉提议休息，她还兴奋地说不累。吕辉把"不要打扰"牌子挂到门外，把房间顶灯、走廊灯关掉，就开着床头灯，那仅有的一束灯光照耀着，让房间显得十分幽静和温馨。

他们上了床，他笑着搂抱住陶依嘉，她浑身颤抖了一下，身体猛地打了个激灵。

"你怎么啦？"他问。

"我一下子有些紧张。"她笑道，"几十年没有男人碰了。"

他笑了，伸过嘴来深情地吻她，她开心地接受他的吻，感到全身有一股激流在奔淌。啊，爱情真美好！丈夫病逝后，她几十年一直忙着儿女和第三代，她的爱情就像死火山一样沉寂了几十年，火热的熔岩在地下也渐渐冷却了。如今，她已经步入人生晚年，能够再次和爱情相遇，真是幸运，要谢谢吕辉；还要感谢养老院，让她有了和吕辉重逢的机会。

他用舌头碰了碰她的上下唇之间，她配合地张开嘴，他伸进舌头要触碰她的舌头，她突然不好意思地笑了，"哦，我忘记装假牙齿了。"她下床走进卫生间装上假牙齿回来，"对不起。"

他们拥抱着接吻，一阵激情后，两人盖上被子，躺着说话。

"我们已经40多年没有接吻了。"吕辉说。

陶依嘉笑了笑，伸手打了他一下。

"我们太长久地耽搁了幸福，今天我们是两人世界，感觉真好！"

"爱情真美好！我当年真应该嫁给你，现在老了。"

"没有谁可以回到过去，但随时可以从现在开始。"

"假如当初我们结婚，现在是什么样的状态呢？会有儿子女儿吗？"

"应该有两个孩子。"他笑道。

"你希望是儿子还是女儿呢？"

"一样，只要是你和我的孩子。"

"我真爱你！我都难以想象，这么几十年，从青年到老年，居然一直守寡？这不是把最美好的生命岁月浪费了吗？"

吕辉伸手爱抚地抚弄着她的头发。

"你知道我现在最想为你做的事吗？"她问。

"不知道。"他说。

"我就想为你生个儿子或女儿。"她说。

"谢谢你。"他紧紧地抱住她，"记得那年那天，我们吻了一天，你说'我就想为你生个儿子'。"

"哦，有这事，恍如隔世了。"她说，"可惜，我们都老了，连墓地都买好了。"

"我们将来要葬在一起，永远在一起。"吕辉问，"阿明他们会反对吗？"

"我们是夫妻了，只要我留下遗嘱，他们会遵守的。"她自信地说。

他开心地笑了。

"我总觉得缺少了什么。"她抬起头左右看看。

"噢？你想想，少了什么？"他问。

"哦，我明白了，少了打呼噜的声音。"她说，"习惯了打呼噜的声音，听不见反而不习惯。"

吕辉哈哈大笑，她也笑了。

"我想，爱情的力量真是巨大，它会让我们的心和心靠得这么近。在过去几十年，我几乎和爱情绝缘了，但最终还是被爱情所吸引，被爱情所陶醉。"

"其实，我一生都在渴望爱情。我家邻居有个姑娘，我一直暗恋着她，整整暗恋了应该有 10 年了，从小学到中学。"

"你没有向她表示过吗？"

"那个年代，我的出身不好，我很自卑，怎么敢向她表达呢？何况，那时把爱情视为洪水猛兽，我们少男少女都不来往。我记得，我有个邻居，她的丈夫一直在云南工作，她和丈夫一直分居，后来，她和一个同事好上了，结果被单位发觉了。单位组织全体职工开会批斗她，批判她生活腐化，还罚她每天打扫弄堂。现在回想起来，真的很可怕。"

"唉，不堪回首啊，我们每个人面临的时代都不可选择。"

"人生在世，有友情，有亲情，有爱情，三者功能不相同。爱情是最让人渴望。爱情是那么的奇妙，是那么美妙，是那么充满魔力，有了爱情，我们会拥有无可替代的快乐，我们会拥有无穷无尽的力量，当然也会有痛苦，而痛苦之后品尝爱情，那滋味更是美妙和奇妙！"

"你不写诗可惜了。嘿嘿。"陶依嘉想起什么，"哎，明年周老师要去美国了，我估计也不会回来了，我会十分想念她的。"

"我们结婚后单独请她，在她去美国之前，多去看看

543

她。"吕辉说。

"我们的生活，总会有一些分别。"陶依嘉说，"好在现在有了你，我还可以有你陪伴。"

"我也是。"他说。

突然，响起一阵猛烈的敲门声。陶依嘉大吃一惊，吕辉也惊讶地说，"敲我们的门啊。"

他们侧耳倾听，果然是"呼呼呼"的敲门声；接着门铃响了，吕辉起身去开门。

"我们是警察，查房。"一个年轻的警察说着就要朝里面闯。

"我们老人住旅馆，要查什么房？"吕辉不悦地反问，用身体挡住他们。

"不要妨碍执行公务，让开。"年轻警察严厉地警告。

"有女同志，总得穿上衣服吧？"吕辉还是拦住警察。

"快点。"年轻警察说。

吕辉要看警察证，年轻警察亮了亮警察证。吕辉开亮走廊灯，拿过警察证看了看还给他，陶依嘉这时已经换上唐装上衣和长裤了。

"给我看身份证。"年轻警察走了进来。

吕辉把身份证给了警察，陶依嘉从包里取出身份证，吕辉接过来递给警察。警察拿着身份证对着手机上照了照，

"你们的住址不一样，你们是夫妻吗？"

"我们是即将结婚的夫妻。"吕辉说。

"即将结婚？"年轻警察嘲讽地问，"你们已经违反治安管理条例。"

这时，一个中年警察走进来，年轻警察向他汇报，中年警察说"不用检查了"，他对吕辉说"打扰了"就往外走，年轻警察只得悻悻地跟了出去。吕辉走过去关门，把门反锁上。

"吓死我了。"陶依嘉拍着胸口，气呼呼地说，"我们又没有犯罪，他们凭什么查房干扰人家的私生活？"

"事情过去了，算了吧，不要影响我们的心情。"吕辉在靠窗的小圆桌旁边坐下，调换话题说，"今天生日宴还是成功的，很开心。"

"他们对你印象都不错。"陶依嘉坐到小圆桌的另一边，"阿霖向你道歉了。"

"你的儿子和女儿都不错。"吕辉笑道。

"今天阿霖要你买房，他是别有用心的，他和阿珍要摸摸你的家底。"

"我十分理解他们。这个社会，人太讲实际了，许多人追求金钱的欲望，超过了追求其他许多东西，甚至是很宝贵的东西。我看，阿明还是朴实的，靠得住。"

"我有时候感到奇怪，同样是儿子和女儿，他们在一样的环境里生长和成长，怎么到最后的价值观和性格爱好，会有很大的差别呢？我想，因为遗传的因素，因为社会的影响，因为学校的影响，特别是家庭的影响。我现在才体会到，家庭对孩子的作用太大了，父母的作用非常大。我感到遗憾的是，在孩子还小的时候，我没有系统地培训他们的人品和软实力。"

"你已经做得非常棒了。"

"谢谢。作为家长自身的素质非常重要。一个人要当父母的时候，需要学会如何做父母。换个话题吧，我们接下来如何筹办婚事啊？"

"嗯，回去休息两天，接下来登记结婚，订婚宴酒店，你买旗袍，我买一套西装。"

"好。"陶依嘉开心地说，"不过，节奏不要太快，你要注意身体，不能累着。"

"不要紧。嘻嘻。"

他们聊一会儿，吕辉说该休息了，于是关灯睡觉。陶依嘉睡不着，很想和他说话，但看他很快就睡熟了，只好闭上眼睛睡觉。陶依嘉醒来时房间里已经有一大片阳光了，吕辉正坐在椅子上欣赏地看着她。

"你睡得好，上床就睡着了。"她羡慕地说。

"哪里，我看你睡不着想说话，我故意装睡，否则你说话脑子兴奋了，睡不着要影响身体的。"他笑道，"抱歉啊。"

"有一个男人睡在我身旁，我不习惯，所以睡不着。"她难为情地笑了。

"你会习惯的。"他笑道。

"看你美的样子。"她娇嗔地撇了一下嘴。

陶依嘉漱洗后，吕辉给她倒了一杯温水，还给她打胰岛素针。

"今天怎么安排？"她问。

"先吃早饭，然后去鲁迅公园，3点钟之前赶回养老院，继续念书啊。"吕辉说。

"吃好早饭就回去吧，过几天再出来。"陶依嘉关心地说，"我怕你太累。"

"没关系。"吕辉笑道。

当天下午，他们回到养老院已经2点钟了，关美娟、宋阿萍和黄红梅都围上来。

"吕老师赶回来念书。"陶依嘉说。

"哦，那太好了。"黄红梅说，"我刚才还说吕老师有了美人，不要我们了。"

"吕老师，休息一下，停一天吧。"宋阿萍说。

"不不，还是按时念书。"吕辉说。

"宋教师说得对，停一天，不要太累，来日方长。"关美娟说。

"好吧，就停一天吧。"陶依嘉对吕辉说。

"也好。"吕辉笑着说。

"陶老师，你结婚后要搬出去住吗？"关美娟关心地问，语调里有担忧。

"还是住在养老院。"陶依嘉笑道。

"也不会住在这里了吧。"宋阿萍还是有几分失落。

"我们每天可以过来啊。"陶依嘉说。

"我还可以过来念小说。"吕辉说。

"那好那好。"关美娟哈哈大笑。

"我就希望我还是你们的护理员。"黄红梅说。

"谢谢！"陶依嘉说。

第二天早上，陶依嘉正在吃早饭，黄红梅慌张地进来，"陶老师，不好了，吕老师送医院了！"

"啊？"陶依嘉大惊失色，"你说什么？"

"怎么啦？"关美娟和宋阿萍也惊叫道。

"凌晨4点钟，吕老师突然心肌梗死，被救护车救走了。"黄红梅说，"刚才听焦主任说，吕老师在去医院的路上死了。"

"啊？"陶依嘉愣住了，她感到眼前一黑，金星乱冒，就昏倒在床上，什么都不知道了。

第十八章

母亲失踪

陶依嘉午睡睡不着，裹上围巾，下楼步行。她沿着养老院的围墙行走，感到脚上好像绑着东西走不快。她走到连着幼儿园的东面墙边，听到孩子的嬉笑声。她停下站了一会儿，聆听着孩子天真无邪的欢笑声，然后继续往前走。她走到养老院西边青少年活动中心的围栏旁，足球场上空无一人，几个学生匆匆地朝一幢大楼走去，一阵阵寒风吹落一大片树叶，纷纷扬扬地飘落在地上。她坚持走了6圈，就来到茅亭歇息。她想起第一次和吕辉在茅亭说话的情景，感觉吕辉就坐在对面，不由得沉浸在回忆之中，眼睛湿润了。

　　那天，她戴着一条红色围巾，他戴着一条黑色羊毛大围巾，他说他只有在重要的时刻才戴上这条围巾的。

　　"我们当时在南京路百货店里买了两条围巾，还是你付的钱。"她指了指自己脖子上戴着的红色围巾说。

　　吕辉看着她系着的红色围巾感慨地说，"两条围巾还都保留着，满满的幸福回忆啊。"他还说，"我真的很兴奋，感谢上苍，给了我和你重逢的机遇。"

　　陶依嘉看见一个熟悉的身影走来，居然是吕辉。他在她面前坐下，微笑地瞅着她。

　　"啊，你回来了？"陶依嘉惊喜地问。

　　"我放不下你，就回来了！"他笑着说。

"你不要再走了。"她哭着说。

"我永远不走了，生则同衾，死则同穴。"他发誓般地说。

陶依嘉马上意识到这是幻觉，不由得眼泪流了出来。吕辉病逝，大殓结束，她把吕辉的骨灰寄放在殡仪馆。啊，辛苦了一生，孤独了一生，终于迎来了心爱的吕辉，当他们正要开始新的生活，不料他被病魔夺去了生命。没有吕辉的养老院，就不再是原来的养老院了。吕辉走后，她很少说话，总是丧魂落魄地在床上半坐半躺着，总是呆呆地望着窗外的天空和云彩。意外的不幸突如其来，让人措手不及，甚至让人感到生不如死。唉，他走了，她活着还有什么意义呢？

幸亏还有亲友的关爱温暖着她，关美娟总是陪我说话，有几天停止了打麻将，还破天荒地陪她下楼步行；宋阿萍看似待人冷漠，其实还是很热心的，每天过来找她说话，连黄红梅待她也是陪着笑脸。这些关爱，给了她巨大的安慰，让她还有活下去的勇气。

北风呼呼地吹进来，陶依嘉感到一阵寒冷，就走出茅亭，朝养老院大门走去。她决定到鲁迅公园去，看看那些唱歌的激动人心的场面。

陶依嘉走到门口被门卫安保拦住了。

"哎，你为什么不让我出去？"她奇怪地问。

"你出门证有吗？"门卫安保说。

"出去要什么出门证啊？我是人又不是东西。"陶依嘉惊讶地说。

"不行，你出去要有焦主任签字的出门证。"门卫安保说着指了指门卫室内墙上的照片说，"这些人都要有出门证才能出去。"

陶依嘉走进门卫室，看见墙壁上有许多老人的照片，照片下都挂着写有房间号和姓名的小木牌。门卫安保指了指最下面的一张照片，陶依嘉一看，正是308房间号和她的名字。她心里一股怒气往上涌，转身走出门卫室，走进大楼，坐电梯到8楼，找到焦主任的办公室。

"陶老师，来来，坐吧。"焦丽英热情地说。

陶依嘉说，她想出去散散心，门卫安保不让她出外，说要有焦主任签字的出门证才能放行。

"噢，你的监护人张孝明已经签订了补充协议，取消原来你可以自由进出的条款，现在你出养老院必须经过他同意，然后由我开出门证。"焦丽英遗憾地说。

陶依嘉十分意外，无话可说。她怏怏不乐地走到走廊里，就打电话给张孝明，生气地责问他，"我出去为什么要经过你的同意？"

"我也是为了你好，在外面有什么事要办，你叫我一声就是了。"张孝明说，"养老院绝大多数老人都是这样，出外都要监护人同意的。"

"我是有行为能力的人。"陶依嘉说。

"吕老师刚走，我担心你想不开，所以找焦主任补签了协议。"张孝明真诚地说，"姆妈，我离不开你，我要你百分之百的安全。年底我忙，忙过这阵，我带你到外地旅游去，到欧洲去旅游，去看看大作家的故居。"

"我要你撤回这个补充协议。"陶依嘉坚决地说。

"姆妈，老人超过70岁出外旅游，旅行社也要家属陪同。"张孝明耐心地解释，"我在外地出差，等我回来再说吧。"

陶依嘉明白了，阿明上次看了我到9楼的监控录像，断定我要自我了断，所以现在要签订补充协议，防止我出意外。她说："你出差回来再说，我要你取消补充条款。"

陶依嘉回到308房间，坐在床上胡思乱想。她想到英国作家笛福的小说《鲁滨逊漂流记》的主人公鲁滨逊，他航海遭到暴风雨袭击，同行的人全部死了，只有他被漂到了一个荒无人烟的孤岛。他为了生存，在岛上种植大麦和稻子等，还在荒岛建立了一个"乡间别墅"。鲁滨逊因为有回国回家的希望在激励着他，所以他才有取之不尽的干劲。后来，有一艘英国船在附近停泊，在岛上住了28年、离家已经35年的鲁滨逊，终于回到了英国。

"我的命运不如鲁滨逊，因为我生活中再也没有任何希望。"陶依嘉真想哭，可是流不出眼泪了。

这时，陶依嘉听见手机响了，是阿明发来的微信。他说张波来过电话了，他考博士希望奶奶找叶璐帮忙。陶依嘉猜测这是芳芳的主意，不过拖出张波来说事。你芳芳把叶璐赶走，现在想到要求人家了？不过，张波，我可爱的孙子，应该帮忙的，就是向周琴心、叶璐开口很尴尬。

这时，关美娟的女儿顾玲玲来了。

"你迟来一步，关老师就要打麻将去了。"黄红梅笑着倒了一杯水过来，说"你坐"，就匆匆走了。

"今天来得早的。"关美娟开玩笑地说，"无利不起早，有什么事吗？"

"你这么说我都不敢讲话了。"顾玲玲笑着说，她从包里取出两罐羊奶粉，"姆妈，这个羊奶粉开水冲泡就可以喝了，味道特别香醇，没有一点膻气，冬天进补特别灵。冬至要来了，你要补补。"

"换换羊奶的口味，很好。"关美娟开心地说。

"真的没有羊膻味吗？"宋阿萍突然问道。

"没有。"顾玲玲微笑着回答。

"你下次来为我带两罐好吗？"宋阿萍说。

"好的，"顾玲玲说，"你急吗？"

"先拿一罐去喝，"关美娟示意女儿拿一罐过去。

顾玲玲拿了一罐羊奶粉送到宋阿萍面前，宋阿萍马上摇手拒绝，"不不，我不急的。"

"我不可能同时喝两罐的。"关美娟笑道。

"不不，我要买来再喝。"宋阿萍拄着拐杖走过来，把羊奶粉还给关美娟。

"宋老师也真是的。"关美娟无奈地笑了笑。

陶依嘉走过来看了看羊奶粉，关美娟让她拿一罐去，陶依嘉笑着摇了摇头，说"我看看什么牌子"，就回到自己床上。

"外面冷吗？"关美娟问女儿。

"冷的，风大，天气倒是好的。"顾玲玲说，"姆妈，要不要卖房，你考虑好了吗？海海一直在催我呢。"

关美娟看着女儿顾玲玲，没有回答。

"我有个想法想和你交流一下，听听你的意见，最后由你决定。"顾玲玲说。

"宋老师，我订好了羊奶粉，下单了，今天就可以送到。"陶依嘉对宋阿萍说，"订四罐送一罐。"

"啊哟，你像年轻人一样，手机玩得这么好，我给你钱。"宋阿萍说着就要拿拐杖走过来。

"不要，等收到货你再给我钱。"陶依嘉说。

"噢，也好。"宋阿萍又坐了下来。

陶依嘉默默地从自己的大橱里取出一双皮鞋，关美娟看了她一眼，继续和女儿说话。

"我的想法是，原来海海说估计房子能够卖1200万元，你留下200万，其他1000万我们分配。我现在去几家房产中介公司了解，卖掉房子可以实得1100万左右。我的的想法是，你留250万，拿出另外150万供你专项资金使用，这样你可以获得400万元，海海和我各得350万元。你的专项资金用途，儿子女儿还有第三代来看望你的，每次给500元；每年年终发年终奖；最后留下的的钱，你根据儿孙平时表现的好和坏，你爱给谁就给谁。"顾玲玲说，"这样，我预计在你的晚年，儿孙家人都会积极主动地来看望你。"

"这个方案，海海晓得吗？"关美娟笑着问，她的表情显然很满意。

"我还没有告诉他。你现在不同意卖房，他一分钱得不到，你卖房了，他可以一次性获得350元，他还不高兴死了？"顾玲玲充满自信地说。

"嗯，这个方案有新意，可以考虑。"关美娟笑道，"反正我的钱，儿女子孙总会惦记着的。"

顾玲玲笑了，"这话难听。"

"这个方案的好处在于，兼顾了各方利益，主要保证了你的利益，保证了你老有所养，保证了你始终手里有钱；保证了儿女孙子孙女辈心里始终有你。当然我和海海也得到了实惠。"顾玲玲说。

"哈哈，你这人真鬼，海海就是脑子里少根筋。"关美娟笑道，"我没有意见，就按照这个方案操作吧。"

"好的。"顾玲玲高兴地说，"现在做事要方方面面舒服，让人舒服是一种本事，是一种需要，也能够让大家和睦相处。"

"我比陶老师好一点，陶老师把一切都给了儿女，你看看，最孝顺的阿明来得也少了。"关美娟对陶依嘉说，"陶老师，我说得对吗？"

"玲玲的方案有创意，是老年人处理财产的好方法。"陶依嘉赞赏地说，"玲玲脑子好的。"

"哎呀，就是为了姆妈晚年生活太平和幸福啊。"顾玲玲对关美娟说，"哎，姆妈，过几天冬至我要去扫墓，今年清明出国访问没有能去，想弥补一下。"

"好呀，代我问你阿爸好。"关美娟笑道，"告诉他，我在人间还没有待够，让他不要急，我会去找他的。"

"好的，我一定把话带到。"顾玲玲笑道。

她们母女都笑了，陶依嘉和宋阿萍也笑了。

"好，我走了。"顾玲玲笑着和大家招了招手就走了。

"父母亲的墓地，我许多年没有去过了。"陶依嘉内疚地说。

"我父母的墓地已经没有人扫墓了，现在有谁还知道我父母呢？等我过了，世界上再也没有人知道我的父母了。"宋阿萍感慨地说，"人活着有什么意义？没有。"

"我最近几天总是梦见我的阿爸和姆妈，他们想我了，我也想念他们。"陶依嘉说，"我要找个时间去扫墓。"

傍晚，张孝明跟着总编辑林树来到永嘉路上，走进一家不挂店牌的饭店。他们进入一间包房。待到客人到达，大家一阵寒暄，晚宴正式开始了。

张孝明跟着总编辑林树向客人举杯敬酒，这时，他手机响了。他干杯后赶紧看了看手机，是一个陌生的手机号码。他想准是推销电话，没有理睬它；过了一会儿，手机铃声再度响起，他看了看手机，还是刚才那个电话号码，继续不理会；又过了一会儿，手机再度响起，张孝明一看又是那个电话号码，无奈地拿起手机接听，对方是女的声音，那语调非常急切，并且有责怪意味，"我是养老院焦丽英，你是陶依嘉的监护人张孝明吗？"

张孝明一愣，焦丽英曾经来过来电话，可惜他没有保存过这个电话号码。他看见林树和客人在说话，向客人招了招手表示歉意，拿着手机快步走到门外走廊上，"我是。请说，有什么急事吗？"

"您的母亲不见了，请您马上过来！"焦丽英焦急地说。

"啊？姆妈不见了？"张孝明着急了，"什么时候不见的？"

"下午，大概3点钟左右，已经不见三四个小时了。"焦丽英说。

"她会不会临时走开呢？"张孝明问。

"我们已经把养老院翻了个底朝天了，"焦丽英催促道，"等你，你马上过来。"

"我现在有事……"张孝明为难地说。

"什么事比母亲失踪还要紧吗？你赶快来，越快越好！"焦丽英说完挂上电话。

张孝明愣着，心里感到焦灼和为难。今天宴请的是政府的一位处长，他们要出资300万元出版纪念改革开放40周年一套丛书和大型画册，几个出版社都在抢这笔生意，我们出版社也是志在必得。如果拿下这个项目，明年出版社的一半经济指标就完成了。好不容易请出正副处长，总编辑林树亲自出马招待，可我偏偏要离开，林总编辑肯定不舒服，这笔生意可能也会受到影响。如果丢掉这个项目，我要成为出版社的公敌了。

张孝明赶忙打电话给张孝霖，把事情简要地说了，希望他立刻赶去养老院。

"啊？养老院要负全责的，要他们赔偿。"张孝霖不急不躁地说。

"现在不谈这个，你马上去养老院好吗？"张孝明恳求道。

"你是监护人，应该你来处理，姆妈也是最喜欢你，最信得过你。"张孝霖推却道。

"你就算帮我忙吧，代我去养老院一次，好吗？"张孝明语调转为哀求。

"我去姆妈就找得到了？我去了不能作主，因为我不是监护人。再说，我也正有事，辛苦你了。"张孝霖说完就挂断电话。

张孝明很生气，但又无可奈何；他犹豫了一下，又打电话给张孝珍，把事情又说了一遍。

"阿姐，今天的应酬很重要，我实在是走不开，拜托你走一趟了！"他恳求道。

"唉呀，我也走不开！你去吧，吃饭多一个人少一个有什么关系？有消息随时告诉我，再见。"她不等他回答就挂断了手机。

张孝明心底蹿起一股怒火，姆妈把我们拉扯大，还都带过我们的儿子或女儿，可你们都是只顾自己，太自私了！嗯，进去坐一会，看看情况再说。

张孝明回到包房，林树总编辑对他说，"你到哪里去了？李处长、王副处长都在等你呢。"

"对不起，对不起。"张孝明朝两位处长连声道歉和陪笑。

"我们的要求，出版的图书和画册要有政治站位，要有上海高度。现在好几家出版社都来竞标，今天，我们听听你们的策划方案，然后向领导汇报。如果你们的出版策划思路一般般，恐怕我也无能为力。当然，我相信你们才出来见面的。"李处长挥了挥手，看了一眼林树总编辑，

"我们出版社的一大特色，就是创意策划。张孝明是资深出版专家，即将担任副总编辑，目前正在公示。"林树总编辑西装领带，戴着一付眼镜，给人洋气和斯文有学问的感觉。他侧脸对张孝明说，"孝明，你向领导汇报一下策划方案吧。"

"噢，为了这次合作，林总编辑特地精选社里最好的编辑、美编、校对和审读人员，都是副编审以上技术职称，组成一个强有力的专家团队。林总编辑强调，只有集中最优秀的人才团队，只有集聚最优势的资源，才能做出最好的产品，才能不辜负各位领导的信任。"张孝明打开笔记本，"我来介绍一下出版思路。第一，在内容上创新；第二，在编辑上创新；第三，在出版质量上确保一流水平；第四，借用上海书展平台，举行发布会，并在10家以上的主流媒体上宣传。接下来，我具体地向各位领导汇报……"

林树满意地微笑着。张孝明有才气，更重要的是听话，提拔他当副总编辑是对的。别看张孝明头发乱糟糟，不拘小节，开的车子都是灰尘，可是他干活拼命，憨厚老实，待人和气，这种人容易控制。

张孝明放在桌上的手机又响了，林树皱了皱眉头。张孝明伸手要关手机，李处长拦住他，"没关系，你接听啊，也许有急事呢。"

"哦哦，我晓得了，我会再联系你。"张孝明接听后就要挂手机。

"你母亲失踪了，你怎么还不过来？"手机里传出怒气冲冲的声音，"我们都不下班，都在等你，董院长也在等你呢。"

手机里的声音大家都听见了，全场的人都惊愕地看着张孝明。

　　"好好。"张孝明放下手机，对大家抱歉地解释道，"养老院要我马上去，我母亲失踪了……"

　　"张主任，你快去养老院。"李处长用近乎命令的口吻说。

　　"不要紧，工作重要，我介绍完再走。"张孝明坚持地说。

　　"你晚点去要紧吗？"林树问，他希望张孝明留下来。

　　"母亲失踪的事最紧急，"李处长不容商量地说，"快去！快去！"

　　"孝明，你看李处长多为人考虑啊，看来和李处长合作是我们的幸运了。"林树看了张孝明一眼，说，"你快去，我来向领导汇报吧。"

　　"不好意思，事出突然，抱歉。"张孝明只好站起来，抽出夹在笔记本里打印好的策划方案，递给林树总编辑。

　　"再晚，也要告诉我一下情况。"林树关心地对张孝明说。

　　"好的。我给大家倒满酒就走，"张孝明拿起茶壶，给两位处长和科员一一斟满酒。

　　"你搞错了，不是倒酒而是倒水了。"林树笑道。

大家哄堂大笑。

"杯子里的酒也不能喝了。"林树流露出些许不满。

张孝明脸色涨得通红，一边说"各位领导对不起，对不起各位领导了"，一边要重新为李处长斟酒。

"张主任，别客气，你快走吧。"李处长催促道。

"李处长、王副处长都能理解的，你快走吧。"林树说。

"林总，麻烦您了。"张孝明非常不安地说。

"李处长已经说过了，母亲的事最要紧。"林树关照道，"开车小心，越是有急事越要小心。"

"谢谢！"张孝明向客人半鞠躬地说着"抱歉"，就退出门去，随手轻轻地带上门。他奔到楼梯口，突然想起忘记了皮包，马上又赶回来，一边说"包忘记拿了"，一边从椅背上拿过双肩包冲出门。他匆匆奔下楼，跑到饭店外找到自己的汽车。他上车刚要踩油门，手机又响了，还是焦丽英。他接听手机，告诉说已经出发了。

"你到现在才刚出来？真的出了大事，谁负责啊。"焦丽英生气地说，"我们等你，越快越好！"

张孝明开车驶上马路就遇到堵车了。他打电话给母亲，传出"你拨打的电话已关机"，他和母亲发起微信通话，没有应答。他焦急地看看窗外，打电话给妻子季芳芳，问她母亲是否回来过；季芳芳很惊愕，回答说没有。

"姆妈失踪了，我现在去养老院。"张孝明说。

"啊？"季芳芳愣住了。

张孝明知道母亲不会回去的，还是郑重地关照，"如果姆妈回来，立刻打电话给我。"

"真是没事找事，弄得大家都不太平。"季芳芳抱怨地说。

张孝明心里火气冒上来，恨恨地摁断电话。他突然想起，包房的沙发上放着要送客人的4份礼物：四本精美的大型画册和4套丛书。他用手机给林树总编辑发信息"沙发上礼品是送客人的"。

终于，前面的汽车移动了，他踩着油门朝前驶去。一个小时后，张孝明来到养老院院长办公室。

"你总算来了。"焦丽英不满地说，"董院长等到你现在，晚饭还没有吃呢。"

"抱歉，我实在有紧急事，一时走不开，来晚了。"张孝明连声道歉。

"坐吧。"董丽院长问张孝明，"你母亲没有回家吧？"

"没有，我和妻子打过电话。"张孝明肯定地说。

焦丽英把陶依嘉失踪的事说了一下，张孝明要看监控，焦丽英打开电视机播放监控录像。

张孝明瞪大眼睛看着。这是下午2点到晚上5点的监控录像，不时地快进，有时候定格，半个小时就全部看完录像了，没有看见母亲的身影。

"不会从前门出去？"张孝明看到焦丽英摇头，就问，"你们除了正门，还有其他门进出吗？"

"还有一扇后门，只允许货车进出，那儿也有监控录像。"焦丽英回答，"我们也看过录像了，没有陶老师，你要看吗？"

"好的，我看看吧。"张孝明说。

焦丽英播放后门的监控录像，后门几乎一直关着，除了货车两次进出，没有任何人进出。

"奇怪，姆妈是如何出去的呢？"张孝明不解地说，"总不至于飞出去的？"

"今天的事确实很奇怪。"董丽院长焦急地说。

"会不会还在养老院，根本没有出去过呢？"张孝明问。

"我已经安排不同的人，一个楼面、一间间房，搜索了三遍，没有。"董丽院长说。

"是不是问一下母亲的室友，了解一下情况？"张孝明问。

"焦主任都已经问过了。"董丽看了看手表，"不过，你想了解也可以，我们一起去。"

焦丽英用手机发信息给黄红梅和李莉，要她们到308室开会。她和张孝明跟着董丽院长来到308房间。门虚掩着，他们三人推门而入，分别在椅子上坐下。关美娟和宋阿萍坐在床上，黄红梅和李莉坐在床沿上，现场气氛十分紧张和凝重。

"陶老师会到哪里去呢？你们回忆一下今天看到的情况，"董丽院长客气地说，"麻烦大家了。"

"你们说一下各自知道的情况，特别是有什么可疑之处，要简短。"焦丽英说完拿出手机，打开录音键录音。

"我睡好午觉就去打麻将，4点钟回来，就没有看见陶老师，我还以为她下楼走路去了。吃晚饭的时候，她还没有回来，这是从来没有过的。我发觉她床头的一个双肩包也没有了，我就请黄红梅向焦主任汇报。"关美娟说道，那神态仿佛在单位里向领导汇报工作，"我看她吃中饭时很正常，还说，'今天的菜味道还可以。'"

"宋老师，你发觉什么状况吗？"焦丽英问道。

宋阿萍头发散乱，衣服纽扣也没有扣上，她似乎没有听见，没有反应。

焦丽英急了，想上前提醒她一下，董丽院长摁住了她，抱歉地说："时间晚了，老人要睡了，不好意思打扰了。"

关美娟走到宋阿萍面前推了推她，提高声音，"宋老

569

师，董院长、焦主任，还有张老师，都在等你说话呢，你把看到的情况说一下吧。"

"她为我订了羊奶粉，我还没有付钱呢。"宋阿萍答非所问地说。

"宋老师……"张孝明礼貌地叫了她一声。

宋阿萍睁开眼，看了看关美娟，目光转向大家。突然，宋阿萍伸出腿下了床，也不用拐杖，赤着脚走两步一把抱住张孝明，激动地哭了，"陶老师，你总算回来了。我都急死了。你到哪儿去了？你不要扔下我走啊！"

全场的人都大吃一惊，张孝明很是尴尬，他没有推开她，只是说："宋老师，我是陶老师的儿子，我不是陶老师。"

"你怎么就不是陶老师呢？你怎么连自己都不认识了？陶老师，我喜欢你，吕老师走了，还有我们呢。"宋阿萍更加用力地抱着张孝明。

张孝明很尴尬，想要挣脱她的拥抱，可是她把他抱得更紧了，和他几乎脸贴着脸，她激动地说："我还以为看不见你了，老天爷有眼啊，你又回来了。嘀嘀嘀……"

张孝明求救地看了看黄红梅，"你劝劝她，她太激动了。"

黄红梅犹豫了一下，站起来走到宋阿萍身旁，低声说："宋老师，你搞错了。"

宋阿萍看了看黄红梅，惊恐地松开双手，对张孝明连声说"对不起"，就回到自己的床边。

"宋老师，你下午什么时候最后看见陶老师的？"张孝明启发地问道。

"哦，我想想……哦，我下午打瞌睡，醒来就没有看见她。不过，我发觉我的床头柜上有一瓶深海鱼油，这是吕老师送给陶老师的，她送给我了。"宋阿萍指了指床头柜上的深海鱼油，激动地哭了，"她不准备回来了，还不忘记我，大好人啊！"

"我在卫生间洗衣服，发觉陶老师进来，把养绿萝的花瓶里的水换了换。"黄红梅说着看了看陶依嘉床头柜上的绿萝。

张孝明心里一愣，看来姆妈是有计划出走的，这要找到她就难了，而且她的出走凶多吉少。

黄红梅想起什么，走过去拉开冰箱说，"她催着我要胰岛素，我就找了林医生配药，现在胰岛素不见了。"

"这说明她有计划地出走了。"焦丽英判断道。

"你有什么要说的？"焦丽英温和地对护理员黄红梅说。

"我下午1点钟，看见陶老师在床上，手里拿着什么东西看着。"黄红梅神情紧张，头都不敢抬。

"黄红梅，不要紧张，董院长待人和气的。"关美娟递上一只香蕉给黄红梅，说，"慢慢说，不急。"

"我对陶老师说，你可以睡一会儿。她回答我，睡不着。"黄红梅说。

"你和她说话的时候，她在看什么啊？是看小说书还是看手机？"张孝明问。

"嗯，我想起来了，她在看全家福影集，她平时总是看这本影集。"黄红梅说。

"影集是她带来养老院的，都是她和家人的照片。"关美娟补充说。

"黄红梅，你发觉她和平时有什么不一样吗？"焦丽英启发地问。

"没有。"黄红梅不敢抬眼看大家，"哦，今天上午，我扫地扫到她床边，她双手抱着脑袋，眼睛瞪着天花板在发呆。我问她，不下去走路啊？她没有回答。我重复了一遍，她才回过神来，对我说'对不起'。我就听她感叹了一声'人生如梦，四什么都是空'。"

"是'四大皆空'吗？"张孝明问

"是是，我们乡下人没有文化。"黄红梅难为情地说。

"你继续说。"焦丽英鼓励地说。

"我发觉她头上戴了个黑白颜色的蝴蝶发夹，很漂亮，她平时不戴蝴蝶发夹的。我还和她开玩笑说，陶老师你准备出去啊。她脸色不好看，没有回答我。"黄红梅说，"我对她说，'陶老师，你看看书，写写字，生活还是丰富的。许多老人就是坐着发呆，早上等中午，中午等晚上，晚上等睡觉，那才可怜呢。'她朝我摇了摇头，想说什么但没有说。我去忙了，其他我就不知道了。"

"李莉，陶老师待你特别好，你发觉今天，或者这几天，陶老师有什么不一样的吗？"焦丽英问。

"嗯，嗯，也没有什么。"李莉突然想起什么，"哦，有一件事，昨天晚上，我在门口和黄红梅说话，她向我招手，我以为她要我做什么事，赶快走到她面前，她送了我一本小说书《简·爱》，还有一本书是《海伦·凯勒自传》，上面有陶老师的题词，希望我好好学习。"

"《简·爱》是我妈的至爱，她和你说了什么？"张孝明问李莉。

"她说，小李啊，你要像简爱一样，靠自己的努力改变命运。"李莉情绪有些激动，"陶老师待我真好。"

张孝明心里一震，母亲这是"永别"的意思啊。

"吕辉老师逝世后，陶老师有什么变化吗？"董丽院长问。

"变化大了，"关美娟说，"吕老师在，她的眼睛总是明亮的，吕老师逝世后，她的眼睛就暗淡无光了，这是我最大的感觉。"

"老天真的瞎了眼睛，吕老师那么好的人，居然心肌梗死了，世界上那么多坏人，为什么不得病死呢？"宋阿萍说。

"吕老师走后，她总是沉默着，总是望着天空发呆。"关美娟感慨地说，"她是个比较安静斯文的人，平时就是看看书，读读报纸，有时候在笔记本上写一些东西，大概记录生活感想吧。"

"她还说几十年没有给父母亲扫过墓了，很想去。"宋阿萍说。

"对对，她说过这样的话。"关美娟说。

"哦？"张孝明说，他想起什么，打开陶依嘉的1号大橱，姆妈出外最喜欢穿的黑色羊绒大衣不在了。

"我就知道她不想待在养老院，总是想回家。"宋阿萍说，"会不会偷偷地回家了？"

"她没有回来。"张孝明说。

"她会跑到哪里去呢？"董丽院长看了看张孝明，"会不会到你阿哥、阿姐家里去了？"

"我给他们打过电话，都没去过。"张孝明说。

焦丽英知道问不出新的信息了，关掉手机录音。

"哎，她的笔记本会透露什么信息吗？"董丽院长问张孝明。

张孝明眼睛一亮，姆妈喜欢记感想，笔记簿里应该会留下蛛丝马迹的。他走过去拉开母亲床头柜抽屉，看见一本厚厚的笔记本。在床头柜最底层，他看见一个血糖测量仪，已经蒙上了一层厚厚的灰尘。他从抽屉里拿起笔记本，快速地翻阅着，大家都看着他。

"记录了一些随感，最后一段是重阳节碰到吕老师，以后就没有记过。"张孝明把笔记本塞进双肩包里，"我带回去看看。"

"谢谢你们，打扰了。"董丽院长朝大家说。

"应该的，"关美娟说，"希望赶快找到陶老师。你们有了好消息，请马上告诉我们。"

"万一她回来，或者你们发现什么新情况，请及时告诉我们，直接找焦主任。"董丽院长对大家说，"你们早点休息吧。"

"我们留个微信吧。"关美娟对张孝明说，"你加我微信，我弄不大来，你妈行的。"

"好的。"张孝明从她手上接过手机，打开她的二维码，再拿自己的手机扫了扫，又发了问候语，"加好了。"

张孝明和董丽、焦丽英回到 8 楼院长办公室，焦丽英从自己皮包里取出一个面包给董丽，她摇了摇手，表示现在不想吃。董丽建议大家加个微信，于是张孝明和董丽、焦丽英加了微信。

"我再打电话给姆妈。"张孝明拨打母亲的手机，得到的回答还是"你拨打的电话已关机"，他无奈地摇了摇头。

"你母亲最可能要投奔的人有吗？"董丽问，"比如最要好的小姐妹，听说原来有小姐妹要接她出去住呢。"

张孝明"哎呀"了一声，说：''"我怎么会把周老师忘记呢。"

"周老师？"董丽疑惑地问。

"哦，姆妈有一个几十年的小姐妹周老师。"张孝明眼睛亮了，"她们在出版社就是同事，就是她要接我母亲上她家养老的。"

"快打电话问问。"董丽神态活泼了。

张孝明翻开手机，查到电话号码，马上拨了过去，对方电话铃响了。

"周老师，我是阿明，"张孝明说，"我想问，姆妈今天和你联系过吗？"

"没有啊。"周老师平静地问，"她怎么啦？"

"噢，姆妈在养老院不见了，我们正在寻找她。……

好好，有消息就马上告诉你。"张孝明合上手机盖，无奈地耸了耸肩，"周老师也不知道。"

"看来只有报警了。"焦丽英对董丽说，侧脸察看张孝明的表情。

"是不是再等一等，再找一找呢？"张孝明说。他想，万一报警，也许派出所会在电视台、广播电台上发布寻人启事，甚至微信发布寻人启事，事情就搞大了，传到出版社对我声誉有影响啊。我的副总编辑正在任职前公示期间，万一有人向上级反映指责他"不孝"，那就坏事了。目前紧要关头，一定要确保平安无事啊。

"张老师，你的意思是暂时不要报警？"焦丽英反问。

"董院长，明天上午再报警，好吗？也许今天晚上会有消息。"张孝明期待地说，"母亲晚上有可能会回到养老院，或者回到我家里。"

董丽神色犹豫，为难地看了看焦丽英。立即报警能够有助于更快地找到陶老师，这也说明养老院能够及时处理危机；可是，养老院正在参加全市养老院文明单位评选，目前正进入最后复审阶段，这一报警可能就把评选的喜事给砸了，而获得养老院文明单位的荣誉很重要，既能够对董事会交待，又有利吸引老人入住。如果不报警，万一陶老师出事，养老院就有贻误时机的责任，家属闹起来，特别是陶老师的大儿子和女儿闹起来，那就麻烦了。

"张老师您认为暂时不要报警，你要写下来。"焦丽英微笑着对张孝明说。

董丽满意地看了看焦丽英，她反应敏捷，领会能力强，做事得力，真是一个好助手。

"这个……"张孝明显然不肯写，他问，"以往，养老院的老人走失，你们是如何处理的？"

"偶然有走失的老人，都是轻度老年痴呆症，最多两三天就回来了。老人对社会无用，没有人会拐走他们，总会被送回来，"董丽神色凝重地说，"可是，你母亲的情况就不一样了，她思路清楚，有文化，有行动能力。"

"张老师，今晚不报警可以，你要写下来。"焦丽英说。

"这个，不必了吧？"张孝明摆了摆手，表示不同意。

"还是报警吧，公安局介入，可以调看附近几千米的监控摄像头，这对于寻找陶老师是有利的。人命关天，只要有利于找到老人的，我们就一定做，寻找老人比文明单位评比更重要。"董丽对焦丽英说，"找人如救火，马上去派出所报案。"

"那就报警吧。"张孝明勉强地说。

"董院长，我和张老师一起去派出所。"焦丽英对董丽说，"你早点回家休息吧。"

"好的，我真的有点累。有情况随时告诉我。"董丽对张孝明说，"焦主任和你一起去报案。"

半个小时后，张孝明和焦丽英已经来到派出所，隔着接待柜台的玻璃向警察报案。警察在接待柜台的玻璃下面缝隙推出一张表格和一支圆珠笔，要求填表，张孝明迅速填写表格后交给警察。

"我们公安局内部系统有一个找失网，发布走失的老人情况。不过，我们接到报案一般24小时之内是不上传的，因为98%的走失老人24小时都会找到，或者是自己回来，或者被人送回来了。你们等等看，明天晚上还没有找到人，我就挂上网，好吗？"警察说。

"好的。"张孝明不假思索地回答。

"请你帮帮忙，我们想看一看养老院附近的监控录像。"焦丽英说。

"我们能一起看吗？"张孝明问。

"我们明天下午调看监控录像，你们先把走失的老人照片发给我。"警察说，"你们下午2点到这儿来，我们一起看。"

"我稍后发给你，"焦丽英对警察说，"我们加个微信吧。"

张孝明和焦丽英分手时说，"焦主任，我明天过来。"

"好，我明天等你。"焦丽英说，"有消息随时告诉我，半夜里也没有关系。"

张孝明开车回家，他在半途中突然"啊呀"了一声，姆妈会不会藏在周老师家里呢？周老师刚才听到母亲失踪，凭她们的关系周老师应该是焦急万分，可是她的反应很平静，好像她事先知道一样，这太反常了。周老师做事情有魄力，胆子大，办法多，会不会她把母亲接过去藏起来了呢？上她家去看看！

张孝明驱车朝徐家汇方向开去。他想到要碰到叶璐，也许还有她的未婚夫，心里很别扭。要么不去了？他想想还是要去，寻找姆妈最要紧。

他一路奔驰，半个小时就来到文定路上的一幢多层房子前。他停下车，跑到一扇门前摁门铃，没有回音；他停了一会儿，继续摁铃，传来声音："啊？谁啊？"

"周老师，我是张孝明，阿明。"他说。

大门"啪"地打开了，他走到2楼，看见房门洞开，周老师站在门内，惊愕地对他说，"进来吧。"

张孝明走进客厅，谦逊地说，"想想还是来一次，把事情告诉您，听听您的意见，我没有主意了。"

"坐，坐。"周琴心客气地指了指沙发。

"叶璐呢？"张孝明坐了下来，礼貌地问。

"和男朋友出外听音乐会去了。"周琴心说。

张孝明顿时感到一阵轻松，马上把母亲失踪的事，包括上9楼多功能厅要自杀的事，全部简要地告诉周琴心，最后诚恳地请教道："周老师，您判断她去哪儿了？"

"我猜应该是到我这儿来，可惜没有来，"周琴心神色凝重，用肯定的语气说，"她是有目的地出走，也就是有明确的事情要做。"

"会是什么事呢？"张孝明问道，边问边把双眼往四处扫视着。

"吕老师逝世，对依嘉的打击很大，她肯定感到生活再也没有希望了。"周老师突然激动地提高声音，"你们几个儿子和女儿，为什么不让她居家养老呢？你母亲待你们多么好啊，除了一条命，全都给了你们，你们拿出母亲奉献的十分之一来回报，那就动天地、泣鬼神了。我不是说养老院不好，有人喜欢养老院，有人不喜欢啊，总要尊重老人的心愿啊。你们都在忙自己的事，忙儿女的事，你们就不能分出一点精力和时间给生你们养你们的母亲吗？这难道不是你们的责任吗？这难道不是你们应该回报母亲的吗？你们居然还有人要起诉你母亲，狼心狗肺，大逆不道，岂有此理！"

张孝明愣住了，周老师还从来没有当面发这么大脾气的。

"你，阿明，你母亲待你最好，可是，你的表现让人太失望了！"周琴心指着他的鼻子，毫不客气地说。

"唉，我是做得不够。"张孝明挪了挪屁股准备起身，"周老师，这么晚了，我不打扰了。"

"噢，我是激动了，我怎么能够不激动呢？哎，你到房间里看看吧，她是不是藏着。"周琴心半开玩笑半认真地说。

"我不是这个意思。"张孝明连连摆手，不好意思站了起来。他说，"这么晚了，打扰了，我走了。"

"不，你要看看，也许我真的把她藏起来了呢。"周老师开玩笑地一把拖住张孝明。

张孝明跟着周老师看了两个房间，走到第三间房间门口时，周琴心一边说"保姆应该睡了"，一边伸手要敲门，张孝明拦住她说"不看了"。周老师说"也是，女的不方便"，又说，"你放心了吧？"

"我本来就没有怀疑……"张孝明心虚地往外走。他想，看来姆妈肯定不在这里，周老师知道他已经报警，绝不会藏着母亲不说的。

"有消息马上告诉我。"周老师叮嘱他，"我都忘记给你倒水了。哦，还有，你母亲来过电话了，希望叶璐的未婚夫能够帮张波的忙，录取他为博士，叶璐说会和他说的。"

"麻烦了，谢谢！"张孝明感激地说。

张孝明开着车往家赶，流出了眼泪。啊，母亲啊，你在哪里啊？你万一有个三长两短，我这辈子就永远不得安宁。瞧瞧，你在出走前，还在为张波操心！周老师骂得好，我们做儿女的，没有一个够格的，特别是我……

张孝明回到家，看见季芳芳坐在客厅里看美剧。她把电视音量调小，侧脸问，"找到了吗？"

"没有。报警了。"他忧愁地说。

"她会上哪儿去呢？"她把手上遥控器的音量调大，继续看电视。

张孝明没有回答，把双肩包扔在沙发上，就走进卫生间。他洗好澡出来，就见林树总编辑微信发来询问，张孝明"哦哟"一声，赶忙回复：母亲正在寻找之中，已报警。会谈顺利吗？

林树总编辑回答：顺利。你明天不要来了，寻找母亲要紧。

张孝明回答：谢谢。我明天去养老院，后天过来。

"怎么办呢？"季芳芳心不在焉地问道，目光仍然盯着电视屏幕。

583

张孝明愁容满面地靠在沙发背上。唉，姆妈会不会出外自杀呢？芳芳太不像话了，为什么就这么容不得姆妈呢？要不是她这么作，姆妈也不会去养老院啊！

张孝明从包里拿出母亲的笔记本打开，掉下一张泛黄的剪报。他捡起来一看，是《上海少年报》的一篇文章剪报，文章的题目是《当我看到海关钟楼的时候》。他阅读文章，"今天是我最开心的日子，姆妈带着我们到外滩游玩；妈妈搀着我的手从电车上下来，我紧紧地搀住姆妈的手，这样妈妈就跑不掉。我抬头一看，啊，海关大钟高好大啊！我正在仰望，悠悠的钟声响了，那声音太好听了……"

张孝明想起来了：那天母亲带着阿霖、阿珍和我到外滩游玩，母亲布置了作文题目《当我看到海关钟楼的时候》。阿珍说，我不写，烦死人了。我和阿霖各写了一篇。姆妈夸奖我的作文很棒，寄到《上海少年报》，结果刊登了。我兴奋了好几个月，从此对语文很用功，后来考大学也是报考文科，毕业后进了出版社，这篇文章改变了我的人生走向。

季芳芳关掉电视，咕哝道："你妈也是自私，一走了之，也不想想给家人带来多少麻烦。你的副总编辑不是在公示吗？让人知道你妈走失了，你还能当上副总编辑吗？"

"你到现在还说这种话？哼，姆妈对我们全身心地付出，最后都不能住，"张孝明大声吼道，"都是你作的。"

"我提出要回娘家住，是她自己要住到养老院去的，这难怪我吗？"季芳芳一愣，马上反驳道。

"你说得比唱得还要好听，你打电话告诉你妈，说再也不允许我妈回来了。"张孝明瞪着眼睛，"你说过吗？不是你，她怎么会有今天的遭遇？"

"我什么时候说过这话？你把话说清楚，否则我和你没完。"季芳芳冲到他面前，伸出手指戳着他鼻子，气势汹汹地吼道。

"就是我妈去养老院的那天早晨你说的。母亲如果自杀，我就和你离婚！"张孝明吼道，伸手对她就是一巴掌。

季芳芳捂着脸，愣住了。她张嘴要说什么，强忍住没有说什么，鼻子里"哼"了一声，气呼呼地走进卧室，把门重重地关上。

"姆妈，你在哪里啊？"张孝明哭着大声喊道。

第十九章

寻找母亲

张孝明很晚才睡着，醒来时已是早上8点钟了。他匆匆漱洗后回到客厅，背起包准备去养老院。

"早饭准备好了。"季芳芳板着脸说。

张孝明看见餐桌上放着牛奶和生煎馒头，刚要说感谢，季芳芳已经掉头回卧室去了，还"呼"地关上门。张孝明吃好早点心，跑去敲卧室门，门已反锁，芳芳不开门。他就说："芳芳，我不该打你，请原谅。我现在去养老院。"

季芳芳在房间里，什么也没有说。

他背起双肩包匆匆出门，乘电梯来到地下室车库，突然发觉汽车钥匙没有带，又回到楼上拿钥匙。他再次来到车库，开着汽车出了小区。他拨打母亲的手机，听见的还是"对方的手机已关机"的回答；他发微信给母亲，没有任何回复。

交通畅通，半个小时后张孝明就赶到养老院。他走进8楼院长室不由得一愣，张孝霖和张孝珍坐在那儿。

"啊，你们也来了？"张孝明惊讶地说。

"大事急事啊！"张孝霖阴沉着脸说，"姆妈居然失踪了。"

大家围着会议桌坐下，焦丽英给每人递上一瓶矿泉水。

"我们已经看过前后门的监控录像了。"张孝霖对张孝明说。

"奇怪了，难道母亲飞出去了？"张孝珍连连摇头，"会不会母亲还在养老院呢？"

"养老院的地下室我们也搜索过了。"焦丽英说，"我们还在养老院周边搜索过。"

"阿明，你和养老院签订过补充协议，就是不经过你同意母亲就不能出去的协议，是吗？"张孝霖问。

"是的。"张孝明规规矩矩地回答。

"我们把母亲交给养老院，你有责任保证母亲的安全，有责任保证所有住院老人的安全，这是最基本的要求。可是，我母亲居然丢失了，这不是养老院的责任吗？"张孝霖严肃地责问。

"上次我母亲拍摄的喂饭虐待老人的视频，我还保存着，说明贵院的管理一直有问题。"张孝珍气势汹汹地说。

董丽和焦丽英交换了一下疑惑和不安的眼神。

"陶老师走失，董院长和我都很难过，我们表示歉意。"焦丽英说，"昨天我在第一时间通知张孝明老师，董院长和我一直等候他过来。"

"谈责任还太早了吧？现在要紧的是寻找姆妈。"张孝明对张孝霖说。

"我想到母亲住的房间了解一下情况。"张孝霖只当没有听见问话，看着董丽院长说道。

589

"我昨天晚上去过了。"张孝明说。

"还是再去看一看吧。"张孝霖说。

"焦主任，你陪家属去吧。"董丽院长说。

张孝霖他们跟着焦丽英来到308房间，关美娟、宋阿萍和黄红梅把昨晚说的话重复了一遍，张孝霖问了几个问题，也没有获得任何新的信息。张孝霖打开母亲的床头柜仔细察看，把手伸进每格抽屉仔细摸了摸，在最下面一格抽屉摸出三个信封，三个信封上分别写着：我和张孝霖大儿生日的照片（1岁至20岁）、我和张孝珍女儿生日的照片（1岁至20岁）及我和张孝明小儿生日照片（1岁至20岁）。张孝霖把张孝珍和张孝明的信封分别递给他们，他抽出自己信封里的照片。

张孝明心想，我昨天看过这抽屉，怎么没有发现啊，阿霖真细心。张孝明把自己的20张照片从信封里拿出来，这是他从1岁到20岁生日和母亲的合影，他看着照片眼睛湿润了。

张孝珍迅速看完照片，把信封塞进自己的背包里。

"你们看，我越来越大了，母亲越来越老了。"张孝霖看着照片感动地说，"我记得我过生日，母亲带着我们到照相馆拍照，母亲待我们的感情比海还深啊。"

"母爱真是情深似海。"关美娟感叹地说。

"我们到后门看看。"张孝霖对焦丽英说。

他们出去,乘电梯到1楼,来到养老院后门。铁门开着,一个安保人员敬畏地看着他们。

"噢,门开着,这儿可以随便进出吗?"张孝霖上前问保安。

"只有送货的汽车可以进出。"保安指了指一栋多层建筑前停着的一辆货车。

大家都朝货车看过去,就见三四个人正在卸货,有大米、面粉、食油和猪肉等。

"食堂仓库在一楼。"焦丽英指了指那栋多层建筑解释道,又补充说,"护理员的宿舍在3楼。"

他们走到货车前停下,目光四处张望着。张孝霖一脸疑惑地喃喃自语,"奇怪啊,怎么大白天就不见人了呢。"

一个年轻的装卸工人走过来问,"你们找谁啊?是不是一个老太?"

"是啊,昨天下午不见了。"张孝霖焦急地说,随即扔给他一根香烟,为他点上火,自己也把一根香烟放进嘴里点上火吸着。

"噢,昨天下午我来运货,把不少用品搬进仓库,等我出来时发现一个老太太在车上。我让她下车,她哀求我捎带她出去,说有大事要办,办完就回来。我看她可怜的样子，心软了，就带上她一起走了。"装卸工人说。

"是她吗？"张孝明眼睛一亮，亮出手机里的母亲照片给工人看。

"对对，就是她。"装卸工人说。

全场的人都大吃一惊，没有想到陶依嘉居然是这样出去的。

张孝霖使劲看了看张孝珍，悄悄地朝货车和装卸工人努了努嘴，轻声说"拍照录音，保留证据。"

张孝珍会意，马上拿出手机录音，还不时地拍照，拍下货车的车牌，拍下装卸工人等。

张孝明恍然大悟，阿霖、阿珍这么早过来，并不是急着寻找母亲，而是为了寻找养老院失责的证据。他心里一凉，又不好说什么，只好无奈地看着他们。

"她在车上说了什么？"张孝霖问装卸工人。

"她一直沉默着，下车时我问她去哪儿，她只是说要去镇江。"装卸工人说。

"她去做什么说了吗？"张孝霖问。

装卸工人摇了摇头，张孝霖又递上一根香烟。

"她在哪儿下车的？"张孝霖问。

"在田林东路。"装卸工作说。

"你怎么可以随便把老人带出去呢？"焦丽英走到装

卸工人面前，愤怒地吼道。

"是她求我的，不能怪我。"装卸工人意识到问题严重了，转身要走。

"麻烦你加个微信，交个朋友。"张孝霖对装卸工人说。

"不用了。"装卸工人搬了一包大米就走进仓库。

"我们回办公室吧。"焦丽英说。

"你先上去，我们商量一下就上来。"张孝霖吐了一口烟雾。

焦丽英看了看张孝霖，转身走了。

张孝霖、张孝珍和张孝明朝大楼走去，边走边说话。

"这次母亲出走，养老院要承担全责。"张孝霖不无兴奋地说，"养老院管理失误，造成母亲失踪的重大事故。"

"就是嘛，这下有证据了。"张孝珍开心地说。

"我们还是抓紧时间寻找姆妈。"张孝明不满地说。

"是的，我们上去还是谈如何寻找姆妈，至于向养老院索赔，以后再说，反正跑不了。"张孝霖说。

他们三人回到8楼院长办公室，大家又在会议桌前坐下。

张孝明手机响了，他接完电话告诉大家：派出所已经将寻人启事挂上报失网，其他派出所发来几位走失老人的信息，但经过确认都不是母亲。如果监护人同意，派出所准备通过市局向全市公安机关发布走失协查通知。

"派出所等我们去查看监控录像，我已经告诉警察不需要了。"张孝明说。

"我们商量一下，看看接下来怎么办吧。"董丽院长说，"有了共识后再和派出所联系。"

"我们希望上海公安局发布寻人启事，这个启事要覆盖华东六省一市。"张孝霖说。

"搞得影响太大，对陶老师合适吗？"董丽院长反问。她不希望大张旗鼓地寻找，这对养老院的声誉不好，老人走失养老院有责任啊。

"是否就发到江苏省旅馆，查一查来住宿的人有没有陶老师，这样针对性更强。"焦丽英建议。

董丽院长赞同地看了看焦丽英。

"好主意。"张孝明马上说，"姆妈是江苏镇江人，她到了镇江总要住宿的。"

"我认为这可以的。养老院要在公众号上发布寻人启事，我们可以转发，这样多一些寻找的渠道。"张孝霖说。

"可以。"董丽院长说。

"阿明，文字你来写吧，再配一两张照片，联系人就写你。"张孝霖说。

"好的。"张孝明说。

"是不是联系电视台晚间新闻和广播电台，也播放一下寻人启事呢？"张孝霖提议。

"这个不是我们要播就播的，估计有难度的。"董丽院长婉转地谢绝。

"这个暂缓吧。"张孝明说。

张孝霖看了看张孝明，没有作声。

张孝明从皮包里拿出笔记本，嚓嚓嚓地写了个寻人启事，直接把笔记本给张孝霖，他看后改了一句又递给董丽。她仔细地逐字阅读后说："不要写养老院的名称，就写从某养老院走失吧。"

"哦，可以的。"张孝明拿起笔当场改掉，撕下那页纸给董丽院长。

"你安排制作一下，马上发布，有问题联系张老师。"董丽院长把寻人启事递给焦丽英。

张孝霖、张孝珍和张孝明走了，焦丽英对董丽说："董院长，我看他们要闹事啊。"

"我也看出来了。"董丽说，"你去找卢律师，看看如何应对。"

"他是我们的法律顾问，我叫他下午来吧。"焦丽英说。

"陶老师究竟出外要做什么呢？10月份她不是半夜独自去多功能厅的吗？只要不是自杀就好。"董丽脸带忧愁，"哎，这几天文明单位评选专家组要来检查工作，发生了陶老师出走的事，真不是时候。初评已经选上了，如果因为这件事复评时落选了，太可惜了。嗯，专家组什么时候来是不打招呼的，你要掌握他们来的时间，送给他们的礼品也要悄悄地准备好。"

"明白。"焦丽英说。

"靠东的围墙原来是木材，蛮好看的，现在改成水泥围墙很难看，你作个主题'当我们年轻的时候'，征集入驻老人的年轻照片，放在墙上，那很好看。我估计时间来不及，那就画一些画，或者买些画贴上去，实在时间来不及就写标语。你自己决定吧。"董丽说。

"这个主意好。"焦丽英说。

张孝霖他们走到养老院门外，一齐站下来说话。

"姆妈肯定去镇江了。"张孝霖说，"姆妈到镇江干什么呢？应该去给外婆外公扫墓。"

"我们是否一起去镇江？"张孝明提议道。

"我很忙，没空。"张孝珍直截了当地说。

"明天市政府商务委领导来公司视察，我负责接待。"张孝霖对张孝明说。

"那我一个人去吧。"张孝明说。

"外婆外公的坟还在吗？如果在，替我们献上一束花。"张孝霖说，"你先垫一垫钞票，回来给你。"

他们商量完就分手各自走了，张孝明开车赶回家。他说吃了中饭就出发去镇江，季芳芳表示"我陪你一起去。"

张孝明谢绝了。如果找到姆妈，她并不喜欢芳芳，岂不大家尴尬？

"我要去。我帮不上忙，可以照顾你。"季芳芳脸色还是难看，"否则你太寂寞了。"

"路上辛苦，我速去速回，你就不要去了。"他说。

"我就是要去，我至少可以陪陪你，你开车没有人说话，容易出交通事故。"季芳芳担忧地说。

"你待在家里，万一姆妈突然回来呢？"张孝明说。

季芳芳想想有道理，就不再坚持了。她为张孝明准备了面包、酸奶还有水果，装在一个保鲜袋里，放进他的双肩包。

张孝明吃好中饭，急匆匆地就走了，她关照他一定要注意安全，他说"知道了"就去车库，开车驶出小区……

张孝明行驶近3个小时，付了110元过路费，在下午3点钟赶到江苏省镇江市。他靠着GPS定位系统，来到位于镇江市靠近南山市的绿山陵园。他找到外婆外公的墓碑，看见了墓碑上的外公外婆照片，看见墓碑前放着一大束白花。他伸手摸了摸花，还是潮湿的；他探下身子闻了闻，花束还有淡淡的香味。张孝明盯着外婆的照片看着，外婆的脸和母亲很像。哦，记得我小时候外婆病危，母亲要赶回镇江看望。母亲临走时，我抱着母亲的大腿不肯放，伤心地大声哭道："妈妈不要走！"最后，母亲没有去看望外婆，两个礼拜后外婆逝世，因为没有为外婆送终，母亲说起这段往事来就感到十分内疚。

一阵阵凛冽的北风吹来，远方哪里传来乌鸦的鸣叫声。

张孝明发现墓碑前的花束下有一封信，拿起来看，信封上写着父母亲大人收，那是母亲秀丽的字体。他想拆开信阅读，想想不合适，那是母亲写给外婆外公的信啊。张孝明把信放回原处，用手机对着信封拍了一张照片。哎，墓碑上的字油漆未干，显然是刚油漆过的。墓碑下面的空地上，摆放着一盆鲜花。油漆墓碑上的字和摆放的花盆，应该是有人付费墓园才提供这种服务的，是姆妈付费的吧？

张孝明默默地在墓碑前待了半个小时，这才缓步朝外走去。他走到陵园门口，看见一栋办公楼，就走进去问工作人员，墓碑上的字是谁让油漆的，墓地的花盆是谁让送的。

工作人员打开电脑，输入墓址，告诉张孝明，是一位叫陶依嘉的女士要求提供服务的，她还付了20年墓地管理费。

"每天送一盆花，从现在起到2018年年底，费用500元。"工作人员说。

"今天上午，我看见一个老太太在墓地跪了很长时间。"一个中年人说。

张孝明拿出母亲的照片给他看，"是不是她？"

"哦，就是她。"中年人说。

张孝明走出陵园，吁了一口气。母亲出走就是为了扫墓，那就没有问题。她如果仅仅要扫墓，就会告诉我让我陪她一起来，肯定还有其他的目的。吕辉死了，她的生活没有了希望，她肯定会寻死的。姆妈应该就借宿在附近旅馆，到那儿去看看，我一定要以最快的速度找到她，时间就是生命啊。

他拿着母亲的照片，走访了附近十来家旅馆，结果一无所获。他在餐馆吃完一大碗锅盖面，已经是晚上6点多钟了。他正打算开车回上海，季芳芳来电话了。她坚决不同意他现在回上海，理由是晚上开车危险，张孝明只好找了一家莫泰酒店住下来，准备明天一早回上海。

晚上，张孝明坐在客房里看微信，发觉养老院的寻人启事下午就发布了，张孝霖、张孝珍都在朋友圈转发。

手机响了，关美娟在微信上发起了视频通话，手机上出现了她的脸。

"阿明，你妈妈找到了吗？"关美娟焦急地问。

"关老师，没有呀。"他回答，"她来过外公外婆的墓地了。"

"哦，那就好。我和宋老师，整天都在谈论陶老师呢。你妈真是一个能人，也是一个大好人。"她要求道，"找到陶老师马上告诉我们啊。"

"好的。谢谢你，也谢谢宋老师。"张孝明说。

"你母亲来了，我有了陪伴。她昨天晚上不在，我一夜没睡着，脑子里想的都是她。我不啰嗦了。等一等，等一等，宋老师要和你说话。"关美娟说。

手机屏幕上出现宋老师的脸，她激动得一时说不出话来。

"宋老师，你好。"张孝明主动打招呼。

宋阿萍眼泪流出来，嘴唇蠕动着，想说什么但没有说，抹了抹眼泪，就把手机交给关美娟。

"宋老师伤心得话都说不出来了。就这样，等你好消息啊。"关美娟说，"哦，黄红梅要和你说话。"

"张老师，我也在朋友圈发了寻人启事，"黄红梅说。

"谢谢。"张孝明说。

"你妈妈很为人着想，我没法形容，只有感动。"黄红梅说，"我是社会低层，不值得你理睬。不过，我还是希望有了陶老师消息，你就发微信告诉一下，让关老师转给我吧。"

"一定的，谢谢你。"张孝明感动地说。

张孝明放下手机，心想，她们是真着急，人在一起久了就会有感情啊。

这时，周琴心来电话了，她焦急地问："有消息吗？"

"我在镇江，姆妈上午到外公外婆墓地扫墓了，我没有找到她，不知道她去哪儿了。"张孝明说。

"哦，有下落就好。"周琴心自责地说，"我犯了错误，吕老师逝世后，我应该邀请她来我家住一个阶段，或者我应该陪她到外地旅游散散心的。唉，我疏忽了。"

"哦，你做得很不错了，是我们儿子女儿做得不够。"张孝明说，"周老师，现在搞清楚了，有货车到养老院送货，姆妈是坐了货车离开的。"

"真的？怪不得监控录象看不到她，她真是能干。你继续寻找母亲，这很紧急，也很重要。"周琴心说，"我不打扰你休息，有消息马上告诉我。还有，需要我做什么，随时通知我，我手机一直开着。"

"谢谢周老师！"张孝明感动地说。

张孝明半睡半醒地躺在床上，也不知道什么时候睡着的。他睡得正舒服，手机铃声响了，不断地响着，终于吵醒了他。

"哪位啊？"他问。

"你是张先生吗？"一个声音在问，"我是南山市交通警察大队的宋警官。"

"是是，有什么事？"他脑子顿时清醒了，一骨碌地从床上坐起来。

"昨天半夜，有一个老年妇女在路边行走，看见一辆卡车驶来，突然扑到卡车前面自杀，结果当场死亡。我们对照上海公安局发布的寻人启事中的照片，死者和寻找的老人很像，不过，死者脸部变形，难以对比确认，你是否来辨认一下？"宋警官说。

张孝明一愣，惊愕得说不出话来。

"你在听吗？"宋警官问。

"在在。"张孝明说，"啊，我到哪里找你？"

"你先到交通大队来一次，我陪你去殡仪馆。"宋警官客气地说。

张孝明要了地址，赶到南山市交通大队事故处理组，见到了宋警官。他给张孝明看监控录像：一条公路上，一辆卡车飞一样地驶来，路边一个背着双肩包行走的老妇人停下，突然扑到卡车前方，当即倒地死亡；司机犹豫了一下开车逃逸，狂奔而去。一辆摩托车路过，驾车者下车看了看，扯下老妇人身上的双肩包，跳上摩托车疾速而去。

"请把死者的镜头定格一下好吗？"张孝明说。

警察把录像倒回来重放，放到老妇人时停了下来。

"光线太暗，看不清楚。不过，看上去就是我妈。"张孝明使劲看着定格的画面，泪水涌满了眼眶。

"死者身上，没有发现任何可以证明身份的东西，成为无名尸体，"宋警官遗憾地说，"你去确认一下吧。"

张孝明开车跟着宋警官的车来到殡仪馆，宋警官站在外面，一个工作人员把张孝明带进停尸间。

张孝明睁大眼睛，只见一格格抽屉排列着。工作人员走到一排抽屉前，弯下腰拉开最下面一格抽屉，一具尸体出现在面前：她像虾一样蜷缩着身体，脸部明显变形，有着浓浓的血迹，血迹有些发黑；死者头上戴一只黑白相间的蝴蝶发夹，穿着一件黑色的羊绒大衣，戴着一条红围巾……

"姆妈……"张孝明大叫一声，泪流满面，眼前变得一片模糊。他背过脸去，伸手捂着脸哭了。

姆妈原来就是要自杀，吕辉给她带来了生命的阳光，吕辉的猝然去世，让她再度失去了生活的希望……

工作人员把抽屉推了进去，转身走了。

张孝明走到外面，宋警官递上一张表格，"如果你确认的话，请签字。"

这是一份无名尸体认领表，张孝明双手颤抖地签上名字。

"我们保持联系，有需要随时联系我。"宋警官说。

张孝明向工作人员咨询了一些问题，要了殡仪馆的联系电话，脚步沉重地回到车上。他不相信母亲就这样离去，试着给母亲手机拨号，听见的还是"对方的手机已关机"。他心里涌起一阵阵悲哀和悲痛，从此再也听不见母亲的声音了。他呆坐了一会儿，就和张孝霖、张孝珍在微信上发起通话，把噩耗告诉了他们。

"养老院全责，不能放过他们。"张孝霖愤愤地说。

"尸体可以运回来大殓吗？"张孝珍问。

"我问过了，不行。"张孝明回答，"我马上回来，大概中午就可以到上海，我们是否碰个头，商量一下怎么办丧事？"

"先设立灵堂，今天晚上我们三人一起为姆妈守灵。"张孝霖说，"守灵的时候我们具体商量。"

"灵堂设在哪里呢？"张孝明问。

"你看呢？"张孝霖问。

"就设在我家吧。"张孝明说。

"芳芳会不乐意吗？"张孝珍反问。

"她应该不会反对的。"张孝明说，"我作主了。"

"好，你还能作点主那就好。我准备一下祭品，你们看要买什么呢？"张孝珍说。

"我先和芳芳商量一下，随后联系你们。"张孝明说。

张孝明马上拨打电话给季芳芳，她听到婆婆死了，立即放声大哭，一会儿才止住哭。张孝明告诉她，灵堂就设在自己家里。

"啊？"季芳芳一愣，显然感到意外并且不愿意，勉强地说，"好吧。"

"阿珍要买祭品送过来。"张孝明说。

"用不着了，我来办吧。"季芳芳说。

"好。"他说。

"你早饭吃过吗？"她问。

"没有啊。"他说。

"把我给你的面包、酸奶吃掉吧。"她补充说，"灵堂设在客厅吧。"

张孝明马上用微信通知阿珍，祭品由芳芳操办，然后急忙开车回上海。在归途中，不料车坏了，他急得找地方修了好几个小时，直到下午4点钟才回到上海。

他停好车，乘电梯回到到家，看见客厅里灵堂已经设置好了：一堵墙的上方，挂着一张母亲的照片，她微笑着，笑得慈祥，笑得亲切；照片下面是一个大大的"奠"字；两侧写着一副对联："慈母一去杳无影，儿女千声呼不回。"供桌上摆放着香蕉、苹果、橘子、糕团和云片糕；供桌桌面两侧各有一只香炉，冒着一缕缕香烟；面朝供桌的地板上，摆放着一个垫子，是供磕头用的。一边，录音机在播放着大背咒佛歌。

张孝明拿起三炷檀香，用打火机点火，几次都没有点燃。季芳芳拿过三炷檀香点燃，递给张孝明，他接过檀香，用两手的中指和食指夹着香杆，举在胸前，抬头看着母亲遗像，流着泪说："姆妈，你的恩情我永远不忘，我，我对不起你！"

他跪在垫子上，一连叩了三个头，站起来把三炷檀香插在香炉里。

"你先洗澡吧。"季芳芳说，"替换的衣服在卫生间。"

张孝明打电话给焦丽英、关美娟报丧，然后到卫生间洗澡。淋蓬头的水哗哗哗地朝下流着，他的泪水不住地流淌。他心里后悔，不应该把姆妈送进养老院，姆妈受了多少折腾啊。唉，我这个儿子不孝啊！

晚上6点钟，门铃响了，季芳芳跑去开门，就见张孝霖和梅凤妹、张孝珍和申江涛来了。

张孝霖一脸肃穆，目光在客厅里环视了一下，径直走到母亲遗像前，点上三炷檀香跪下，连磕三个响头。"姆妈，我们今晚来陪你了。我也代表女儿一家来陪你。"他说完把檀香插在香炉里，伤心地擦着眼泪。

季芳芳拿来热毛巾递给张孝霖。张孝霖擦了擦眼泪，哽咽着站起来在沙发上坐下。

梅凤妹点燃檀香，跪下，痛哭失声："姆妈，作孽啦，你吃了那么多苦头，最后又……"

"大嫂，不要伤心，人死不能复生。"季芳芳对梅凤妹说。

梅凤妹忍住哭声，接连磕了三个响头，站起来把檀香插在香炉里，走到一旁伤心地哭泣。

张孝珍走到遗像前，泪流满面地点上檀香，跪下来磕头，尔后把香插进香炉里。她接过季芳芳递过来的毛巾擦了擦脸，然后在沙发上默默地坐下。

申江涛点上香，默默无声地三鞠躬。

"阿明已经磕过头了。"季芳芳点燃三炷香举在胸前，仰望着陶依嘉的遗像，跪下连磕三个响头，抬头看着陶依嘉的遗像说，"姆妈，我正打算接你回来呢，没想到你却……"她哭着嚎叫几声，擦着眼泪说，"姆妈，我代表张波给你磕头。"她又磕了三个响头，哭着叫着，"姆妈，我们会永远想念你的！一路走好！"她把檀香也插在香炉里。

房间里一片沉默，大家都默不作声，只有录音机里播放的大背咒佛歌不停地吟唱着。

这时，门铃响了，张孝明开门，就见董丽、焦丽英来了，后面跟着关美娟和宋阿萍。

"啊，你们来了？请进。"张孝明说。

她们走了进来，和张孝霖、张孝珍点头，算是打招呼。

"啊，陶老师，我想您啊。"宋阿萍拄着拐杖，走到陶依嘉遗像前哭诉道。

关美娟拉住她，对她说："让领导先鞠躬。"

宋阿萍反感地把她的手一甩，径直走到陶依嘉遗像前，伸手要拿檀香，季芳芳拿起檀香点上递给她，宋老师举着檀香三鞠躬，"陶老师，我来看你了。唉，你真可怜。不说了，不说了，我会想你的。希望你在天堂不要住养老院，和吕老师一起生活，一切安好。"

"陶老师，您入住养老院时间不是很长，但人们都对您印象良好。谢谢您对我们工作的支持，我们会想念您的。"董丽面对遗像语调沉重地说，说罢深深的三鞠躬。

焦丽英和关美娟随后分别鞠躬行礼。

　　大家坐下来说话，季芳芳为客人端上热茶。董丽表示焦丽英主任将代表养老院前往南山市参加追悼会。她说："接亲友到南山市来回需要租一辆大客车，租车的费用由养老院支付，需要人力物力，我们大力支持，你们尽管开口。"

　　"董院长已经关照了，你们需要所有的支持，直接告诉我，我来安排。"焦丽英拿出一个厚厚的信封放在茶几上，对张孝明说，"帛金，这是我们的心意。"

　　"这是我和宋老师，还有黄红梅、李莉的心意。"关美娟拿出四个信封递给张孝明，"我们就不参加追悼会了，你们一定要为我们送上一个花圈和花篮。"

　　"肯定。谢谢你们。"张孝明说。

　　宋阿萍拿出钱放在茶几上，"陶老师为我买了两罐羊奶粉，112元，我还没有付钱呢，现在补上。"

　　董丽她们坐了一会儿就告辞了，宋阿萍走出门外，又回过头来凝视了一下陶依嘉的遗像，然后才拄着拐杖离开。张孝明送她们到楼下，看着他们上了汽车离开才回到楼上家里。

　　张孝明打开焦丽英送的信封，拿出钱数了数，5001元，惊讶地说，"送的好多啊。"

"心虚了，想用这钱拉拢我们。"张孝霖说。

张孝明不以为然地看了看张孝霖，没有说话。他打开关美娟送的信封，她和宋阿萍分别是 501 元，黄红梅和李莉分别是 101 元。

"嗯，关老师和宋老师都不错，"张孝霖感叹地说，"黄红梅和李莉送钱倒让人意外。"

"姆妈在养老院还是交了好朋友。"张孝明说，"特别是宋老师，对姆妈的去世很伤心。"

梅凤妹起身告辞，张孝霖解释她要回家带孙子；申江涛也和梅凤妹一起走了。

"人死不能复生，"张孝霖沉重地说，"商量一下如何办丧事吧。"他伸手掏了掏口袋，又缩回了手。

"要抽烟就抽吧。"季芳芳说着拿来一个烟灰缸。

张孝霖拿出香烟点燃，"现在有多少事要做，开个清单，然后分工一下。"

"你说吧。"张孝明说着拿来手提电脑。

"必须做的事：开具死亡证明，到派出所注销户口，确定大殓日期和有关工作，如借厅、买寿衣、写追悼词、置办花圈等；确定出席者名单；借大客车，等等。"张孝霖说。

他们一项一项讨论着，张孝明在手提电脑上打字记录着，最后作了分工。

"我们商量一下追悼词吧。"张孝霖说，"阿明，你是家里的秀才，你起草吧。"

"大家一起议议，我来记录整理。"张孝明说。

"礼仪性的话你写，我们每人回忆一两件有关母亲的事。"张孝霖提议。

"这个建议好。"季芳芳为每个人泡来一杯浓茶。

"我再来一杯咖啡。"张孝霖说。

"我也要。"张孝珍说。

季芳芳跑去厨房，泡了两杯咖啡回来，房间里飘起了浓浓的咖啡香。

"我先说吧。"张孝霖喝了一口咖啡，他突然想起什么，"阿明，你说姆妈的笔记本拿回来了，给我看看。"

张孝明拿来笔记本递给张孝霖，一边说："我还没有仔细看呢，只是匆匆看了看几页。姆妈有时候记得多，有时候记得少。"

"哦，这是姆妈写给关美娟和宋老师的短信，这是写给周老师的，应该有写给我们的啊。"张孝霖认真地翻看着，突然"哎"了一声，大家都惊讶地看着他。他指着笔记本说，"这是和我们诀别啊！"

张孝明伸过头去看，张孝珍说："读出来大家一起听。"

张孝霖把笔记本递给张孝明，默默地重新点上烟。

"嗨，我倒没有看到。这段话是在国庆黄金周写的，就是姆妈半夜里上9楼的前几天。"张孝明说。

"你念啊。"张孝珍心急地催促。

张孝明喝了一口茶，清了清嗓子，开始念道：

在我即将离开这个世界的时候，我实在不舍得和你们告别。

我要说的话太多了，千言万语涌上心头，可是又感到一言难尽。

有了你们三个儿女，我是多么欣喜啊！为了我和你们阿爸有了爱情结晶而欣慰，更是为了你们新生命的诞生而欣喜，我将陪伴着你们一路成长，那是多么有意义和多么美好的一个过程啊。为此，你们1岁到20岁的生日那天，我都和你们合影纪念。尽管时光流转，当我每次面对和你们合影照片，我都感到欣喜和欣慰，我都感觉自己和你们永远在一起，永远不会分离。

我不仅抚养你们，还抚养你们的儿女。我22岁结婚，当我忙完你们、忙完你们的儿女，重新独自生活的时候，已经72岁了。换言之，我整整50年的精力和希望，我的整个青春和主要的生命历程，全都奉献给了你们。

有人问：为什么要把人生最美好的时光贡献给儿女？

有人说是为了传宗接代，有人说是为了养儿防老，对我来说，是父母和子女的互相关爱和陪伴。互相关爱和陪伴，就是互相麻烦、互相依赖和互相扶持的一个生命过程，它使我的短暂人生显得丰盈，显得快乐，显得很有意义。

如今，岁月改变了我的容貌，我老了。当我年轻的时候，你们是那么需要我，我们朝夕相伴，我为你们奉献一切；当我老了的时候，我深深体会到，身边重要的人越来越少，留在身边的人越来越重要，因而我特别需要你们。

遗憾的是，你们和我渐行渐远，变成了我的亲戚。让人深感悲哀的是，我和你们说话要小心翼翼了，要斟酌用词了，这也许是社会普遍现象，可是我内心里却极不愿意接受这个现实。老了的我，是多么渴望和你们生活在一起啊。我希望我们不仅是母子关系和母女关系，还是好朋友，还是兄弟姐妹。我在养老院经常梦见你们，开心地和你们在一起，我在梦中眺望着你们的背影，醒来后我只能在黑暗中悄悄地擦拭眼泪。

在我将要离开这个世界的时候，我觉得人在社会上也好，在家庭也好，还是要有爱心，要有奉献精神，要增添一片绿叶，要增添一缕花香。

在我将要离开这个世界的时候，我要对你们说，你们是我的过去和现在，你们是我的欢乐和悲哀；我还要说，你们是我的生命。我们之间发生的一切，哪怕是最不高兴的事，都无法改变我对你们的爱。

别了，我的儿子，我的女儿！我最大的心愿就是你们生活平安幸福！我要对你们说：我爱你们！我永远地爱你们！

张孝明念完，忍不住痛哭失声；季芳芳一脸悲戚，不停地擦着眼泪；张孝霖泪水盈眶，张孝珍也不停地抽泣。大家都默默地坐着，空气凝重而悲哀。

"我们的母亲，给了我们生命，把我们抚养成人，鸿恩难报啊！而我们却以各种名义，以各种理由，和母亲渐行渐远，这不是忘恩负义吗？这不是自私自利吗？对父母不好的人，说明他人品有问题；对父母不好的人，对其他人也不会好。"张孝明悲哀地说，"唉，姆妈，你去养老院，我们三个子女都不能留下你，我们都对不起你啊！"

"你对不起姆妈，不要把我们扯进来。"张孝霖嘀咕地说。

"我是对不起姆妈。"张孝珍后悔地说，"其他不说，姆妈要求来我家住半年，我是应该答应的。"

张孝霖惊讶地看了看张孝珍，为自己辩解道，"我没有姆妈赠送婚房，我买新房子也没有得到姆妈的补贴，姆妈也没有为我家做三年倒贴的保姆，何况我是三代同堂，我没有条件接纳姆妈。我可以坦然地说，我所做没有对不起母亲的地方。"

"你们居然要起诉母亲，这对得起姆妈吗？"张孝明愤怒地说，"你们怎么狠心做出这种丑恶的事？你们知道这对姆妈有多伤害吗？假如你们的女儿张婕和申佳起诉你们，你们作何感想啊？"

"你这话我就不同意了。你要看看我们为什么要想起诉姆妈，她夺走了我们应得的财产，她把夺走的财产送给另外一个儿子，这不是侵犯了我们的权益？我们的权益受到了侵犯而诉诸于法律，这不是应该做的事吗？通过法律解决问题，这是文明社会的通则。"张孝霖被张孝明的责问激怒了，但他想在今天这种场合还是要客气，于是竭力克制自己，尽量用平静的语调说话，可说出话还是有刺，"阿明，姆妈把单位分配的唯一一套房子给你结婚，而我们什么也没有，最后，姆妈还被逼进养老院，你是最对不起姆妈的。"

"假如姆妈没有把老房子过户给你们，你们会把姆妈赶出门吗？"张孝珍帮腔说。

"不要总是说我们拿了姆妈单位分配的房子，姆妈给你们每人8万元，给阿明什么呢？"季芳芳平静地说，"当时的8万元差不多也可以买一套我们拿到的房子了。"

"你们买这儿的新房子，姆妈不是又支持了你们10万元，我们得到什么呢？"张孝霖反问。

"世界上绝对平均的事是没有的。你们待母亲不好，还振振有词，还理直气壮，岂有此理！"张孝明狠狠地瞪了张孝霖和张孝珍一眼。

张孝霖心想自己太激动了，弄得双方剑拔弩张，火药味十足。目前还不能和这个弟弟关系搞得太僵，起诉养老院还要他配合呢。他想到这里，就用缓和气氛的语调说，"我想，今天我们就不争了，子女的实际情况各不相同，表达孝心的方式多种多样，阿明为姆妈做的事确实比我们多。"

"表达孝心的方式是多种多样，但基本标准是简单明了的。护理员黄红梅说过一句话我印象深刻，她说父母最需要的是陪伴。姆妈进养老院，你们陪伴了多少？你们去看望她几次？退一步说，她三年住在这里，你们又来过几次呢？"张孝明仍然怒气冲冲地说。

"我请教，你说的尽孝基本标准是什么？"张孝霖忍不住冒火了。

"我想，第一，要解决父母生活上的困难。比如，父

616

母走路不方便，就买一个轮椅；父母耳朵不好，买个助听器，等等。第二，让父母的生活丰富多彩。可以带父母看电影、听音乐会和看戏曲演出，还可以参观博物馆，等等。第三，哦，就是陪伴。多和父母在一起，回忆往事，聊聊家常，说说第三代的情况，总之是陪他们聊天。"张孝明认真地说，说罢低下头，"我没有把母亲放在我心中的第一位置，我没有好好地关注姆妈的内心世界，对她内心的渴望关心得太少了，有的完全没有关心。我记得，我们小时候，母亲从吃穿到我们的学习，是无微不至地关心我们，我们一有情绪，姆妈马上就要了解得清清楚楚，然后给我们安慰。我中学当了一年班长，第二年没有被评上，回家闷闷不乐。姆妈晚上忙好了，就坐到我的旁边，问我碰到什么不开心的事了。我哭了，哭着说老师不公平。姆妈搂着我，给我分析选不上班长的原因。她对我说人总会遇到挫折，要从挫折中学习经验和教训。我听了姆妈的话，精神振作起来了。尽孝的标准，概括地说，姆妈如何待我们，我们就如何回报。"

"阿明，你带过姆妈看过几场电影？看过几次展览？旅游过几次？阿明，做人要实在，不要学别人的坏样。"张孝珍说话时特意瞟了一眼季芳芳，"不要用老观念的孝道来道德绑架我们。"

"那你认为应该如何和父母相处呢？"张孝明问。

"中国人认为，不照顾父母是不孝，但外国的老人看来，儿子女儿不管父母很正常，有社会来管啊；父母和子女都是独立生活的人，父母为了子女不必花许多钱，比如买房子、买车子和带孩子，父母老了有国家负责啊。"张孝珍说，"你们想想，老人和子女生活在一起，生活观念不同，生活方式不同，太容易发生矛盾了。我上次到美国，听一个华侨说，他家很大，七八个房间，可他的儿子18岁就租房搬了出去，儿子说再住在家里，要让人看不起的。儿子工作后，就过自己的日子，只有感恩节、圣诞节才回来看望父母。我认为这是很好的父母和子女相处的方式。"

"阿珍，我不认可你说的这种方式，这种父母和子女相处的方式缺少人性，缺少感情，不可取。面对母亲的遗像，我们已经没有机会孝顺母亲了，这是最痛心的事。"张孝霖对张孝珍说。

"我有的地方对不起母亲，我也有错，如今回想，只有后悔、内疚和痛苦。"张孝明沉痛地低下头。

"姆妈的死，和养老院的管理失误有关，我们应该起诉养老院，阿明，你看呢？具体操作，等丧事办好后我们再商量。"张孝霖掉转话题。

"假如母亲在的话，她会同意吗？我想姆妈不会同意

的，那么我也不同意。"张孝明明确地说，

"好的，那就我和阿珍上了。如果起诉输了，我和阿珍承担费用，当然如果赢了，也由我和阿珍分享成果。"张孝霖说。他尽管猜测到阿明可能会反对，可真的听见他这样不容商量地拒绝，心里还是很不高兴。他说，"我们提的老房子问题，丧事后再商量吧。目前，我们要全力以赴办好丧事。"

"你们不要脑子里就是想着钱……"张孝明说。

"阿明，你不要说了。姆妈尸骨未寒，大家就争论不休，对不起姆妈啊。"季芳芳打断张孝明说话，"我求求你不要说了。"

大家一阵沉默，张孝霖狠命地抽着烟，张孝珍不屑地瞪了张孝明和季芳芳一眼，拿起手机用手指拨划起来，张孝明看了看母亲遗像，一脸要哭的神情。

这时，张孝明的手机响了，他一看是陌生的电话号码，想了想就接电话，"哎，请问你是……"

"我是马长松啊。"对方说。

"对不起，我不认识你，你打错了。"张孝明挂上手机，咕哝道，"深更半夜还有推销电话。"

手机又响了。

张孝明拿起手机，刚要教训对方，突然神色大变，惊讶地说，"啊，是你啊！对不起。你是不是搞错啦？"张孝明捂着手机对大家说，"老房子的前楼住户，说姆妈在老房子。"

"啊？"大家都惊叫起来。

"啊，请我妈听电话，好吗？啊，她不肯？"张孝明对着手机喊道。

"你们快过来啊，吵得我没有办法睡觉了。"对方说完生气地挂断电话。

大家面面相觑，不知所措。

"怎么一回事啊？"张孝霖惊愕地问，"你会不会认错尸体了？"

"不可能吧。"张孝明说，"不管如何，是不是姆妈，我过去看看吧。"

"我们一起去吧。"张孝霖说。

张孝霖往外走，张孝明和张孝珍紧紧跟上，季芳芳也要一起去。

"你在家等着，万一是姆妈，我立即告诉你，那就要把灵堂拆了。"张孝明说。

季芳芳拿来一件外套给张孝明披上，"半夜冷，小心着凉。"

张孝明开着车在前，张孝珍开着车跟在后面，张孝

620

霖坐在张孝珍的车上。深更半夜，马路上的路灯亮着，行道树梧桐树光秃秃的，马路上不时有行人走过，还有汽车驶过。

"如果真的是姆妈，那就是阿明认错尸体了，"张孝珍说，"那玩笑就开大了。"

"一切皆有可能。"张孝霖说。

"阿霖，你真的准备打官司？"她问。

"姆妈的死，养老院绝对全责，等丧事办好，我们就起诉养老院，索赔200万。"张孝霖说，"上次烫伤我就准备要养老院赔偿，可是，伤得不严重，姆妈也反对，只好算了。"

"起诉养老院，阿明不会参与的，他认为董院长、焦主任不错，护工可以，拉不下脸。"张孝珍说。

"我原来要起诉姆妈和阿明的，律师都找好了，可是出现了新的情况，就暂停了。"张孝霖说，"幸亏没有到法院起诉。否则姆妈死了都怪我们呢。"

"如果起诉养老院赢了，钱如何分呢？"张孝珍看了张孝霖一眼。

"我和你对半分，阿明得到好处够多了，就靠边吧。"张孝霖坚决地说。

"好的。我听你的。"张孝珍笑了。

"我们还是要阿明把前楼卖掉的钱退出来，三人均分。"张孝霖说。

汽车驶过外白渡桥，驶过东长治路，开到长阳路上，很快在一个弄堂口停下来。他们三人下了车，朝弄堂里急步走去。

第二十章

归去来兮

张孝明他们走到第三条弄堂右拐弯，来到第 6 个门洞 116 号，看见红色的后门虚掩着，这就是他们生活了几十年的老宅。

他们推开门，摸黑走过灶披间，张孝珍用手在楼梯口摸到路灯开关线，"啪"地拉了一下，顿时楼梯亮了。他们顺着楼梯上去，走到亭子间门前，看见后楼门口一个妇女坐着，她的头深深地埋在两条腿之间，她身边有个红色双肩包。

张孝霖他们惊惶地看看她，又互相看看，一下子都不敢贸然上前。

妇女抬起头睁开眼睛，惊讶地说："啊，你们都来了？"

他们身体都抖了抖，吓得"啊"地叫了一声——真是母亲陶依嘉！

"是姆妈吗？"张孝霖试探地问。

"啊，你是姆妈吗？"张孝明问，"姆妈，你不是出车祸了？"

"我出什么车祸？"陶依嘉生气地说，"怎么，你们居然都不认识我了？"

"是姆妈。"张孝霖肯定地说。

"开玩笑，我是不是你们的母亲，还要鉴定吗？"陶依嘉不悦地说。

张孝明看见母亲眼神暗淡，头发散乱，戴着黑白相间的蝴蝶发夹，穿着黑色羊绒大衣，但皱了脏了。他赶忙走上楼梯，伸出手把她拉起来，"我们都在找你。"

"啊，好，我累了，我要回家！"陶依嘉声音嘶哑。

张孝霖责怪地横了张孝明一眼，张孝珍也生气地"哼"了一声。张孝霖看了看张孝珍，那眼神在说：我们要养老院赔偿的方案泡汤了。张孝珍无奈地耸了耸肩。

这时，前楼门开了，走出一个中年汉子，横站在门口，气咻咻地对张孝明说："怎么搞的？半夜三更弄得人没法睡觉，我明天还要上班呢。"

"后楼是我们的，我们回到自己的住房不可以吗？"张孝珍不客气地顶撞道。

"后楼是你们的房子，我不许你们半夜影响我的休息。"那个中年汉子粗野地说。

张孝珍还要说什么，张孝霖拦住了她，抱歉地对中年男子说"对不起"，那中年汉子退回房间，呼地关上门。

"姆妈，我们回家，洗个澡，吃点夜宵，姆妈肯定饿了。"张孝明说。

"我确实饿了，又冷。阿明，后楼的钥匙换过了吗？我怎么打不开门啊？我要看看后楼房间。"陶依嘉说，"很久没有看见了。"

张孝明从裤袋里掏出一串钥匙，张孝珍敏捷地打开手机电筒，照着门中间的锁孔；张孝明在钥匙圈上一串钥匙中寻找，试了几把钥匙才打开门。

房间里一股霉味扑面而来，很难闻。张孝明摸黑摁亮灯的开关，可是悬挂在墙上顶端的日光灯没有亮。张孝明和张孝珍摁亮手机电筒一齐照着房间，看见墙上一幅观音菩萨的画像，那是祖上留下来的，不知道挂了多少年了；一个五斗橱上有一个三五牌闹钟，五斗橱的台面和闹钟都蒙着厚厚的灰尘；一张床上堆着椅子；一边还有一个木头圆脚盆，张孝霖、张孝珍和张孝明小时候都在里面洗过澡的。

"没有人住就不是家了。当年我就在前楼生下阿霖、阿明和阿珍的，那情景我还记得很清楚，接生婆就在我旁边。你们哭了，你阿爸满脸笑容。唉，恍如隔世啊。"陶依嘉说，她若有所思地地端详着后楼，看了看窗户，说，"太晚了，我们走吧。"

张孝明轻轻地关上门，大家先后慢慢地朝楼下走。张孝明走在母亲前面，搀着母亲的手，让陶依嘉另外一只手扶着楼梯的栏杆，他们小心翼翼地一步一停地挪着脚步。他们下了楼，走进灶披间，刚要往外走，突然传来一阵汪汪汪的狗叫声，就见一条黄狗窜了进来，它耳朵竖得高高的，左右张望，目光落到陶依嘉身上，欣喜地叫了一声窜到她面前，用嘴咬着她的裤脚管，不停地摇晃着尾巴，又抬头看着她亲昵地叫唤着。

"阿，阿宝！"陶依嘉惊喜地叫了出来。她不敢相信自己的眼睛，低头看黄狗的黑色项圈，是 Hunter 的德国品牌。她不由得激动地伸手要抱它，可是抱不动了。她兴奋地说，"啊，真的是阿宝！你们看，这德国牌子的项圈，是我买的。"

那条黄狗抬头看着她，亲热地叫唤着，陶依嘉眼泪流了出来。

"哎呀，真是的阿宝啊。"张孝霖惊讶地说，"真是奇缘。"

"我们快走吧。"张孝明把狗抱了起来。

阿宝焦急地叫了一声，陶依嘉用手抚摸着狗，阿宝这才安静下来了。

他们走出后门，陶依嘉轻轻地带上门。张孝明抱着狗紧挨着母亲朝前走，阿宝朝陶依嘉开心地晃动着脑袋。

"难以相信，这条狗离开了将近 4 年，居然回来了。"张孝明感慨地说。

"晓得我孤独，陪我来了。"陶依嘉感动地说，"它真通人性，我回来了它也回来了。"

627

"狗是忠心的，谁对它好就加倍感恩。"张孝霖说。

"狗也是功利的，谁给它吃就报恩，看见陌生人就乱叫。"张孝珍说。

"这也正常啊，谁给我吃我当然感谢谁啦。"张孝霖笑道，"有奶就是娘嘛。"

他们走出弄堂，来到停在马路边的汽车前。

"姆妈，阿宝带回家吗？"张孝明问。

"当然。"陶依嘉不容商量地说。

"姆妈和阿宝上我的车吧。"张孝明说着打开车门，把抱着的狗放在车内座椅上，伸手罩着母亲的脑袋扶她上车；阿宝主动地朝座位里面让了让，陶依嘉在它让出的位置上坐下，狗立即趴到母亲大腿上。她开心地抚摸着它，兴奋地和它说话，"阿宝，没有想到你回来了，我一直牵记你啊……"

张孝明看见母亲在和狗说话，马上走到一边打手机给季芳芳，轻声地说："真的，是姆妈，我们和姆妈马上回来。"

"啊？"季芳芳怔住了。

"你快把那个拆掉，不要露出痕迹。另外，准备夜点心，姆妈饿了。还要准备一张床，准备替换的衣服，姆妈今晚睡在这里。"张孝明低声说，"还要准备狗食。"

"什么意思？"季芳芳不解地问。

"那条狗阿宝回来了，姆妈要带它回来。"张孝明说。

"真的？好吧。"季芳芳勉强地说。

张孝明上车踩动油门，朝前驶去，张孝珍开着车跟在后面。

汽车行驶在马路上，车速很快，半个小时就回到南昌路上，驶进东方巴黎霞飞苑停下，大家上楼回到了张孝明的家。

"姆妈，你先洗把澡，浴缸里的水我放好了。"季芳芳热情地说，"洗完澡吃夜宵。"

"好好，我真的饿了。"陶依嘉疲乏地说。

张孝珍把陶依嘉扶进卫生间，季芳芳拿来替换的衣服，她们退了出来。阿宝跑到卫生间外面坐了下来，睁大眼睛看着四周，仿佛在为主人站岗。

"像个忠诚的卫士。"张孝霖说。

"所以姆妈喜欢阿宝。"张孝明说。

"哎，刚才，我看见姆妈还以为是鬼呢，吓了我一跳。"张孝珍小声地说。

"你怎么搞的？认错尸体了？"张孝霖看着张孝明连连摇头，"弄得大家多尴尬多被动啊。"

"哎呀，一个晚上没有睡好，糊里糊涂了。我想不明白，怎么会认错的呢？"张孝明难过地说，"我也想不通，我怎么会认错的。"

"你一早要和南山市交通队联系，告诉对方搞错了；你还要通知董院长。"张孝霖对张孝明说。

"好的。我还要把养老院送的帛金全部退还。"张孝明内疚地说，"这事弄得尴尬的。"

"我公司里好几个人来问姆妈的寻找情况。"张孝霖说。

他们说着话，陶依嘉出来了，在沙发上坐下，开心地说："真舒服。"阿宝也跟了过来，在陶依嘉脚下趴着。

"休息一会儿就吃饭。"张孝明说。

"阿宝也很脏，我先给它洗澡吧。"陶依嘉说。

"你还是先吃饭吧，明天再为狗洗澡吧。"张孝霖说。

"不行，洗了澡阿宝才舒服。"陶依嘉朝阿宝招呼了一声，就朝卫生间走去，它马上跟了过去。

"姆妈逃出养老院，就是为了给外婆外公扫墓？"张孝霖疑惑地说，"是不是另有隐情呢？"

"不会的。姆妈担心讲了要去扫墓，我们都反对，所以就自己直接去了，姆妈做事不喜欢求人。"张孝珍说。

"阿哥讲得有道理的，"张孝明说，"可是，会有什么隐情呢？他跑回老房子也是个谜啊。"

"那倒可以理解，因为想回家。"张孝霖说。

"凭心而论，姆妈能乘货车离开养老院，有勇有谋啊。"张孝珍称赞道。

"姆妈确实能干。"季芳芳说，"我看阿明就不及姆妈。"

"阿明有阿明的长处。"张孝霖说着打了个哈欠，"半夜1点钟了。"

陶依嘉带着狗出来，季芳芳忙把鲳鱼、炒蛋和一碗饭端到餐桌上，笑吟吟地说，"姆妈，吃饭。"

陶依嘉在餐桌前坐下，说，"真的饿了。哎，阿宝吃什么呀？"

"我准备好了。"季芳芳在地板上铺上一张报纸，拿来盛着鲳鱼的小碗和两个馒头放在报纸上。

"阿宝，吃吧。"陶依嘉对阿宝说。

阿宝仿佛听懂了，开心地摇了摇尾巴，就坐下开始品尝美食了。

"哦，出了什么大事了？"陶依嘉吃了一口炒蛋，惊讶地问张孝明。

张孝霖、张孝明和张孝珍都惊讶地看着陶依嘉。

"我在卫生间垃圾桶里看见一个'奠'字，"她说，"还有一副对联，'慈母一去杳无影，儿女千声呼不回。'

这是怎么一回事啊？"

"哦，朋友母亲过世，请阿明写的对联。"季芳芳灵机一动地说。

张孝霖、张孝珍都看了看季芳芳，这个女人反应真快。

"哦，是吗？"陶依嘉看了看张孝明，眼神里还有些疑惑。

"姆妈，你到底干什么去了？"张孝明笑了笑，"我们到处在找你，董院长和焦主任急得头头转。"

"给你们外婆外公扫墓去了。"陶依嘉说，"阿明，我拜托你，我死后，你要代我扫墓 10 年，以后也就算了。"

"我明白了。"张孝明笑道，"不过，这话说得太早了，你有得活了，长命百岁。"

"姆妈，你没有阿明同意，怎么会走出养老院的？"张孝珍问。

"现在不告诉你们。"陶依嘉得意地说。

"姆妈，你出去就是为了扫墓，没有其他事吗？"张孝霖笑问。

"好，我吃好饭告诉你们。"陶依嘉低头看看阿宝，见它吃得开心的样子，欣慰地笑了。

"哎，姆妈，你出去两天，胰岛素打过吗？"张孝明问。

"打过了。"陶依嘉回答。

很快，陶依嘉吃好了，坐到沙发上，季芳芳拿来毛巾给她擦脸擦嘴。

"我们听姆妈透露秘密了。"张孝霖笑着提示道。

"我这次出去，还办了一件重要的事，"陶依嘉欣慰地说，"给吕老师落葬。"

大家都感到很意外，互相看了看，然后一齐看着她。

"我有一件重要的事要拜托你们。"陶依嘉认真地说，"我将来死后，和吕辉葬在一起。我怕你们不同意，我今天已经做好了公证。"

"姆妈离开养老院，做了三件事，一是给外婆外公扫墓，二是为吕老师落葬，三是做了要和吕老师合葬的公证。"张孝霖总结地说。他心里很不舒服，母亲要和吕辉而不是和父亲合葬，不像话啊。不过，现在不是说话的时候，一定要阻止她这样做。

"是的。"陶依嘉微笑着说。

"办这三件事，我们可以陪你一起去的，何必要突然出走呢？"张孝明不无埋怨地说，"搞得大家都很紧张。"

"为外婆外公扫墓你们会陪我去的，为吕老师下葬、做公证，你们会愿意吗？"陶依嘉说。

"姆妈就是这样，看准了的事一定要做成的。"张孝明说。

"你和吕老师没有结婚证，陵园怎么会让你来为吕老师落葬呢？"张孝霖不解地问。

　　张孝明和张孝珍都看着陶依嘉，哎，这个问题提得好。

　　"我有一个朋友在区民政局工作，他和陵园的一把手是好朋友，下葬的事我托他帮忙的。我又托另外一个朋友联系了律师事务所。这两个朋友都是我的作者，我为他们出版过小说。"陶依嘉说。

　　"哦，托到关键的人，有问题也没有问题。"张孝霖理解地说。

　　"阿明，我还要回养老院去吗？"陶依嘉期待地看着张孝明。

　　"当然要回去的。"张孝明脱口而出，赶忙补充道，"住几天再回去吧。"

　　陶依嘉像小孩做错了事一样，立即低下头不言语了，嘴里咕哝，"还要回去啊。"

　　大家都看着陶依嘉，没有说话。

　　"老房子拆迁的事怎么样了？"陶依嘉问张孝霖。

　　"嗯，原来是元旦开始，现在推迟到3月份，6月份全部结束，区委、区政府已经列入明年工作规划，并且对外宣布了。"张孝霖说。

　　"那好。我不回养老院了，就住到后楼，可以住半年。"

陶依嘉说。

"老房子不能住人的啊。"张孝明着急了。

"楼梯陡，没有煤卫，我都能克服。"陶依嘉自信地说。

"你毕竟76岁，虚岁77了，万一上下楼梯有个闪失，那可不得了。"张孝明朝张孝霖搬救兵了，

"阿霖，你说呢？"

"我以为，姆妈坚持要住回去，也不是不可以接受的。我们请个钟点工，每天做8个小时，我们兄弟兄妹，每晚轮流值班。"张孝霖说，"以后拿拆迁款买安置房，姆妈就有自己的房子住了。当然，姆妈住的新房，户主名字应该是姆妈，这样姆妈就住得安心。"

张孝珍佩服地看了看张孝霖，这个阿哥脑子真灵，姆妈住进新房子，新房子属于姆妈，将来作为遗产我们就理所当然地继承了，芳芳要独吞后楼的拆迁补偿款就白日做梦了。不过，前楼卖掉的钱也要平分，稍后要继续和阿明交涉。她想到这里，马上说："如果老房子姆妈住得不舒服，就住到我家来过渡，当然也可以回到阿明家。"

张孝霖乐了，这个妹妹比弟弟反应快得多，和我配合得真好！

"我看不合适，"季芳芳平静地说，"后楼没有煤气，要生煤炉；没有卫生设备，要倒马桶；楼梯这么陡，上上

下下像爬华山一样，我们要为姆妈的安全考虑。"

"住过去要丢命的。"张孝明激动地说。

"再大的困难，我自己克服。"陶依嘉坚决地说，"我不回养老院，回老房子住。"

"我原来和姆妈说起过，在外面借一间房子让姆妈住，这个方案更可行。"张孝明说。

"芳芳的病好了吗？"张孝霖问。

"哎，芳芳原来说最多一年，姆妈就可以回来的。"张孝珍紧跟着说，不无挑衅地看了看季芳芳。

"没有好啊，我硬撑着呢。要么，姆妈住回来，我回娘家吧。"季芳芳微笑着说，"就是我原来说过的方案。"

"芳芳说话算数，原来是这样说过的，"张孝霖夸奖季芳芳。

"姆妈，你就不要客气了，搬回来吧，这里原来就是你的家。"张孝珍对陶依嘉说。

陶依嘉看了看张孝霖和张孝珍，瞅了瞅张孝明，看见他眼神里有一种惶恐。唉，如果住下来，阿明的日子就难过了，何况芳芳还会闹出事来的。

"姆妈就是怕麻烦别人，这是你的儿子啊，又不是别人。"张孝霖鼓动地说。

"就是啊，你不回来芳芳也不高兴，她是真心真意的。"

张孝珍笑道。

"老房子看样子是回不去了，确实居住有困难，我看前楼那个男的，也是无知无识的。但是，这里，我肯定是不留的。"陶依嘉低下头想了想，抬起头来悲哀地说，"我还是回养老院吧。"

"姆妈，你……"张孝霖说。

陶依嘉打断张孝霖的话，"你们不要说了，我还是回养老院吧。"

过了一会儿，张孝霖和张孝珍告辞走了。季芳芳在客厅放了一个棉垫，拿出一件旧棉被，对阿宝说"过来睡觉"。

阿宝看了看陶依嘉，她开心地说："你今天就睡在这里。"

阿宝走过来在棉垫上躺了下来，陶依嘉上前为它盖上棉被，阿宝愉悦地看着她。

"姆妈，你早点睡吧，再不睡天要亮了。"张孝明说。

"我累了，我要睡觉了。"陶依嘉打了个哈欠。

张孝明把母亲领进她住过的卧室，她环视四周，心里很不是滋味。卧室变化大了，墙上新挂了书画作品，还放了一个大书橱，她睡的床和买的楠木书橱不见了。三人沙发翻开来变成一张床，被单和棉被都是新的。陶依嘉皱了皱眉头，还说一年让我回来，骗鬼呢。

张孝明刚要离开，就听到阿宝在客厅里叫了起来，那声音仿佛孩子在叫唤母亲。

"它要和我一起睡。"陶依嘉说，"把棉垫拿进来，让它睡在我的床边吧。"

张孝明把棉垫和棉被拿来放在陶依嘉床边，阿宝走了进来，小声地叫了两声，就在棉垫上安静地躺下，眼睛看看陶依嘉，仿佛担心她走掉似的。

陶依嘉为它盖上棉被，感叹地说，"狗真懂人事。"

"这条狗真灵光。"张孝明赞赏道。

张孝明走出房间，回到卧室准备睡觉。

"阿明，我告诉你，老妈在这里住几天就要走的，我的毛病还没有好呢。"季芳芳提醒道。

"我看你身体还可以啊。"他笑道。

"她来了就不可以了。"季芳芳板着脸说，"我感觉不好，都忍着不说，不想影响你工作而已。"

"你不是说姆妈可以留下你住回娘家吗？"他问。

"场面上说说而已，你当真的了？你对我撒野，威胁要和我离婚，我要找你算账的，哼！"季芳芳冷笑道。

638

陶依嘉早上醒来，看了看窗外，天边涌现出一片晨曦。嗯，再过半个小时，天就会全亮了。她过去住在这里的时候，这时就起床刷牙洗脸喝温水，然后出外晨练。到了养老院，不再早锻炼了，而是下午锻炼，生活的节奏全变了。

阿宝在陶依嘉的床边叫着，还开心地摇着尾巴。她开心地伸手摸摸它，过去养狗三年，阿宝几乎天天这样叫醒她，让她一早就有好心情。阿宝站了起来，探着头看着她。陶依嘉掀开被子，阿宝立刻爬上床来，钻进被窝里。

"哎，阿宝啊，还是你对我亲啊。"陶依嘉感叹地说。

她和狗说了一会儿话就起床了，看见张孝明从外面回来了，他买来了生煎馒头和牛肉粉丝汤，还有大饼油条，都是她喜欢吃的；他还给阿宝买来了香肠和茶叶蛋。

陶依嘉迅速洗漱，张孝明端了一杯温开水给她，又为她打胰岛素针。

"阿明，我们早点吃早饭吧。"陶依嘉说。

"好，现在就吃吧。"张孝明说。

他们来到客厅，一起在餐桌前坐下。

"才6点半，今天真是吃早饭。"季芳芳热情地笑道，"生煎馒头还热着呢，姆妈吃吧。"

"哦，好的。"陶依嘉说着看了看阿宝，它正在吃茶叶蛋。

张孝明告诉陶依嘉，今天中午，芳芳请姆妈去金茂大厦吃自助餐。那里有中餐区有西餐区，中餐区有北京烤鸭、酱烧螃蟹、虾仁木耳和油焖大虾等，还有烧麦、花卷、包子等。西餐区有三文鱼、螃蟹、蛤蜊和北极贝等海鲜，还有沙拉、各种酱料和蘑菇汤等。

"还有波士顿龙虾！"季芳芳说，"窗外就是东方明珠电视塔，一边吃一边可以欣赏陆家嘴和外滩的风景。"

"芳芳陪你先去，我有事，迟一点过来。"张孝明说。

"以后看机会吧，今天就不去了。"陶依嘉对张孝明说，"吃好早饭，你把我送回养老院。"

"啊，你不住几天？"张孝明惊愕地说。

"姆妈，你再住几天吧。"季芳芳心里欢喜，故意作惊讶挽留状。

"姆妈，你就住几天吧，芳芳也说了。"张孝明真诚地挽留。

"姆妈，你累了，需要调养休息几天。"季芳芳继续恳求。

"现在，养老院才是我的家，我要回家休息。"陶依嘉说。

张孝明和季芳芳互相看了看，默默无语。

"你告诉焦主任，我就回来，也对不住她们，添麻烦了，我还要当面向她们道歉；你也告诉阿霖和阿珍一声。"陶依嘉说。

"好的。"张孝明说。

张孝明吃好早饭，走进卧室打电话给张孝霖和张孝珍，说母亲马上要回养老院了。他们都一愣，张孝霖说"我上午有会，也不能赶过来送她"，张孝珍也有事，她说"周末我一定去看她"。张孝明打电话给焦丽英，把事情原委告诉了她，焦丽英大吃一惊，不过听声音还是十分开心的。张孝明告诉她，今天上午母亲就回养老院，请她和关老师和宋老师说一声。

"我们以为姆妈走了，还为她设立了灵堂，这事千万不能让姆妈知道，拜托你你关照关老师、宋老师，还有黄红梅。"张孝明郑重地说。

"明白。"焦丽英说。

张孝明打完电话，匆匆回到客厅。陶依嘉背起红色双肩包，对张孝明说："我们走吧，你送好我后可以上班。"她对阿宝招了招手说，"阿宝！"阿宝跑了过来，站在她旁边。

"这么急就要走。"季芳芳作不舍得状。

陶依嘉看了看，没有说话。

"今天上午 10 点钟，有个重要的会议，上级领导要来宣布任命，任命我担任副总编辑。"张孝明喜孜孜地说，"现在走也好，我开会就不会迟到了。

"好，祝贺。"陶依嘉笑道，她看着狗说，"阿宝怎么办？"

"只能送人。"张孝明说。

"把它带到养老院吧，我和焦主任商量一下，看看养老院是否能够收养；如果不能，再想想其他办法。"陶依嘉怜爱地看着了看阿宝，"我们走吧。"

"你们在楼下门厅外等我，我开车过来。"张孝明说。

陶依嘉和季芳芳下楼来到门厅，张孝明从车库里开车过来停下，陶依嘉带着阿宝上了车，季芳芳在车下对陶依嘉说："姆妈，请保重，再见。"

"再见。"陶依嘉说。

张孝明刚要开车走，就见邻居林阿姨跑了过来，激动地叫道："阿姨，你回来了啊？怎么又走了？"

陶依嘉没有回答，朝她微笑着招了招手。张孝明开着汽车走了，陶依嘉回头看，林阿姨疑惑地愣在那里，陶依嘉又朝她挥了挥手。

张孝明开着车，陶依嘉拿出手机拨打电话给周琴心。

"啊，依嘉，你在哪里？"周琴心惊喜的声音。

张孝明一愣，啊呀，忘记给周老师电话了。

“我从阿明家刚出来。”陶依嘉说。

“你现在去哪儿？”周琴心惊讶地问。

“去养老院。哎，我孙子张波的事拜托你啦，看在我的面子上，请叶璐一定要帮忙啊。”陶依嘉说。

“当然。哎，你离开养老院到哪里去的啊？”周琴心问。

“给爸爸妈妈扫墓，给吕辉落葬，详细情况见面再聊。”陶依嘉说。

“好，明天我来看你。”周琴心欣慰地说。

陶依嘉放下手机，把阿宝抱在大腿上，喜爱地用手抚摸着它。

“姆妈，我要谢谢你，张波也要谢谢你！”张孝明感动地说。

“谢什么，姆妈为你办事还要谢？”陶依嘉笑道。

汽车朝前疾驶，马路旁的梧桐树一一闪过，陶依嘉看着窗外的风景，陷入了沉思。可惜再也见不到吕辉了！唉，人生真的无常。关美娟的房子处理结果怎么样了？宋阿萍的儿子来过电话吗？哦，杨智慧老领导怎么样了？黄红梅会嘲笑我吗？阿宝的最后归宿会怎么样呢？我的晚年就安放在养老院吗？

半个小时后，看见前方出现一幢孤零零的高楼，看见大楼顶端“上海新家养老院”几个大字；一会儿，汽车在到达养老院前的幼儿园门外被堵住了。老师和拿着防暴钢叉的保安站在门外；多辆小汽车和电动车拥挤在马路两旁，还有汽车和电车驶过来停下；家长挤在门口，有的家长关照着孩子什么，有的家长和孩子挥手告别，还有不少家长站在门口，招着手看着孩子走进去；一个孩子抱住母亲的大腿放声大哭，叫着"我不要去幼儿园，我要在家"，母亲哄着他，终于，孩子站起来走进大门，那个母亲哭了……陶依嘉看着这情景，不由得联想起当年送阿霖、阿珍和阿明上幼儿院的往事，顿时眼眶湿润了。

张孝明终于开车驶进养老院，陶依嘉突然感到紧张起来，脑子里浮现出一句古诗"近乡情更怯"，关美娟、宋阿萍和黄红梅不知道会是什么表情，董丽和焦丽英不知道会说什么。

阿宝似乎是害怕地叫了几声，陶依嘉马上把它抱得紧紧的……

（创作于 2020 年 7 月 1 日—2023 年 6 月 22 日）

图书在版编目（CIP）数据

我去养老院了/柯兆银著. -- 上海：上海文化出
版社,2023.9
ISBN 978-7-5535-2812-0

Ⅰ.①我… Ⅱ.①柯… Ⅲ.①长篇小说－中国－当代
Ⅳ.①I247.5

中国国家版本馆CIP数据核字(2023)第165033号

出 版 人 姜逸青

责任编辑 吴志刚

装帧设计 王 伟

书 名 我去养老院了

作 者 柯兆银

出 版 上海世纪出版集团 上海文化出版社

地 址 上海市闵行区号景路159弄A座3楼 201101

发 行 上海文艺出版社发行中心

 上海市闵行区号景路159弄A座2楼 201101 www.ewen.co

印 刷 上海潮祺实业有限公司

开 本 787×1092 1/32

印 张 20.5

版 次 2023年9月第一版 2023年9月第一次印刷

书 号 ISBN 978-7-5535-2812-0/I.1088

定 价 78.00元

敬告读者 如发现本书有质量问题请与印刷厂质量科联系 电话: 021-36161358